btb
Aus Freude am Lesen

btb

Buch

Der brutale Mord an einem schwedischen EU-Beamten in Brüssel führt Rechtsanwältin Ulrika Stål mitten hinein in ein Netz von Korruption, Lügen und falschen Versprechungen. Die Frau des Opfers ist eine Kollegin von Ulrika, sie erleidet einen Nervenzusammenbruch, als sie vom Tod ihres Mannes erfährt. Erst nach und nach begreift Ulrika, dass Sylvia glaubt, sie sei letztendlich für die schreckliche Tat verantwortlich. Hat sie doch erst vor kurzem einen russischen Geschäftsmann vertreten, dessen Mandat sie schließlich niederlegte, als sie erfuhr, dass er in kriminelle Machenschaften verwickelt war. Daraufhin drohte ihr der Russe mit Rache. Doch Ulrika ist überzeugt, dass mehr hinter dem Mord steckt. Ihre Ermittlungen sind offensichtlich nicht gern gesehen. Und als sie mit einem Freund des Ermordeten dessen Nachlass sichtet, wird ihr klar, warum: Sie stoßen auf hoch brisantes Material, das auf Unterschlagung in höchsten Kreisen hindeutet. Nun ist sie selbst in Gefahr …

Autorin

Ann-Christin Hensher ist selbst Anwältin. Ihr Spezialgebiet ist Sozialrecht, beruflich war sie bereits in London, Stockholm und Brüssel tätig. Seit kurzem lebt sie mit ihrer Familie in Spanien. Ihre Serie um Rechtsanwältin Ulrika Stål erfreut sich in Schweden höchster Beliebtheit.

Ann-Christin Hensher bei btb

Der tote Liebhaber. Roman (72823)

Ann-Christin Hensher

In falschen Händen

Roman

Aus dem Schwedischen
von Gabriele Haefs

btb

Die schwedische Originalausgabe erschien 2002 unter dem Titel
»I orätta händer« bei Wahlström & Widstrand, Stockholm

Umwelthinweis:
Alle bedruckten Materialien dieses Taschenbuches
sind chlorfrei und umweltschonend.

btb Taschenbücher erscheinen im Goldmann Verlag,
einem Unternehmen der Verlagsgruppe Random House.

1. Auflage
Genehmigte Taschenbuchausgabe Dezember 2003

Umschlaggestaltung: Design Team München
Umschlagfoto: Wolf Huber
Satz: IBV Satz- und Datentechnik GmbH, Berlin
KR · Herstellung: Augustin Wiesbeck
Made in Germany
ISBN 3-442-73113-5
www.btb-verlag.de

Prolog

Das einzige Büro im 8. Stock, in dem noch Licht brannte, gehörte Olof Kramer. Es war ein enges Gelass, wo der Schreibtisch aus Platzgründen vor der Wand stehen musste statt vor dem Fenster, das ihm einen Blick über die Baumwipfel des Cinquantenaireparks ermöglicht hätte.

Er arbeitete rasch und konzentriert, fest entschlossen, alles zusammenzustellen, ehe er nach Hause ging.

Bohrende Kopfschmerzen quälten ihn nun schon seit Stunden, aber er konnte nicht aufhören, nicht jetzt, wo er sich vorgenommen hatte, die Wahrheit ans Licht zu bringen. Das Klappern der Tastatur mischte sich mit dem Surren der Festplatte. Seine Augen brannten vor Müdigkeit. Er hatte in der Nacht zuvor kaum schlafen können. Immer wieder waren ihm diese Gedanken durch den Kopf gewirbelt, und in der Dämmerung hatte dann sein Gerechtigkeitssinn den Sieg davongetragen. Er konnte nicht länger warten. Es war schon zu viel Zeit vergangen. Es wäre nicht richtig, sich von der Müdigkeit aufhalten zu lassen.

Wenn die Bombe erst hochgegangen wäre, würde er Zeit zum Ausruhen haben. Vielleicht zu einer ewigen Ruhe. Ihn schauderte bei diesem Gedanken, aber er schob ihn rasch beiseite. Es war jedenfalls schwer vorstellbar, dass die Kommission ihn auf seinem Posten belassen würde. Wenn sie ihn nicht entlassen könnten, würden sie ihn sicher auf Dauer beurlauben.

Noch eine Stunde, dann würde er fertig sein. Danach brauchte er seine Denkschrift und die Unterlagen nur zu kopieren und die Disketten dann früh am nächsten Morgen mit der EU-internen Post hinausgehen zu lassen.

Und dann würde die Hölle losbrechen. Kramer hatte in den Monaten, in denen er mit seinem Gewissen gerungen hatte, Zeit genug gehabt, sich die Konsequenzen zu überlegen und sich im Geiste darauf vorzubereiten. Es würde hart werden, aber er fühlte sich stark in seiner Entschlossenheit und wusste, dass er das Richtige tat.

Diesmal würde das EU-Parlament seine Anklagen nicht ignorieren können. Sechzehn Disketten voller nachweisbarer Fakten nahmen zu viel Raum ein, um einfach unter den Teppich gekehrt zu werden.

Als er den Computer ausgeschaltet hatte, herrschte totale Geräuschlosigkeit. Die Stille in dem riesigen Gebäude umschloss ihn wie eine erstickende Umarmung. Die Einsamkeit war beunruhigend. Zum ersten Mal, seit er beschlossen hatte aufzudecken, was in dieser unerhört mächtigen Schaltzentrale wirklich vor sich ging, hatte er Angst. Es gab so viele wichtige Köpfe, die nun bald rollen würden. Ob er dabei seinen eigenen wohl behalten könnte?

Die Tiefgarage war ebenso menschenleer wie das darüber thronende Gebäude. Das eine oder andere Auto stand noch da, auch nach den Repräsentationspflichten des Abends, wo Alkohol – kalt, moussierend und gratis – in Strömen floss. Kramer schob die Karte ins Lesegerät und die Schranke hob sich. Breydel war nachts unheimlich verlassen. Ein toter Stadtteil, in dem einsame Schritte von leeren Bürofassaden widerhallten und die fetten Ratten verscheuchten, die in den Baulücken bei der Rue Bellaiard miteinander rauften.

Olof Kramer fühlte sich ruhiger, als er das Viertel verlassen und Brüssels regennasse Straßen erreicht hatte.

Der Tunnel war gesperrt. Einige Streifenwagen mit eingeschaltetem Blaulicht standen quer vor der Einfahrt. Die spä-

ten Autofahrer ließen sich in Seitenstraßen und auf lange Umwege einweisen. Kramer passierte das Viertel mit den Gesandtschaften, von denen mehrere Länder repräsentierten, die nicht Mitglied in der Europäischen Union waren und trotzdem mehr oder weniger großzügige Unterstützungen von der EU bezogen. Unterstützungen, die häufig in anderen Taschen landeten als geplant. Ihn schauderte, wenn er daran dachte, welche Räder er in Bewegung setzen würde. Diesmal würde nicht nur der Budgetkontrollausschuss eine Kopie seines Berichts erhalten, denn er hatte aus seinen Fehlern gelernt.

Für die Heimfahrt brauchte er eine knappe Viertelstunde. Die Gartenlampe war erloschen. Sicher war der Regen in den Sicherungskasten eingedrungen und hatte die Hauptsicherung ausfallen lassen. Das wäre das zweite Mal in weniger als einer Woche. Er durfte nicht vergessen, einen Elektriker kommen und die Sache in Ordnung bringen zu lassen. Die Auffahrt zum Haus war lang, und deshalb war die Beleuchtung wichtig. Bei mehreren Nachbarn war kürzlich eingebrochen worden.

Offenbar hatte der Stromausfall auch das Garagentor in Mitleidenschaft gezogen, die Fernsteuerung funktionierte jedenfalls nicht. Kramer empfand ein schleichendes Unbehagen, als er den schützenden Panzer des Wagens verließ, um das Tor aufzuschließen. Er kam sich verletzlich und preisgegeben vor, als er dort in der Dunkelheit stand. Er war nicht verfolgt worden, aber er lauschte doch, still, mit halb offenem Mund und geblähten Nasenlöchern, als wollte er mit allen Sinnen feststellen, ob in der Dunkelheit irgendeine Gefahr lauerte.

Plötzlich schämte er sich. Litt er denn schon an Verfolgungswahn? Alles, was er hörte, war der schwere Regen, der in niemals versiegenden Strömen auf nackte Zweige fiel und den ohnehin schon im Wasser stehenden Rasen im Garten noch nasser machte. Ein schwacher Duft von Moder und wel-

kem Laub überlagerte den strengen Geruch von Schweiß und nasser Kleidung eines anderen Menschen. Das Garagentor ächzte. Zu spät, um sich noch wehren zu können, hörte Kramer die Schritte des Eindringlings. Aber er konnte noch das Gesicht im Licht des Scheinwerfers sehen und Furcht empfinden. Die letzte, eiskalte, unbarmherzige Furcht, die einen Menschen überflutet, wenn er erkennt, dass alles aus ist.

Olof Kramers Leichnam wurde am nächsten Tag vom Briefträger gefunden. Der halbe Kopf war weggeschossen. Der Tote lag vor seinem offenen Garagentor. Klein und feingliedrig, wie eine ausrangierte Schaufensterpuppe. Das Auto war verschwunden, seine Brieftasche ebenfalls. Es gab Spuren eines Handgemenges.

Die Polizei sperrte die Umgebung ab und befragte die Nachbarn. Jemand hatte gegen zehn Uhr abends einen dunklen Wagen auf der Straße stehen sehen, möglicherweise einen BMW. Aber niemand hatte sich die Autonummer notiert, obwohl natürlich alle auf der Hut waren.

Rasch kam man zu dem Schluss, dass der Mord vermutlich in Zusammenhang mit einem Autodiebstahl geschehen war, einem »Car-Jacking«, das zu Gewalttätigkeiten geführt hatte. Im vergangenen halben Jahr war die Zahl gerade dieser Art von Verbrechen sprunghaft angestiegen. Allein in Brüssel wurden täglich mehrere Fälle gemeldet.

Sowie die Verbrechenskategorie festgestellt worden war, orientierte sich die Mordermittlung in diese Richtung. Kein Verantwortlicher sah einen Zusammenhang zwischen dem Mord und der Tatsache, dass sämtliche Dateien in Olof Kramers Computer gelöscht worden waren.

Auf den Fluren im 8. Stock des EU-Gebäudes wurde eine Zeit lang getuschelt, aber die Angst davor, in Ungnade zu fallen, übergangen oder schikaniert zu werden, war größer als der Gerechtigkeitssinn.

Als die Wochen vergingen und nichts mehr geschah, ver-

stummte auch das Tuscheln. Keine der sechzehn Disketten hatte ihr Ziel erreicht. Kein Skandal erschütterte das Establishment. Alle kümmerten sich wieder um ihre eigenen Angelegenheiten. Hüteten ihr eigenes Revier und ihre eigene Karriere.

Die schwedischen Zeitungen schenkten dem Mord an Olof Kramer größere Aufmerksamkeit als die belgischen. Er kam aus Smedjebacken und war in seiner Jugend in der Studentenbewegung aktiv gewesen. Er hatte für die Sozialdemokraten im Gemeinderat gesessen und war ein respektierter und geschätzter Mitbürger gewesen. Aus Begeisterung für Musik hatte er einen lokalen Jazzclub gegründet, der noch immer existierte. Olof Kramer war fünfunddreißig Jahre alt geworden. Er hinterließ eine Frau, Eltern und zwei Geschwister.

1

Ulrika Stål zog vorsichtig die Haustür ins Schloss, um ihre Familie nicht zu wecken. Das leise Klicken des Patentschlosses veranlasste sie nach kurzem Zögern dazu, den Schlüsselbund aus der Manteltasche zu ziehen und noch einmal abzuschließen, ehe sie die Treppe hinunterlief und dem knirschenden Kiesweg zur Garage folgte. Die frische Morgenluft war wunderbar kühl und erfrischend. Mit einem Lächeln zog sie tief und genießerisch die Luft durch die Nase ein und spürte, wie frische Energie sie erfüllte. Sie wollte jetzt unbedingt los. Die Fahrt nach Uppsala würde nicht länger als eine gute Stunde dauern. Sie hatte Zeit genug. Es war noch keine sieben, und die Verhandlung sollte um Viertel nach neun beginnen. Sie würde vorher im Gericht die Unterlagen durchgehen und noch ein Gespräch mit ihrem Mandanten führen können. Es ging um sehr viel Geld, und der Mandant hatte Angst, die Gegenseite könne in letzter Minute noch irgendeine Teufelei ausgeheckt haben.

Eigentlich hätte sie sich die Papiere am Vorabend ansehen sollen, aber es war ihr Hochzeitstag gewesen und Stefan hatte sie mit Hummer und Champagner überrascht. Er hatte im Esszimmer so schön gedeckt, mit der von der Großmutter geerbten Leinendecke und Kerzen in den Silberleuchtern, die sonst im Schrank standen, damit die Kinder sie nicht im Spiel oder bei Auseinandersetzungen als Schlagstöcke benutzten. Sie hatten mit dem Essen gewartet, bis die Kinder eingeschlafen waren. Ulrika hatte ihren ärgsten Hunger mit einer Banane stillen müssen. Axel hatte gequengelt, als er merkte, dass seine Eltern ihre Ruhe haben wollten, und sämtliche Register seines fünfjährigen Repertoires gezogen, um länger aufbleiben zu dürfen.

Nach dem Essen hatte Stefan Feuer im Kamin gemacht und sie im Schein des knisternden Birkenholzes verführt. Es war wunderbar gewesen. Romantisch. Er hatte sich selber übertroffen. Sie war danach einfach erschöpft gewesen und hatte sich außerdem am Teppich drei Rückenwirbel aufgeschrammt. Stefan hatte sie verarztet und mit von Klein-Elins Wickeltisch stammender Inotylsalbe eingerieben. Wenn Ulrika nach so viel Zuwendung ihre Aktentasche genommen und sich an die Arbeit gesetzt hätte, dann wären die kommenden Hochzeitstage in Gefahr gewesen, das stand fest.

Sowie sie die Garage betrat, merkte sie, dass etwas nicht stimmte. Es roch anders. Jemand war hier gewesen, seit sie am Vorabend den Wagen abgestellt hatte. Sie glaubte, die Nähe des Eindringlings zu spüren, so, als sei er noch immer anwesend. Aber sie war allein. Das scharfe Licht der Leuchtröhre unter der Decke hätte gnadenlos jeden zusammengekauerten Schatten gezeigt. Es gab keine dunklen Ecken, in denen sich jemand verstecken könnte ... es sei denn, er läge unter dem Auto. Es lief ihr eiskalt über den Rücken und ihre Nackenhaare sträubten sich, als sie entdeckte, dass alle vier Reifen platt waren. Aufgeschlitzt. Sie biss die Zähne zusammen, um nicht in Tränen auszubrechen, als sie die in den blanken Lack eingeritzten Obszönitäten entdeckte. Aggressive Kerben, so tief, dass das darunter liegende Metall beschädigt worden war. Auf dem Boden neben dem Wagen lag ein achtlos weggeworfener Schraubenzieher. Traurig und wütend biss sie die Zähne so fest zusammen, dass ihre Kiefer wehtaten, aber das half nichts. Sie weinte und fluchte, als sie resigniert die Garage verließ. Jetzt musste sie sich plötzlich beeilen. Musste ein Taxi bestellen, sich über die Zugverbindungen informieren und

Stefan wecken, damit der nicht unvorbereitet auf diesen Anblick stieß, wenn er während des Tages etwas in der Garage zu erledigen hatte.

Trotz allem ging es gut. Stefan tröstete sie und suchte ihr den Zugfahrplan heraus, während sie ein Taxi bestellte, das glücklicherweise sofort kommen wollte. Stefan küsste sie auf den Mund und wünschte ihr viel Glück. An seiner Unterlippe blieb ein wenig Lippenstift kleben. Das machte nichts. Dann stand er in der Tür, mit zerzausten Haaren, in seinen geliebten Pantoffeln und dem gestreiften Morgenrock, mit der kleinen Elin auf dem Arm. Sie war gerade erst aufgewacht, hatte sicher nasse Windeln und lutschte am Daumen. Sie winkten zum Abschied, als Ulrika zum zweiten Mal an diesem frühen Morgen die Treppe hinunterlief, um zur Arbeit zu kommen.

Der Zug stand schon vor dem Bahnsteig. Demonstrativ legte sie ihre Aktentasche auf den Sitz neben sich, damit niemand auf die Idee käme, sich dort niederzulassen. Ein redseliger Sitznachbar wäre das Letzte, was Ulrika sich jetzt wünschte. Sie wollte die Fahrt zum Arbeiten nutzen. Wenn sie nicht gestört würde, könnte sie die Akten vor der bevorstehenden Gerichtsverhandlung ein letztes Mal durchgehen.

Ihr Mandant Torbjörn Gustavsson, ein ehemaliger Landwirt, hatte EU-Gelder bezogen, um eine mobile Duschkabine für Kühe zu entwickeln. Das Geld sollte in an das Fortschreiten des Projekts gekoppelten Raten fällig werden. Es ging um ziemlich hohe Summen. Gustavsson, ein kreativer Mann, hatte bemerkt, dass Kühe mehr Milch geben, wenn sie sauber gehalten werden. Mit den Subventionssystemen der EU kannte er sich aus, und deshalb lag es auf der Hand, um Unterstützung für die Gründung einer kleinen Firma zu bitten. Die Firma, von der er annahm, dass sie bis zu dreißig Angestellte brauchen würde, wenn die Produktion erst richtig in Gang gekommen wäre, hatte schon zu Anfang mit Schwierigkeiten kämpfen müssen. Die bestellte Maschine, mit der die Duschkabinen angefertigt werden sollten, erwies sich als Fehlkonstruktion. Der wütende Gustavsson hatte verlangt, den Kauf rückgängig zu machen oder die Maschine so umzubauen, dass sie dem gewünschten Zweck dienen könnte. Außerdem hatte er vom Hersteller der Maschine eine hohe Summe als Schadensersatz gefordert, was dieser jedoch in bildreicher Sprache abgelehnt hatte.

Der Hersteller behauptete, es sei zum einen nie klargestellt worden, dass die Duschkabinen für Kühe bestimmt waren, es sei nur von Nutztieren die Rede gewesen, und dabei konnte es sich ja auch um Schweine oder Schafe handeln. Zum anderen habe Gustavsson immer wieder Änderungen und Ergänzungen verlangt, die den Prototyp um 175 000 Kronen verteuert hätten. Diese Mehrkosten wollte er nun seinerseits von Gustavsson einklagen.

Zwischen den Kontrahenten war eine unglaubliche Menge an verbalem Dreck geschleudert worden, ehe Ulrika eingeschaltet worden war.

Die Rechtslage war nicht sonderlich kompliziert. Im Laufe ihrer Arbeit hatte Ulrika Entwürfe mit Maßangaben gefunden, die die Gegenseite akzeptiert hatte, die aber mit der gelieferten Ware absolut nicht übereinstimmten. Gustavsson hatte darauf bestanden, dass Ulrika den Prototyp persönlich inspizierte, und das war zu einem denkwürdigen Ereignis geworden. Denn um seine Sache zu verdeutlichen, hatte er versucht, eine, gelinde gesagt, widerwillige Kuh in die viel zu enge Kabine zu pferchen, obwohl Ulrika und der hinzugezogene unabhängige Gutachter einstimmig erklärt hatten, eine solche Vorführung sei juristisch nicht erforderlich. Das eigentliche Problem lag in der Festsetzung der Schadenssumme. Gustavsson fragte sich außerdem, wie die künftige Zahlungsmoral der EU von der Tatsache beeinflusst werden würde, dass er die Produktion nicht wie geplant aufgenommen hatte. Das machte ihm große Sorgen und erschwerte die Berechnung des Schadensausmaßes.

Zu allem Überfluss hatte sich Gustavsson, nachdem der anfängliche Kampfgeist geschwunden war, diese vielen Probleme dermaßen zu Herzen genommen, dass er wegen eines Magengeschwürs krankgeschrieben werden musste.

Bei Ulrika dagegen hatte die Arbeit an diesem Fall ein Interesse an EU-rechtlichen Fragen geweckt, und sie hatte sogar an der Universität einen Kurs zu diesem Thema belegt. Jetzt steckte sie eine blaue Büroklammer an den Rand des Entwurfs und machte sich am Rand einige Anmerkungen. Sie hatte dieses Dokument bei Gericht zwar schon als wichtiges Beweismaterial eingereicht, wollte es jedoch bei der Verhandlung auf jeden Fall sofort zur Hand haben.

In dem halben Jahr, seit sie sich mit dieser Angelegenheit beschäftigte, war die Akte auf Dezimeterdicke angewachsen. Ulrika hatte einen Taschenrechner neben sich liegen und ging die Zahlen noch einmal durch. Sie liebte diesen letzten Durchgang vor einer Verhandlung, die Bestätigung dafür, dass sie gut vorbereitet war. Den steigenden Adrenalinspiegel. Die Erwartung vor der Verhandlung. Den kleinen Stachel von Unsicherheit, was den Ausgang betraf. Der Wunsch zu siegen war so stark, dass ihr alles andere unwesentlich erschien. Das unangenehme Erlebnis vom frühen Morgen war weit weg. Sie nahm die rhythmischen Bewegungen des Zuges nicht wahr. Sah nicht, wie sie an Feldern und Wäldern vorübersausten, an roten Holzhäusern und grauen Fabriken mit bunten Bauelementen und Firmenschildern. Einzelne Inseln aus übrig gebliebenem Schnee, am Rand verschmutzt, in der Mitte mit einer gelblichen Schicht aus Harsch. Sie war so in ihre Arbeit versunken, dass sie die Schaffnerin, die mit ausgestreckter Hand neben ihr stand, gar nicht bemerkte.

»Ihren Fahrausweis bitte.«

»Oh, Verzeihung.« Ulrika schaute zu der Frau hoch und lächelte entschuldigend.

»Ich habe Sie im Fernsehen gesehen. Sie sind doch Anwältin, oder? Sind Sie jetzt unterwegs zu einer Verhandlung?«, fragte die Schaffnerin mit neugierigem Blick auf die geöffnete Aktentasche.

»Stimmt, ich habe nachher eine Verhandlung in Uppsala.« Ulrika fühlte sich geschmeichelt, wenn sie erkannt wurde. Sie hatte vor kurzem an einer Fernsehdiskussion über die Rolle der berufstätigen Frau in der Gesellschaft teilgenommen. Die viele Aufmerksamkeit gefiel ihr richtig gut, und ihr Auftritt hatte der Kanzlei eine Menge neuer Aufträge eingebracht. Was sie dagegen nicht wollte, war, erkannt zu werden, wenn sie – selten genug – ungeschminkt und in salopper Kleidung das Haus verließ. Was zum Glück wirklich nur selten vorkam. Sie machte sich immer sorgfältig zurecht, ehe sie unter die Leute ging.

»Dann viel Glück«, wünschte die Schaffnerin und knipste die Fahrkarte, als sie begriffen hatte, dass mit weiteren Informationen nicht zu rechnen war.

Ulrika vertiefte sich sofort wieder in ihre Arbeit. Sie wollte den Schriftwechsel ein weiteres Mal durchgehen. Vor sich hatte sie den ersten höhnischen Brief des Widersachers, der sich damals noch keinen Anwalt zugelegt hatte. Endlos lange Ergüsse über angebliche Verluste und Kosten. Hinter mit Nummern versehenen Zetteln lag auch das Protokoll der vorbereitenden Verhandlungen, es gab die Krankschreibung und, ganz hinten, eine traurige Sammlung von Briefen voller Aggression und Selbstmitleid, die Torbjörn Gustavsson geschrieben hatte. Ulrika tat der Mann einfach Leid, obwohl er ein reichlich anstrengender Mandant war.

Eine lange Schilderung einer Unterredung, die Gustavsson mit einem der Ingenieure aus der Fabrik des Herstellers gehabt haben wollte, fiel ihr ins Auge. War dieses Gespräch nicht auch in einem frühen Protokoll von der Gegenseite wiedergegeben worden? Fieberhaft machte sie sich auf die Suche, konnte dieses Protokoll jedoch nicht finden. Sie konnte sich einfach nicht daran erinnern, in welchem Zusammenhang es zur Sprache gekommen war. Sie würde das Protokoll also von

Anfang an noch einmal durchlesen müssen. Mit zusammengebissenen Zähnen ging sie ans Werk.

»Wollten Sie nicht in Uppsala aussteigen?«

Ulrika schaute von ihren Unterlagen auf und spürte, wie ihr Herz einen Salto schlug, als sie die Schaffnerin sah, die jetzt die Fahrkarten der neu Zugestiegenen kontrollierte. Eine unsichtbare Faust aus Nerven und Muskeln traf sie im Bauch und ließ ihren Blutdruck so rasch hochgehen, dass es in ihren Ohren rauschte. Hatte sie den Bahnhof verpasst? Das konnte doch nicht wahr sein! Sicher versuchte die Schaffnerin, einen schlechten Witz zu machen! Der Zug konnte doch unmöglich in Uppsala gehalten haben, ohne dass sie das bemerkt hatte! Sie war viel zu diszipliniert, um einen solchen Patzer zu begehen. Zu ihrem Entsetzen zeigte ihr die Miene der Schaffnerin – eine Mischung aus besorgter Neugier und unterdrückter Sensationslust –, dass sie in einem Zug saß, der sich von Uppsala entfernte, statt sich dieser Stadt zu nähern.

»Wann halten wir das nächste Mal?«, fragte sie mit einem raschen Blick auf die Uhr.

»In Tierp, in einer halben Stunde – ich kann rausfinden, wann von dort der erste Zug nach Uppsala zurückgeht.«

»Ich will nicht nach Tierp«, sagte Ulrika und schaute verstohlen zur Notbremse hinüber, während sie sich zugleich vorstellte, welche Folgen es haben würde, wenn sie diese betätigte. »Ich muss jetzt aussteigen!«, erklärte sie.

Die Schaffnerin erstarrte und schob sich energisch zwischen Ulrika und den Griff der Notbremse. Ulrika sah sofort ein, dass es unklug wäre, der Frau zu drohen. Hier war ein Taktikwechsel angesagt.

»Bitte, helfen Sie mir, diesen Zug zu verlassen! Ich habe in einer Stunde in Uppsala eine wahnsinnig wichtige Verhandlung. Ich muss einfach rechtzeitig da sein. Sonst wird mein Mandant all sein Hab und Gut verlieren. Verstehen Sie, wenn der Anwalt nicht zu Verhandlungsbeginn vor Gericht erschienen ist, hat die Gegenseite automatisch gewonnen.«

Diese Behauptung entsprach nicht ganz der Wahrheit, war aber auch nicht völlig aus der Luft gegriffen. Mitleid. Wenn sie das Mitleid der Frau erwecken könnte, wäre viel gewonnen. Zu ihrer Erleichterung sah Ulrika, dass ihre Taktikänderung sich bezahlt machte. Die Schaffnerin ließ sich erweichen und versprach, mit dem Lokführer zu reden. Festzustellen, ob es nicht irgendeine Milchrampe gäbe, an der er halten und sie absetzen könnte. Eifrig verließ sie das Abteil, während Ulrika sich alle Mühe gab, die neugierigen Blicke der anderen Fahrgäste zu ignorieren.

Die ganze Situation war wie ein Albtraum. Sie wünschte dringend das Aufwachen herbei. Sie wollte in der Küche sitzen, sich eine Tasse Kaffee kochen und durch die Morgenzeitung blättern, ehe sie in die Garage ging. Dort wollte sie sich ins Auto setzen, das in diesem Wunschtraum Luft in allen Reifen hatte, frisch poliert und unversehrt war. Was für ein Luxus es doch gewesen wäre, an einem Morgen ohne Katastrophen aufzuwachen. Und wie geplant mit ihrem eigenen Wagen nach Uppsala fahren zu können.

Ohne Vorwarnung verlangsamte der Zug sein Tempo. Siegesbewusst schaute die Schaffnerin ins Abteil, während der Zug mit kreischenden Bremsen zum Stillstand kam.

»Kommen Sie, beeilen Sie sich.« Die Frau zog Ulrika aus dem Abteil, führte sie mit schnellem Schritt durch den Wagen und öffnete die Tür. Tief unter ihnen lag der Bahndamm. »Halten Sie sich an mir fest, damit Sie nicht hinfallen.« Ulrika ließ sich misstrauisch nach unten sinken und fragte sich insgeheim, ob das hier wirklich die beste Lösung sein könne. »Uppsala liegt in dieser Richtung. Aber gehen Sie auf keinen Fall auf den Gleisen«, mahnte die Schaffnerin freundlich und zeigte auf die von grauen Wolken verhangene Landschaft.

»Großer Gott«, stöhnte Ulrika. »Ist es weit?«

»Zwei Kilometer bis zum nächsten Ort, nehme ich an, aber da können Sie sich ja ein Taxi nehmen. Schaffen Sie das wohl, was meinen Sie?«, fragte sie freundlich.

»Mit etwas Glück müsste es gehen. Es war wirklich nett von Ihnen, mir zu helfen. Danke.«

»Ja, dann viel Glück.« Der Zug hatte sich bereits wieder in Bewegung gesetzt, als sie die Tür schloss.

Mit zusammengebissenen Zähnen nahm Ulrika ihre Wanderung auf dem unebenen Untergrund des Bahndamms auf. Die scharfen Schotterkanten würden ihre neuen Stiefel zweifellos ruinieren. Es war schon besser, unten durch den Lehm zu gehen. Sie konnte die Stiefel vor der Verhandlung ja auf der Toilette im Gerichtsgebäude waschen, wenn sie nur rechtzeitig dort ankam. Warum zum Teufel war sie nur in diese Lage geraten! Ungepflügte lehmige Äcker, spätwinterbraune Gärten und kärgliche Wäldchen. Diese verdammte Gegend war ja nicht einmal schön! Und als es zu allem Überfluss auch noch anfing zu regnen, da musste sie über ihre absurde Lage einfach laut lachen.

Der Prinz kommt immer jung und fesch auf einem Schimmel angesprengt und rettet die Heldin vor Drachen und einem Schicksal schlimmer als der Tod. In Ulrikas Fall ähnelte die Retterin eher der englischen Königin, die sich auf einem großen braunen Pony ins schwedische Flachland verirrt hatte. Ohne Vorwarnung tauchten Ross und Reiterin zweihundert Meter vor ihr auf. Eine kleine, untersetzte Frau mit Kopftuch und dicker Jacke kam auf Ulrika zugeritten, während sie durch den Regen über den lehmigen Acker wanderte, in teuren Lederstiefeln, elegantem Mantel und mit der Aktentasche in der Hand.

»Sie haben sich ja einen seltsamen Spazierweg ausgesucht«, rief die Reiterin, als sie auf Hörweite herangekommen war. »Woher kommen Sie?«

»Vom Schnellzug nach Tierp. Ich habe vergessen, in Uppsala auszusteigen, und bin deshalb einige Kilometer von hier abgesetzt worden. Ist es noch weit bis zur Hauptstraße? Ich muss versuchen, ein Taxi nach Uppsala zu finden. In fünfunddreißig Minuten muss ich dort vor Gericht erscheinen«, teilte Ulrika atemlos mit.

Die Frau musterte sie skeptisch von Kopf bis Fuß. »Kommen Sie von ›Versteckte Kamera‹? Sie kommen mir irgendwie bekannt vor?«

»Nein, wirklich nicht. Das hier ist eine durch und durch echte Katastrophe. Ich bin Anwältin, und vermutlich wartet jetzt gerade ein überaus nervöser Mandant auf mich und hat schreckliche Angst, dass ich nicht rechtzeitig eintreffe.«

»Ganz schön blöd, den richtigen Bahnhof zu verpassen«, stellte die Frau mit trockenem Lachen fest.

»Zweifellos«, Ulrika grinste ebenfalls und setzte sich wieder in Bewegung. Sie hatte wirklich keine Zeit für ein längeres Gespräch, und Königin Elisabeth schien sich eher über sie lustig machen zu wollen, als ihr zu helfen, was an sich ja vielleicht auch kein Wunder war. Ulrika Ståls Abenteuer würde sicher noch vor Ende des Tages in mehr als einem Haus für lustigen Gesprächsstoff sorgen. Zweifelhaft war allerdings, ob Ulrika selbst auch Grund zum Lachen haben würde, wenn dieses Elend irgendwann einmal ein Ende nahm.

»Sie können mit mir zum Hof zurückreiten, und dann fahre ich Sie nach Uppsala. Das ist nicht so weit. Haben Sie schon einmal auf einem Pferd gesessen?« Die raue Stimme klang süß wie Engelschöre.

»Ja«, log Ulrika.

»Sie können vor mir im Sattel sitzen. Sie ist ziemlich kitzlig an den Lenden. Falten Sie Ihren Schal zusammen und setzen Sie sich darauf, sonst bekommen Sie wunde Stellen zwischen den Beinen. Sie hat einen spitzen Rücken«, sagte Königin Elisabeth und half Ulrika auf das Pferd.

»Kann sie uns wirklich beide tragen? Sie sieht so klein aus.«

»Das ist ein russisches Baschkir-Pony. Die sind stark. Dieses kurze Stück schafft sie. Halten Sie sich an der Mähne fest. Ich stelle Ihre Aktentasche vor mich hin.«

Ulrikas Kaschmirschal war keine große Hilfe, als das Pferd

sich in Trab setzte. Sie hatte das Gefühl, in der Mitte durchgeschnitten zu werden. Sie wagte auch nicht, sich anders zu setzen, aus Angst, hinunterzufallen. Blitzschnell empfand sie Dankbarkeit dafür, dass sie und Stefan sich am Vorabend geliebt hatten, denn ihr ging auf, dass ihr jetzt zwischen den Beinen die Haut abgezogen wurde. Und würde er ihr glauben, wenn sie behauptete, das komme von diesem tollkühnen Ritt? Bisweilen war er schrecklich misstrauisch. Und natürlich hatte er auch schon Grund dazu gehabt, aber meistens war sie doch ungeheuer vorsichtig.

Königin Elisabeth, die sich als Maud Granberg vorstellte, reichte die Zügel einem Jeans tragenden Mädchen mit Pferdeschwanz, als sie den Hof erreichten, eine Art Herrensitz mit Stallungen auf der Rückseite.

»Wir nehmen den Porsche, wir haben es schließlich eilig«, entschied Maud Granberg. Sie hatte Ulrikas Sache zu ihrer eigenen gemacht und steuerte mit energischen Schritten ein violettes Tempowunder an. Anwältin Ulrika Stål versuchte derweil, ein wenig Würde zurückzugewinnen, während sie breitbeinig hinter ihrer Retterin in der Not herstapfte.

Sie erreichte den Gerichtssaal in dem Moment, als die Parteien aufgerufen wurden. Torbjörn Gustavsson saß vor der Tür auf einem Holzstuhl und sah aus wie das Ende der Welt. Ulrika konnte ihm eben noch auf die Schulter klopfen, ehe sie hineingingen. Flüsternd bat sie um Entschuldigung für die Verspätung, versicherte aber, alles unter Kontrolle zu haben. Ihr Mandant schaute sie dankbar an und ihr ging auf, welches Vertrauen er zu ihr hatte. Ulrika hatte nicht vor, ihn zu enttäuschen.

Maud war mit Todesverachtung gefahren. Ulrika hatte versprochen, alle etwaigen Bußgelder zu bezahlen. Im Auto hatte sie ihre Stiefel mit Papiertaschentüchern und zwei Erfrischungstüchern gereinigt, die sie bei sich trug, seit sie in der Fischmarkthalle das letzte Mal Krabben gegessen hatte. Ihre Frisur hatte jetzt eine Art »wet look«, wie sie nach zwei Strichen mit der Bürste und einem Blick in den Spiegel feststellte. Ein wenig Lippenstift noch und kein Mensch hätte angenommen, dass sie nicht fahrplanmäßig in Uppsala aus dem Zug gestiegen war.

In ihrem Inneren hatte aber noch immer ein leichtes Chaos geherrscht, weshalb sie auf Nummer sicher gegangen war und einen halben Betablocker eingeworfen hatte. Das war besser so. Auch wenn ihr nichts anzusehen gewesen war, hatte ihr Herz so wild geschlagen, dass sie Angst hatte, das könne ihre Stimme beeinflussen. Sie musste sich überzeugt und sicher anhören. Ihrem Mandanten zuliebe musste sie sich beruhigen. Die Tablette war ihr im Hals stecken geblieben und sie hatte mehrmals schlucken müssen, um sie hinunterzubringen. Jetzt war sie so weit. Kühl und gesammelt nahm sie neben ihrem Mandanten, dessen Hände sichtlich zitterten, im Gerichtssaal Platz.

Im Laufe der Verhandlung ging sie dann ganz in ihrer Rolle der Anwältin auf und ihre persönlichen Missgeschicke verblassten. Nach dem Schlussplädoyer war sie mit ihrem Einsatz zufrieden und Torbjörn Gustavsson lächelte zum ersten Mal an diesem Tag.

»Mit denen haben Sie aber den Boden aufgewischt«, sagte er, als sie sich draußen auf der Straße zum Abschied die Hand reichten. »Darf ich Sie zu etwas einladen, zum Abschluss sozusagen? Ich muss zugeben, ich war ein wenig nervös, bis Sie gekommen sind.«

Ulrika fand nicht, dass es noch viel zu sagen gab. Die Verhandlung war gut gelaufen, das Urteil sollte in drei Wochen gesprochen werden. Sie lehnte freundlich ab und entschuldigte sich damit, dass sie in die Kanzlei zurückmusste. Sie hatten außerdem in der Mittagspause zusammen gegessen. Mit Selbstbedienung auf Essensmarken. Das Tagesgericht, panierte Scholle mit gekochten Kartoffeln und Remouladensoße, die Ulrika weggelassen hatte, dazu alkoholfreies Bier und Kaffee. Torbjörn Gustavsson hatte ihre Hand zwischen seine beiden großen feuchten Hände genommen und ihr das Blaue vom Himmel versprochen, wenn sie nur siegten. Leicht verlegen hatte sie gesagt, ihr Honorar werde ihr reichen, wenn es denn erst so weit wäre.

Auf der Rückfahrt blätterte sie in einer eleganten Frauenzeitschrift und aß eine halbe Tüte Smarties.

2

Der Arbeitstag war zu Ende. Die Sekretärinnen machten sich auf den Heimweg. Um Punkt fünf verwandelten sie sich von adretten, effektiven Berufstätigen in Hausfrauen mit biederen Mänteln, die mit den während der Mittagspause getätigten Einkäufen zu ihren Familien eilten. Wie die Backfische, kichernd über interne Witze und verbotenen Klatsch. Nie bereit zu Überstunden und die Ersten, die eifrig einen Brückentag verlangten. Eigentlich war Gudrun Andersson die Einzige, die einspringen mochte, wenn in der Kanzlei zusätzliche Hilfe benötigt wurde. Sie war seit vielen Jahren geschieden, ihr einziger Sohn wohnte in Australien, und deshalb lebte sie mehr oder weniger für ihre Arbeit. Mit ihren siebenundfünfzig Jahren war sie die Älteste unter den Sekretärinnen und zweifellos die Tüchtigste. Im Notfall konnte sie selbstständig Grundbucheintragungen vornehmen und einfache Erbauseinandersetzungen regeln. Sie war diejenige, die den Referendaren half, so dass diese die Anwälte nicht dauernd wegen irgendwelcher Bagatellen stören mussten.

»Da bist du ja. Und wie war's«?, fragte sie, als sie in der Rezeption mit Ulrika zusammenstieß.

»Danke, gut. Ist hier irgendwas passiert?«

»Auf deinem Schreibtisch liegt ein Haufen Mitteilungen, aber in der Post war nichts Besonderes, abgesehen von einem Urteil vom Gericht in Huddinge. Soll ich noch ein bisschen bleiben?«

»Nein danke, das schaff ich schon. Ich habe nichts, was heute Abend noch raus muss. Wir sehen uns morgen.« Ulrika ging in die Stille in ihrem Arbeitszimmer hinein, machte Licht und nahm am Schreibtisch Platz. Rasch sah sie Post, Mitteilungen und Telefonnotizen durch.

Und dort lag das Urteil aus Huddinge. Es war zu Gunsten ihrer Mandantin ausgefallen, einer alleinstehenden Mutter, die seit Jahren mit drei Kindern an der Armutsgrenze lebte, obwohl ihr Exliebhaber sich mehr oder weniger alles leisten konnte. Ulrika hatte ihn verklagt und das Gericht hatte einer Erhöhung der Unterhaltszahlungen für die Kinder zugestimmt. Es machte immer Spaß, ein nach Wunsch ausgefallenes Urteil zu erhalten. Es kopieren und das Begleitschreiben diktieren zu können, in dem sie die Mandantin von ihrem Sieg unterrichtete, erfüllte sie mit tiefer Befriedigung. Sie hatte das Gefühl, für eine gerechte Sache zu kämpfen, auch wenn das Gericht wegen ihres Honorars herumfeilschte, was natürlich ungeheuer ungerecht war. Sie hatte bisher noch nie zu viel in Rechnung gestellt. Eher war das Gegenteil der Fall.

Die Arbeit als Anwältin war nicht immer lukrativ. Hohe Festkosten senkten die Gewinnspanne um einiges. Etliche Kollegen hatten mit den niedrigen Honoraren solche Probleme, dass sie zu viele Aufträge annahmen und ihre Arbeit darunter litt. Viele übernahmen neben den üblichen Aufgaben auch noch Beratertätigkeiten. Ulrika selbst steigerte ihr Einkommen durch fast manisches Spekulieren an der Börse. Das hieß nicht, dass sie immer noch größere Risiken einging, aber es verging kein Tag, an dem sie nicht irgendetwas kaufte oder verkaufte. Im Moment setzte sie keine hohen Summen ein, da sie ihr zusammengespartes Kapital größtenteils in sicheren Papieren angelegt hatte. Und ihr Schutzengel hatte ihr wohl auch beigestanden, als sie rechtzeitig vor dem Kurssturz abgesprungen war, der den Aktienmarkt der ganzen Welt in exaltiertem IT-Rausch zum Tanzen gebracht hatte. Man durfte nicht zu gierig sein. Die Kunst lag darin, ebenso viel zu verkaufen wie zu kaufen.

»Hallo, da bist du ja wieder.« Peter Höök stand mit einer Kaffeetasse in der Hand in der Tür. »Möchtest du die? Ich kann mir einen neuen machen«, sagte er großzügig und bot ihr das dampfende Getränk an.

»Ist da Zucker drin?«

»Nein.«

»Dann nehme ich ihn gern. Ich kann etwas Belebendes brauchen, es war ein harter Tag«, sagte Ulrika und nahm die Tasse. »Komm rein und setz dich, wenn du Zeit hast, ich würde gern ein bisschen quatschen.«

»Leider nein, bei mir sitzt die Bude voll von weinenden Mandanten, ich musste nur mal für ein paar Minuten etwas anderes sehen. Es ist so schrecklich, wenn ein Asylantrag abgelehnt wird. Ich schau nachher mal rein, falls du dann noch da bist. Wie läuft übrigens die Sache mit Zoran Petrovic?«

»Der Fall kommt nächste Woche Donnerstag zur Verhandlung. Darüber wollte ich gerade mit dir reden.«

»Es gibt doch keine Probleme, hoffe ich?« Peter machte ein sehr besorgtes Gesicht und strich sich rasch mit der Handfläche über den Bart. Bleich und ein wenig heruntergekommen, wie immer in ausgebeulter Cordhose und Strickjacke.

»Nein ... nein, das wirklich nicht.« Sie lächelte ihn flüchtig an und spielte dann lässig mit einem Kugelschreiber herum. Ob sie sich überzeugend genug angehört hatte?

Peter Höök beschäftigte sich fast ausschließlich mit Ausländerrecht und hatte bisweilen drei- oder vierhundert Mandanten gleichzeitig. Nur höchst selten bat er die Kollegen in der Kanzlei um Hilfe. Lieber schuftete er bis zum Zusammenbruch. Nicht, dass er den anderen diese Flut von Fällen nicht gönnte, die die schwedische Flüchtlingspolitik auf seinen Tisch spülte. Es war eher so, dass er ihnen kaum zutraute, seine Fälle selbstständig zu bearbeiten, und da machte er es dann lieber gleich selber.

Ulrika hing sehr an Peter. Seine ganze Ausstrahlung weckte ihre mütterlichen Gefühle und ließ sie ihm gegenüber als Beschützerin auftreten. Sie stellte sich immer auf seine Seite, wenn die anderen darüber klagten, dass seine Mandanten sich zu breit machten.

Vor nicht allzu langer Zeit hatte Peter sie gefragt, ob sie einen Fall für ihn übernehmen könne. Eine Strafsache. Ein ehemaliger Mandant war in Schwierigkeiten geraten, ein junger Serbe namens Zoran Petrovic. Sie hatten im Pausenraum gesessen, und dieses eine Mal hatte Peter sich Zeit gelassen. Ulrika hatte zuerst geglaubt, er wolle über seine Scheidung sprechen, da er so lange herumdruckste, bis er endlich mit der Sprache herausrückte. Erst nach der dritten Tasse hatte er seinen Spruch aufgesagt.

»Du weißt doch schon lange, dass ich nicht gerne Strafsachen übernehme. Ich finde, die nehmen so viel Zeit in Anspruch. Ich schaff das nicht. Hast du wohl eine Möglichkeit? Es ist so verdammt unangenehm, ablehnen zu müssen, wenn man gebeten wird. Du weißt schon, wo ich ihm und seiner Verwandtschaft doch sonst geholfen habe, bei der Asylsache, meine ich. Und wenn die Sache in der Kanzlei bleibt, dann kann er sicher damit leben. Wenn du einspringen kannst, dann bezeichne ich dich als Fachfrau auf diesem Gebiet. Wenn du nichts dagegen hast, meine ich.«

»Wieso denn Fachfrau? Steht er unter Mordverdacht, oder was?«, hatte Ulrika gefragt.

»Schwere Vergewaltigung.« Peter hatte ihren Blick festgehalten.

»Wäre es nicht sinnvoller, Jan die Sache anzubieten?«

»Der hat keine Zeit.« Peter sah plötzlich peinlich berührt aus. Aber sie hätte es sich denken können. Natürlich hatte er zuerst Jan Stenberg gefragt, den versierten Strafrechtsexperten der Kanzlei.

Ulrika fühlte sich zwar nicht direkt übergangen, konnte aber nicht leugnen, dass es sie ein wenig ärgerte, dass sie erst als Zweite gefragt worden war. Es wäre ehrlicher gewesen, wenn Peter ihr vorher von Jans Ablehnung erzählt hätte. Aber andererseits war Peter, wenn er andere bat, einen Auftrag zu übernehmen, vermutlich extrem überarbeitet und kurz vorm Zusammenbruch. Das war schon zweimal passiert und hatte das pure Chaos zur Folge gehabt.

Mit gewissem Zögern hatte sie sich bereit erklärt, Zorans Verteidigung zu übernehmen, wenn er sie denn als Anwältin akzeptierte. Sie hatte wegen der Art des Verbrechens durchaus Bedenken gehabt, erinnerte sich aber daran, wie wichtig es war, zwischen der Tat und dem Menschen zu unterscheiden.

Jetzt stand Peter vor ihr, musterte sie nervös und schien mit einem Tadel zu rechnen. Sie konnte in seinem Gesicht lesen wie in einem offenen Buch. Ulrika sah ein, dass es keine gute Idee wäre, das Thema noch einmal zur Sprache zu bringen, wenn seine Mandanten gegangen waren. Auch Peter brauchte seinen Feierabend. Dann würde er sich eine Flasche Wein aufmachen und vor dem Fernseher einschlafen. Ihr Interesse daran, was Zoran Petrovic vor seiner Ankunft in Schweden getrieben hatte, konnte warten. Sie hatte Peter um Einsicht in die Unterlagen zu Zorans Asylgesuch bitten wollen. Jetzt wusste sie nicht mehr so recht, ob sie das alles überhaupt wissen wollte.

»Wir können morgen drüber reden, so wichtig ist das auch wieder nicht. Ich habe nur ein paar allgemeine Fragen zu Zoran Petrovic. Ich habe das Gefühl, dass ich nicht zu ihm durchdringe. Ich dachte, du könntest mir vielleicht sagen, wie ich am besten an ihn herankomme.«

Peter machte den Mund auf, wie um etwas zu sagen, überlegte sich die Sache dann aber anders. Sein Blick irrte unruhig hin und her. Ulrika spürte, wie eine Welle des Mitleids über sie dahinspülte. Es machte ihm wirklich zu schaffen, dass er ihr etwas verheimlicht hatte. Aber das war ja gar nicht nötig. Sie alle waren an ihre Schweigepflicht gebunden. Sie wollte die

Sache überspielen, um ihm seine Arbeitsruhe zurückzugeben. Schließlich warteten nebenan seine Mandanten auf ihn.

»Ich bleibe sicher nicht länger als eine Stunde. Wir reden morgen weiter. Ich muss mit der Bahn nach Hause fahren. Irgendein Idiot hat heute Nacht meinen Wagen verwüstet, in der Garage. Alle Reifen aufgeschlitzt und den Lack mit einem Schraubenschlüssel zerkratzt.« Mit einem wütenden Klicken brach sie den Kugelschreiber in der Mitte durch und warf die Reste in den Papierkorb.

»Nicht deinen BMW, hoffe ich?« Peter machte ein zutiefst erschrockenes Gesicht. Die Vorstellung, dass jemand ein edles Auto zerstören könnte, schockierte ihn mehr als die eigentliche Tat. Die Vorstellung, jemand könne sich an seinen A 8 heranmachen. An seinen Stolz und seine Freude in diesem Leben. Den wunderbaren Audi, den er nach einem nicht ganz astreinen Aktienhandel erstanden hatte. Nach einem einmaligen Einsatz, mit dem er seine Finanzen saniert hatte.

»Doch, meinen BMW. Stefans Wagen ist in der Werkstatt. Irgendwas stimmt mit der Ölpumpe nicht.« Sie reichte Peter die unberührte Kaffeetasse. »Nimm den doch lieber selbst, ich hab plötzlich so ein verdammtes Sodbrennen.«

»Kriegst du jetzt auch ein Magengeschwür? Ich habe Losec im Schreibtisch, wenn du was brauchst.«

Ulrika lehnte das Angebot ab und sah zu, wie ihr Kollege in sein Zimmer zurückkehrte. Vorsichtig, mit gesenkten Schultern, um keinen Kaffee zu verschütten. Mit ihm verschwand auch die Arbeitslust. Nach einem kurzen Blick in den Kalender steckte sie einige Akten in ihre Tasche und verließ ihr Büro. Ein Hauch von schlechtem Gewissen, weil sie früher ging als geplant, begleitete sie bis auf die Straße hinaus. Zögernd blieb sie am Strandväg stehen. Dann schüttelte sie dieses unangenehme Gefühl ab, ging mit bestimmten Schritten am Theater und der Birger Jarlsgata vorbei und ins grelle Licht der U-Bahnstation hinunter.

Kein Sitzplatz. Die Aktentasche zwischen den Füßen eingeklemmt. Es war noch nicht viele Stunden her, dass die zwischen ihrem Hinterteil und Mauds üppigem Busen eingeklemmt gewesen war, auf einem Pferderücken, im Nieselregen, irgendwo auf dem Flachland bei Uppsala. Großer Gott, was für ein Tag. Sie lachte vor sich hin, was ihr einige böse Blicke einbrachte. Es gehört sich nicht, in der Stockholmer U-Bahn einfach loszulachen. Wusste sie das nicht? War sie betrunken oder stand sie unter Drogen?

Ein Penner, der ein Stück weiter stand, glaubte, in ihr eine Seelenverwandte gefunden zu haben, und versuchte, sich mit einem verschwörerischen Lächeln in seinem roten Gesicht einen Weg durch die Menge zu bahnen.

»Kommssu aufn Bier missu mir?« Er zeigte mit wackelndem Finger auf sie und seine Schnapsfahne verschlug ihr und den Umstehenden fast den Atem.

»Heute nicht. Gib mir deine Karte, dann ruf ich dich morgen an«, erwiderte Ulrika so freundlich sie konnte.

Der Suffkopp schwankte erst einmal hin und her und schien nicht zu wissen, ob er gerade einen Korb bekommen hatte oder nicht. Weil diese Denkarbeit ihn überforderte, verlegte er sich darauf, laut loszugrölen: »Dein ist mein ganzes Herz ...«

Ulrika war dankbar, als die Bahn endlich hielt und sie aussteigen konnte. Da saß sie doch noch lieber im Stau. Der Wagen musste neu lackiert werden. Sie hätte gern gewusst, wie lange das wohl dauern würde. Am nächsten Morgen würde sie sich einen Mietwagen besorgen. Ob die Versicherung den wohl bezahlte? Sie konnten ja wohl nicht erwarten, dass Ulrika, während sie auf einen Termin in der Werkstatt wartete, in einem Wagen durch die Gegend fuhr, auf dem »Fotze« und andere Obszönitäten standen!

Stefan war reizend gewesen und hatte versprochen, sich um die Anzeige bei der Polizei und um neue Reifen zu kümmern. Aber seine Vertretungsstelle als Lehrer war ja auch erst einmal zu Ende, und da hatte er mehr Zeit, um ihr bei den Dingen zu helfen, zu denen sie selbst nicht kam.

Die Zeit bis zu den Winterferien war anstrengend gewesen. Sie hatte einen Mordfall gehabt und Wochen lang ganze Tage vor Gericht zugebracht. Das Kindermädchen hatte ohne Vorwarnung gekündigt. Ihre Schwiegermutter hatte sich den Oberschenkelhals gebrochen und Stefan hatte sich verpflichtet gefühlt, montags und donnerstags wie zugesagt in der Solbackaschule zu arbeiten. Nein, da war es schon angenehmer, wenn er sich nur um seine Doktorarbeit in Literaturwissenschaft und die Kinder kümmerte. Es war eine Lösung, mit der sie eigentlich beide zufrieden waren.

Stefan war kein Karrieremensch. Er war gern zu Hause und Ulrika hatte nichts dagegen, allein für den Unterhalt der Familie zuständig zu sein. Obwohl sie mit der Zeit die Frage der Kinderbetreuung ja doch lösen mussten, damit er ab und zu einmal rauskam. Das Ideale wäre natürlich eine sympathische Frau, verwitwet oder geschieden, die bei Bedarf einspringen und auch für ein oder zwei Nächte bei ihnen schlafen könnte, wenn sie mal ohne Kinder wegfahren wollten. Eine Frau, deren eigene Kinder aus dem Haus waren. Eine Ersatzgroßmutter. Aber auf welchem Baum wuchsen solche Wesen? Ulrika beschloss, eine Anzeige in der Lokalzeitung aufzugeben. In Täby kirkby gab es doch viele ältere Menschen. Wer weiß, vielleicht meldete sich ja doch jemand.

Das Klingeln des Telefons zerriss die Stille. Ulrika fuhr aus dem Schlaf hoch und war nicht sicher, ob sie geträumt hatte. Stefan beugte sich über sie und streckte bereits die Hand nach dem Telefonhörer aus. Er hatte mehr Grund zur Sorge, denn seine Eltern lebten noch und er hatte überdies auch Geschwister. Ulrika, die niemanden hatte, brauchte, solange die Kinder noch klein waren, nicht zu befürchten, ein nächtlicher Anruf könne eine schlechte Nachricht bedeuten.

»Da meldet sich niemand. Hat vermutlich die falsche Nummer erwischt. Schlechte Manieren, dann nicht um Entschuldigung zu bitten«, murmelte Stefan und ließ sich wieder auf sein

Kissen sinken. Ulrika war schon eingeschlafen, noch ehe er diesen Satz beendet hatte.

Beim nächsten Klingeln nahm sie ab.

»Kommunistenhure«, fauchte eine Männerstimme, dann wurde aufgelegt. Ulrika saß verdutzt mit dem Hörer in der Hand im Bett. Was für eine Unverschämtheit. Sie merkte, wie der heiße Zorn durch ihren Körper jagte. Es war so unglaublich respektlos. Sie war weder das eine noch das andere. Sicher hatte sich schon wieder jemand in der Nummer geirrt. Alles andere war unvorstellbar.

Aber es war kein Irrtum. Nach dem fünften Anruf zogen sie den Telefonstecker im Schlafzimmer heraus, nach zwei weiteren ging Stefan nach unten und machte dasselbe mit den zwei Anschlüssen dort. Wann immer Stefan sich gemeldet hatte, wurde aufgelegt, Ulrika dagegen war mit Drohungen, Obszönitäten und Beschimpfungen bedacht worden.

Danach konnte sie nicht wieder einschlafen. Die Gedanken wirbelten durch ihren Kopf. Wer konnte dieser Anrufer sein? War es ein Zufall, dass gerade bei ihr angerufen wurde? Oder hatte es jemand auf sie abgesehen? Jemand, der ihr wirklich übel wollte?

Natürlich konnte es jemand sein, der sich übervorteilt vorkam und sich jetzt dafür rächen wollte, dass er vor Gericht ihr gegenüber den Kürzeren gezogen hatte. Ab und zu schienen die Leute nicht begreifen zu können, dass sie nur ihre Arbeit machte. Natürlich konnte sie manchmal rücksichtslos wirken, wenn es darum ging, die Interessen ihrer Mandanten zu vertreten, aber das gehörte doch zum Job dazu. Wenn es nur nicht derselbe war, der ihr Auto so zugerichtet hatte. Es gab doch so viele Idioten! Von jetzt an würden sie die Alarmanlage einschalten, ehe sie abends schlafen gingen.

Stefan und sie hatten schon seit vielen Jahren eine Geheimnummer. Das musste so sein, damit ihre Mandanten sie nicht dauernd zu Hause störten. Wichtig war diese Vorsichtsmaßnahme vor allem bei Scheidungsfällen. Manche Mandanten glaubten, ihre Anwältin fortlaufend über alle Widerwärtigkeiten informieren zu müssen, die die Gegenseite ihnen antat, und wollten sofort Bericht erstatten. Am liebsten am Sonntagmorgen, wenn sie Suff und Streitigkeiten des Samstagabends noch frisch in Erinnerung hatten.

Morgen würde Ulrika sich ein Telefon anschaffen, das die Nummer des Anrufers zeigte.

Um halb fünf ging sie hinunter in die Küche und kochte sich eine Tasse Kamillentee, da es für ein Schlafmittel zu spät war. Ihr ganzer Tag würde ruiniert sein, wenn sie nicht noch ein paar Stunden schlafen könnte. Elin fing an zu schreien, als Ulrika gerade das Wasser in die Kanne gab und das beruhigende Aroma der weißen Blüten ihr in die Nase stieg. Seufzend machte sie ein Fläschchen fertig und ging hinauf ins Kinderzimmer. Sie schnupperte an der Windel, die Gott sei Dank noch immer sauber und trocken war. Sie legte ihre weinende Tochter neben Stefan ins Bett, dann ging sie zu ihrem Tee hinunter und setzte sich damit aufs Fernsehsofa. Als sie das heiße Getränk getrunken hatte, fühlte sie sich ruhiger. Sie klopfte einige Sofakissen zurecht, zog eine Decke über sich und schlief ein.

Zoran Petrovic war siebenundzwanzig Jahre alt und arbeitete an einem U-Bahn-Schalter. Eine Arbeit, die ihm gut gefiel. Er kam mit Menschen zusammen und hatte, anders als man meinen könnte, oft guten Kontakt zu den Fahrgästen. Die wollten wissen, wo sie umsteigen mussten, ob es Anschlussbusse gab oder ob er vielleicht ein Auge zudrücken könnte, weil ihre Fahrkarte eigentlich schon nicht mehr galt. Er sorgte immer dafür, mit jemandem ins Gespräch zu kommen, wenn eine Bahn gerade gefahren war und es bis zur nächsten noch eine Weile dauerte. Viele wechselten gern ein paar Worte mit ihm, wenn sie ihre Fahrkarte kauften. Das machte alles ein bisschen persönlicher. Es war ein menschlicher Kontakt, der wärmte und der das Lächeln noch ein Stück die Rolltreppe hinunter vorhalten ließ. Manchmal sogar bis in den Wagen, wo es dann erlosch und unter den U-Bahn-Blicken zu einem Strich wurde.

Der Fahrkartenschalter war außerdem ein guter Ort, um mit Mädchen in Kontakt zu kommen. Dabei galt es, aufmerksam zu sein. Am besten lief es, wenn mehrere gleichzeitig kamen. Kichernd, zurechtgemacht, aufgestylt. Auf dem Weg in die City, ins Großstadtabenteuer. Wenn dann eine ihre Fahrkarte kaufte, hielt er ihre Hand fest, so dass sie ihn ansehen musste.

»Fahr nicht«, bat er dann. »Bleib lieber hier bei mir.«

Ab und zu blieb so ein Mädchen dann bei ihm stehen, während die Freundinnen ungeduldig warteten, denn sie wollten sich auf den Weg zu eigenen Eroberungen machen. Wenn er Glück hatte, dann bekam er die Telefonnummer seiner Auserwählten. Einige Male kam es vor, dass sie warteten, bis er Feierabend hatte, und dann gingen sie mit zu ihm nach Hause.

Nadja hatte ihm ihre Telefonnummer nicht geben wollen. Sie hatte um seine gebeten. Er hatte vergessen, wer sie war, als sie anrief. Aber das hatte er überspielt, und sie konnte durchaus glauben, dass er die ganze Zeit neben dem Telefon gewartet hatte.

Sie könne sich nur schwer von zu Hause loseisen, hatte sie gesagt.

»Wohnst du mit einem Typen zusammen?«

»Nein, mit meinen Eltern. Du weißt doch, wie das sein kann. Die sind einfach hoffnungslos. Raffen rein gar nichts«, hatte sie lachend gesagt. Neckend, aufreizend, lustvoll.

Er hätte sie nie zum Kommen überreden sollen. Ihr dabei helfen, sich mit einer Lüge von zu Hause wegzuschleichen. Fort aus dem schützenden Misstrauen der Eltern und den wachsamen Blicken der Brüder. Bei seiner Herkunft hätte er es besser wissen müssen. Warum hatte er sich nicht an die anderen jungen Frauen gehalten, die sich freiwillig und ohne Probleme mit ihm einließen? Dann wäre ihm diese Hölle erspart geblieben.

Sie war so schön gewesen, als sie gekommen war. Zögernd war sie zuerst im Treppenhaus stehen geblieben, dann hatte sie seine Wohnung betreten. Die Nachbarin hatte neugierig die Tür geöffnet und den süßen Duft von Koriander und Ingwer herausgelassen. Nadjas Wangen hatten vor Kälte geglüht. Ihre langen schwarzen Haare fielen knisternd über ihre Schultern, als sie die Mütze abnahm. Lachend war sie mit der Hand über ihren Kopf gefahren, um die statische Elektrizität zu vertreiben.

Sie hatten Kaffee getrunken und geredet. Sie hatte erzählt, dass sie ihn schon oft am Schalter gesehen habe. Einmal, sagte sie, habe sie ihn nach dem Weg nach Farsta gefragt.

Als er sie küsste, hatte sie die Arme um seinen Hals gelegt und sich an ihn gepresst. Ihr kurzer Pullover war hochgerutscht und seine Hand hatte routiniert und wie von selbst den Weg zu den Haken ihres BH gefunden, der sich beim ersten Versuch geöffnet hatte. Als sein Kopf an ihrer Brust gelegen und seine Zunge zärtlich mit ihren Brustwarzen gespielt hatte, war sie verlegen geworden und hatte gefragt, ob er ihren Busen zu klein fände.

Erst, als seine Hand sich unter ihre Unterhose gestohlen hatte, hatte sie sich abgewandt und ihn gebeten zu warten.

»Jetzt nicht, heute nicht. Vielleicht nächstes Mal«, hatte sie keuchend gesagt und ihn geküsst. Aber als er nicht nachgegeben hatte, war ihr Widerspruch verstummt. Sie hatte es ebenso gewollt wie er. Da war er sich sicher. Es hatte ihr gefallen. So etwas merkt ein Mann.

Zoran begriff rein gar nichts, als er unter dem Verdacht auf Vergewaltigung verhaftet wurde. Wo er doch fast jede Frau haben konnte. Nadja hatte ihn doch angerufen. Und war sie nicht freiwillig in seine Wohnung gekommen?

»Verdammt, die war doch geiler als ich«, hatte er den Untersuchungsrichter angeschrien, ehe er mit einer Anwältin hatte sprechen dürfen. Einer Anwältin, die laut Peter Höök Spezialistin für Vergewaltigungsfälle war.

»Ich garantiere dir, dass du mit ihrem Einsatz zufrieden sein wirst. Ich kenne sie gut. Wir arbeiten seit vielen Jahren zusammen. Sie ist sehr tüchtig und verfügt über viel Erfahrung in Strafsachen. Über viel mehr als ich. Du kannst so ruhig sein, wie es in deiner Situation überhaupt nur möglich ist, wenn du Ulrika Stål auf deiner Seite hast«, hatte Peter Höök am Telefon gesagt, nachdem er sich entschuldigt hatte, weil er die Verteidigung nicht selber übernehmen konnte.

Keine Frau, und schon gar keine Schwedin, würde jemals verstehen, was er durchgemacht hatte. Zoran Petrovic fühlte sich ein weiteres Mal preisgegeben.

3

Die Versicherungsgesellschaft erklärte sich dazu bereit, die Kosten für einen Mietwagen zu übernehmen. Zweihundertfünfzig Kronen pro Tag reichten gerade für einen giftgrünen Fiat. Dreitürig, keine Kilometerabrechnung. Ulrika wurde beim bloßen Hinschauen schon seekrank, aber sie hatte nicht die Zeit, um auf der Suche nach einer erträglicheren Farbe herumzutelefonieren. Die Reparatur des BMW würde eine Woche in Anspruch nehmen. In diesem Fall halfen nicht einmal ihre guten Beziehungen. Sie vermisste die Sitzheizung ihres eigenen Wagens, aber sie hatte auch keine zweitausend Kronen aus eigener Tasche zahlen wollen, um einen anderen Wagen zu bekommen. Da wollte sie doch lieber ein wenig frieren.

An diesem Morgen hatte sie nicht gefroren, als sie in der Kanzlei eingetroffen war. Sie hatte eine gute Stunde für die Fahrt in die Stadt gebraucht. Der Verkehr war so zähflüssig gewesen wie alter Haferschleim, und das Heizgebläse hatte das Wageninnere fast in eine finnische Sauna verwandelt. Ulrika schaffte dabei ein langes Telefongespräch mit ihrer Schwiegermutter, die mit dem Schwiegervater nach China fahren wollte, sowie sie nach dem Oberschenkelhalsbruch wieder auf eigenen Beinen stehen konnte. Ulrika hatte gesagt, das könne durchaus seine Zeit brauchen, doch auf diesem Ohr war Marianne taub gewesen. »Wenn eine Krankengymnastin mir nur ein gescheites Programm aufstellt, dann schaff ich das schon allein«, hatte sie gesagt. »Jetzt wollen Ulf und ich uns richtig umschauen, ehe es zu spät ist. Er hat versprochen, sich einen Monat frei zu nehmen, damit wir wirklich durch das Land reisen können, statt uns nur die Verbotene Stadt, die Chinesische Mauer und die Terrakottaarmee anzusehen.«

Ulrika freute sich, dass Stefans Mutter ihre Lebensfreude wiedergefunden hatte. Sie war nach dem Unfall so deprimiert gewesen, dass der Arzt ihr trotz ihrer Proteste ein aufmunterndes Mittel verschrieben hatte. Und das hatte offenbar geholfen.

Ulrika stopfte den Ohrstöpsel in die Tasche und schaltete ihr Telefon aus, als sie die Kanzlei betrat. Sie ging sofort ins Besprechungszimmer. An jedem ersten Montag im Monat versammelten sich dort alle, die nicht vor Gericht erscheinen mussten, um eine halbe Stunde lang die Angelegenheiten der Kanzlei durchzugehen. Dabei diskutierten sie dann auch immer neue Gesetzesvorschläge oder besonders interessante Urteile.

Das Besprechungszimmer war der schönste Raum in der Kanzlei. Es war ziemlich dunkel, da es zum Hof hin lag, aber es war gepflegt und gemütlich, mit hoher Eichentäfelung an der Wand und Stuckdecke. Ein weißgrüner Kachelofen mit doppelter Messingluke stand als Dekorationsstück an der einen Wand. Leider konnten sie ihn nicht benutzen, und der Hausbesitzer mochte sich trotz aller Bitten nicht bereit erklären, die Wiederherstellung der Verbindung zum Kamin zu finanzieren.

An diesem Morgen war die gesamte Kanzlei versammelt. Dunkle Anzüge, tadellos gebügelte Hemden, Seidenkrawatten und duftendes Rasierwasser. Nur Peter brach mit dieser Uniform. Aber andererseits waren seine ausgebeulten Cordhosen und seine Holzfällerhemden für ihn ebenso Uniform wie dunkler Anzug und Schlips für die anderen. Ulrika begrüßte alle und ließ sich auf einen freien Stuhl sinken. Eine Sekretärin brachte Kaffee und Mineralwasser. Karl-Henrik Ljung, der Steuerfachmann der Firma, verteilte etwas, das aussah wie eine Bilanzrechnung, während die halbe Versammlung sofort nach ihren Lesebrillen suchte.

»Wir haben allerlei Probleme mit unserer Filiale in Brüssel.« Karl-Henrik legte eine Kunstpause ein und ließ seinen Blick über die Anwesenden schweifen. »Wie ihr wisst, arbeiten dort zur Zeit zwei tüchtige Kräfte für uns, Sylvia Becklander und Markus Westerlund. Die Kanzlei dort hat im vergangenen Jahr zwei Millionen neunhundertachtundsiebzigtausend Kronen Umsatz gemacht, und wir haben eine weitere große Wohnungsgesellschaft als Mandantin gewinnen können. Die Zukunftsaussichten sollten mit anderen Worten glänzend sein.« Er zupfte sich nachdenklich am Ohrläppchen und verstummte.

»Aber …?« Die Frage blieb eine Weile unausgesprochen in der Luft hängen, dann redete Karl-Henrik weiter.

»Sylvia Becklander hat mit einer persönlichen Tragödie zu kämpfen und ist bis auf weiteres krankgeschrieben. Ich befürchte, dass sie vielleicht um Versetzung bitten wird. Die Arbeitsbelastung ist inzwischen so groß, dass Markus allein nicht mehr damit fertig wird. Und damit haben wir zwei Möglichkeiten. Entweder gehen wir jetzt schon ein finanzielles Risiko ein und stellen einen weiteren Juristen ein, wozu wir über kurz oder lang wohl sowieso gezwungen sein werden. Oder wir schicken jemanden von hier als Aushilfe hin, bis wir wissen, wie es mit Sylvia weitergeht.«

»Was ist denn passiert?«, wurde gleich von mehreren Seiten gefragt.

»Sie war mit Olof Kramer verheiratet, dem EU-Beamten, ihr wisst schon, der neulich in Zusammenhang mit einem Autodiebstahl vor seinem Haus erschossen worden ist. Es war ein außerordentlich brutaler Mord, der noch immer nicht aufgeklärt ist.«

»Da unten ist die Verbrechensrate wirklich ungeheuerlich. Alles ist viel schlimmer als hier«, sagte Jan Stenberg, der Fachmann für Strafsachen und immer auf dem Laufenden war.

Die Besprechungsetikette war gebrochen. Alle redeten wild durcheinander. Alle wollten ihr Wissen um die steigende internationale Kriminalität kundtun. Aber am Ende kam doch heraus, dass niemand besondere Lust hatte, die eigenen Fälle ruhen zu lassen und nach Brüssel zu fahren.

»Ulrika, wie sehen deine Pläne für die nächste Zeit aus? Könntest du nicht für eine Woche einspringen und Markus aus der ärgsten Not helfen? Du sprichst doch außerdem fließend Französisch.«

Diese direkte Frage ließ sie zusammenzucken. Es war wirklich nicht nett von Karl-Henrik, sie dermaßen aufs Korn zu nehmen. Aber warum nicht? Nach Zoran Petrovic standen keine wichtigen Verhandlungen auf dem Programm. Sie war seit Jahren nicht mehr in Brüssel gewesen, es könnte also interessant sein. Außerdem war klar, dass sie einsprang, wenn die da unten Hilfe brauchten. Eine Woche könnte sie sich sicher von zu Hause loseisen.

»Ich habe jetzt am Donnerstag eine Hauptverhandlung. Die nächste Woche ist ziemlich ruhig, wenn ich das richtig in Erinnerung habe. Doch, an sich könnte ich wohl schon am Freitag fahren. Ich muss mir nur noch von Stefan grünes Licht holen, wir haben im Moment zu Hause keine Hilfe.«

»Was ist denn aus eurem letzten Kindermädchen geworden? Aus der mit den Filzpantoffeln? War die keine Perle?« Ruben Tikkanens weiches Finnlandschwedisch füllte neugierig den Raum.

»Nein, das war sie nicht. Sie ist verschwunden, ohne zu kündigen, zusammen mit zwei Lieblingspullovern von mir und einem Gucci-Schal. Jetzt suchen wir wieder eine neue. Falls hier jemand zufällig ein Kindermädchen zu viel hat, sagt bitte Bescheid.« Die Kollegen lachten herzlich über diese absurde Bitte. Die Sache mit der Kinderbetreuung war für die jüngeren Juristen ein permanentes Problem, während die älteren sich über diese Frage niemals Gedanken gemacht hatten.

Der restliche Vormittag verflog nur so. Ulrika genoss ungewöhnliche Arbeitsruhe. Das Telefon schwieg so beharrlich, als sei es defekt, und ehe sie auf die Uhr schauen konnte, erinnerte ihre Sekretärin sie daran, dass sie in fünfzehn Minuten im Sturehof zum Mittagessen verabredet war. Widerwillig legte Ulrika das Diktiergerät beiseite, schaute kurz in den Spiegel, frischte ihren Lippenstift auf und lief die Treppen hinunter. Ulrika nahm nie mehr den Fahrstuhl, seit sie mehrere Male darin stecken geblieben war. Da sie spät dran war, hatte sie keine Zeit für einen Schaufensterbummel, aber aus dem Augenwinkel sah sie, dass mehrere Läden bereits die neue Frühjahrskollektion präsentierten. Himmel, es war doch noch immer schweinekalt!

Anette erwartete sie schon. Der Oberkellner begrüßte Ulrika, die er erkannte, und führte sie zum Tisch. Jede bekam eine Speisekarte und bestellte Mineralwasser.

»Was ist aus deinem Telefonterroristen geworden? Hast du rausfinden können, wer das war?«

Ulrika runzelte bei dieser Erinnerung gereizt die Stirn. »Nein, leider nicht. Er hat aufgehört anzurufen, noch ehe wir den Nummernmelder angeschafft hatten. Ich kam mir richtig betrogen vor. Ich wünschte, er würde noch ein einziges Mal anrufen, damit ich ihn aufspüren könnte. Es ärgert mich maßlos, dass er einfach davongekommen ist. – Was nimmst du?« Ulrika öffnete die Speisekarte und schaute ihre Freundin fragend an.

»Pökellachs in Mehlschwitze.« Anette strich sich ihre blonde Mähne aus dem Gesicht und griff nach einem Stück Fladenbrot, das sie dann sorgfältig mit Kaviarcreme bestrich. »Ich finde jedenfalls, dass du Anzeige erstatten solltest. Hast du mit Nils Petter gesprochen?«

»Den sehe ich nicht mehr.« Ulrika versuchte, sich nichts anmerken zu lassen. Die Erinnerung tat so weh.

Im Vorjahr hatte sie sich allen Prinzipien zum Trotz Hals über Kopf in einen Stockholmer Kriminalkommissar verliebt. Was als gegenseitige Anziehung angefangen hatte, als Flirt wie so viele andere, hatte sich zu einer kompletten Katastrophe entwickelt. Ohne Vorwarnung hatte Nils Petter mit seiner Wärme und Intensität die Schranken durchbrechen können, die Ulrika seit dem Tod ihrer Eltern um sich aufgestellt hatte. Es war eine Mauer, die sie schon als Kind vor der Umwelt geschützt und die ihr geholfen hatte, sich gefühlsmäßig abzuschotten, wenn alles zu schwer wurde. Sie hatte gelernt, für sich und ihre Angelegenheiten zu kämpfen. Es war hart gewesen, aber sie hatte es geschafft.

Die Beziehung zu Nils Petter hatte ihre ganze Existenz bedroht. Ihre Arbeit hatte darunter gelitten. Sie hatte Stefan und die Kinder vernachlässigt. Sie hatte in einem emotionalen Chaos gelebt, das sie fast zerstört hätte. Als Nils Petter sie gebeten hatte, Stefan zu verlassen, war ihr nichts anderes übrig geblieben, als jeglichen Kontakt zu ihm abzubrechen. Stefan war ein Teil ihres Lebens, niemals würde sie ihn verlassen können, für niemanden, das wusste sie. Was ihr Angst gemacht hatte, war, dass dieser Gedanke, flüchtig wie ein Flügelschlag, in ihr die Sehnsucht nach einem Leben mit Nils Petter geweckt hatte.

Wenn sie nur diese Erinnerung verdrängte, dann ging alles einigermaßen.

Anette Goldman war die einzige Außenstehende, die von dieser Beziehung wusste. Ulrika bereute jetzt, dass sie sich ihr anvertraut hatte. Es war nicht lustig, an etwas erinnert zu werden, das man vergessen wollte. Aber damals, als die Sache ganz besonders heiß gewesen war, hatte sie ein Alibi gebraucht, da sie ein Wochenende in einem Ferienhaus in Sälen verbringen wollten, und da war Anette die Einzige gewesen, auf die sie sich verlassen konnte.

»Seid ihr nicht freundschaftlich auseinander gegangen?«

»Doch, das schon, aber das hier geht ihn nichts an. Wenn

noch etwas passiert, gehe ich zur Polizei von Täby, die ist ja schließlich zuständig.«

Ulrika wollte jetzt gern das Thema wechseln. Sie winkte einigen Maklern zu, die einige Tische weiter ihre Flundern verzehrten. »Ich nehme auch Lachs«, sagte sie, um klarzustellen, dass das Thema Nils Petter erschöpft war.

Ganz bewusst schirmte sie sich für einen Moment ab, indem sie ihren Blick über die übrigen Gäste im Lokal wandern ließ. Eine Mischung aus Geschäftsleuten, Künstlern und Freundinnen, die in den bis zur Unkenntlichkeit renovierten Sälen des alten Sturehof aßen. Ulrika war als Kind oft mit ihren Eltern hier gewesen. Ihre Eltern hatten als Erstes immer einen Heringsteller und einen Schnaps bestellt. Das kalte Getränk hatte die Gläser beschlagen lassen. Wenn man mit dem Finger über die Außenseite strich, bildeten sich Tropfen. Der Betonfuß des vor dem Regen schützenden Schirmes war damals ein anderer gewesen, doch noch immer sammelten sich darunter die Menschen. Hier verabredete man sich oder lief sich zufällig über den Weg. Die Frauen bekamen einen Kuss auf die Wange, die Männer einen Händedruck oder ein freundschaftliches Schulterklopfen. Und derweil pulsierte der Stockholmer Verkehr in einem endlosen Strom vorüber.

Die Freundschaft zwischen Ulrika und Anette reichte über zwanzig Jahre zurück, in die Zeit vor dem Flugzeugunglück, das Ulrika ihre Eltern genommen hatte. Sie hatten gemeinsam die Französische Schule besucht und dort auch Abitur gemacht; danach hatte Anette Journalismus studiert, Ulrika Jura.

Anette hatte schon als Studentin einen dreißig Jahre älteren Mann geheiratet und war mit ihm nach Paris gezogen. Dort hatten sie ein hektisches, aufregendes Leben als Teil der kulturellen Elite dieser Stadt geführt, bis der Gatte sich nach zwölf Jahren zu Tode getrunken hatte und seine schöne Frau und vier Kinder aus einer früheren Ehe sich um die Erbschaft schlagen mussten.

Ihr Leben sei vorbei, das hatte Anette wirklich geglaubt, und deshalb war die junge Witwe nach Stockholm zurückgekehrt und hatte sich eine Dreizimmerwohnung im Karlevägen gekauft. Sie hatte mit einem grauen Dasein ohne Kultur und Amüsement gerechnet und war überrascht von dem neuen kontinentalen Leben der Hauptstadt gewesen, dessen fester Bestandteil sie bald geworden war. Jetzt arbeitete sie als freie Journalistin und war zugleich immer auf der Suche nach einem neuen Mann.

Ulrika und Anette hatten viel Spaß miteinander. Sie kicherten unbeschwert. Sie konnten über fast alles reden, ehrlich und offen, ohne dass die andere es übel nahm. Klatsch war eine Sache, aber in ernsten Angelegenheiten konnten sie einander absolut vertrauen. Leider sahen sie sich zu selten. Die Zeit war immer knapp, so wie jetzt, wo sie alles in einer schnöden kleinen Mittagspause besprechen sollten. Als sie sich trennten, versprachen sie einander wie immer, das bald zu wiederholen. Sie arbeiteten und lebten doch immerhin in derselben Stadt. Verkehrten in derselben Szene, kauften in denselben Läden ein, gingen zum selben Friseur. Und doch hatten sie das Gefühl, aneinander vorbeizulaufen. Anette musste gleich nach dem Kaffee aufbrechen. Sie hatte einen Interviewtermin mit dem Justizminister und war schrecklich aufgeregt.

»Grüß ihn von mir, wenn du das nicht vergisst«, sagte Ulrika, als die Freundin losstürzte.

Anette blieb mit verdutztem Gesicht abrupt stehen. »Ich wusste ja gar nicht, dass du den kennst. Ist das privat oder beruflich?«

»Frag ihn«, neckte Ulrika sie lachend.

Ein Sonnenstrahl stahl sich ins Herz der gehetzten Stockholmer, die nach der Mittagspause in ihre Büros zurückströmten. Ihre Schritte wurden zögerlicher und ihre winterbleichen Gesichter wandten sich dem Himmel zu. Die Augen wurden im ungewohnten Licht zusammengekniffen und eine bohrende Sehnsucht meldete sich zu Wort.

Ein rascher Blick auf die Uhr. Sie hatte noch Zeit. Ulrika eilte über die Straße und ignorierte die Frau, die ihr leicht aggressiv mitteilen wollte, dass man bei Rot zu warten habe. Warum warten, wo doch kein Auto kam?

Die Biblioteksgata wurde von der Frühlingssonne noch nicht erreicht. Sie musste erst höher steigen. Noch ein Monat, dann würde sich alles ändern. Die Cafés würden ihre Tische hinausstellen, zur Freude der Passanten, die sich mit ihren Einkaufstüten auf die Stühle sinken lassen und den Luxus genießen könnten, draußen zu sitzen und einen Cappuccino mit Zimt und Zucker auf der geschäumten Milch zu trinken, sich die Leute anzusehen und Bekannte zu begrüßen.

Ulrika ging langsam weiter und betrachtete das Angebot in den Schaufenstern. Sie erlag der Versuchung, in einen Laden zu gehen und eine Jacke anzuprobieren. Die stand ihr sehr gut, war aber teuer. Vielleicht hätte sie es sich trotzdem überlegt, wenn die Verkäuferin sie nicht so genervt hätte. Ihre Schmeicheleien und ermüdenden Überredungsversuche raubten Ulrika alle Einkaufslust. Sie beschloss deshalb, lieber die Gelegenheit beim Schopf zu packen und sich zu erkundigen, ob sie im Salon Chez Pierre ihre Haare waschen und föhnen lassen konnte. Pierre gab sich immer alle Mühe, eine Lücke für sie zu finden, wenn es irgendwie möglich war. Sie waren schon lange befreundet und trafen sich auch privat.

»Sieh an, da kommt doch tatsächlich Frau Anwältin Stål, ohne einen Termin vereinbart zu haben.« Pierre, der eigentlich Per Svensson hieß, verließ seine Kundin, die auch brav sitzen blieb. Den Kopf voller aufgewickelter Folienstücke, unter denen Strähnen bleichten. Er breitete zur Begrüßung die Arme aus und lachte glucksend, als er Ulrika auf beide Wangen küsste.

»Ulrika, wie schön, dass du hereinschaust. Wirklich nett. Ist ja auch schon eine ganze Weile her. Du siehst großartig aus.« Sein Akzent verriet seine Herkunft aus der Gegend von Jonköping. »Willst du einen Termin ausmachen oder einfach nur guten Tag sagen?«

»Beides. Hast du schrecklich viel zu tun?«

»Geh doch gleich zur Haarwäsche, dann kann ich dich drannehmen, ehe die Strähnchen an die Reihe kommen, das schaffen wir noch. Meine nächste Kundin kommt immer zu spät.« Um seine Eile zu unterstreichen, scheuchte er sie zur Garderobe und zu den kirschroten Schutzkitteln aus dickem Nylon.

Bei der Haarwäsche war eine neue Angestellte beschäftigt. Ulrika schaute sich um, ehe sie sich niederließ und den Kopf zurücklegte.

»Ist Daniel nicht mehr hier?«

»Der macht mit seiner Mutter in Griechenland Ferien. Ich vertrete ihn so lange.«

Ulrika war erleichtert. Daniel war ein alter Mandant, der nach vielen Schwierigkeiten endlich festen Boden unter den Füßen gefunden hatte. Pierre hatte ihn netterweise auf Probe eingestellt und es nicht bereut. Daniel hatte das Friseurhandwerk interessant gefunden und lernte auch leicht, solange ihm deutliche Anweisungen erteilt wurden. Die Kundinnen mochten ihn, und mit seiner unglaublichen Schönheit war er ein absoluter Gewinn für den Salon. Gerüchte besagten, dass er von seinem letzten Liebhaber ein Vermögen geerbt habe, aber dazu mochte Ulrika sich nicht äußern.

»Sieh nur, wie schön du geworden bist.« Pierre trat einen Schritt zurück und bewunderte seine Arbeit. Und das zu Recht. Ulrikas Haare hatten jetzt Fülle und Glanz. Sie sahen natürlich und luftig aus. Er brachte sie zur Tür.

»Du musst mal bald mit Stefan zu Mons und mir zum Essen kommen. Oder versteckst du ihn vor uns? Wir haben uns doch seit einer Ewigkeit nicht mehr gesehen.«

»Ich weiß. Es war so viel los. Aber sowie die Lage sich ein wenig beruhigt hat, kommt ihr zur Abwechslung zu uns. Wir sind an der Reihe.« Sie schaute zum Himmel hoch, der nun wieder wintergrau und bedeckt war.

»Vorhin hat kurz die Sonne geschienen«, sagte sie und küsste ihn zum Abschied auf die Wange.

»Ein Bote hat ein Päckchen für dich abgegeben, als du zu Tisch warst. Ich habe es in dein Zimmer gestellt, auf den Stuhl neben der Tür. Auf dem Schreibtisch war kein Platz.« Tom Uggla, der zuletzt hinzugekommene Referendar, half Ulrika aus dem Mantel. »Du scheinst ja im Moment schrecklich beschäftigt zu sein. Brauchst du vielleicht irgendwelche Hilfe?«

»Hast du denn genug Zeit, um uns anderen zu helfen? Ich dachte, du wärst mit den Ermittlungen für Karl-Henrik vollauf beschäftigt«, sagte Ulrika mit einem sarkastischen Unterton, den der leicht aufgeblasene Kollege jedoch nicht bemerkte. Die neu eingestellten Juristen benahmen sich in ihrer Unsicherheit oft wie kleine Gecken, aber das verflog zumeist, wenn die Arbeitsbelastung sich steigerte.

»Doch, natürlich, aber es wäre doch interessant, das Steuerrecht mit einer bodenständigeren Art von Juristerei abzuwechseln. Kontakt mit den Mandanten zu bekommen, wenn du verstehst, was ich meine. Den Steuerkram kann man doch zu jeder Tageszeit erledigen. Ich würde es wirklich zu schätzen wissen, wenn ich dir in irgendeiner Strafsache behilflich sein könnte. Dich hinaus aufs Schlachtfeld begleiten, sozusagen.«

»Wenn sich die Gelegenheit ergibt, gern, solange dich das nicht davon abhält, Karl-Henrik zu helfen. Ich werde mal sehen, was bei mir anliegt und dich interessieren könnte.«

Ulrika kam sich vor wie eine gute Fee, als sie die Freude in Toms Gesicht sah. Sie wusste, dass er keinerlei Kontakt zu den Mandanten gehabt hatte, seit er im vergangenen Sommer in der Kanzlei angestellt worden war. Seine Begeisterung angesichts der Aussicht, bei einer Gerichtsverhandlung dabei zu sein, statt am Schreibtisch zu sitzen und dem Finanzamt auf die Finger zu schauen, ließ sich zweifellos mit der von Aschenbrödel vergleichen. Und zwar mit dem Moment, in dem der Kürbis sich in eine märchenhafte Kutsche verwandelt. Ulrika versuchte sich einzuprägen, dass sie etwas wirklich Spannendes für ihn finden wollte.

Das Päckchen lag auf dem Stuhl neben der Tür, genau wie Tom gesagt hatte. Ein Absender war nicht darauf vermerkt. Neugierig riss sie das fest verklebte Packpapier auf, dann zögerte sie. Wenn das nun eine Bombe war? Sie schüttelte den Karton. Wie hörte sich eine Bombe eigentlich an, wenn sie geschüttelt wurde? Vermutlich rutschte sie nicht hin und her und schlug mit dumpfem Knall gegen die Kartonwände wie dieses Ding hier. Ulrika fragte sich, ob sie vielleicht Verfolgungswahn entwickelte. Energisch riss sie das restliche Packpapier weg und öffnete den Kartondeckel. Der Gestank von fauligem Fleisch stach ihr in die Nase, noch ehe sie die Ursache identifizieren konnte.

Irgendwer hatte ihr einen abgehackten Hühnerkopf geschickt, der noch dazu in eine blutige Damenunterhose eingewickelt gewesen war, bis sie angefangen hatte, das Paket zu schütteln. Die billigen Spitzen waren vom geronnenen Blut bräunlich verfärbt und steif. Angewidert drückte sie den Deckel wieder auf den Karton und schob diesen so heftig zurück, dass er fast auf den Boden fiel. Die bloße Vorstellung, dass der scheußliche Inhalt fast herausgekullert wäre und den Teppich besudelt hätte, verursachte ihr Übelkeit.

Sie riss das Fenster sperrangelweit auf und ließ die kühle Luft hereinströmen, um einen klaren Kopf zu kriegen. Warum hatte sie diese Sendung erhalten? Sollte das eine Mitteilung sein oder suchte einfach irgendein Verrückter ein Ventil für seine Perversität? Diese Gedanken wirbelten ihr eine Weile durch den Kopf, ehe sie sie zu fassen bekam. Natürlich musste es einen Zusammenhang zwischen den ganzen Schikanen der letzten Zeit geben. Widerwillig öffnete sie den Deckel noch einmal und stocherte mit einem Brieföffner im Karton herum. Sie suchte nach einer Mitteilung. Nach einem Hinweis auf die Identität des Absenders.

Dass die Mafia tote Fische versandte, um Zeugen zum Schweigen aufzufordern, wussten wohl alle, die Krimis lasen oder ins Kino gingen. Aber welche kriminelle Vereinigung benutzte abgehackte Hühnerköpfe und weiße Nylonunterhosen?

Plötzlich wusste sie Bescheid. Die Symbolik war eigentlich ziemlich einfach. Ein Absender war gar nicht nötig. Irgendwer wollte ihr Angst einjagen, weil sie Zoran Petrovic verteidigte. Die Erkenntnis, dass ihr wirklich Gefahr drohte, ließ ihr den kalten Schweiß ausbrechen.

Das hätte sie schon früher begreifen müssen, schon, als die fremde Stimme am Telefon sie als Kommunistenhure bezeichnet hatte. Petrovics linksgerichtete Sympathien waren schließlich kein Geheimnis.

Als sie Zoran Petrovic im Gefängnis zum ersten Mal gesprochen hatte, hatte sein Auftreten ihr Sorge gemacht. Unzugänglich und arrogant hatte er jegliche psychiatrische Untersuchung verweigert. Er wollte auch nicht, dass sie versuchte, bis zur Verhandlung eine Entlassung aus der Untersuchungshaft zu erwirken. Sein Verhalten machte es ihr sehr schwer, eine Verteidigungsstrategie zu entwickeln.

»Hier bin ich in Sicherheit«, hatte er gesagt, womit er vermutlich Recht hatte, da die älteren Brüder von Nadja ihn fast totgeschlagen hatten, ehe die von der Nachbarschaft alarmierte Polizei eingetroffen war.

Erst im Krankenhaus, wo nach dieser Misshandlung seine Verletzungen behandelt wurden, war er darüber informiert worden, dass gegen ihn eine Anzeige wegen Vergewaltigung vorlag. Statt als Opfer umhegt zu werden, war er danach plötzlich zum Verbrecher geworden. Von Rücksichtnahme keine Spur mehr. Er war auf die Krankenstation des Gefängnisses verlegt worden, dort wurde er verhört, eingesperrt und erniedrigt. Nadja hatte die Vergewaltigung erst angezeigt, nachdem ihre Brüder aus der Haft entlassen worden waren, wo sie seit ihrem Überfall auf Zoran gesessen hatten.

Leider war das zu spät gewesen, kein Gerichtsmediziner hatte durch eine gynäkologische Untersuchung noch Beweise in Form von Körperflüssigkeiten sichern können – aber es gab Indizien, die Nadjas Version unterstützten. Sie hatte typische Vergewaltigungsverletzungen aufgewiesen, wie blaue Flecken auf den Innenseiten der Oberschenkel und gereizte Schleimhäute in der Scheide. Außerdem hatte sie eine leichte Fraktur des Kiefers, mehrere Schwellungen im Gesicht, ein blaues Auge und Würgemale am Hals. Sie war außer sich vor Verzweiflung gewesen und hatte die ganze Zeit geweint.

Petrovic hatte den Geschlechtsverkehr mit der jungen Frau, die ihn angezeigt hatte, nicht abgestritten. Er hatte fast schon ein bisschen damit geprahlt, dass Nadja ihn gewollt habe. Sie habe angerufen und ihn in seiner Wohnung treffen wollen. Ja, sie habe ihn dann mehr oder weniger verführt. Normalerweise mache er einen Bogen um junge Musliminnen, da er wisse, dass das zu Problemen mit den Familien führen könne. Und so sei es nun ja auch gekommen. Wenn die Nachbarn nicht die Polizei geholt hätten, hätte die Sache ihn das Leben kosten können. Nadjas Verletzungen konnte er nur so erklären, dass jemand anders sie ihr zugefügt haben musste, nachdem sie ihn verlassen hatte.

Die Aussage der jungen Frau hörte sich dagegen ganz anders an als seine.

Ulrika wusste, dass sie mehr über Petrovics Vergangenheit erfahren musste, um die Verteidigung vorbereiten zu können, aber als sie sich nach seinen Kriegserlebnissen erkundigen wollte, war er aggressiv geworden. Sein Leben vor seiner Ankunft in Schweden ging niemanden etwas an. Widerwillig hatte er ihr dann doch die Namen einiger Freunde genannt. Durch die hatte sie auch Kontakt zu zwei Freundinnen von Nadja aufnehmen können, unter anderem war eins von den Mädchen dabei, die damals gehört hatten, wie Nadja Zoran um seine Telefonnummer gebeten hatte. Ulrika bezweifelte, dass dieses Mädchen auch in Zukunft noch zu Nadjas Busenfreundinnen gehören würde. Vor allem nicht mehr, nachdem Ulrika sie als Zeugin der Verteidigung genannt hatte.

Die ganze Geschichte war schrecklich unangenehm. Es war ekelhaft, eine sechzehnjährige muslimische Schülerin in ein schlechtes Licht rücken zu müssen, weil sie sich wie jede in ihrem Alter für einen hübschen jungen Mann interessiert und ihn in seiner Wohnung zum Kaffee besucht hatte. Mehr als einmal musste sie sich zusammenreißen, um nicht die Partei der jungen Frau zu ergreifen. Doch sie hatte schließlich davon auszugehen, dass ihr Mandant die Wahrheit sagte.

Ulrika war sich ziemlich sicher, dass das Paket von irgendeinem Angehörigen Nadja Amiris stammte. Es war ein primitiver Versuch, sie von der Verteidigung ihres Mandanten abzubringen. Wieder wanderten ihre Blicke zu dem Karton hinüber. Der Gestank des verfaulten Vogelkopfes schien das ganze Zimmer zu füllen. Am liebsten hätte sie alles aus dem Fenster geworfen. Die Drohung ignoriert. So getan, als ginge sie das alles nichts an. Unentschlossen trommelte sie mit den Fingernägeln auf die Fensterbank. Wenn das Paket wirklich von der Familie Amiri stammte, dann musste das ja wohl als grober Übergriff in einem laufenden Prozess gelten.

Eigentlich wäre es angebracht, diesen Beweis sicherzustellen. Den Karton in eine Plastiktüte zu stopfen und ihn an einer sicheren Stelle aufzubewahren, bis sie ihn der Polizei übergeben könnte. Und danach müsste sie natürlich im Gefängnis anrufen und mit ihrem Mandanten sprechen, da die Bedrohung sich auf Umwegen ja doch vor allem gegen ihn richtete. Außerdem müsste sie der Ordnung halber die zuständige Staatsanwaltschaft informieren, ehe sie bei der Polizei Anzeige erstattete. Aber das alles kam ihr umständlich und unnötig vor. Es gab eine andere Möglichkeit. Einen kürzeren Weg.

Tom Uggla meldete sich sofort, als sie das Haustelefon betätigte.

»Wenn du mir bei einer Strafsache helfen willst, dann habe

ich einen interessanten Auftrag für dich. Und wenn du sofort kommen kannst, dann erzähle ich dir alles.«

Ulrika zeigte ihm den Inhalt des Kartons. Der kurzgeschorene Jurist wich angesichts des Gestanks zurück und erbleichte um die Nase herum.

»Du willst doch hinaus ins Feld, hast du gesagt. Wenn du mir den Boten beschreiben kannst, der dieses Paket gebracht hat, und wenn deine Beschreibung mit meiner Vermutung übereinstimmt, dann kannst du mit mir nach Tensta kommen.«

4

Es war schon nach vier, als sie in Tensta auf einen Parkplatz fuhren. Ulrika stellte ihren Mietwagen hinter einen angeschrammten Volvo älteren Baujahrs. Darin hing am Rückspiegel ein Kruzifix und über den Fahrersitz war eine orthopädische Decke aus Holzkugeln drapiert.

»Warst du schon mal hier?«

»Nein, nie.« Der adrette Referendar schien sich über diese Frage fast zu wundern.

»Es ist eigentlich sehr nett hier. Die Architekten haben sich wirklich Gedanken gemacht. Schau dich mal um, wo du schon hier bist.«

Tom Uggla lachte auf, er wusste nicht so recht, ob sie Witze machte.

Eine bunt gewürfelte Menschenmenge aus allen Gegenden der Welt ging über die Fußgängerbrücke hinunter zum Zentrum, zum Markt und zur U-Bahn. Beleibte Afrikanerinnen leuchteten wie Pfauen in farbenfrohen Batikstoffen. Araber in Kaftanen unter dicken Jacken und mit runden bestickten Kappen bildeten einen fast herzzerreißenden Kontrast zu den Musliminnen, die wie düstere Spukgestalten dahinsegelten, verborgen unter Kopftüchern und langen tristen Mänteln. Herumlungernde, rauchende Jugendliche in Gruppen starrten sie an, als sie vorbeigingen.

Tom schaute sich neugierig um, als sie die Treppen zu dem für Autos gesperrten Bereich hochstiegen, wo die siebenstöckigen Häuser in Gruppen die breiten Rasenflächen umstanden. Für ein hauptsächlich von Zuwanderern bewohntes Viertel sah es wirklich idyllisch aus.

Klettergerüste und Sandkästen zeigten, dass es sich um eine kinderreiche Gegend handelte. Die Vielfalt an Satellitenschüsseln auf den Balkons verriet, dass die Menschen, die offenbar allesamt hinter zugezogenen Gardinen lebten, mehr verlangten, als das schwedische Fernsehen zu bieten hatte.

Obwohl niemand sie ansprach oder bedrohlich auftrat, war Tom nervös. Er hatte das Gefühl, dass sie sich von der bunt gemischten Menge abhoben. Sie wirkten ganz einfach zu schwedisch und waren zu gut angezogen. Er schielte zu Ulrika hinüber. Die war wie immer elegant, mit hochhackigen Schuhen und einem Mantel mit Pelzkragen. Selbstsicher und ohne einen Gedanken daran, dass sie ein mögliches Überfallopfer darstellte, spazierte sie hocherhobenen Hauptes dahin, die Tasche lässig über die Schulter geworfen. Tom hatte selbst einen Mantel und eine Aktentasche und gelangte mehr und mehr zu der Überzeugung, dass er jeden Moment niedergeschlagen werden würde. Außerdem setzte jetzt die Dämmerung ein. Das Ganze war ihm äußerst unangenehm und er sehnte sich nach der Geborgenheit der Kanzlei zurück.

»Du hast doch keine Angst?« Ulrika hob überrascht die Augenbrauen. »Ich meine das wirklich ernst, wenn ich sage, dass das hier eine angenehme Wohngegend ist. Tagsüber bist du hier weniger gefährdet als in der Innenstadt. Gute Schule, sogar eine der besten von Stockholm, Bibliothek, Sporthalle und viele multikulturelle Aktivitäten. Und ein Dönerimbiss«, fügte sie angesichts seiner skeptischen Miene scherzhaft hinzu.

»Du musst dich an die Realität gewöhnen, wenn du wirklich mit Strafsachen arbeiten willst. Unsere Mandanten gehören eben nicht immer zu den oberen Zehntausend, das kannst du dir doch denken.«

Tom Uggla hörte den Tadel in ihrer Stimme und geriet in Verlegenheit.

Ulrika blieb vor einer Tür mit zerborstenem Schloss stehen, stellte fest, dass offen war, und ging ins Haus. Im Treppenhaus gab es keine Namensschilder und der Boden war schmutzig. Links von der Treppe befand sich eine weitere aufgebrochene Tür mit einem Drahtglasfenster, durch das man eine Reihe von Kellerverschlägen sehen konnte, vor denen schwere Vorhängeschlösser an massiven Ketten unwillkommene Plünderer auszusperren versuchten.

Ulrika schien dieses schäbige Treppenhaus nichts auszumachen. Sie hatte schon zu oft mit Menschen auf der Schattenseite des Lebens zu tun gehabt, um sich von snobistischen Vorurteilen beeinflussen zu lassen. Tom Uggla dagegen schien in diesem Moment alle seine hochtrabenden Pläne von einer »bodenständigeren Juristerei« aufgeben zu wollen.

»Wir müssen vier Treppen hoch. Du kannst den Fahrstuhl nehmen, wenn du willst«, sagte Ulrika. Tom trottete hinter ihr her, denn er fühlte sich in dieser fremden Umgebung weiterhin unsicher.

»Verdammt, das stinkt ja vielleicht. Was essen die denn bloß?«

»Na, Pökelhering sicher nicht. Hier sind wir.«

Sie zog die Handschuhe aus und klingelte.

Ein Mädchen von vielleicht sechzehn Jahren öffnete die Tür. Sie war dunkel, hübsch und nach herrschender Teeniemode ein wenig gewagt gekleidet. Aus der Wohnung war Musik zu hören.

Das Mädchen hieß Sonya Bayar und besuchte den naturwissenschaftlichen Zweig des Gymnasiums von Tensta. Sie war die Älteste von drei Geschwistern. Ihr Vater war Optiker und hatte einen eigenen Laden, wo auch die Mutter arbeitete. Die Familie lebte seit vierzehn Jahren in Tensta. Sonya war eine Klassenkameradin von Nadja Amiri, die Zoran Petrovic der Vergewaltigung bezichtigt hatte. Schon bei ihrer ersten

Begegnung mit Ulrika hatte Sonya ausgesagt, dass weder sie noch ihre anderen Freundinnen glaubten, dass Zoran Nadja vergewaltigt haben könnte. Nadja hatte nämlich mehrere Male gesagt, dass sie mit ihm schlafen wolle, wenn es sich so ergäbe. Sonya wusste, dass Nadja auch schon mit anderen Männern zusammen gewesen war, denn sie hatte ihr ein »Alibi« geben müssen, wenn Nadja verbotene Unternehmungen geplant hatte. »Die spinnen doch bei ihr zu Hause. Die leben im Mittelalter, verdammt noch mal. Da war die Hölle los, als sie sich geweigert hat, mit Kopftuch auf die Straße zu gehen«, hatte sie mit verächtlichem Schnauben erzählt.

An dem Abend, an dem angeblich die Vergewaltigung passiert war, hatte Nadja offenbar wieder gelogen und behauptet, mit Sonya zusammen auf deren kleine Geschwister aufpassen zu müssen.

»Blöd, dass sie mir nichts davon gesagt hat«, meinte Sonya. »Denn dann wäre ich doch zu Hause geblieben, statt zum Sport zu gehen.«

Sonya war unten beim Imbiss, wo sie sich nach dem Training mit einigen Bekannten unterhalten hatte, Nadjas älterem Bruder begegnet. Er hatte sie sofort nach seiner Schwester gefragt und war total außer sich geraten. Hatte herumgebrüllt wie ein Idiot. Sonya hatte ihm gesagt, er solle sich zum Teufel scheren, und sie hatte ihm vors Schienbein treten müssen, damit er sie in Ruhe ließ.

»Glaubst du, dass er sie misshandelt hat, als sie dann nach Hause gekommen ist?«, hatte Ulrika gefragt und eine Möglichkeit geahnt, für ihren Mandanten einen Freispruch zu erwirken.

»Das kann schon sein. Was weiß ich? Seither hat niemand mehr mit ihr gesprochen. Sie war auch nicht mehr in der Schule. Ich wollte ihr zweimal die Hausaufgaben bringen, aber sie haben mich nicht reingelassen. Sie tun so, als sei ich an allem schuld.«

»Und deine Eltern, glaubst du, dass die dir Probleme machen

werden, wenn ich dich als Zeugin vorlade? Du musst damit rechnen, dass das unangenehm wird. Vielleicht werden dir Fragen gestellt, die du lieber nicht beantworten würdest. Und du musst dich an die Wahrheit halten, auch bei Dingen, die eigentlich nicht herauskommen sollten.« Ulrika wollte sichergehen, dass Sonya genau wusste, worauf sie sich einließ.

»Meine Eltern sind nicht konservativ, wenn Sie davor Angst haben. Wir sind Aleviten.«

Ulrika hatte sich nach diesem Besuch im Internet kundig machen müssen. Sie hatte keine Ahnung von der Religion der Aleviten. Sie schämte sich dieser Wissenslücke, als sie erfuhr, dass es sich bei den Aleviten mit rund fünfundzwanzig Millionen Anhängern um die größte Minderheitsreligion in der Türkei handelte. Eine Art islamische Sekte mit christlichen und buddhistischen Elementen. Eine Religion, die den Menschen in den Mittelpunkt stellt und an die Gleichberechtigung der Geschlechter glaubt. Die keinerlei Sympathien für Konservativismus und Fundamentalismus hat. Die Aleviten beten nicht gen Mekka, feiern keinen Ramadan und trinken Alkohol. Man kann ja nicht alles wissen, hatte Ulrika sich zu ihrer Entschuldigung gesagt, nachdem sie fertig gelesen hatte.

Als sie nun zusammen mit Tom die Wohnung betrat, dachte Ulrika an ihren ersten Besuch. Sie hoffte, dass Sonya ihr diesmal ebenso weiterhelfen könnte. Sie war ein starkes Mädchen. Begabt, mutig und scharfsichtig, außerdem war sie ehrlich. Ulrika war sicher, dass Sonyas Aussage ihre Wirkung tun würde. Sonya schien auch nicht ängstlich zu sein, was ein zusätzlicher Vorteil war. Die Amiri-Sippe und deren Freunde würden sicher den Zuschauerraum füllen und sich alle Mühe geben, Sonya von ihrer Aussage abzubringen.

Ulrika begrüßte Sonyas kleine Geschwister, die schüchtern im Hintergrund standen und die Gäste anstarrten, dann gingen sie ins Wohnzimmer. Ulrika fragte sich in Gedanken, wie lange die Kleinen sich wohl still beschäftigen würden.

Tom schaute sich diskret um. Er hatte noch nie eine türkische Wohnung betreten. Es sah aber nicht sehr viel anders aus als in einer schwedischen. An der einen Längswand thronte ein Sofa aus weinrotem Plüsch mit geknöpftem Rücken. Auf jeder Seite stand ein dazu passender Sessel. Vor dem Sofa befand sich ein ziemlich niedriger Couchtisch mit geschwungenen Beinen und einer Glasplatte. Außerdem gab es einen riesigen Bücherschrank mit Glastüren, der mit Ziergegenständen und Andenken gefüllt war. Auf dem Boden lagen mehrere Perserteppiche. Das Einzige, was direkt auf die türkische Herkunft der Familie hinwies, waren die vielen in dekorativen Gruppen aufgestellten hohen Messingkrüge und Kannen. Ein großer Fernseher war eingeschaltet. Sonya fiel es schwer, die dort tanzende und singende Gruppe aus den Augen zu lassen.

»Kann ich das mal kurz ausmachen?« Ulrika griff befehlsgewohnt nach der Fernbedienung auf dem Tisch. »Wir bleiben nicht lange, aber wie ich schon am Telefon sagte, soll Tom einen Mann beschreiben, der heute bei uns in der Kanzlei war. Ich dachte, dass du ihn vielleicht kennst und uns sagen kannst, wer er ist.«

Ulrika war sich so sicher, auf der richtigen Spur zu sein, dass sie nicht einmal darüber staunte, dass Sonya auf die Beschreibung hin sofort nickte. Wenn sie Recht hatte, dann hieß der Paketbote Uday und war mit Nadjas Brüdern befreundet. Er wohnte in Rinkeby und fuhr schwarz Taxi. Sonya konnte sogar seine Telefonnummer liefern.

»Er ist total nett. Er hat uns schon oft gefahren und lässt sich nur das Benzin bezahlen. Was wollen Sie denn von ihm? Was hat er getan?«

»Eigentlich hat er mir nur ein Paket mit Dingen gebracht, die ich nicht behalten möchte.«

Es war dunkel, als sie das Haus verließen. Scharfe Regentropfen schlugen ihnen ins Gesicht, als sie zum Parkplatz liefen.

»Was hast du jetzt vor?«, fragte Tom, als sie im Auto saßen.

»Ein illegales Taxi rufen.«

Uday brauchte keine Viertelstunde zum U-Bahnhof. Tom ging wie verabredet an seinem Wagen vorbei und nickte Ulrika zu, er hatte den Paketboten erkannt. Ulrikas Herz machte einen Sprung. Was sie jetzt vorhatte, war gelinde gesagt tollkühn, aber sie hatte das Gefühl, dass es sich vielleicht als wirkungsvoller erweisen würde als der Gang zur Polizei.

Entschlossen ging sie mit dem Paket unterm Arm auf das wartende Auto zu. Er stieg aus, als er sie kommen sah, und öffnete die Tür, um sie einsteigen zu lassen.

»Wir fahren nirgendwo hin«, sagte sie und trat so dicht vor ihn, dass sie seinen Atem spüren konnte.

»Haben Sie denn kein Taxi bestellt?«, fragte er verblüfft.

»Doch. Sie sollen aber etwas für mich abliefern.« Sie sah, dass er zögerte. »Sie übernehmen doch auch Kurierfahrten, oder was? Wie heute zum Beispiel, als Sie in der Artillerigata ein bestimmtes Paket abgeliefert haben. Wissen Sie, was es enthielt?« Sie richtete ihren Blick auf ihn und öffnete gleichzeitig den Karton. Der Gestank schlug ihnen ins Gesicht. Uday fuhr zurück. Ulrika ließ ihn nicht aus den Augen. »Und das bringen Sie jetzt Ihrem Auftraggeber mit einem Gruß von mir. Sagen Sie ihm, dass er beobachtet wird. Warnen Sie ihn: Wenn er auch nur einen Finger rührt, um noch einmal etwas gegen mich oder meinen Mandanten zu unternehmen, dann wird nicht nur er, sondern seine ganze Familie solchen Höllenärger mit den Behörden bekommen, dass sie allesamt den Tag bereuen werden, an dem sie nach Schweden gekommen sind. Als Anwältin habe ich da nämlich viel größere Möglichkeiten als er.«

Sie sprühte dermaßen vor Zorn, dass Uday sich vor ihren Augen wand. Er räusperte sich und spuckte dann aus, in einem vergeblichen Versuch, etwas von seiner Männlichkeit zurückzugewinnen.

»Was soll das? Ich weiß von nichts. Ich habe nur ein Paket abgegeben.«

»Es ist mir ganz egal, was du weißt oder nicht weißt. Mich interessiert nur, dass du ihm meine Mitteilung ausrichtest, damit er versteht, dass ich es ernst meine. Sollte ich auch nur noch einen Mucks von irgendwem hören, bis der Fall entschieden ist, dann werde ich als Erstes die Behörden darüber informieren, dass du schwarz Taxi fährst. Und dann ist deine Sozialhilfe futsch. Alles klar?« Sie drückte ihm das Paket in die Arme und ging zurück zum Wagen, wo Tom auf sie wartete.

»Gut gegangen?«

»Ja, gut gegangen. Du kannst die Unterlagen über Zoran Petrovic heute Abend mit nach Hause nehmen, falls dich der Fall noch immer interessiert.«

Als Ulrika ihr Haus betrat, strömte ihr köstlicher Hackfleischduft entgegen. Vorsichtig stieg sie über einen Berg aus Schuhen und lehmigen Stiefeln. Axel stürzte sich in ihre Arme und vergaß für einen Moment, dass er gerade ein blutrünstiger Indianerhäuptling in voller Kriegsbemalung war. Er überschüttete seine Mama mit eiligen festen Küsschen, die auf ihrer Wange eine klebrige Spuckeschicht hinterließen.

»Ich wollte Elin skalpieren, aber die hat ja gar keine Haare«, teilte er ihr mit.

»Was für ein Pech. Dann musst du warten, bis sie größer ist.«

Das ausersehene Opfer saß mit seinen Flaumhaaren putzmunter auf einem Kinderhochstuhl am Tisch und schlug energisch mit dem Löffel auf seinen Teller ein. Es hatte Zähne wie Reiskörner und Lachgrübchen in den Wangen.

Stefan stand am Herd und rührte mit einem Holzlöffel in einem Kochtopf.

»Kann ich dir irgendwie behilflich sein?«

»Nein, ich bin fast fertig, ich warte nur noch auf die Kartoffeln.«

»Es riecht gut.«

Das stimmte sogar. Stefans Kochkünste hatten sich durchaus gebessert. Eine Zeit lang hatte er nur Kinderkost zubereitet. Die war für alle bis auf die Allerjüngste ungenießbar gewesen. Ein bleiches, ungewürztes Mus. Ulrika hatte ihm zu Weihnachten einen Stapel Kochbücher und einen Wok geschenkt, und er schien diesen Wink begriffen zu haben. Er kochte noch immer kinderfreundlich, denn er wollte, dass die Familie gemeinsam aß, aber jetzt schmeckte es immerhin.

Nach dem Essen spielte Ulrika mit den Kindern, bis es Zeit zum Schlafengehen war. Axel wollte zwei Märchen hören, erst dann durfte sie das Kinderzimmer verlassen. Elin schlief inzwischen schon mit dem Daumen im Mund. Die Nachttischlampe auf dem Schreibtisch verbreitete ihr sanftes rosa Licht. Perfekt, um Krokodile und Ungeheuer abzuwehren.

Stefan hatte ihnen ein Glas Wein eingeschenkt und eine CD mit Billie Holiday aufgelegt. Deren Stimme, brüchig von Drogen und Alkohol, aber erfüllt von Erfahrung, hob und senkte sich zu den Klängen eines einsamen Saxofons. Das war musikalisch so genial, dass es wehtat.

»Ich muss am Freitag nach Brüssel. Vermutlich werde ich eine Woche dort bleiben.« Sie spürte, wie Stefans Hand, die mit ihren Haaren gespielt hatte, erstarrte. Er schien zu glauben, sie habe einen Witz gemacht. Einen Moment befürchtete sie schon, er könne wütend werden, aber dann sah sie in seinem Gesicht nur Enttäuschung. Tapfer ertragene Enttäuschung. Was schwerer zu ertragen war als Zorn. Ach, sie hatte es so satt, ein schlechtes Gewissen zu haben, nur weil sie ihre Arbeit tat. Sie arbeitete doch für die Familie. Das tat sie doch, oder? Natürlich tat sie das.

»Aber wir wollten am Samstag doch mit Torsten und Petra ins Theater, das haben wir schon so lange geplant. Was willst du übrigens in Belgien? Hast du da auch Mandanten?«

Ulrika erzählte, was passiert war. Da hatte Stefan natürlich Verständnis.

»Ach so. Klar musst du hin, wenn es Sylvia schlecht geht. Die Arme. Haben sie den Mörder schon gefasst?«

»Nein, nicht dass ich wüsste. Könnt ihr nicht einfach mitkommen, du und die Kinder? Wir finden bestimmt ein zentral gelegenes Apartmenthotel. In Mitteleuropa ist jetzt schon Frühling. Denk doch nur, blühende Magnolien und Osterglocken!«

»Ich glaube, für Osterglocken ist es zu früh. Ich bilde mir ein, die hätten erst Ende April geblüht, als ich in England war«, erwiderte Stefan trocken.

»Aber die Tulpen blühen auf jeden Fall. Wir könnten einen Abstecher nach Holland machen.«

»Sagtest du nicht, du müsstest arbeiten?« Die Enttäuschung war wie weggeblasen. Jetzt machte er sich über sie lustig.

»Sicher, aber deshalb können wir uns doch einen kleinen Ausflug erlauben.«

Im Gegensatz zu Ulrika fand Stefan diese Idee nicht besonders reizvoll. Er dachte realistischer und wusste, dass es anstrengend sein würde, mit den Kindern in einem Hotel zu sitzen, auch wenn es dort eine Kochgelegenheit und andere Annehmlichkeiten gab. Und die Vorstellung, mit den Kindern in einer Großstadt Ferien zu machen, sprach ihn nicht gerade an. Wie sollte er sie den ganzen Tag beschäftigen, während Ulrika bei der Arbeit war? Axel war nicht alt genug, um sich mit Museumsbesuchen und der Besichtigung von historischen Plätzen und Gebäuden zufrieden zu geben. Er war ungeheuer aktiv, musste spielen und sich bewegen können. Nein, da war es besser, wenn sie zu Hause blieben. Eine Woche ging doch schnell vorbei. Er könnte in dieser Zeit vielleicht das Zimmer auf dem Dachboden fertig machen. Und außerdem musste er ja an seine Dissertation denken.

»Der Staat gegen Zoran Petrovic. Die Parteien werden in Saal 5 gebeten,« dröhnte es aus dem Lautsprecher. Ulrika raffte ihre Unterlagen zusammen, schloss ihre Aktentasche und legte sich den Talar über den Arm. Sie hätte ihrem Mandanten gern gesagt, dass er sich keine Sorgen zu machen brauchte, aber sie wusste es besser. Zoran hatte Grund genug zur Beunruhigung. Schwere Vergewaltigung konnte bis zu zehn Jahre Gefängnis bedeuten. Ulrika musste Nadja im Zeugenstand aus der Reserve locken. Ulrika hatte verlangt, sie als Zeugin anzuhören, doch da die Klägerin in einer Strafsache nicht unter Eid aussagen musste, stand hier viel auf dem Spiel. Auf irgendeine Weise würde Ulrika versuchen, Nadjas Anklage als unwahr dastehen zu lassen. Rein menschlich war es ihr zuwider, ein mutmaßliches Verbrechensopfer in die Mangel zu nehmen, vor allem unter den gegebenen Umständen. Aber es war ja möglich, dass Nadja log. Zoran bestand auf seiner Version der Ereignisse. Er habe keine Gewalt angewandt. Nadja habe alles freiwillig getan. Immer wieder beteuerte er, sie nicht geschlagen zu haben.

Ulrika hatte eine Analyse der Blutflecken in der Wohnung verlangt. Obwohl es dort viel Blut gegeben hatte, hatte die Spurensicherung das des Opfers nicht identifizieren können, was Zorans Behauptung, Nadja in seiner Wohnung nicht misshandelt zu haben, stärkte.

Dem Protokoll der Voruntersuchung war zu entnehmen, dass Zorans Nachbarn, die gesehen hatten, dass Nadja seine Wohnung betreten hatte, von dort erst dreieinhalb Stunden später Lärm gehört hatten. Sie waren sich bei dieser Zeitangabe ziemlich sicher, da Nadja unmittelbar vor Beginn eines Fernsehfilms gekommen war. Nach dem Film hatten sie noch gegessen und gespült, ehe sie den Lärm gehört hatten. Es war so laut hergegangen, dass sie sicher gewesen waren, dass in der Nachbarwohnung jemand ermordet wurde. Sie hatten sich erst nach Eintreffen der Polizei aus ihrer Wohnung getraut. Sie wussten nicht, wann Nadja die Wohnung verlassen hatte. Aber bei der Schlägerei hatten sie jedenfalls keine Frau schreien hören.

Ulrika hielt es für wahrscheinlicher, dass Nadja, nachdem sie Zoran verlassen hatte, etwas zugestoßen war, worüber sie nicht zu sprechen wagte. Oder es war einfach so, dass sie zu

Hause Prügel bezogen hatte. Auf dieser Überlegung wollte sie ihre Verteidigung aufbauen.

Als die Parteien den Gerichtssaal betreten und ihre Plätze eingenommen hatten, fehlte Nadja Amiri. Eine gewisse Unruhe machte sich breit, bis der Richter mitteilen konnte, dass sie vorschriftsmäßig zur Verhandlung vorgeladen worden war. Weder der Staatsanwalt noch Nadjas Anwältin, eine fähige Juristin namens Astrid Persson, wussten, wo sie stecken mochte. Sie hatten die ganze Woche über keinen Kontakt zu ihr gehabt, worüber der Richter und Ulrika sich doch sehr wunderten. Der Richter bat Anwältin Persson, Frau Amiri zu Hause anzurufen und sich zu erkundigen, ob sie noch vorhatte, bei der Verhandlung zu erscheinen.

Als Astrid Persson zurückkam, wies ihr Hals rote Flecken auf.

»Sie ist seit Dienstag verschwunden.«

»Was sagen die Parteien?« Der Richter ließ seinen Blick durch den Saal wandern und dann auf dem Staatsanwalt ruhen.

»Ich sehe das so, dass unter diesen Umständen die Hauptverhandlung nicht stattfinden kann. Was sagt Anwältin Stål?«

Ulrika war erleichtert. Natürlich war es unmöglich, die Verhandlung durchzuführen, wenn sie Nadja Amiri nicht befragen konnte. Die Anklage beruhte doch auf deren Vorwürfen. Sie sah, dass Zoran Petrovic nervös war. Sein Dasein kreiste allein um diesen Fall hier. Eingesperrt und unruhig, ohne die Möglichkeit, sein Schicksal zu beeinflussen. Sie musste dafür sorgen, dass er aus der Haft entlassen wurde. Wer konnte denn ahnen, wann Nadja wieder auftauchen würde? Ulrika hoffte, dass sie den Brüdern Amiri so viel Angst eingejagt hatte, dass sie Zoran nach der Entlassung aus der Haft in Ruhe lassen würden.

»Die Verteidigung muss die Klägerin befragen können. Ich stelle deshalb den Antrag, die Verhandlung auszusetzen, bis Frau Amiri wieder aufgetaucht ist. Ich stelle außerdem den

Antrag, meinen Mandanten auf freien Fuß zu setzen.« Ulrika sah, dass der Staatsanwalt Einspruch erheben wollte, und kam ihm durch das Angebot zuvor, Zoran Petrovic während dieser Zeit mit Reiseverbot zu belegen. Eigentlich hätte das alles eine eigene Verhandlung erfordert. Aber wenn sie Glück hatte, dann könnte sie vielleicht noch am selben Tag eine Entscheidung erwirken.

5

Die Maschine, die an diesem Morgen nach Brüssel flog, war halb voll. Erstaunt stellte Ulrika fest, dass die Business Class ebenso gut besetzt war wie die Economy Class hinter dem Vorhang. Sie griff zu einer Zeitung und ging durch den schmalen Gang zu ihrem Platz. Mehrere wohlgefällige Blicke wurden ihr zuteil. Sie nickte einem Abteilungsleiter von Atlas Copco zu, den sie in der Weihnachtszeit auf einem Empfang kennen gelernt hatte. Damals hatte er erzählt, dass er in der Brüsseler Niederlassung seiner Firma arbeite und dass seine Kinder dort die skandinavische Schule besuchen. Seine Frau hatte einen Faltenrock und plumpe Schuhe getragen.

Nach dem leichten Frühstück, das hier serviert wurde, nickte Ulrika ein und war dankbar dafür, dass ihr Sitznachbar sie nicht in ein Gespräch zu verwickeln versuchte. Sie wollte vom Flughafen aus direkt in die Kanzlei fahren und wusste, dass sie den Schlaf brauchte, um es mit dem harten Tag aufnehmen zu können.

In der Nacht zuvor war sie erst nach drei Uhr eingeschlafen. Sie würde zwar nur eine Woche wegbleiben, aber vor ihrer Abreise gab es doch noch sehr viel zu erledigen. Als Anwältin war sie dazu gezwungen, ihre Korrespondenz rasch zu erledigen, sonst riskierte sie eine Beschwerde bei der Anwaltskammer. Ulrika ließ normalerweise nichts länger als drei Tage liegen. Wenn sie bis dahin einen Brief nicht gänzlich beantworten konnte, dann bestätigte sie zumindest seinen Empfang und versprach, der Sache so bald wie möglich nachzugehen. Nachdem sie die Post erledigt hatte, waren noch allerlei Eingaben an unterschiedliche Instanzen vorzunehmen gewesen, die in der Woche, die sie in Brüssel verbringen würde, vorliegen mussten. Sie musste außerdem eine Liste der Dinge aufstellen, die die Kollegen während ihrer Abwesenheit übernehmen sollten.

Nach kurzem Zögern hatte sie das Angebot angenommen, bei Sylvia Becklander zu wohnen. Sylvia wohnte noch immer in dem Haus, vor dem Olof Kramer ermordet worden war. Vermutlich wusste sie noch nicht, ob sie es behalten wollte. Die vielen Erinnerungen ... Das Haus lag in Waterloo, einem Vorort von Brüssel, der bei den dort lebenden Schweden besonders beliebt war, weil sich dort die schwedische Kirche und die skandinavische Schule befanden.

Ulrika hatte gezögert, ehe sie Sylvias Angebot angenommen hatte, da sie sich nicht gebunden fühlen wollte. Sie hatte außerdem schreckliche Angst davor, als Sozialarbeiterin fungieren zu müssen. Sie hatte den Einwand vorgebracht, dass sie sich dann einen Wagen mieten und sich mit den dazugehörigen Parkplatzproblemen herumschlagen müsste. Aber Sylvia und ihr Kollege Markus Westerlund hatten ihr versichert, dass Parken in Brüssel durchaus kein Problem sei. Was natürlich verlockend klang. Außerdem konnte es hilfreich sein, Sylvia in greifbarer Nähe zu haben, auch wenn sie noch krankgeschrieben war.

Die Kanzlei lag im fünften Stock eines frisch renovierten Bürogebäudes in der Avenue Louise. Ulrika registrierte entzückt, dass sich Brüssels exklusivste Boutiquen in unmittelbarer Nähe befanden. Wenn sie nicht mit Stefan in die Niederlande fahren und sich dort Tulpen ansehen konnte, dann würde sie doch wenigstens die eine oder andere Stunde abzweigen und durch die Geschäfte bummeln.

Markus Westerlund sah hohlwangig und blass aus. Seine Überarbeitung war ihm absolut anzusehen. Er umarmte Ulrika mit so viel Wärme, dass sie das Gefühl hatte, sehnsüchtig erwartet worden und willkommen zu sein.

»Bist du müde von der Reise?«

»Kein bisschen. Ich habe im Flugzeug geschlafen.« Sie konnte ihm seine Erleichterung vom Gesicht ablesen.

»Dann kannst du also sofort an die Arbeit gehen? Ich erkläre dir alles. Möchtest du erst noch einen Kaffee? Wir haben uns eine Espressomaschine geleistet.«

Ulrika musste angesichts seiner hemmungslosen Begeisterung darüber, dass er nun endlich entlastet wurde, einfach lachen.

Es war einfacher, als sie erwartet hatte. Sylvia und Markus arbeiteten beide ungeheuer strukturiert und hatten genaue Notizen über das bürokratische und juristische System angefertigt. Alle Formulare und Vordrucke, die überhaupt in der Kanzlei verwendet wurden, waren wie in Stockholm auch hier im Computer gespeichert. Ausführliche Listen von Eingaben und Bilanzen sparten manches Kopfzerbrechen. Sie konnte sich also einfach an die Arbeit setzen.

Um zwei Uhr bat Ulrika die Sekretärin, ihr etwas zu essen zu holen. Die Sekretärin brachte einen Vollkorntoast mit Käse, Schinken und Tomaten.

»Ich decke in der Küche den Tisch. Markus hat auch noch nichts gegessen.«

Ulrika bedankte sich und ging sich die von der vielen Papierarbeit schwarz gewordenen Hände waschen. Im Regal neben dem Waschbecken stand eine Tube Handcreme. Wie umsichtig. Sie rieb sich die Hände mit einem großzügigen Spritzer ein, der rasch einzog und einen leichten Vanilleduft hinterließ. Eine Pause würde jetzt gut tun. Sie freute sich auf ein Plauderstündchen mit Markus und sie wollte mehr über den Mord an Olof Kramer erfahren, ehe sie zu Sylvia nach Hause fuhr.

»Weißt du, wie es ihr geht?« Ulrika rührte in ihrer Tasse.

»Es geht ihr sehr schlecht. Sie scheint sich Vorwürfe zu machen, weil sie nicht zu Hause war, als es passiert ist. Als ob das einen Unterschied gemacht hätte! Sie war in Luxemburg, um einen Mandanten zu treffen. Die Besprechung dauerte länger als geplant, und deshalb blieb sie dann über Nacht. Was hast du für einen Wagen gemietet?«

Diese Frage erfolgte abrupt.

»Einen A-Klasse Mercedes. Ich dachte, es würde Spaß machen, den auszuprobieren. Wieso fragst du?«

»Weil Autodiebstähle hier verdammt häufig vorkommen. Car-Jacking wird das genannt. Hier kannst du nicht in einem teuren Wagen durch die Gegend fahren, ohne Gefahr zu laufen, ihn schon vor der ersten Inspektion los zu sein. Aber ein A-Klasse-Modell wird wohl niemanden interessieren. Trotzdem musst du auf jeden Fall die Türen verriegeln, sowie du im Auto sitzt, und wenn du draußen unterwegs bist, dann halt deine Handtasche fest.«

»Das klingt, als herrschten in Belgien absolut gesetzlose Zustände.«

»In den letzten Jahren ist alles schlimmer geworden. Es ist wirklich richtig unangenehm. Die Belgier machen die Ausländer dafür verantwortlich. Marokkanische und russische Banden sollen an allem schuld sein, aber im Grunde glauben die meisten wie ich, dass der Fehler im System steckt. Es gibt keine richtige Zusammenarbeit zwischen den einzelnen Polizeidistrikten. Korruption ist weit verbreitet, auch wenn die Behörden versuchen, da hart durchzugreifen. Aber offenbar reicht die Korruption bis in die höchsten Ebenen hinauf. Ab und zu muss ein hohes Tier seinen Hut nehmen, aber verurteilt wird nur selten jemand. – Und die Rechtssicherheit ist auch nicht so, wie wir das gewöhnt sind. Dann hast du natürlich noch die alten Gegensätze zwischen Wallonen und Flamen«, fügte er nach einer nachdenklichen Pause hinzu. »Die Polizisten in den unterschiedlichen Distrikten sprechen nicht einmal dieselbe Sprache. Ich glaube nicht, dass sie Olofs Mörder jemals finden werden.«

»Was glaubt Sylvia denn selbst?«

»Sie hat jede Menge seltsamer Vorstellungen.« Er verzog gequält das Gesicht und Ulrika wartete auf eine genauere Erklärung. Stattdessen schwieg Markus lange. Dann sagte er: »Ich glaube, sie hat angefangen zu trinken. In der ersten Zeit war ihre Schwester bei ihr, aber nach zwei Wochen musste die natürlich wieder nach Hause. Wir hatten das Gefühl, dass Sylvia sich ein wenig gefasst hatte und nicht mehr so oft zur Flasche griff, aber ich glaube, jetzt hat sie wieder angefangen. Du wirst es ja selber sehen. Wie lange kannst du bleiben?«

»Nur eine Woche. Ich habe zu Hause doch Familie, weißt du.«

»Du meinst nicht, dass du erst mal pendeln kannst, bis sich hier die Lage geklärt hat?« Er schaute sie hoffnungsvoll an. Dann erläuterte er ihr begeistert, wie vorteilhaft das wäre. Ulrika erkannte hinter seinem leicht verzweifelten Überzeugungsversuch den tüchtigen Unterhändler und wusste, dass er ihr fortan weiter zusetzen würde. Um sich die Sache in Ruhe überlegen zu können, bat sie um Bedenkzeit.

Sylvia Becklander lag noch immer im Bett. Der Morgen wurde zum Nachmittag und ging dann unbemerkt in den Abend über. Bald würde Ulrika auftauchen. Wie Sylvia aufstehen und sich anziehen sollte, wusste sie nicht. Sie wusste nur, dass ihr nichts anderes übrig blieb. Das Badezimmer war nur vier Meter entfernt. Wenn sie es bis zur Dusche schaffte, dann war sie schon weit gekommen. Aber wenn Ulrika kam, während sie unter der Dusche stand, dann würde sie die Klingel nicht hören. Warum hatte sie so lange damit gewartet, sich fertig zu machen? Jetzt würde sie ohne Dusche auskommen müssen …

Olof war seit fünf Wochen tot. Und sie selber war auch seit fünf Wochen tot. Sie hätte nie geglaubt, dass alles so schrecklich sein würde. Die Einsamkeit war schlimmer als alles, was sie je erlebt hatte. Sie war so endgültig. Hoffnungslos und schwarz. Ab und zu wünschte sie sich, ihn niemals kennen gelernt zu haben, denn dann wäre ihr diese Qual erspart geblieben. Warum hatte sie sich mit einem Netz von Hoffnungen einfangen lassen?

Er war sechs Jahre jünger als sie gewesen, an Erfahrungen aber war er ihr ebenbürtig. Zielstrebig, intelligent und prinzipientreu. Schon bei ihrer ersten Begegnung hatte er sich entschieden: Er wollte sie. Er hatte ihr imponiert, brilliert und sie verführt. Sylvia war zu einem neuen Leben erwacht, in dem die Gemeinsamkeit plötzlich lebenswichtig war. Sie waren sich ähnlich gewesen, fast wie Geschwister. Vielleicht hatte diese äußere Ähnlichkeit sie zuerst zueinander hingezogen. Sie hatten das Haus in Waterloo gekauft, denn ihre Kinder sollten in einer friedlichen Wohngegend mit viel Natur aufwachsen. Hier konnte man zwischen Läden und Wohnhäusern noch echte Landwirtschaft erleben. Für ihre Familie wäre die Gegend perfekt gewesen, wenn sie es nur geschafft hätten, Kinder zu bekommen. Jetzt war es zu spät.

Es klingelte und Sylvia fuhr sich mit dem Kamm durch ihre dunklen, kurz geschnittenen Haare. Der Pony verbarg ihre ungeschminkten Augen. Sie waren schräg, leer und hatten große Pupillen.

Ulrika umarmte sie und hielt sie lange fest. So lange, bis ihr Weinen verstummte. Dann gingen sie ins Haus und öffneten eine Dose Bockwürste und eine Flasche Wein.

Es war Mitternacht, als der Wein getrunken und die Bitterkeit eingestanden war. Ulrika war dankbar dafür, dass das Gästezimmer im Erdgeschoss lag, sie hatte das Gefühl, die Treppe in den ersten Stock nicht mehr bewältigen zu können. Sie war restlos erschöpft. Das Flugzeug war in Arlanda um zehn nach sieben gestartet. Um Viertel nach zehn hatte sie in Brüssel im Büro gesessen und dann bis halb acht gearbeitet, danach hatte der Hunger sie nach Waterloo getrieben. Wenn sie gewusst hätte, was dort die Speisekammer enthielt oder besser gesagt nicht enthielt, dann hätte sie unterwegs eingekauft. Am nächsten Abend wollte sie auswärts essen.

Sylvia würde noch lange nicht arbeiten können, das war klar. Wenn Ulrika das richtig einschätzte, dann litt sie an einer tiefen Depression. Sie brauchte Betreuung. Die Frage war, ob sie nicht in eine Klinik gehörte. Am nächsten Morgen wollte Ulrika sich nach einer erkundigen, wo man ihr helfen könnte. Die Kanzlei war gut versichert und würde sicher die Kosten für eine Privatbehandlung übernehmen. Natürlich nur, wenn Sylvia damit einverstanden war.

Trotz ihrer Müdigkeit konnte Ulrika nicht einschlafen. Ihre Gedanken ließen ihr keine Ruhe. Sie wälzte sich unruhig im Bett hin und her. Sie sehnte sich nach Stefan, sie war daran gewöhnt, seinen Atem zu hören und die Wärme seines Körpers zu spüren. Sie wusste, dass sie es nicht schaffen würde zu pendeln. Wenn sie in Brüssel aushelfen sollte, dann würde Stefan mitkommen müssen, sonst ginge es nicht. Dann würde die Kanzlei das finanzielle Risiko eingehen und noch eine Juristin oder einen Juristen einstellen müssen. Ohne es zu wollen, formulierte sie in Gedanken schon die Stellenanzeige. Unnötige Gedanken waren das, die sie wach hielten. Sie sah ein, dass sie ohne Hilfsmittel nicht einschlafen würde. Resigniert stand sie aus dem Bett auf und ging in die Küche, um sich ein Glas Wasser für ihre Schlaftablette zu holen. Sie hatten vergessen, die Lampe über dem Herd auszuschalten. Die war hell genug, um ihr den Weg zu zeigen.

Plötzlich fühlte sie sich beobachtet. Jemand starrte durch das Küchenfenster und stand so dicht davor, dass die Scheibe beschlug. Ohne an die Folgen zu denken, griff Ulrika zu der leeren Weinflasche auf dem Spülstein und schleuderte sie dem Eindringling entgegen. Die Fensterscheibe zerbrach und es regnete Glasscherben. Wie im Zeitraffer sah Ulrika den Mann zu Boden gehen.

Die Folgen dieser törichten Tat jagten ihr durch den Kopf

und sie verfluchte ihre Dummheit. Wen hatte sie da unschädlich gemacht und wie ernstlich war er verletzt? Wie viel Gewalt war in diesem Land als Notwehr zugelassen? Aber war sie wirklich bedroht gewesen? Wenn sie jetzt einen unbewaffneten Penner erwischt hatte oder einen harmlosen Drogensüchtigen, dessen Absicht, einen Einbruch zu begehen, niemals nachweisbar wäre? Nur ihr Gerechtigkeitssinn hielt sie davon ab, ihm ein Küchenmesser hinzuwerfen, damit sie später den Verlauf der Ereignisse entsprechend darstellen könnte. Sie würde die Polizei anrufen müssen. Vermutlich brauchten sie wohl auch einen Krankenwagen, aber sie hatte Angst, hinauszugehen und nachzusehen, wie übel sie den Mann zugerichtet hatte. Was für ein entsetzlicher Anfang!

Noch ehe sie das Telefon erreicht hatte, stand Sylvia in der Küchentür, barfuß, in einem gestreiften Schlafanzug. In der Hand hielt sie eine Schrotflinte.

»Was ist passiert? Wer hat das Fenster eingeschlagen?« Sie zitterte unkontrolliert. Ulrika hatte sofort Angst, sie könne aus Versehen abfeuern.

»Ich habe gesehen, dass jemand durch das Fenster starrte, und da hatte ich solche Angst, dass ich eine Flasche nach ihm geworfen habe. Voll durch die Fensterscheibe. Es tut mir schrecklich Leid. Natürlich werde ich den Schaden ersetzen. Der Mann ist zu Boden gegangen. Ich glaube, ich habe ihn verletzt. Kommst du mit nach draußen?«

Ulrika nahm Sylvia das Gewehr ab und ging auf die Tür zu. In der Diele blieb sie stehen und zog den Gürtel aus ihrem Bademantel, für den Fall, dass sie den Mann fesseln müssten.

Der Garten lag im Dunkeln. Seit dem Abend, an dem Olof ermordet worden war, war die Beleuchtung nicht repariert worden. »Wir brauchen eine Taschenlampe.«

»Ich weiß nicht, wo die ist.« Sylvia schluchzte auf.

Ulrika wartete, bis ihre Augen sich an die Dunkelheit gewöhnt hatten, dann ging sie langsam um das Haus herum. Der Boden unter ihren nackten Füßen war eiskalt. Wie hatte sie nur so schrecklich dumm sein können! Durch ein geschlossenes Fenster eine Flasche nach einem Menschen zu werfen und dann barfuß loszugehen, bewaffnet mit einem Gürtel und einer Schrotflinte, von der sie nicht einmal wusste, ob dafür ein Waffenschein vorgeschrieben war. Und zu allem Überfluss würde sie sich sicher auch noch erkälten.

Der Mann lag wie ein Sack unter dem Küchenfenster und kam ihr absolut leblos vor.

»Bück dich und sieh nach, ob er noch lebt. Fühl ihm den Puls. Ich halte die Flinte im Anschlag«, flüsterte sie Sylvia zu, die noch immer beängstigend zitterte. Sie sprach in Gedanken ein Stoßgebet, dass der Mann nicht ernstlich verletzt war. »Sei nur vorsichtig, damit er dich nicht angreift.«

»Ich glaube, er atmet«, flüsterte Sylvia zurück.

»Kannst du ihm die Hände fesseln?«

Wortlos griff Sylvia nach dem Gürtel. Der Mann wimmerte, als sie den Arm hervorzog, auf den er gefallen war. Erst als sie seine Hände gefesselt hatte, wagte sie es, seinen Kopf zu berühren. Vorsichtig drehte sie ihn um, bis das schwache Licht aus der Küche auf sein Gesicht fiel.

»Herrgott, den kenn ich doch! Er war mit Olof befreundet. Er arbeitet für die Kommission.« Sie heulte los, laut und verzweifelt, wie ein Kind.

Ulrika ging neben ihr auf die Knie, aber nicht, um sie zu trösten, sondern um sich davon zu überzeugen, dass der Mann nicht bewaffnet war. Systematisch durchsuchte sie seine Taschen und tastete seinen Körper und den Boden in seiner Nähe ab. Sie sah, dass er aus einer Wunde auf der Stirn blutete. Sie legte ihm den Finger an die Schläfe, um den Puls zu fühlen. Die Lider des Mannes zuckten und sie war dankbar für die Dunkelheit, als er die Augen aufschlug.

»Kannst du dich so weit beruhigen, dass du einen Krankenwagen rufen kannst? Ich glaube nicht, dass wir die Polizei einschalten müssen. Und du kannst entscheiden, ob du ihn anzeigen willst.«

Ulrika klang unfreundlicher, als sie es beabsichtigt hatte, aber ihr schroffer Tonfall schien seine Wirkung zu tun. Sylvia ging ins Haus und kam nach einer Weile mit einer Decke zurück. Der Mann war inzwischen wieder zu sich gekommen. Er hatte versucht, sich aufzusetzen, aber seine auf den Rücken gefesselten Hände hatten ihn daran gehindert. Ulrika hatte nicht gewagt, ihn zu befreien, solange Sylvia noch im Haus war. Dass Sylvia ihn kannte, war ja noch keine Garantie dafür, dass er harmlos war. Kein vernünftiger Mensch starrte mitten in der Nacht durch fremde Fenster.

»*Ça va, Philippe?*«, fragte Sylvia nervös und befreite die Hände des Mannes vom Gürtel.

»*Oui.* Was ist passiert? Ich kam hier vorbei und sah Licht hinter deinem Fenster, und da dachte ich, du seist noch wach. Aber als ich dann zum Haus kam, brannte nur eine kleine Lampe in der Küche. Ich wollte nicht klingeln, falls du doch schon schliefst. Und deshalb wollte ich am Küchenfenster sehen, ob du dort wärst. Danach kann ich mich an nichts erinnern.« Er strich sich über die Stirn und zuckte vor Schmerz zusammen. Sylvia wischte seine blutige Hand mit dem Zipfel ihrer Schlafanzugjacke ab.

»Wir hielten dich für einen Einbrecher, und deshalb hat meine Kollegin dir eine Flasche an den Kopf geworfen. Ich habe schon einen Krankenwagen bestellt. Das hier ist übrigens Ulrika Stål aus Schweden.«

»*Enchanté, Madame.*« Er nahm Ulrikas ausgestreckte Hand und zog ihre Fingerspitzen an seine Lippen.

Nur ein Franzose kann fast erschlagen werden, dann der Täterin höflich die Hand küssen und ohne einen Hauch von Ironie mitteilen, er sei entzückt, sie kennen zu lernen. Ulrika fand das ungeheuer zivilisiert, auch wenn sie sich von seinem Charme nicht täuschen ließ. Sie fand sein Verhalten immer noch verdächtig.

Wenn es Sylvia am nächsten Morgen gut genug ginge, würde sie die Sache zur Sprache bringen.

Die Küche war dunkel und kalt. Die Fensterläden, die sie so sorgfältig geschlossen hatten, nachdem der Krankenwagen mit Philippe La Torre weggefahren war, hatten die nächtliche Kälte nicht aussperren können, und sie hatte sich wie ein eiskalter Teppich über den Boden gelegt. Ulrika musste sich in ihren Pantoffeln zwei Paar Socken anziehen, erst dann ging sie die Kaffeemaschine einschalten. Als der Kaffee dann stark und aromatisch in den Filter tropfte, dachte sie über ihre Lage nach. Sie kam immer deutlicher zu der Überzeugung, dass Sylvia diese Krise ohne fachkundige Hilfe nicht überstehen würde. Sie war wie ein Zombie. Es war fraglich, ob sie es schaffen würde, noch am selben Tag einen Glaser zu bestellen.

Die Ereignisse der Nacht kamen Ulrika unwirklich vor. Sie erlebte noch einmal den kurzen Moment der Angst, ehe sie die Flasche geworfen hatte. Sie nieste zweimal und ging mit der Kaffeetasse ins Bad, wo es warm und gemütlich war.

Das Gästebad besaß keine Dusche, doch im großen Badezimmer gab es eine riesige Badewanne. Ulrika dachte kurz an die Wasserrechnung, als sie die Wanne bis zum Rand füllte und zwei glänzende Duftkugeln aus der am Rand stehenden Schale hineinfallen ließ.

Sylvia schlief noch tief, als Ulrika ins Büro fuhr. Sie hatte sie nicht wecken wollen und ihr deshalb einen Zettel mit der Bitte hinterlassen, sie anzurufen, wenn sie aufgestanden wäre.

Vor dem Bois de la Cambre, den man Ulrika als Alternative empfohlen hatte, wenn sie dem ärgsten Morgenverkehr entgehen wollte, wurde der Verkehr lebhafter. Ein bezaubernder Sonnendunst flimmerte durch die gewaltige Decke aus rosa und hellgrünen Buchenblättern, auf denen die letzten Regentropfen der Nacht noch nicht getrocknet waren. Wolken aus Buschwindröschen warfen ihren Schatten auf das Moos hinten im Wald, in den sich ohne Hund niemand hineintraute. Ulrika öffnete das Wagenfenster. Sie sog den frischen Duft von

Wald und Erde in sich ein, ohne sich von dem herben Abgasgeruch stören zu lassen.

Die breite Avenue, in der ihre Kanzlei lag, begann am Ende des Waldes. Sie öffnete sich stolz und elegant wie eine Erinnerung an die Prachtstraße, die sie einst gewesen war, ehe die alten stattlichen Wohnhäuser aus Belgiens großer Zeit der modernen Architektur hatten weichen müssen. Ulrika, die noch immer von der Stimmung im Wald betäubt war, konnte noch ein Stück der mächtigen Allee aus blühenden Kastanienbäumen mitten auf der Avenue Louise genießen, dann verschwand sie in einem der vielen Autotunnel dieser Stadt.

Und wirklich, auch an diesem Tag fand sie einen Parkplatz!

6

In der Mittagspause wollte Ulrika einen Spaziergang machen, statt wie am Vortag in der Küche ein Brot zu verzehren. Sie wusste, dass sie für den Rest des Tages nicht effektiv arbeiten könnte, wenn sie sich nicht ein bisschen bewegte. Zwei fast schlaflose Nächte hatten ihre Spuren hinterlassen. Sie fühlte sich blass und müde, ein wenig frische Luft war genau das, was sie jetzt brauchte.

»Ich bin in einer guten Stunde wieder da. Ich mache einen Spaziergang zur Grand' Place«, teilte sie im Hinausgehen der Sekretärin mit.

»Nimm sicherheitshalber einen Schirm mit, vielleicht regnet es ja. Hinter der Tür steht ein Ständer mit vergessenen Exemplaren, greif einfach zu.«

Ulrika fand einen Knirps und steckte ihn brav in ihre Handtasche, ehe sie ging.

Die Aussicht beim Justizpalast war einfach großartig. Unter dem verschnörkelten Eisengeländer breitete die Stadt sich in ihrer ganzen Pracht aus. Es war eine gemischte Bebauung, es gab noch Reste der alten Stadtmauer, während moderne Bürobauten aus funkelndem Glas mit dem Himmel verschmolzen. Die prachtvollen Kirchen aus Belgiens Großmachtzeiten verteilten sich mit ihren Türmen und Kuppeln zwischen den futuristischen modernen Konstruktionen aus Glas und Stahl. Leider gab es auch majestätische Steinhäuser, die während der Erbstreitigkeiten mehrerer Generationen verfallen waren und jetzt ihre Umgebung mit ungesundem Schimmelgestank verpesteten. Es waren alte Privathäuser, die es in ihrer Glanzzeit an Größe und architektonischem Dekor mit Stockholms Prachtbau, dem Tessinska Palatset, hätten aufnehmen können. Riesige Portale, breit genug, um Pferd und Wagen Durchlass zu gewähren, hingen schief und vermodert in den schmiedeeisernen Angeln. Tauben flogen unter zerbrochenen Dachziegeln ein und aus und düngten die Bäume und Büsche, die in den rissigen Fassaden Wurzel geschlagen hatten.

Die Vernachlässigung des historischen Erbes und die gewaltige Kapitalvernichtung, die damit einherging, erregten bei Ulrika Übelkeit. Die Wohnungspreise in Brüssel waren verhältnismäßig niedrig, wenn man sie mit anderen europäischen Hauptstädten verglich. Gegen Ende der achtziger Jahre, ungefähr zu der Zeit, als hier die Kanzlei eröffnet worden war, war der Markt von einer Bande schwedischer Grundstücksspekulanten erschüttert worden, die einige Jahre lang die Preise zum Entsetzen der Belgier um mehr als das Doppelte nach oben gedrückt hatten. Unter dem Jubel schwedischer Banken und Finanzierungsgesellschaften, die in wildem Darlehenseifer dazu beigetragen hatten, dass fiktive und viel zu hoch angesetzte Werte für kreditwürdig befunden wurden, hatten sie, ohne an die Folgen zu denken, untereinander ge- und verkauft. Am Ende hatte sich der unvermeidliche Zusammenbruch eingestellt. Die Banken hatten ihre Darlehen zurückgezogen, die Kanzlei hatte eine weitere Kraft eingestellt, und die Preise hatten sich nach und nach wieder auf normalem Niveau eingependelt.

Das schöne Stadtbild erweckte in Ulrika Sehnsucht nach jemandem, mit dem sie dieses Erlebnis teilen könnte. Sie wollte sich Brüssel am Abend ansehen. Wenn sie schon mal auf Reisen war, dann konnte sie sich auch ein wenig amüsieren und nette Leute treffen. Wenn sie sich die ganze Woche nur mit Sylvia beschäftigen müsste, würde sie wahnsinnig werden. Sobald sie wieder im Büro wäre, wollte sie einen alten Kommilitonen anrufen, der hier an der schwedischen Botschaft tätig war, Mario Schiller. Er erfüllte zweifellos alle Ansprüche, die man an eine sympathische Gesellschaft stellen konnte. Er war unterhaltsam, kultiviert und belesen. Dazu sympathisch und charmant, ohne zu sehr zu flirten. Ein echter Diplomat eben.

Sie hatten sich häufiger getroffen, ehe er seine diplomatische Karriere begonnen hatte, in deren Zuge er seither durch die Weltgeschichte gondelte. Vor Brüssel hatte er einige Jahre an der Botschaft in Vilnius verbracht, noch davor war er irgendwo in Afrika gewesen, Ulrika wusste nicht mehr, wo. Er war sehr dankbar gewesen, als er dann nach Brüssel versetzt worden war, obwohl er insgeheim auf Paris gehofft hatte.

Bei der Vorstellung, Mario zu treffen, bekam Ulrika sofort bessere Laune und sie setzte ihren Spaziergang mit einem Lächeln fort. Mehrere Herren grüßten im Vorübergehen höflich, und das kam ihr überaus kontinental und reizend vor.

Sie bog in Richtung Altstadt ab und wanderte über den löchrigen Bürgersteig aus Pflastersteinen weiter. Wenn sie es nicht besser gewusst hätte, dann hätte sie angenommen, diese Schäden seien durch strengen Frost entstanden. Sie musste sich wirklich vorsehen, um nicht zu stolpern und sich den Fuß zu verrenken.

Die Schaufenster boten eine beeindruckende Auswahl an Kunst und Antiquitäten an. Sie konnte der Versuchung, hineinzugehen und nach dem Preis eines französischen Spieltisches zu fragen, nicht widerstehen. Der Laden war größer, als es von außen den Anschein hatte. Erstaunt sah sie, dass zwischen den vielen flämischen Meistern auch ein Zorn hing. Die Preise waren astronomisch. Der Verkäufer war ungeheuer freundlich, auch wenn Ulrika schon bald zu verstehen gab, dass von ernsthafter Kaufabsicht hier keine Rede sein könne. Es sei schließlich erlaubt, sich einfach nur umzusehen, sagte er und lächelte freundlich und einschmeichelnd und offenbar ganz ohne Verlegenheit angesichts seiner vielen Zahnlücken. Er betreibe diesen Laden nun schon seit fast vierzig Jahren, erzählte er. Wenn sie sich für ein Stück interessiere, könne man über den Preis immer noch reden. Und Barzahlung könne sich für beide Seiten als überaus vorteilhaft erweisen, fügte er mit verschwörerischem Augenzwinkern hinzu. Ulrika staunte darüber, dass er so offen und ohne zu wissen, wer sie war, einen Schwarzhandel vorschlug.

Sie sagte, sie werde später noch einmal vorbeischauen und wollte den Laden schon verlassen, als in einer Wolke von Parfüm zwei Frauen hereinkamen. Da die beiden sich auf Schwedisch unterhielten, musste Ulrika sie einfach im Vorübergehen ansehen, vielleicht kannte sie sie ja. Das ist ein seltsamer Reflex, der offenbar aktiviert wird, sowie man die eigenen Landesgrenzen überschreitet. Die eine Frau kam ihr bekannt vor, aber Ulrika wusste nicht, woher. Sicherheitshalber grüßte sie, ehe sie zum Sablon weiterging, einem der vielen schönen Plätze in dieser Stadt, wo sie einen Salat essen und sich das Gewimmel ansehen wollte, ehe sie ins Büro zurückging. Schade, dass Markus einen Mandanten erwartet hatte, denn es wäre nett gewesen, jetzt Gesellschaft zu haben.

Die Straßencafés lagen hier dicht an dicht. Ulrika entschied sich für das bestbesuchte, das bürgte meistens für Qualität. Sie bestellte einen Geflügelsalat ohne Dressing und ein Mineralwasser und kam sich überaus standhaft vor, als sie auf ein Stück Kuchen zum Kaffee verzichtete, obwohl das Gebäck hier aussah wie kleine Kunstwerke. Als sie bezahlen wollte, kamen die beiden Schwedinnen vorbei. Die eine hielt eine große Tüte mit dem Aufdruck »Armani« in der Hand. Wie es ihr wohl gelungen sein mochte, in so kurzer Zeit so viel einzukaufen? Beide grüßten Ulrika freundlich. Sie waren ja fast schon alte Bekannte.

Markus Westerlund saß noch immer in seiner Besprechung, als sie ins Büro zurückkehrte. Aus seinem Zimmer konnte sie erregte Stimmen hören. Wenn sie es nicht besser gewusst hätte, dann hätte sie annehmen können, er sei mit einer Erbauseinandersetzung beschäftigt. Dabei konnte es vorkommen, dass man die Parteien mehr oder weniger handgreiflich voneinander trennen musste. Ulrika hatte von einem Kollegen gehört, der nach vielen Stunden ergebnislosen Verhandelns angeblich die Unversöhnlichen angeschrien hatte: »Dann schneidet das verdammte Zebrafell doch einfach durch, damit die arme Seele Ruh hat!«

Die Kanzlei in Stockholm hatte angerufen und einige Faxe waren eingegangen. Ulrika ging in ihr Zimmer und zog die Tür hinter sich zu. Ehe sie sich an die Arbeit machte, wollte sie Mario Schiller anrufen und versuchen, sich mit ihm zum Essen zu verabreden.

Sie musste sich auch die Telefonnummer von Philippe La Torre besorgen, dem EU-Beamten, den sie in der Nacht fast umgebracht hätte. Es war nur recht und billig, dass sie sich nach seinem Befinden erkundigte. Sylvia könnte ihr dabei sicher behilflich sein.

Als sie nach zwei Telefonaten Monsieur La Torre an der Strippe hatte, konnte der ihr versichern, dass er sich hervorragend fühle. Er bat um Entschuldigung dafür, dass er sie erschreckt hatte, und hoffte, dass ihr restlicher Aufenthalt in Brüssel weniger dramatisch verlaufen werde. Er bat auch darum, sie und Sylvia einmal zum Abendessen einladen zu dürfen, um wieder gutzumachen, was er da angerichtet hatte. Ulrika fühlte sich mehr oder weniger dazu gezwungen, diese Einladung anzunehmen. In Wirklichkeit hatte sie überhaupt keine Lust auf ein Wiedersehen, denn dieser Mann kam ihr suspekt vor.

Mario Schiller freute sich über ihren Anruf und fragte, ob sie abends mit ihm und einigen Bekannten essen gehen wollte. Sie wollten sich um acht bei ihm zu einem Aperitif treffen und dann weitersehen. »Eigentlich wäre ich ja lieber mit dir allein, damit du mir den neuesten Klatsch von zu Hause erzählen kannst. Bleibst du vielleicht eine Weile hier?«, hatte er gefragt. Ulrika freute sich auf den Abend, es wäre wirklich nett, ihn wiederzusehen. Sie wollte sich die Zeit nehmen, um nach Waterloo zu fahren und sich umzuziehen. Da es Samstag war, würde es sicher keinen Stau auf der Ausfallstraße geben.

Nachdem ihr soziales Leben organisiert war, konnte sie die Arbeit wieder da aufnehmen, wo sie sie vor der Mittagspause abgebrochen hatte. Aber es fiel ihr schwer, sich zu konzentrieren. Trotz der verschlossenen Tür konnte sie den Lärm aus Markus' Zimmer hören. Es klang bedrohlich. Besorgt ging sie zu Nathalie in die Rezeption hinüber. Es wäre schließlich nicht das erste Mal, dass ein Anwalt von einem aggressiven Mandanten angegriffen wurde.

»Weißt du, was da bei Markus für Leute sind? Ich finde, das hört sich ziemlich unangenehm an.«

»Das sind Sylvias alte Mandanten. Sie waren nach dem Mord schon zweimal hier. Ich glaube nicht, dass Markus Lust hat, sie zu übernehmen. Hast du sie gesehen, als sie hereingekommen sind?«

»Nein, wieso?«

»Einer sieht aus wie die Karikatur eines russischen Gangsters.« Nathalie zeigte in bester Scharademanier, dass der Mann groß und bissig war. Ulrika musste über diese Pantomime einfach lachen.

»Es besteht nicht die Gefahr, dass sie gewalttätig werden, oder? Vielleicht sollte ich mal hineingehen.« Ulrika zögerte, denn es gehörte sich eigentlich nicht, einen Kollegen zu stören, der Besuch hatte.

Nathalie machte ein erschrockenes Gesicht, als sei ihr gerade etwas eingefallen. »Einer von ihnen ist bewaffnet.«

»Woher weißt du das?«

»Ich habe sein Pistolenhalfter gesehen, als er den Mantel ausgezogen hat.«

»Du meine Güte, warum hast du Markus nicht gewarnt?«

»Ich habe nicht weiter darüber nachgedacht – schließlich kommt es doch vor, dass Mandanten ihre Leibwächter mitbringen. Ich dachte, das sei auch so einer.«

»Da hast du sicher Recht. Mach dir keine Sorgen«, sagte Ulrika mit gespielter Überzeugung. Sicherheitshalber klopfte sie dann bei Markus an.

»Ja?«

»Verzeihung.« Ulrika warf einen kurzen Blick auf die Anwesenden und nickte dann ihrem Kollegen zu. »Kannst du einen Moment herauskommen?«

Markus hatte den Mund zu einem harten Strich zusammengekniffen. Ulrika dachte einen Moment, er ärgere sich über die Störung, beruhigte sich dann aber, als er auf sie zukam und die Tür hinter sich zuzog. Jetzt sah er wieder aus wie immer.

»Ich wollte dich nicht stören. Ich wollte nur wissen, ob alles in Ordnung ist. Bei dir scheint es ja ziemlich hoch herzugehen. Und Nathalie sagt, einer von denen sei bewaffnet. Wenn ich daran denke, was passiert ist ...«

»Das ist kein Problem. Das sind Sylvias Mandanten. Sie können sich nur nicht ganz damit abfinden, dass wir unterschiedliche Arbeitsmethoden haben. Mach dir keine Sorgen, die brauchen mich mehr als ich sie.«

Nach zwei Stunden Arbeit blieb sie in den Problemen eines komplizierten Konsortiums stecken. Sie begriff nicht so recht, was Sylvia sich dabei gedacht hatte. Ein norwegisches Industrieunternehmen mit Tochtergesellschaft in England wollte sich mit Firmen in den Niederlanden und in Belgien zusammentun und die gemeinsame Leitung in Luxemburg ansiedeln. Normalerweise war Wirtschaftsrecht für Ulrika eine spannende Herausforderung. Es kam ihr vor wie ein Puzzlespiel. Aber diese Angelegenheit hier war so kompliziert, dass ihr ganz schwindelig wurde. Sie war von Sylvias Tüchtigkeit absolut beeindruckt. Das hier war wirklich Steuervermeidung auf höchster Ebene. Ulrika war sich nicht sicher, ob sie die Sache ohne Hilfe bewältigen könnte, aber sie wollte Markus nicht noch einmal stören. Sie hoffte, dass Sylvia ihr nachher auf die Sprünge helfen würde. Heute wollte sie nur bis fünf arbeiten.

Ehe sie nach Waterloo fuhr, rief sie bei Stefan an. Der war oben auf dem Dachboden beschäftigt und hatte noch keine Zeit gehabt, sie zu vermissen. Er erzählte, dass er am Vorabend so hart gearbeitet hatte, nachdem die Kinder eingeschlafen waren, dass er heute Morgen steif vor Muskelkater gewesen war.

»Axel hilft mir beim Ausmessen. Du willst doch schwarze Wände, oder?«

»Ja. Das fände ich richtig chic.«

»Wie geht's bei dir denn so?«

Ulrika erzählte, wollte aber nichts über den nächtlichen Zwischenfall berichten. Das hätte ihm nur Sorgen gemacht.

»Kannst du dir vorstellen, dass Markus vorgeschlagen hat, ich könne doch erst mal pendeln?« Sie wartete auf eine Reaktion, die nicht kam. »Aber ich habe wirklich keine Lust dazu. Auch wenn du keine Zeit hast, um mich zu vermissen, habe ich doch Sehnsucht nach dir und den Kindern.«

Sie wollte noch nichts von ihren Überlegungen erwähnen, vielleicht für kürzere oder längere Zeit mit der ganzen Familie nach Belgien überzusiedeln. Bisher waren das nur vage Erwägungen, die sie zuerst mit den Kollegen in Stockholm besprechen musste.

»Heute Abend wirst du mir fehlen.«

»Warum gerade heute Abend?«

»Es wäre nett, wenn du mit ins Theater kommen könntest. Ich habe Anette Goldman gefragt, ob sie an deiner Stelle mitwill. Sie ist ja auch sehr nett, aber es ist nicht dasselbe. Ich halte so gern deine Hand, wenn es im Saal dunkel wird.«

»Versuch ja nicht, Anettes Hand zu halten. Sie sucht gerade einen neuen Mann und ich glaube nicht, dass sie die Richtige für dich wäre. Sie würde dir frühzeitig graue Haare bescheren. Amüsier dich aber und grüß von mir.«

Ulrika hielt noch eine Weile den Telefonhörer in der Hand. Sie hatte total vergessen, dass sie an diesem Abend mit Torsten und Petra, ihren besten Freunden, ins Theater wollten.

Wie schade, dass sie nicht dabei sein konnte. Eine neue Bergman-Inszenierung im Dramaten. Die Karten hatten sie schon vor Monaten bestellt. Anette würde die Aufführung sicher zu schätzen wissen.

Sylvia saß im Morgenrock auf einem Küchenstuhl und starrte apathisch vor sich hin, als Ulrika nach Hause kam. Die Fensterläden waren geschlossen, die zerbrochene Scheibe noch nicht ersetzt.

»Aber Sylvia, was ist denn los mit dir?« Ulrikas Herz floss vor Mitleid über. »So kannst du nicht weitermachen. Du brauchst Hilfe. Es gibt doch Medikamente gegen Depression. Darf ich dir nicht ein bisschen helfen und wenigstens mit dir zu einem Arzt gehen?« Sylvia gab keine Antwort. Ihre Augen füllten sich mit Tränen, die dann über ihre Wangen kullerten. Etliche trafen auf den Morgenrock auf, andere liefen über den schmalen Hals und verschwanden im Ausschnitt. Die Tränen, die bis zu ihrer Brust weiterliefen, waren die traurigsten. Ulrika schaute nicht einfach zu. Sie drückte ihr ein Taschentuch in die Hand und ging in ein anderes Zimmer, um Markus anzurufen und um Hilfe zu bitten. Sie hatte keine Ahnung, an welchen Arzt sie sich wenden könnte.

Frau Dr. Simonic kam sofort. Sie kannte Sylvia bereits. Gleich nach dem Mord hatte sie ihr eine kleinere Dosis Beruhigungstabletten und Schlafmittel verschrieben, um ihr über das Schlimmste hinwegzuhelfen. Als Sylvia dann nichts mehr von sich hören ließ, war die Ärztin davon ausgegangen, nicht mehr benötigt zu werden, und hatte sich deshalb ihrerseits nicht mehr gemeldet. Es schien ihr aufrichtig Leid zu tun, dass sie nicht mehr vorbeigeschaut hatte. Jetzt gab sie sich große Mühe, um den Schaden wieder gutzumachen.

Ruhig überredete sie Sylvia dazu, zwei Tage zur Beobachtung ins Krankenhaus zu gehen. Sie machte sich Sorgen, weil Sylvia so stark abgenommen hatte, und fürchtete, sie könne innerlich austrocknen. Wie immer das bei dem vielen Alkohol auch möglich sein sollte. Die Ärztin gab Sylvia eine Spritze mit einer Vitaminlösung und ließ dann im Krankenhaus ein Bett bereitstellen.

»Können Sie sie fahren oder soll ich einen Krankenwagen bestellen?«

Ulrika hatte zwar nichts dagegen zu fahren, aber sie wusste nicht, wo das Krankenhaus lag, und befürchtete außerdem, Sylvia könne sich die Sache anders überlegen und wieder nach Hause wollen.

»Dann ist ein Krankenwagen vielleicht doch besser. Könnten Sie ihr helfen, eine kleine Tasche zu packen? Sie hätte sicher gern ihre eigenen Toilettensachen zur Hand.« Die Ärztin sprach über Sylvia wie über eine Nicht-Anwesende, und das traf ja eigentlich auch zu. Sylvia schien überhaupt nicht zu registrieren, was um sie herum geschah. Dann verließ zum zweiten Mal innerhalb von vierundzwanzig Stunden ein Krankenwagen das rote Klinkerhaus. Kaum war er außer Sichtweite, lief Ulrika ins Haus und suchte die Telefonnummer eines in der Nähe gelegenen Glasermeisters heraus, um ein neues Küchenfenster zu bestellen. Sie musste zu einer Notlüge greifen, um so schnell wie möglich an die Reihe zu kommen. Als sie die Eile damit begründete, dass kleine Kinder im Haus seien, versprachen die Handwerker, innerhalb einer Stunde bei ihr zu sein. Auf diese Weise würde sie immer noch rechtzeitig zu ihrer Verabredung kommen. Während sie auf den Glaser wartete, rief sie zu Hause an, um den Kindern gute Nacht zu sagen. Die Lüge hatte ihr schreckliches Heimweh gemacht.

Berge von Schalentieren, dekorativ ausgelegt in schlichten Kästen aus naturfarbenem Holz, eilige Gäste auf dem Weg ins Restaurant. Die Autos standen in doppelten Reihen da, die Schlüssel wurden einem livrierten Parkplatzwächter übergeben. Damit war auch dieses Problem aus der Welt. Ein kräftiger Mann in tadelloser weißer Kochmontur mit einer Zigarette im Mundwinkel stand draußen in der Kälte und öffnete

Austern, die er auf riesige Teller mit zerstoßenem Eis und Tang legte. Ulrika merkte, wie ihr, trotz der Zigarette, das Wasser im Mund zusammenlief.

Mario hatte weit hinten im Restaurant einen Tisch für sechs Personen reserviert. So dass sie von den übrigen Gästen nicht gestört wurden und trotzdem alles im Auge behalten konnten. Das Lokal war in gepflegtem und harmonischem Jugendstil eingerichtet. Es existierte schon seit ewigen Zeiten und war immer gleich gut besucht, wie Ulrika erfuhr, als sie sich endlich setzten und in die Speisekarte vertieften. Mit einer Ausnahme entschieden sich alle für Austern. Tobias, so hieß der Abweichler, zog Salat mit warmem Ziegenkäse, Pinienkernen und Honigessig vor.

Sie hatten die Wahl zwischen vielen verschiedenen Austernsorten. Es kam zu einer Diskussion darüber, welche am besten seien. Da sie zu keiner Einigung kamen, beschlossen sie, verschiedene auszuprobieren und zu vergleichen. Als Hauptgericht bestellte Ulrika gedämpften Kabeljau auf einem Bett aus frittiertem Porree, dazu mit Olivenöl abgeschmecktes Kartoffelpüree. Eine Empfehlung des Oberkellners. Das Ganze kostete ungefähr halb so viel wie in Schweden.

Die anderen Gäste arbeiteten allesamt für die EU-Kommission. Patrik Strömberg war Ökonom und arbeitete für das TACIS-Programm. Er erklärte Ulrika, dass es dabei fast ausschließlich um Entwicklungspolitik ging. Vor allem sollte das Programm demokratische und marktwirtschaftliche Reformen in der ehemaligen Sowjetunion unterstützen. »Wir verfügen über ein Jahresbudget von über fünf Milliarden Kronen«, berichtete er stolz, als Ulrika sich nach der Größe seiner Abteilung erkundigte.

»Ich muss mich offenbar besser kundig machen, wenn ich mich nicht total blamieren will. Ich dachte bisher, die EU sei vor allem ein Zusammenschluss, der die Zusammenarbeit und die Wirtschaftskraft der Mitgliedstaaten verbessern soll«, sagte Ulrika mit verlegenem Lachen.

»Das ist auch durchaus nicht falsch, aber das EU-Programm reicht eben noch viel weiter. Unter anderem soll den Nachbarstaaten dabei geholfen werden, den Anschluss an die Entwicklung nicht zu verlieren und sich uns in Technologie und Demokratie anzunähern. Wenn du willst, kann ich dir Informationsmaterial zukommen lassen«, bot Gunnela Persdotter an, die in der Presseabteilung der Kommission arbeitete.

Dann wurden die Vorspeisen gebracht. Sie kosteten, verglichen und stießen mit Champagner an.

»Ich kann gar nicht fassen, wie ihr so was runterbringt«, sagte Tobias angewidert.

»Willst du wissen, wie Austern schmecken?«, fragte Mario mit einem frechen Augenzwinkern.

»Nein, danke, es reicht mir auch so.« Tobias schob sich ein großes Stück Ziegenkäse in den Mund.

»Glaubst du, es besteht die Möglichkeit, dass ich mal einen Blick ins Parlament werfen könnte, oder ist da für Unbefugte der Zutritt verboten?«, wandte Ulrika sich an Gunnela.

»Es gibt schon Möglichkeiten, auch wenn die meisten Diskussionen und Verhandlungen hinter verschlossenen Türen stattfinden. Eine Zuhörertribüne ist bei bestimmten Sitzungen geöffnet. Ich werde mich da mal erkundigen.«

»Ach, ihr gestattet der Öffentlichkeit also doch einen gewissen Einblick, das hätte ich nicht gedacht. Ich habe geglaubt, alle Informationen von Seiten der Kommission bestünden aus frisierten Pressemeldungen.« Tobias' Augen funkelten. Es war schwer zu entscheiden, ob er Witze machte oder provozieren wollte, um eine Diskussion in Gang zu bringen.

Ulrika glaubte, bei Gunnela eine gewisse Abwehrhaltung zu entdecken, auch wenn sie lachte, ehe sie antwortete. »In der EU könnten wir nicht dieselbe Offenheit haben wie zum Beispiel in Schweden. Hier versuchen fünfzehn Mitgliedsstaaten, ihre Reformen und Entscheidungen miteinander in Einklang zu bringen. Natürlich kommt es dabei zu Meinungsverschiedenheiten. Und wenn das alles auch noch in der Presse breitgetreten würde, dann müssten wir mit einer Unmenge von Krisen rechnen, das kann ich euch sagen. Und im Übrigen drängen nur die Schweden so sehr darauf, Öffentlichkeit und Informationsfreiheit durchzusetzen.«

»Aber du musst doch zugeben, dass es nicht richtig ist, wenn Angestellte der Kommission wie wir schreckliche Angst davor haben müssen zu erzählen, was hier vor sich geht und wie die Organisation intern funktioniert? Allein schon, dass wir unseren Dienstvorschriften zufolge weder Meinungsfreiheit noch Mitteilungsschutz genießen, ist doch Krank. Und dass dann der Dreck unter den Teppich gekehrt wird, statt aus dem Haus geschafft zu werden, ist ja auch kein Geheimnis. Niemand wagt zum Beispiel darüber zu reden, was mit Olof Kramer passiert ist. Sicher haben die anderen auch Angst, sie könnten erschossen werden.« Patrik Strömberg leerte sein Champagnerglas auf einen Zug, um sich zu beruhigen.

»Du willst doch nicht allen Ernstes behaupten, die Kommission sollte die Schuld für diesen Mord auf sich nehmen. Das ist doch total absurd. Er ist ja schließlich im Zusammenhang mit einem Car-Jacking erschossen worden.« Gunnela lachte auf, wie um zu unterstreichen, was Patrik da für einen Unsinn geredet hatte.

»Es bringt wirklich nichts, solche Ansichten laut zu äußern, Patrik.«

Die Frau, die ihn hier warnte, hatte sich bisher aus der Diskussion herausgehalten. Sie hieß Jenny Stjärnlöv, war Gesellschaftswissenschaftlerin und beschäftigte sich ebenfalls mit Entwicklungsfragen. Sie hatte kurze Haare und einen kleidsamen Fächer aus Lachfältchen um die Augenwinkel. Ihre scharfe Stimme bildete einen Kontrast zu ihrem offenen Gesicht.

Verblüfft hörte Ulrika diesem Wortwechsel zu, der für einen Moment die Stimmung dämpfte.

»Ich wohne im Moment bei Olofs Frau. Wir arbeiten für dieselbe Kanzlei. Sollte das eben heißen, dass ein Verdacht auf eine ganz andere Mordursache besteht, als in den Zeitungen zu lesen war?« Ulrika wandte sich direkt an Patrik, doch an seiner Stelle antwortete Jenny.

»Nein, das kann ich mir nicht vorstellen. Aber Patrik hat eben eine sehr blühende Fantasie. Nicht wahr?« Sie warf ihm eine Kusshand zu und hob ihr Glas, um auf ein erbaulicheres Gesprächsthema anzustoßen.

Mario hob die Stimmung sofort, indem er von einem lustigen Zwischenfall berichtete, der sich in dieser Woche in der schwedischen Botschaft zugetragen hatte. Ein verzweifelter Schwede hatte einen neuen Pass gebraucht. Er hatte in Brüssel einen Kongress besucht und am letzten Abend eine Frau kennen gelernt, die mit auf sein Zimmer gekommen war. Sie war zwar ein wenig enttäuscht gewesen, als er erzählt hatte, dass er am nächsten Tag bereits abreisen musste, aber sie war doch über Nacht geblieben. Auf dem Flugplatz hatte er dann festgestellt, dass sie die Seite mit seinem Foto aus seinem Pass gerissen hatte. »Ihr könnt euch ja vorstellen, wie er darüber geflucht hat, dass er sie nicht um ihre Telefonnummer gebeten hat. Das ist doch sehr lehrreich, nicht wahr, meine Lieben?«

»Armes Ding«, sagte Patrik.

»Meinst du die Frau oder den Mann?«, fragte Mario und hatte damit die Lacher auf seiner Seite.

Ulrika hätte das Gespräch gern zu Olof Kramer zurückgeführt, hielt es aber für angebracht, auf eine bessere Gelegenheit zu warten. Und die sollte sich rascher einstellen, als sie ahnen konnte.

7

Schon als sie den Schlüssel ins Schloss steckte, hörte sie im Haus das Telefon klingeln. Wer konnte das so spät noch sein? Es war halb eins. Ulrika stürzte hinein, ohne die Tür zu schließen, um das Telefon noch zu erreichen, doch dann stand sie nur mit einem stummen Hörer in der Hand da. Enttäuscht ging sie zurück, schloss die Tür und legte sorgfältig den Riegel vor, ehe sie ihren Mantel aufhängte. Es war sicher Stefan gewesen, der über den Theaterabend berichten wollte. Aber er würde sich schon wieder melden.

Ohne Sylvia fühlte sie sich einsam hier im Haus. Wenn sie ehrlich sein sollte, dann fürchtete sie sich sogar ein wenig. Sie lief herum und machte überall ein wenig Licht, doch auch danach war sie noch unruhig. Am Ende holte sie sich aus Sylvias Schlafzimmer die Schrotflinte. Sie stand im Kleiderschrank. Die Waffe fühlte sich in ihrer Hand schwer an. War sie geladen? Natürlich nicht. Woher sollte sie Munition nehmen? Ulrika schaute in den Regalen nach und zog aufs Geratewohl einige Schubladen heraus. Die Patronenschachtel lag neben Sylvias Bett. Hätte sie nicht weggeschlossen sein müssen? Nicht, dass das eine Rolle spielte, Ulrika wollte das Gefühl haben, in Sicherheit zu sein, und das würde sie haben, wenn das Gewehr unter ihrem Bett läge. Auch, wenn es ungeladen war.

Sie war gerade unter die Decke gekrochen, als wieder das Telefon klingelte. Seufzend zog sie Bademantel und Pantoffeln an und ging ins Wohnzimmer, um abzuheben.

Es war nicht Stefan, wie sie erwartet hatte, sondern Patrik Strömberg. Ulrika konnte ihre Überraschung nicht verhehlen. Warum um alles in der Welt rief er mitten in der Nacht hier an, zumal sie sich vor weniger als einer Stunde getrennt hatten? Er hörte sich nicht ganz nüchtern an, was er ja auch nicht war. Sie hatten vor dem Aufbruch alle reichlich gebechert. Ulrika hatte nach drei Gläsern Schluss gemacht und um Kaffee gebeten, auch wenn die anderen ihr versichert hatten, dass die Sache mit der Nüchternheit am Steuer in Belgien nicht so eng gesehen werde. Die Promillegrenze war kürzlich von 0,8 auf 0,5 gesenkt worden, aber die meisten achteten nicht weiter darauf. Solange sie in keinen Unfall verwickelt wurden, natürlich.

Patrik fragte besorgt, ob sie schon ins Bett gegangen war. Was sie bejahte. Sie fügte jedoch hinzu, sie habe noch nicht geschlafen.

»Dann wäre ich sauer gewesen. Ich werde nämlich gar nicht gern geweckt.« Sie dachte an die kurze Phase des Telefonterrors, die sie und Stefan vor einer Woche durchlebt hatten. War das wirklich nicht länger her? Ihr kam es vor wie eine Ewigkeit.

»Du musst entschuldigen, aber ich habe schon einige Male angerufen, ohne dass sich jemand gemeldet hat, und da dachte ich, du seist noch nicht zu Hause.«

»Ich habe das Telefon gehört, als ich gerade die Tür aufschloss, aber dann bin ich nicht mehr rechtzeitig gekommen. Hast du etwas Besonderes auf dem Herzen, das nicht warten kann?«

»Ich habe einige wichtige Dinge zu besprechen, aber das geht nicht am Telefon. Deshalb wollte ich fragen, ob ich zu dir kommen kann. Es geht um Olof.«

»Hat das nicht Zeit bis morgen? Es ist schon spät und ich bin müde. Ich glaube nicht, dass ich mich jetzt noch auf irgendwas konzentrieren kann. Egal, wie wichtig du das findest. Ich muss jetzt schlafen.« Ulrika gähnte hörbar.

Sicher wollte sie hören, was er auf dem Herzen hatte, aber sie war doch nicht neugierig genug, um dafür ihren Schlaf zu opfern. Und sie wollte Sonntagmittag fit sein. Außerdem war sie sich nicht sicher, ob das Ganze nicht ein billiger Aufreißversuch war. Sie wusste, dass er allein lebte.

»Kann ich morgen gegen zwölf kommen?« Patrik war sein Morgenschlaf offenbar ebenso heilig wie ihr ihr Nachtschlaf.

»Ich würde dich lieber so gegen vier in der Stadt treffen. Ich bin zum Mittagessen eingeladen. Ich ruf dich an, wenn ich fertig bin.«

»Du hast meine Nummer?«

»Ja, ich habe doch deine Karte.«

»Ruf mich auf dem Handy an, das ist besser.«

»Na gut. Gute Nacht.«

»Schlaf gut.«

Die Frau im Nachbarbett schlief tief. Vielleicht war sie bewusstlos. Ihre Wangen waren vom Alter zerfurcht, ihr Körper wirkte unter der dünnen Krankenhausdecke groß und schwer. Sylvia lag auf der Seite und betrachtete sie mit trägem Blick. Mit angezogenen Beinen und vor der Brust verschränkten Armen war sie vor der Umwelt geschützt. Niemand konnte sie stören. Niemand konnte sie erreichen. Nicht einmal die Angst drang bis zu ihr vor. Sie konnte nicht denken, aber sie konnte sich noch erinnern. Ihre Gedanken flogen wie Pingpongbälle hin und her. Sie machte nicht einmal den Versuch, sie einzufangen. Wenn sie die Scherben ihres Lebens mit Olof auflesen wollte, dann könnten sie an die Oberfläche gelangen. Und dann würde sie sich der Wahrheit stellen und der Wirklichkeit ins Auge blicken müssen.

Plötzlich fing die alte Frau an zu röcheln. Sylvia sah, dass sie versuchte, sich im Bett aufzurichten. Registrierte gleichgültig, dass die Frau die Arme hob und nach der Klingel suchte, die an einer Art Triangel an einer Kette hing, nur eben ein wenig zu hoch, um erreichbar zu sein. Die Anstrengung, ihre Lunge mit Sauerstoff zu füllen, färbte ihr Gesicht zuerst leuchtend rot. Dann erbleichte sie, und ihre Lippen wurden blau, ihr Blick starr und steif. Sylvia betrachtete die leblose Frau reglos. Sah, wie deren Gesicht jünger wurde. Als die Krankenschwester mit den Medikamenten für die Nacht und dem Fieberthermometer hereinkam, waren die Runzeln geglättet und der Körper sah friedlich aus.

Jetzt achtete niemand mehr auf Sylvia. Alles drehte sich um die Tote. Sylvia schloss die Augen und sperrte die Geräusche der fruchtlosen Wiederbelebungsversuche aus. Warum konnten sie nicht gehen und sie in Ruhe lassen? Sie sehnte sich so sehr nach Schlaf.

Endlich wurde das andere Bett aus dem Zimmer geschoben und Sylvia wieder von Schweigen umfangen. Langsam träumte sie sich fort und versank in einer Spirale des Vergessens, bis doch die Albträume wieder die Herrschaft an sich rissen.

Die Krankenschwester, mit der Ulrika sprach, ehe sie das Krankenzimmer betrat, konnte berichten, dass es Sylvia an diesem Tag schon viel besser ging. Die Ärztin hatte beschlossen, ihr bis auf weiteres ein Einzelzimmer zu geben, denn ihr Zustand würde sich verschlechtern, wenn sie eine neue Bettnachbarin bekäme. »Die letzte ist gestern Abend gestorben«, teilte die Schwester im selben Tonfall mit, in dem sie erzählt hätte, die Patientin sei als geheilt entlassen worden. Ulrika merkte, dass ihr Ärger wuchs. Mit der Krankenpflege war es wohl überall dasselbe. Kranke gelten nicht als vollwertige Menschen. Doch wenn sie ehrlich war, dann war die Arbeit in einem Krankenhaus sicher auch nicht leicht. Sie verkniff sich deshalb einen Kommentar und fragte nur, wo sie eine Blumenvase finden könnte.

Die Spülküche lag hinten auf dem Gang. Ulrika fand keine passende Vase und füllte deshalb eine Karaffe mit Wasser. Sie hatte einen großen Strauß gelber Tulpen gekauft, den sie jetzt so schön wie möglich arrangierte und dann auf den Nachttisch stellte. Sylvia nickte mechanisch.

»Es tut mir so Leid für dich. Kann ich irgendwas für dich tun?«

»Nein, das kommt sicher schon wieder in Ordnung.« Sylvia schaute an Ulrika vorbei einen unsichtbaren Fleck auf der Wand an.

»Soll ich versuchen, dich in eine Privatklinik verlegen zu lassen? Bestimmt ist die Kanzlei für solche Fälle versichert.« Ulrika redete drauflos und war dankbar dafür, dass sie überhaupt eine Antwort bekam.

»Das ist doch egal. Ich bin jetzt ja allein im Zimmer«, sagte Sylvia gleichgültig.

»Ich fahre jetzt zu Markus und Viveka zum Essen. Soll ich von dir grüßen?«

»Wenn du willst.«

»Ich schaue morgen wieder vorbei.«

»Das ist nicht nötig.«

»Ich komme trotzdem. Versuch jetzt, dich auszuruhen und wieder zu Kräften zu kommen.«

Sylvia gab keine Antwort. Sie starrte noch immer die Wand an. Nicht ein einziges Mal hatte sie Ulrikas Blick erwidert. Wie konnte die Schwester behaupten, es ginge ihr besser? Ulrika fühlte sich deprimiert, als sie das Krankenhaus verließ. Ihr grauste schon vor dem Besuch am nächsten Tag. Und ihr war klar, dass sie alle Hoffnungen aufgeben müsste, von Sylvia Hilfe bei den problematischen Fällen zu bekommen. Sie würde sich also auf Markus verlassen müssen.

Markus und Viveka wohnten in einer Wohnung in der Innenstadt, nicht weit von der Universität. An diesem Sonntagmittag hatten sie zehn Personen eingeladen. Fast alle waren schon da, als Ulrika aus dem Krankenhaus kam. Sie freute sich über den Tapetenwechsel und den eiskalten Martini, der ihr in die Hand gedrückt wurde, sowie sie sich ihres Mantels entledigt hatte. Nur Ulrika war auf dieser Gesellschaft ein neues Gesicht, die anderen kannten einander schon länger. Markus stellte sie vor, dann widmete er sich wieder seinen Gastgeberpflichten, die an diesem Tag darin bestanden, für das von Viveka marinierte Fleisch ein schönes heißes Grillbett zu organisieren. Dieses eine Mal kam er Ulrika ausgeruht und entspannt vor.

Ulrika wurde bald von einem sommersprossigen Verkaufsleiter von Volvo in ein Gespräch verwickelt. Er hieß Ludvig und seine Frau war in der Woche zuvor beim Einkaufen ausgeraubt worden.

Sie hatte gerade die Sachen in den Kofferraum gepackt, wie er berichtete, als ein dunkelhäutiger Mann ihr eine Pistole in die Seite gebohrt und die Autoschlüssel verlangt hatte. Das Erschreckende war, dass es am helllichten Tag passiert war, mitten in einer Menschenmenge.

»War er maskiert?«, fragte eine schwarz gekleidete Frau mit einer Brille, die in der Nähe stand und das Gespräch mitgehört hatte.

»Nein, das nicht. Du weißt doch, wie die aussehen. Glänzender Trainingsanzug und Turnschuhe. Die sind so sicher, dass sie ungeschoren davonkommen, dass sie sich nicht einmal die Mühe machen, ihr Gesicht zu verbergen. Jetzt will sie zurück nach Hause.«

»Wer ist deine Frau?« Ulrika schaute sich um.

»Sie kommt später. Sie ist Klavierlehrerin und gibt auch am Wochenende Stunden. Deshalb fliehe ich, wenn sich eine Gelegenheit dazu ergibt.«

»Unsere Nachbarn sind vorgestern überfallen worden. Drei maskierte und bewaffnete Männer sind ins Haus eingedrungen und haben verlangt, dass sie den Safe öffnen. Als der geleert war, haben sie sich die Autoschlüssel geschnappt und sind mit dem Wagen verschwunden. Sie haben gedroht, zurückzukommen und beide zu erschießen, wenn sie die Polizei informieren. Das war das vierte Haus in unserer Straße, das allein in diesem Jahr ausgeraubt worden ist. Ein deutscher Diplomat ist vor nicht allzu langer Zeit mit einer Pistole im Mund aufgewacht«, berichtete die Schwarzgekleidete lebhaft.

»Ja, dann neigt man nicht zum Widerspruch. Dann gibt man ihnen, was sie wollen.«

»Ihr scheint hier ja schreckliche Probleme zu haben. Ich habe in Schweden viel mit Strafsachen zu tun, an Kriminalität bin ich also gewöhnt, aber was ich hier bisher gehört habe, schlägt doch alle Rekorde. Alle hier scheinen ja schon schlechte Erfahrungen gemacht zu haben. Was unternehmen denn die Behörden?« Ulrika hob die Hände zu einer fragenden Geste.

»Ich weiß aus einer gut informierten Quelle, dass die Polizeibehörden neulich aus den USA das Angebot bekommen haben, gratis eine Spezialtruppe auszuleihen, die die belgischen Kollegen im Kampf gegen das organisierte Verbrechen anlernen sollte. Aber die belgischen Behörden haben dankend abgelehnt. Habt ihr schon mal solchen Unsinn gehört?«, sagte Ludvig empört.

Die übrigen mussten ihm zustimmen. Es hörte sich wirklich »total bescheuert« an, wie die Schwarzgekleidete das ausdrückte.

Markus kam vom Balkon herein und verkündete, das Fleisch sei jetzt fast so weit, weshalb alle sich an den Tisch setzen sollten. Ulrika saß zwischen Ludvig und einem schwedischen Juristen aus einer der großen Wirtschaftskanzleien, die im Umfeld der EU wie die Pilze aus dem Boden schossen.

Das Essen erwies sich als angenehme Abwechslung mit viel Gelächter und Klatsch. Man merkte, dass die Gäste einander schon lange kannten. Ulrika freute sich über ihre Platzierung und konnte zu Beginn der Mahlzeit ihrem seriösen Kollegen allerlei interessante Ratschläge entlocken. Als immer mehr Wein nachgeschenkt wurde, wurde er lockerer und zum Dessert brachte er sogar einige wirklich witzige Anekdoten.

»Weil es keinen Schnaps gibt«, hatte ein ehemaliges Mitglied beim Studententheater der Wirtschaftshochschule geklagt, »müssen wir zum Wein singen.« Und darauf hatte er eine fast glockenreine Parodie auf »Wie gewonnen, so zerronnen« angestimmt.

Danach wollten alle singen. Ludvigs Frau, die sich endlich von ihren Stunden losgerissen hatte, durfte kaum zu Ende essen, dann wurde sie auch schon auf den Klavierhocker gedrückt und musste den Gesang begleiten.

Ulrika und Markus gingen mit ihren Kaffeetassen in die Diele. Ulrika erzählte von ihrem Besuch im Krankenhaus und fragte gleichzeitig nach seiner Ansicht über einige Fälle, mit denen sie sich am Abend zu Hause beschäftigen wollte. Es machte ihnen beiden nichts aus, auch in ihrer Freizeit über ihre Arbeit zu sprechen, eher war das Gegenteil der Fall.

»Haben wir viele Mandanten wie die, die ich gestern gehört habe?«

Markus lachte bei dieser Frage. »Nein, Gott sei Dank. Das sind russische Geschäftsleute, was immer das heißen mag, die sich gegenseitig empfohlen haben. Echte Gangster, scheint mir. Ungehobelte Flegel, die nicht akzeptieren können, dass Sylvia krankgeschrieben ist.«

»Wird sie denn sonst mit ihnen fertig?«

»Ja, das ist doch das Tolle an ihr. Sie ist beinhart. Und deshalb ist im Moment ja alles so schwer. Die Leute können ihren Zusammenbruch einfach nicht akzeptieren.«

Beide dachten eine Weile über die Unwägsamkeiten des Lebens nach.

»Hast du schon über meinen Vorschlag nachgedacht, eine Weile zu pendeln?« Markus rührte in seiner Kaffeetasse.

»Wenn ich ehrlich sein soll, dann möchte ich nicht so lange von meiner Familie getrennt sein. Natürlich sehe ich sie auch sonst nicht so oft. Du weißt ja, wie das ist. Man arbeitet auch abends und am Wochenende – aber immerhin sind sie da, wenn man nach Hause kommt, und so will ich das auch. Ich brauche Stefan und die Kinder in der Nähe, sonst macht alles keinen Spaß.«

Sie sah, dass er enttäuscht war. Und deshalb fasste sie einen mehr oder weniger festen Entschluss.

»Aber ich könnte mir vorstellen, zusammen mit Stefan und den Kindern für einige Zeit herzukommen, falls das mit Stockholm klargeht.«

»Das wäre doch fantastisch. Was sagt Stefan?«

»Mit dem habe ich noch nicht gesprochen. Das ist der nächste Schritt. Aber es hat Zeit, bis ich wieder zu Hause bin.« Ulrika lachte fröhlich. Angesichts der bevorstehenden Auseinandersetzung überlief sie ein Schauer der Erwartung.

»Ihr redet doch wohl nicht über die Arbeit? Vergiss nicht, was du versprochen hast«, sagte Viveka scherzhaft, als sie mit hocherhobener Kaffeekanne die Diele durchquerte.

»Durchaus nicht, Ulrika hat mir eben ein paar gute Aktientipps gegeben«, log Markus hemmungslos.

Um vier Uhr brachen die Gäste auf, so, wie Ulrika sich das vorgestellt hatte. Kaum hatte sie sich ins Auto gesetzt und die Türen verriegelt, als sie auch schon wie abgemacht Patrik Strömberg anrief. Er hob nicht ab. Und das, wo er so dringend mit ihr hatte sprechen wollen. Typisch. Was uns nachts, mit Alkohol im Leib, wichtig vorkommt, nimmt bei Tageslicht ganz andere Dimensionen an. Das hätte sie ihm schon in der Nacht sagen können. Aber egal, es war kein Verlust. Sie hatte schließlich Arbeit genug zu Hause liegen.

Der Regen fiel jetzt schwer und kompakt. Sie kam sich fast vor wie in einer Autowaschstraße. Die Scheibenwischer arbeiteten auf höchster Stufe, aber die Sicht war trotzdem nur trübe. Ulrika hielt sich auf der linken Spur. Sie fand den belgischen Fahrstil lebensgefährlich, und bei schlechten Straßenverhältnissen war ihr das noch unangenehmer. Sie hatte keine zwanzig Meter Sicht, aber das hinderte einen von hinten kommenden Wagen nicht an einem wirklich lebensgefährlichen

Überholmanöver. Ulrika presste die Handfläche auf die Hupe und sah gerade noch, dass der andere Fahrer gereizt die Hände hob, um dann in einem neuen Wasserfall zu verschwinden.

Sie hatte die Strecke halbwegs hinter sich gebracht, als das Telefon klingelte. Ulrika suchte in ihrer Handtasche nach dem Handy, den Blick auf die Straße gerichtet. Ihre Hand tastete eine Zeit lang zwischen Brieftasche und Lippenstift herum, dann bekam sie das Telefon zu fassen. Es war Patrik. Er bat um Entschuldigung. Er hatte sein Telefon nicht gehört.

»Wo bist du jetzt?«

»Auf dem Heimweg. Können wir das auf morgen verlegen? Ich muss noch einiges wegarbeiten. Was hältst du von einem Mittagessen? Zeitlich kann ich mich nach dir richten.« Sie hoffte, dass er ja sagen würde.

»Ulrika, ich brauche Hilfe. Ich muss dich treffen. Es ist wichtig. Es dauert wirklich nur eine Stunde. Danach verschwinde ich, wenn du willst, und du hast noch genug Zeit zum Arbeiten. Ich kann in zwanzig Minuten bei dir sein. Zeitlich macht es doch kaum einen Unterschied, ob wir uns da treffen oder wie geplant in der Stadt.«

Er ließ nicht locker. Ulrika spürte, wie ihre Neugier wuchs.

Sie öffnete die Haustür, sowie sie das Auto vorfahren sah. Er rannte mit eingezogenem Kopf in die Diele und schüttelte sich wie ein nasser Hund. Verlegen musterte er dann die Pfützen auf dem Boden. Sie überlegte, ob er wohl anbieten würde, sie aufzuwischen. Stattdessen zog er die Schuhe aus. Er trug elegante Socken.

»Ich habe Wasser aufgesetzt, falls du etwas Heißes trinken möchtest. Kaffee oder Tee?«

»Tee wäre schön. Was für ein Regen! Schon von dem kurzen Stück bin ich total nass geworden.«

»Du kannst dir im Gästebad die Haare trocknen, wenn du willst. Ich glaube, das Handtuch dort ist sauber.«

»Danke, aber es geht schon.« Er lachte und fuhr sich einige Male durch seine Locken, dann folgte er ihr in die Küche, wo das Wasser auf dem Herd bereits kochte.

»Wohnst du jetzt allein hier?«

»Ja, aber ich spiele mit dem Gedanken, die restlichen Tage im Hotel zu verbringen. Ich finde es unangenehm, hier allein zu sein. Ich weiß nicht, ob das etwas mit dem Mord an Olof zu tun hat, oder ob es einfach daran liegt, dass ich mich unsicher fühle. Ich habe so viele Horrorgeschichten über Einbruch und Überfall gehört, seit ich hergekommen bin, dass ich bei jedem Geräusch zusammenzucke.«

»Dann wäre ein Hotel sicher eine gute Idee. Und du hättest es näher zur Arbeit. In der Nähe deiner Kanzlei liegen mehrere, die ziemlich angenehm und nicht so schrecklich teuer sind. Wenn du willst, kann ich mich mal erkundigen.«

»Das wäre nett, aber nötig ist es nicht. Wir haben ja auch über die Kanzlei Beziehungen. Möchtest du ein Brot zum Tee?«

»Nein, danke, ich habe schon gegessen.«

Sie setzten sich an den Küchentisch. Patrik schloss die Hände um den Becher, wie um sie zu wärmen. Er sah so jung aus. Seine Augen hatten die Farbe von Ahornsirup.

»Eigentlich wäre es korrekter, dich im Büro aufzusuchen. Ich glaube nämlich, dass ich schon ziemlich bald juristischen Beistand brauchen werde. Das Problem ist nur, dass die Informationen, über die ich verfüge, gesperrt sind, deshalb darf ich sie nicht an die Öffentlichkeit bringen. Außerdem habe ich sie gestohlen.«

Er zögerte, ehe er weitersprach. »Ich wollte wissen, ob Sylvia dir etwas darüber gesagt hat, warum Olof ermordet wurde.«

»Wie meinst du das?« Ulrika wusste nicht, warum ihr Herz auf einmal loshämmerte.

»Hat sie erzählt, dass er ermordet wurde, weil er zu viel wusste?«

8

Patrik Strömberg arbeitete seit zwei Jahren für die Kommission. Vorher war er beim schwedischen Entwicklungsdienst als Sachbearbeiter für Mittel- und Osteuropa tätig gewesen. Er war unverheiratet, hatte aber in seiner Zeit in Stockholm einige Jahre mit einer Frau zusammengewohnt. Die hatte jedoch ihre Arbeit nicht aufgeben und mit ihm nach Belgien ziehen wollen, wenn nicht vorher geheiratet wurde. So hatte diese Beziehung ein Ende gefunden, was er durchaus bedauerte, wenn auch nicht genug, um einen Versuch zu machen und die Sache wieder zu kitten.

Nachdem er am Concours teilgenommen hatte, wie das Auswahlverfahren bei der EU offiziell hieß, war fast ein Jahr vergangen, bis er den ersehnten Posten erhalten hatte. Später hatte er erfahren, dass er einer von sechzehntausend Bewerbern aus allen Mitgliedsländern gewesen war. Er war dankbar dafür, nichts von dieser gewaltigen Konkurrenz gewusst zu haben. Denn dann hätte er es wohl nicht gewagt, sich zu bewerben. Er war überaus glücklich gewesen, als er endlich seine neue Stelle angetreten hatte. Aber diese Freude war im Laufe der Zeit getrübt worden.

Zuerst war er in einem der weniger angesehenen Gebäude untergebracht worden, die im EU-Viertel verteilt liegen. Kalt und zugig im Winter, heiß und stickig im Sommer. Die Zimmertemperaturen hatten bisweilen dreißig Grad überstiegen, und das hatte die Arbeit fast unerträglich gemacht. Noch schlimmer war die Zeit gewesen, in der er glaubte, ein Ekzem am Bein zu haben. Es hatte so schrecklich gejuckt, dass er einen Arzt aufgesucht hatte. Der hatte gelacht und ihm geraten, dem Hund eine Flohkur zu verpassen, dann würden die Beschwerden von selbst verschwinden. Patrik hatte keine Haustiere. Aber als er sich die Sache genauer ansah, stellte er fest, dass die Teppiche in der ganzen Etage vor Flöhen nur so wimmelten. Das Büro musste mehrere Male von einem Kammerjäger gereinigt werden, ehe die Plage verschwunden war. Noch lange hatte der schwere Geruch der Insektizide über dem Gebäude gehangen.

In den ersten Monaten hatte er sich einsam gefühlt und oft an Heimweh gelitten, auch wenn er das niemals zugegeben hätte. Mit der Zeit hatte Patrik sich dann aber mit einigen Kollegen angefreundet. Anfangs hatten die sich abwartend verhalten und ihn mehr oder weniger beschnuppert, um festzustellen, was er für einer war. Eine gewisse Wachsamkeit prägte noch immer den Umgang untereinander. Offenheit und Vertrauen gab es nur selten, die meisten hüteten ihr Revier, und es gab viele Karrieresüchtige. Der Abteilungsleiter war unzugänglich und eine offene Kommunikation mit den Direktoren unvorstellbar. Die Arbeitsbelastung war enorm und die Verantwortung für einen Anfänger viel zu groß. Trotzdem hatte er sich wohl gefühlt.

Ganz allein hatte er die Verantwortung für ein Budget getragen, das sich durchaus mit dem einer größeren schwedischen Gemeinde messen konnte. Er durfte Reisen unternehmen und traf Entscheidungsträger und Regierungsangehörige in allerlei Ländern. Er konnte unterschiedliche Entwicklungsprojekte in die Wege leiten oder verwerfen. Patrik glaubte an sich und an seine Arbeit. Er merkte, dass er wichtig war und sich nützlich machte. Und zwar nützlicher als je zuvor in seinem Leben.

Viele Angestellte der Kommission verbrachten ihr Leben im EU-Viertel und wussten nichts von der Stadt, die sie umgab. Weder Kultur, Natur noch die belgische Bevölkerung erschienen ihnen interessant. Sie suchten sich Wohnungen in Büronähe und verzehrten ihre Mahlzeiten in einer der zahllosen Gaststätten der Umgebung, die sich alle Mühe gaben, um sich im Kampf um die Gäste gegenseitig auszustechen. Die Symphonie aus allerlei Sprachen wurde immer vielstimmiger, je mehr man sich dem Parlament näherte. Weiße Hemden zu braven dunklen Anzügen verwandelten die Menschen in uniformierte Marionetten, in Arbeitsbienen, denen jegliche Individualität fehlte. Außenstehende konnten nicht ahnen, wie viele dieser Menschen bereit wären, im Dienste der Karriere mit ihren gepflegten Händen einen Mord zu begehen und danach mit blank geputzten Schuhen über die Leiche hinwegzusteigen. Aber innerhalb der Wände der Kommission wussten alle, wer die Krallen ausgefahren hatte. Wer nicht vorsichtig war, mit dem konnte es ein böses Ende nehmen. Ein sehr böses.

Patrik Strömberg lernte bald, niemandem mit seinen Klagen auf die Nerven zu gehen. Er versuchte, Probleme selbst zu lösen, und wenn das nicht ging, dann kehrte er sie unter den Teppich. Wenn die Papierberge ihn zu erschlagen drohten, trug er die Vorgänge ins Protokoll ein, ohne sie zu lesen, und hoffte, sie würden der Vergessenheit anheim fallen. Was meistens auch passierte. Tauchte doch einmal eine Anfrage wegen eines Dokumentes auf, das er kennen müsste, aber nicht gelesen hatte, bat er um Aufschub. Diese Methode funktionierte hervorragend, und mit der Zeit ging ihm auf, dass sie weit verbreitet war. Es ging darum, sich auf das Wesentliche zu konzentrieren.

Trotz dieser Probleme und des ständig bohrenden Unbehagens angesichts dieser unseriösen Arbeitsmethoden bereute er seinen Wechsel zur Kommission niemals. Er liebte seine Arbeit und alles Positive, was sie mit sich brachte. Anders als viele seiner allein stehenden Kollegen hatte er sich eine Wohnung unten bei den Seen genommen, in der Nähe eines Buchenwaldes, mit einer Kellergarage und Blumenkästen auf dem Balkon. Wann immer er die Zeit erübrigen konnte, machte er Ausflüge, um das Land kennen zu lernen. Manchmal kurze, vielleicht nur zu einer kleinen, in der nähe gelegenen Schokoladenfabrik, wo er, nachdem er sich eine Schachtel tagesfrischer Pralinen gesichert hatte, hinter Tresen und vorgezogenen Vorhängen bei der Produktion zusehen konnte. Oder zu einem vergessenen Museum, das seit Jahrzehnten für die Öffentlichkeit geschlossen war und wo man im Voraus eine Führung bestellen musste, um Zutritt zu bekommen.

Auf einem dieser vielen Ausflüge hatte er dann Olof Kramer kennen gelernt. Es war an einem Sonntag im Mai gewesen, an einem dieser seltenen Tage, an denen es nicht regnete. An einem Morgen, der den Duft frisch gebackener Baguettes aus der Bäckerei im Erdgeschoss mit sich führte. Patrik hatte auf dem Balkon gesessen und aus zusammengekniffenen Augen die Sonne und die noch verschlafene Stadt betrachtet. Das Wetter hatte ihn hinaus in die Natur gelockt, und da es noch so früh war, hatte er beschlossen, in die Ardennen zu fahren und sich ein Kanu zu mieten.

Um keine Zeit mit Telefonieren und dem Versuch, Gesellschaft zu finden zu vergeuden, beschloss er, allein zu fahren. Seit er zum ersten Mal über das Wildwasserpaddeln in den Ardennen gehört hatte, hatte er es ausprobieren wollen, aber den ganzen Frühling hindurch war das Wetter einfach unmöglich gewesen. Er packte sich Proviant und Kleider zum Wechseln ein, für den Fall, dass er nass würde. Wenn nichts dazwischen kam, konnte er um elf Uhr dort sein. Er wollte bis mittags paddeln, sich dann eine Bucht suchen und seinen Proviant verzehren, in der Sonne vielleicht ein Schläfchen machen, dann zum Kanuabgabeplatz weiterpaddeln und mit dem Zug zurück zum Startpunkt fahren, wo er den Wagen abgestellt hatte. Patrik pfiff vor sich hin, während er seine Brote schmierte.

Viele andere waren auf dieselbe Idee gekommen wie er. Die

Bauchtasche des Bootsverleihers strotzte nur so vor Geld. Patrik ließ sich überreden, einen verschließbaren Eimer zu mieten, um seine Kleidung trocken zu halten für den Fall, dass das Kanu umkippte.

»Das passiert an den Wochenenden jeden Tag so vier, fünf Mal«, fügte der Vermieter grinsend als Verkaufsargument hinzu, worauf Patrik beschloss, auf Nummer Sicher zu gehen und sich auch noch eine Schwimmweste geben ließ, die er dann sorgfältig umschnallte.

»Es lohnt sich, vorsichtig zu sein, wenn man nicht schwimmen kann«, sagte der Bootsverleiher freundlich und half ihm, ins Kanu zu steigen.

»Wie wahr«, sagte Patrik, der es für unnötig hielt, den Mann darüber aufzuklären, dass in Schweden Schwimmwesten auch für versierte Schwimmer vorgeschrieben waren. Er griff zum Paddel und genoss den Wasserwiderstand, als er das Kanu durch die lebhafte Strömung schob. Die Laubbäume beugten sich bedrohlich tief über das Wasser, das Gewicht von Moos und Misteln ließ sie das Wasser berühren und ihre Schatten ganz besonders gespenstisch wirken. Patriks Schultern schmerzten bald von der ungewohnten Bewegung. Vor ihm überschlug sich in einem kleinen Wasserfall ein Kanu mit zwei dicken Deutschen, deren laute Schreie die Stille der Natur zerrissen. Patrik stemmte sich mit dem Paddel ab, umschiffte den Wasserfall und hielt neben den Schiffbrüchigen an. Als er sah, dass sie unverletzt waren und Boden unter den Füßen hatten, überließ er sie ihrem Schicksal und steuerte ruhigeres Wasser an. Dort zog er das Paddel ein und ließ das Kanu treiben, während er die Finger durch das kühle Wasser zog.

Als er zwei Stunden später eine alte, von einer blühenden Wiese umgebene Burg erreichte, zog er das Kanu ans Ufer und öffnete ein Bier. Das Leben konnte ja wohl kaum schöner sein. Der Boden war von Wasser gesättigt und weich, aber das dichte Gras sorgte dafür, dass sein Hintern nicht nass wurde. Die

Kanus glitten als idyllische Karawane vorüber, die er gelassen betrachtete, während er seine Brote verzehrte und noch ein Bier trank. Satt und zufrieden streckte er sich dann auf dem Boden aus und dachte, dass es trotz allem schön gewesen wäre, jetzt nicht allein zu sein, sondern vor der letzten Etappe noch ein paar Zärtlichkeiten austauschen zu können. Da die passende Gesellschaft fehlte, schlief er ein und sein Glied versteifte sich im Traum. Er wachte auf, als die Sonne sich hinter Wolken verzog, und schaute sich verlegen um, dann zog er seine Hose gerade und war jetzt dankbar für seine Einsamkeit.

Die letzte Etappe auf dem Fluss fiel ihm schwer. Er freute sich auf zu Hause. Der Zug stand schon im Bahnhof und er zog eilig das Kanu an Land. Dann rannte er das letzte Stück zum Bahnsteig und verpasste den Zug um zehn Meter. Resigniert ging er zurück und musste anhand des Fahrplans feststellen, dass der nächste erst in einer Dreiviertelstunde fuhr. Er bedauerte, nichts zu lesen mitgenommen zu haben. Gleich darauf traf ein weiterer Sonntagskanute ein, ein dunkelhaariger Mann in seinem Alter.

»Typisch. Der ist losgefahren, als ich gerade angelegt habe. Wann geht der nächste?«, fragte er auf Französisch mit deutlichem schwedischen Akzent.

»In vierzig Minuten«, gab Patrik auf Schwedisch zur Antwort, was ihm ein herzliches Lachen eintrug.

»Egal, wo man hinkommt. Überall stößt man auf Schweden. Du hast offenbar auch gepaddelt. Herrlich, nicht?«

»Ja, das war wirklich ein Erlebnis. Ich werde es auch wieder machen, aber ich glaube, dann nehme ich eine kürzere Strecke. Das letzte Stück war doch hart.«

»Du wohnst also in Belgien?«

»Ja, in Brüssel, ich arbeite bei der Kommission.«

»Witzig, ich auch. Ich heiße Olof Kramer und komme aus Smedjebacken.«

Olof war impulsiv und charismatisch, er hatte einen scharfen, durchdringenden Blick und schmale Lippen. Er erzählte wunderbare Anekdoten aus seiner Zeit als Kommunalpolitiker und machte sich über die Stockholmer lustig, die sich mehr als einmal blamiert hatten, wenn sie mit überlegener Großstadtmiene davon ausgingen, dass Politiker aus der Provinz einfach nicht so viel wissen konnten wie sie selbst.

»Wie findest du denn die Arbeit bei der Kommission?« Patrik war von seinem Landsmann fasziniert und wollte ihn gern besser kennen lernen.

»Interessant. Sehr spannend. Aber es gibt natürlich allerlei, was man gern ändern würde.«

»Ja, das stimmt. Viele Mitbestimmungsrechte haben wir ja nicht«, sagte Patrik lachend.

»Das wissen die Götter.« Olof suchte in seinem Rucksack und zog eine Packung Kaugummi hervor. Zwei Stück hatte er noch, das eine gab er Patrik.

Damit war das Thema erschöpft. Sie waren zwar Landsleute mit vielen Berührungspunkten, aber es würde doch noch lange dauern, bis sie es wagten, persönlich zu werden und sich einander anzuvertrauen. Das passierte erst viel später.

Bei den Wagen trennten sie sich, ohne Visitenkarten zu tauschen. Sie wussten ja beide, dass sie einander wieder über den Weg laufen würden. Jetzt waren sie sich begegnet und wussten, wo der andere arbeitete, und da reichte es, sich mit einem »bis dann« zu verabschieden. Irgendwie war das auch nicht so verpflichtend.

Das alles schien jetzt so lange her zu sein, als Patrik hier in Olofs Küche mit Ulrika zusammen Tee trank. Ihre weichen, halb offenen Lippen zeugten von einem gewissen Staunen über seine Behauptungen. Die Hand mit dem blauen Becher war auf dem Weg zum Mund erstarrt. Langsam stellte sie den unberührten Becher wieder auf den Tisch. Ihre Wimpern warfen Schatten auf ihre Wangen, bis sie den Blick hob und ihm ins Gesicht sah. Patrik fand sie wunderschön.

Am Vorabend hatte er sich über diese Frage keine weiteren

Gedanken gemacht. Er hatte über ihre Selbstständigkeit gestaunt und war von ihrem Scharfblick und ihrer Sicherheit beeindruckt gewesen. Und diese Kombination hatte ihn dazu veranlasst, sich um Hilfe an sie zu wenden. Das und die Tatsache, dass sie Sylvia kannte und ihm deshalb hoffentlich beim letzten Puzzlestück helfen konnte. Bei dem Faden, der ihm fehlte und mit dem er das ganze Gewebe dann aufdröseln könnte.

»Wie meinst du das? Wie kann er ermordet worden sein, weil er zu viel wusste? Hat die Polizei nicht festgestellt, dass es sich um einen Raubmord handelte?«

Der Augenblick des Staunens war verflogen. Ulrika beugte sich über den Tisch und strich sich eine Haarsträhne aus dem Gesicht. Er merkte, dass sie ihn fixierte, um sich auch nicht eine Nuance seiner Antwort entgehen zu lassen. Er fühlte sich wie gefesselt. Es wäre besser gewesen, sie nicht so anziehend zu finden. »Was wusste Olof, und was hast du mit der ganzen Sache zu tun?«

Die Fragen klangen sanft, waren aber trotzdem gebieterisch. Patrik fasste einen Entschluss: Er würde ihr alles sagen. »Es ist eine lange Geschichte. Und teilweise ist sie so unglaublich, dass du an ihrem Wahrheitsgehalt zweifeln wirst«, sagte er.

»Das werden wir ja sehen. Warum erzählst du nicht als Erstes, was Olof wusste und was so gefährlich war, dass es ihn sein Leben gekostet hat, wenn du Recht hast.« Ulrika sah, wie er sich konzentrierte, ehe er mit seinem Bericht begann.

»Es hat damit angefangen, dass er festgestellt hat, dass einige von uns sich bei der Verteilung von Geldern für Entwicklungsprojekte bestechen ließen. Und diese Leute konnten dann ohne große Mühe mit Hilfe von fiktiven Rechnungen, die die Gegenseite bestätigte, Gelder auf eigene Konten verschieben.

Das Unheimliche war, dass die Sache heruntergespielt wurde, als er intern darauf aufmerksam machte. Ich weiß, dass er am Ende so verzweifelt war, weil nichts geschah, dass er Klage beim Budgetkontrollausschuss erhob. Aber auch das hat zu nichts geführt. Er war ungeheuer enttäuscht, bis sich dann herausstellte, dass seine Klage mehr oder weniger gesperrt worden war und offenbar nur in einem einzigen Exemplar aufbewahrt wurde, und zwar im Büro der Ausschussvorsitzenden. Diese Aufstellung muss ziemlicher Sprengstoff gewesen sein, vor allem, weil er meinte, jede Behauptung genau belegen zu können. Er fing an, in alten Archiven zu wühlen und vergessene Dokumente auszugraben. Du kannst dir ja denken, dass in der Kommission Unmengen von Unterlagen archiviert sind, von denen niemand wirklich etwas ahnt.«

»Weißt du, wie er diese Missstände aufgedeckt hat?«

»Wenn ich es richtig verstanden habe, dann war das vor ein paar Jahren nach einer Dienstreise nach Moskau. Er sollte feststellen, wie die EU dort bei einem möglichst effektiven Ausbau des Verkehrsnetzes helfen könnte. Er erzählte von einem Besuch im zuständigen Ministerium. Er traf dort unter anderem einen ehemaligen KGB-Agenten, der für kurze Zeit als Verkehrsminister amtiert hatte. Olof erzählte, dass er dem die Hand schüttelte und wirklich das Gefühl hatte, das Blut an den Händen des anderen zu spüren. Er sagte, dass ihm in seinem ganzen Leben noch keine dermaßen beängstigende Person begegnet sei. Das Seltsame war, dass ihm nach diesem Treffen alle Türen offen standen. Er machte eine informative Rundreise und konnte danach seine Bewertung abgeben.

Am letzten Abend wurde er von einem Beamten der Moskauer EU-Vertretung zum Essen eingeladen. Dieser Mann war offenbar früher der engste Mitarbeiter des Verkehrsministers gewesen. Es war wie in einem James-Bond-Film. Sie besuchten ein Restaurant, wo der Boden in einem Raum aus Glas war. Darunter befand sich ein riesiges Aquarium. Sie aßen, während unter ihren Füßen Piranhas herumschwammen. Beim Essen sprachen sie über allerlei russische Unternehmen, von denen das Ministerium Angebote für den Ausbau einer gewissen Bahnlinie einholen wollte. Dass Olof diese Angebote überprüfen und bewerten musste, wussten alle. Als sie bei Kaffee und Cognac angekommen waren, war ein großer, gut angezogener Russe mit einer mit Diamanten besetzten goldenen Uhr an ihren Tisch getreten. Olof staunte, als der Gastgeber diesen Mann bat, sich auf ein Glas zu ihnen zu setzen. Zuerst begriff er nicht, warum ihm dieser Mann, der nur Russisch sprach, so bekannt vorkam. Aber nach einer Weile entdeckte er dann die Ähnlichkeit. Er war eine jüngere und elegantere Kopie seines Bruders, des ehemaligen KGB-Agenten und Verkehrsministers.

Weißt du übrigens, dass Olof auch Russisch studiert hatte?«, fügte Patrik plötzlich hinzu.

»Nein, ich habe ihn nicht gekannt. Wir sind uns nie begegnet. Aber ich weiß natürlich, dass Sylvia diese Sprache fließend spricht. Ihre Mutter war doch aus Russland. Sie ist über Finnland nach Schweden gekommen.«

Es war inzwischen dunkel geworden. Noch immer peitschte der Regen an die Fenster. Der Tee war kalt geworden und wurde an der Oberfläche trübe. Ulrika wollte Patriks Geschichte nicht durch das Angebot stören, neues Teewasser aufzusetzen. Sie schob den Becher weg und schaltete das Deckenlicht ein.

»Du hast gesagt, dass sein Verdacht nach dieser Reise erwacht ist. Was ist passiert?«

Patrik schob ebenfalls seinen Becher weg und sagte: »Also, verstehst du, dieser Bruder, der übrigens Boris Djagilew heißt, erwies sich trotz seines recht vulgären Auftretens als überaus sympathischer und charmanter Mann. Olof fand es schon lustig, dass er so becirct wurde, weil er ganz instinktiv diesen ehemaligen Kommunisten, die sich jetzt mit geschmacklosen Statussymbolen behängen, ein gewisses Misstrauen entgegenbrachte. Olof war mit den Jahren wohl auch eher zu einem Salonsozialisten geworden, aber bestimmte Ideale hatte er sich doch noch bewahrt. Und die Rolex dieses Typen war dann wohl doch zu arg. Selbst das Armband war mit Diamanten besetzt. Aber egal, es war ein sehr netter Abend und sie beschlossen deshalb, in Kontakt zu bleiben. Sie tauschten Adressen und Telefonnummern und küssten einander nach russischer Sitte auf die Wangen. Olof erzählte, dass ihm erst später im Hotel aufging, dass dieses Treffen geplant und kein Zufall gewesen war.

Einige Monate später, als die Angebote für den Eisenbahnbau einliefen, stellte sich heraus, dass Djagilews Firma in jeder Hinsicht die besten machte. Olof kannte deren Namen ja von der Visitenkarte. Natürlich wusste er, dass der Typ die Angebote der Konkurrenz kannte und sich entsprechend verhielt. Aber er hielt es nicht für seine Aufgabe, in dieser moralischen Frage Stellung zu beziehen. Ihm war die Verantwortung für sein Budget wichtiger, und deshalb bekam die Firma einen der Zuschläge für das Projekt.

Wiederum einige Zeit später bekam er Besuch von einem Russen, der einen Umschlag mit fünfzigtausend Dollar hinterließ. Das war natürlich schrecklich unangenehm und Olof unterrichtete seinen nächsten Vorgesetzten von dem Vorfall und regte an, der TACIS den Auftrag zu entziehen, was seltsamerweise aber nicht passierte. Stattdessen wurde Olof in ein anderes Programm versetzt. Und als er dann später durch einen Zufall feststellen konnte, wie es um das Bahnprojekt stand, stellte sich heraus, dass Djagilews Firma weiterhin im Geschäft war und sogar neue Aufträge für andere Projekte erhielt. Er stellte außerdem fest, dass Djagilews Preise jetzt um einiges höher lagen als die vieler Konkurrenten.«

»Und das hat gereicht, um ihn ermorden zu lassen, meinst du?«

»Nein, nicht die Entdeckung an sich, aber er hat dann weitergemacht, weil er erkannte, dass es sich bei seiner Entdeckung nur um die Spitze des Eisbergs handelte.«

»Was ich nicht verstehe, ist, warum du dich an mich gewandt hast. Was glaubst du denn, wie ich dir helfen kann? Ich fürchte, was du mir hier anvertraut hast, liegt weit außerhalb meiner normalen Tätigkeit.«

»Olof hat sich in letzter Zeit sehr engagiert, um diesen Betrügereien ein Ende zu setzen. Er war mehrmals verwarnt worden und hatte Angst, dass etwas passieren könnte, aber trotzdem hat er weitergemacht. Nach seinem Tod wurde sein Büro ganz schnell ausgeräumt. Aber ich konnte doch noch etliche Unterlagen an mich bringen. Leider fehlen einige wichtige Belege. Und ohne die kann ich nichts unternehmen. Verstehst du, wenn das Material vollständig ist, dann wird es alles ausmerzen, was an der Kommission faul und korrupt ist. Und ich brauche deine Hilfe, um zu Sylvia durchzudringen.«

9

Ulrika war restlos erschöpft, als Patrik sie verließ. Er war bis nach acht geblieben, und dann hatte sich der Hunger wieder zu Wort gemeldet. Patrik hatte angeboten, sie zu einer Pizza einzuladen, aber das hatte sie abgelehnt. Sie sehnte sich jetzt wirklich danach, allein zu sein. Was er ihr anvertraut hatte, war einfach so überwältigend, dass sie einen Moment für sich brauchte. Sie wollte die Füße hochlegen, Musik hören und nachdenken. Vor allem nachdenken. Sie ging ins Badezimmer und schminkte sich ab. Bürstete ihre Haare, steckte sie hoch und bereute, keinen Jogginganzug eingepackt zu haben. Als Ersatz zog sie Jeans und ein weites Baumwollhemd an und schob ihre nackten Füße in die Pantoffeln. Das CD-Regal war gut gefüllt. Sie hätte gern gewusst, wer so viel Modern Jazz angeschafft hatte, Olof oder Sylvia. Sie suchte zwischen den CDs, bis sie einen bekannten Namen gefunden hatte, den schätzte. Sie selbst zog ruhigere Jazzmusik vor, die keine so hohen Ansprüche stellte. Es fiel ihr schwer, sich zu entspannen und die Musik zu genießen, wenn sie sich die ganze Zeit konzentrieren musste, um der Melodieführung zu folgen.

Ein Teller mit Käse und Obst musste als Mahlzeit reichen; sie brachte es nicht fertig, jetzt auch noch zu kochen. Tatsache war, dass sie sich einfach erledigt fühlte. Wie ein ausgewrungener Wischlappen. Sie legte sich auf das Sofa, verschränkte die Arme unter dem Kopf, legte die Füße auf die Armlehne und nahm ein Kissen auf den Bauch.

An der Decke, direkt unter dem Badezimmer, gab es einen feuchten Fleck. Ihr fiel ein, dass sie einmal eine Erbauseinandersetzung bearbeitet hatte, bei der der Erblasser unter der Dusche einen Schlaganfall erlitten und beim Sturz auf den Abfluss gefallen war. Die Nachbarn aus der darunter gelegenen Wohnung hatten den Hausmeister alarmiert, als bei ihnen das Wasser die Wände herunterlief. Sie hatten von der Erbengemeinschaft eine Renovierung des Zimmers verlangt. Die Größenordnung ihrer Fälle war wirklich sehr verschieden. Aber ob sie nun groß oder klein waren, immer mussten sie mit Seriosität und Genauigkeit behandelt werden. Eine dermaßen weit reichende Angelegenheit, wie Patrik sie ihr hier vorgelegt hatte, war ihr bisher niemals untergekommen. Es war eigentlich kein Fall, sondern eine internationale Katastrophe. Als sie die von Patrik mitgebrachten Unterlagen gelesen hatte, wusste sie, dass es einen gigantischen Skandal geben würde, wenn das alles an die Öffentlichkeit drang. Die gerichtlichen Folgen könnten sich über Jahre erstrecken. Sie war froh, dass sie sich nur dazu bereit erklärt hatte, mit Sylvia zu sprechen. Sollte Patrik danach Probleme mit der Kommission bekommen, dann war sie bereit, ihn zu vertreten, wenn der Tag kam und falls er je kam. Diese Vorstellung erschien ihr verlockend. Es juckte sie richtig in den Fingern. Was für eine Herausforderung!

Die Musik verstummte. Ulrika hatte sie überhaupt nicht wahrgenommen. Sie nahm sich das Kissen vom Bauch und stand auf, um eine neue CD einzulegen. Ihr Körper kam ihr steif und untrainiert vor. Am nächsten Morgen wollte sie feststellen, ob es in der Nähe ein Fitnesscenter gab. Wenn sie herzog, würden ihr die morgendlichen Bahnen im Sturebad fehlen.

Die Vorstellung von einem Umzug nahm langsam Gestalt an. Sie hatte Lust, jetzt gleich mit Stefan darüber zu reden. Warum noch lange warten? Es war strategisch sinnvoller, ihm die Möglichkeit zu geben, sich an den Gedanken zu gewöhnen, schon ehe sie nach Hause kam. Sie hätte früher anrufen sollen. Jetzt war es zu spät, um den Kindern gute Nacht zu sagen. Die schliefen schon seit Stunden.

Stefan meldete sich erst beim siebten Klingeln. Offenbar war er vor dem Fernseher eingeschlafen. Sie konnte ihn vor sich sehen. Hellwach und ein wenig zerzaust war er zum Telefon gelaufen, verärgert darüber, dass er vergessen hatte, es auf den Couchtisch zu legen. Bestimmt stopfte er gerade mechanisch das Hemd, das immer wieder aus seinen Jeans herausrutschte, zurück in die Hose.

»Hallo, hast du schon geschlafen?«

»Ja, ich glaube schon. Ich war wohl eingenickt. Ich war einfach fertig, als ich die Kinder im Bett hatte. Gestern ist es spät geworden, aber darauf nehmen die Kleinen ja keine Rücksicht. Elin war heute Morgen das reinste Ungeheuer. Sie ist schon um halb sieben aufgewacht, und danach ging es nur noch rund. Wie geht's dir denn selbst?« Stefans Stimme klang bei dieser Frage tiefer. Ulrika liebte seine Stimme, vor allem am Telefon. Da klang sie so sexy.

»Es war ein wirklich voller Tag. Ich hatte bis jetzt gar keine Zeit, dich zu vermissen. Ehe ich zu dem Essen gegangen bin, habe ich bei Sylvia im Krankenhaus vorbeigeschaut. Sie ist noch immer ungeheuer deprimiert. Ich begreife nicht, warum sie nicht schon früher Hilfe gesucht hat. Es kommt mir fast so vor, als ob sie sich bestrafen wollte. Habe ich erzählt, dass sie total ausgetrocknet war? Sie hing am Tropf, als ich bei ihr war. Wir werden ja sehen, wie lange es dauert. Und ich habe wie immer eine Menge Arbeit mit nach Hause genommen.«

»Etwas Interessantes?«

»Teilweise. Vor allem geht es um Wirtschaftsrecht. Aber heute bin ich gefragt worden, ob ich eine Strafsache übernehmen könnte. Einen Diebstahl.«

»Du machst Witze.«

»Nein, es stimmt. Ich habe ihn gestern beim Essen kennen gelernt und heute war er dann hier, um mich um Hilfe zu bitten. Obwohl er noch nicht angeklagt worden ist. Ich weiß nicht einmal, ob der Diebstahl schon entdeckt worden ist. Ich habe gesagt, er soll sich wieder melden, wenn die Sache aktuell wird.«

»Mit was für Typen hast du da in Brüssel eigentlich zu tun?«

»Nur mit feinen Leuten«, lachte Ulrika. »Juristen, Diplomaten und EU-Beamten.«

»Und wer von denen hat was gestohlen?«

»Das hier ist ein Diebstahl mit vielen mildernden Umständen«, erwiderte Ulrika, die nie zu viel über ihre Arbeit erzählen mochte.

»Ist der in Schweden passiert?«

»Nein, hier. Wieso?«

»Weil ich dann gern wüsste, wie du in Belgien einen Strafprozess führen willst, wo wir doch in Schweden leben.«

»Könntest du dir vorstellen, mit den Kindern für ein oder zwei Monate herzuziehen?«

»Wegen eines unentdeckten Diebstahls?«

»Nein, wegen Sylvia. Und wegen der Kanzlei natürlich. Ich finde es für den Moment schwierig, jemanden einzustellen. Außerdem wäre es sicher gut für sie zu wissen, dass ihr Job auf sie wartet, wenn es ihr besser geht. Ich habe noch nicht mit den Kollegen in Stockholm gesprochen, du kannst dir die Sache also in Ruhe überlegen. Aber wenn ja, dann nehmen wir uns eine außerhalb der Stadt gelegene Wohnung und versuchen, ein Kindermädchen zu finden. Weißt du, dass wir mit der Bahn schon in einer Stunde und fünfzehn Minuten in Paris sein können?« Mit dieser Aussicht würde ihm die Entscheidung leichter fallen, das wusste sie.

Als sie den Hörer aufgelegt hatte, machte sie sich sofort an die Arbeit. Erst nach eins war sie mit ihrem Einsatz zufrieden. Auf dem Teller vor ihr lagen noch ein Stück Parmesan und ein halber Apfel. Der Apfel war am Rand schon braun geworden, es lohnte sich also nicht, ihn aufzuheben.

Ehe sie schlafen ging, überzeugte sie sich sicherheitshalber noch davon, dass das Gewehr unter ihrem Bett lag. Sie holte sich noch eine zusätzliche Wolldecke, um nicht zu frieren. In der vergangenen Nacht war es kühl im Zimmer gewesen.

Der Schlaf wollte sich nicht einstellen. Sie hätte gern Gewicht und Wärme der Decken gegen einen Mann eingetauscht. Eigentlich schade, dass sie Patrik nicht dabehalten hatte. Es machte wirklich keinen Spaß, allein hier herumzuliegen und Lust zu haben.

Um neun Uhr rief Ulrika in der Kanzlei in Stockholm an. Gudrun meldete sich. Sie versicherte freundlich, dass am Freitag alles glatt gegangen sei, und sie würden sicher auch in der kommenden Woche ohne Ulrika zurechtkommen. Was an sich ja gut war, aber doch nicht ganz das, was diese gerne hören wollte. Ein wenig Chaos in ihrer Abwesenheit wäre doch schmeichelhaft gewesen.

»Nur eines noch. Was soll ich mit neuen Fällen machen, die einlaufen? Soll ich sie weiterleiten oder für nächste Woche Termine für dich machen? Ich bilde mir ein, gehört zu haben, dass du vielleicht noch länger in Brüssel bleibst.«

»Das steht noch nicht fest. Wer behauptet so was?«

»Das weiß ich nicht mehr, vielleicht Karl-Henrik.«

»Stell mich zu ihm durch, wenn wir fertig sind. Wenn sich jemand speziell nach mir erkundigt, dann kannst du ab nächsten Montag Termine machen. Ansonsten wäre es besser, wenn du die Sachen an andere weiterreichst.«

»Eine Frau hat angerufen und wollte unbedingt mit dir sprechen. Es war ihr so wichtig, dass ich ihr die Nummer in Brüssel gegeben habe. Sie wird sich sicher später bei dir melden. Soll ich deine Post rüberfaxen?«

»Nur das, was wirklich wichtig ist.«

Karl-Henrik Ljung hörte sich erleichtert an, als Ulrika anbot, einen Monat in Brüssel zu arbeiten, unter der Voraussetzung, dass sich alle praktischen Fragen klären ließen. Er trug ihr auf seine ein wenig trockene, hochtrabende Weise Grüße an Sylvia auf, dann war das Gespräch beendet.

In der Mittagspause fuhr sie wieder zum Krankenhaus, diesmal jedoch ohne Blumen. Stattdessen hatte sie von zu Hause einen Discman und eine Auswahl CDs mitgenommen. Als sie die CDs aus der Tüte zog, entdeckte Ulrika bei Sylvia zum ersten Mal einen Hauch von Lächeln.

»Ich wusste ja nicht, ob Olof der Jazzfan war oder ob du das bist. Aber ich bin davon ausgegangen, dass es euer gemeinsamer Geschmack war, so viel, wie ihr davon habt. Wenn du etwas anderes möchtest, kann ich es heute Abend vorbeibringen.« Ulrika hoffte doch sehr, dass Sylvia mit dieser Auswahl zufrieden sein würde, denn um ehrlich zu sein, hatte sie keine große Lust, an diesem Tag noch einmal zum Krankenhaus zu fahren.

Sylvia gab keine Antwort. Sie spielte zerstreut mit den Knöpfen des Discman. An, aus, an, aus, an, aus. Wenn sie das Gerät jetzt nur nicht ruinierte, das musste ja wirklich nicht sein. Ulrika musste sich alle Mühe geben, um die magere Hand nicht anzustarren. Der Finger drückte so hart auf die Knöpfe, dass die Haut unter den Nägeln weiß wurde.

»Was soll ich tun?« Diese Frage kam ganz plötzlich.

Ulrika dachte einen Moment nach, sie wusste nicht so recht, wie ehrlich sie sein durfte. Sie beschloss, offen zu sein statt auszuweichen und ihre Zuflucht in Pseudo-Philosophie zu suchen.

»Reiß dich zusammen, wenn du das schaffst. Sorg dafür, dass du zu einem richtigen Therapeuten kommst und einen Weg aus deiner Depression findest. Ich habe mit zwölf Jahren meine Eltern bei einem Flugzeugabsturz verloren. Es war schrecklich, aber man muss lernen, die Trauer zu verarbeiten. Du musst einsehen, dass du so nicht weitermachen kannst. Das ist selbstzerstörerisch. Ich weiß, dass es in der Nähe von Kolmården eine gute Klinik gibt, die dich aufnehmen würde. Ich finde, da solltest du hingehen.«

»Das kann ich nicht. Nein, das geht nicht.« Jetzt ging der Deckel des Discman auf. Sylvia fuhr zurück, als sei sie angegriffen worden.

»Warum soll das nicht gehen?«

»Du weißt schon. Vorher muss noch so viel erledigt werden.«

»In der Kanzlei, meinst du?« Sylvia nickte stumm. Plötzlich ging Ulrika auf, dass Sylvia keinerlei Vorstellung von ihrer Krankheit hatte. Sie machte sich Sorgen um Arbeit, die sie unmöglich bewältigen konnte, solange sie nicht wieder gesund war.

»Das findet sich schon. Markus und ich kümmern uns solange darum.«

Sah Sylvia erleichtert aus? Schwer zu sagen. Sie ließ noch immer wie ein geprügelter Hund den Kopf hängen. Das schlecht sitzende Krankenhaushemd war weit und verwaschen. Ihr Schlüsselbein ragte heraus und die Brüste unter dem starren Baumwollstoff waren leer und flach. Sie war so mager, dass es schon hässlich aussah. Wer sie nicht kannte, würde kaum glauben, dass diese Frau noch vor kurzer Zeit eine respektierte Beraterin bei umfassenden Transaktionen gewesen war. Ihre Meinung und ihr Wissen waren von einer internationalen Klientel geschätzt worden. Sie war eine elegante und intelligente Frau voller Lebenslust gewesen.

»Soll ich dafür sorgen, dass du in diese Klinik kommst?«, fragte Ulrika.

»Für wie lange?«

»Lass dich für einen Monat krankschreiben und warte ab, wie du dich dann fühlst.« Ulrika wusste, dass sie gewonnen hatte. Jetzt hoffte sie nur, dass die Klinik Sylvia wirklich zurück ins Leben helfen konnte.

»Kannst du dich um meine praktischen Angelegenheiten kümmern, wenn ich dir eine Vollmacht schreibe?« Sylvia wirkte erleichtert, als Ulrika nickte und vorsichtig ihre Hand nahm und in schweigendem Einverständnis ihre Finger drückte.

»Ich habe einen Schweden getroffen, der Olof gekannt hat. Patrik Strömberg heißt er und arbeitet für die Kommission. Er hat erzählt, dass Olof Beweise für Regelverstöße bei der Verteilung von Entwicklungsgeldern gefunden hat und dass Olof der Sache nachgehen wollte, als er ermordet wurde. Wenn Patrik Recht hat, dann hatte Olof allerlei Unterlagen, die diese Schiebereien ausführlich dokumentieren und die er an die Öffentlichkeit bringen wollte. Er hat sogar behauptet, Olof sei ermordet worden, weil er zu viel wusste. Hast du das auch gehört?«

»Nein, nie.«

»Nicht einmal, dass bei der Kommission nicht alles mit rechten Dingen zugeht?«

»Doch, das weiß ich natürlich. Aber da bin ich wirklich nicht die Einzige. In bestimmten Abteilungen ist das mehr oder weniger gang und gäbe.«

»Patrik hat mir erzählt, dass er Olofs Untersuchungen fortsetzt. Er ist nun selber auch auf Dinge gestoßen, die für die Beteiligten ungeheuer belastend sind, aber leider fehlen ihm einige Unterlagen, die Olof seines Wissens hatte. Er hofft, dass Olof Kopien oder sogar die Originale hatte. Wärst du damit einverstanden, wenn wir zusammen Olofs Papiere durchgingen, um festzustellen, ob da vielleicht etwas zu holen ist?«

»Olofs berufliche Unterlagen, die er zu Hause aufbewahrt hatte, sind verschwunden. Irgendwer hat sie mitgenommen.«

Es dauerte eine Weile, bis Ulrika die ganze Reichweite von Sylvias Worten erfasste. Sie hatte »irgendwer« gesagt, statt einen bestimmten Namen zu nennen. Ulrika brauchte nicht einmal danach zu fragen, da sie schon wusste, dass Sylvia keine Ahnung hatte. Patrik hatte mit seinem Verdacht also Recht gehabt. Olof hatte zu viel gewusst. Irgendwer hatte das Risiko auf sich genommen, seine Papiere beiseite zu schaffen, ehe der Testamentsvollstrecker darin blättern konnte. Wenn es die Kommission gewesen wäre, die ganz einfach zurückhaben wollte, was ihr gehörte, dann hätte man Sylvia sicher ganz offiziell um die Herausgabe gebeten. Aber tatsächlich hatte jemand die Unterlagen hinter Sylvias Rücken verschwinden lassen. Bei einer normalen Mordermittlung hätte die Polizei sicher alle Unterlagen in der Wohnung beschlagnahmt, in der Hoffnung, auf diese Weise eine Spur des Mörders zu finden, aber hier war ja schon gleich zu Anfang ein Raubmord konstatiert worden. Also hatte es auch keinen Grund gegeben, im Haus nach Anhaltspunkten zu suchen. Und im Büro schon gar nicht. Blieb also die Frage, wer hier Ordnung geschaffen hatte. Ulrika merkte, wie sich die Haare an ihren Armen sträubten, während ein Verdacht in ihr aufkeimte.

War es möglich, dass Patrik sie belogen hatte? Hatte er die Unterlagen aus Olofs Arbeitszimmer gestohlen und nicht von der Kommission, wie er behauptet hatte? Wollte er sie dazu bringen, festzustellen, ob es noch weitere Unterlagen gab, die ihm entgangen waren? Solche, die er bei seinem ersten Einbruch übersehen hatte? Was für ein Mistkerl!

In ihrer Wut fühlte sie sich auch betrogen. Sie wäre so gern dieser Schwindel erregenden Geschichte weiter nachgegangen. Wenn sie das analysierte, was sie bei ihrer Besprechung erfahren hatte, dann konnte Patrik sehr tief in die Sache verstrickt sein und jetzt seine Spuren verwischen wollen. Oder es konnte ihm um Beweise gehen, mit denen er dann eine raffinierte Erpressung starten konnte. Sie hatte schon Schlimmeres erlebt.

Plötzlich glaubte sie, in diesem Krankenzimmer ersticken zu müssen. Sie sprang von der Bettkante und wollte ein Fenster öffnen, um ein wenig frische Luft hereinzulassen, musste dann aber feststellen, dass es keinen Fenstergriff gab.

»Das lässt sich nicht öffnen. Eine Sicherheitsvorkehrung, damit ich nicht rausspringe«, sagte Sylvia ironisch.

»Besteht denn die Gefahr?«

»Ich glaube nicht. Jetzt nicht mehr.«

Für Ulrika hörte sich das nicht überzeugend an, aber sie sagte nichts dazu. Sie streichelte Sylvias Wange. Ihre Haut fühlte sich kühl und trocken an. Ulrika wollte jetzt nur noch dem Krankenhaus und dieser schrecklichen stickigen Luft entkommen. Aber ehe sie ging, brauchte sie noch eine Auskunft. Nicht, dass die so schrecklich wichtig gewesen wäre, aber sie konnte ihr helfen, Ordnung in ihren Gedanken zu schaffen und Patrik bei ihrem nächsten Treffen festzunageln.

»Sylvia, hat Olof jemals einen Kollegen namens Patrik Strömberg erwähnt?«

»Nein, nicht, dass ich wüsste.« Diese Antwort erfolgte ohne Zögern und machte Ulrika auch nicht klüger.

»Dann werde ich jetzt alles in die Wege leiten, damit du so schnell wie möglich nach Kolmården kannst.«

»Okay.« Sylvia rollte sich im Bett zusammen und kehrte Ulrika den Rücken zu.

Zuerst hatte sie zu Fuß in die Kanzlei zurückgehen und den Wagen nach Feierabend vom Krankenhaus abholen wollen, aber der Besuch hatte seine Zeit gedauert und sie wollte rasch wieder an die Arbeit. Was auch besser so war, denn die Wolken hingen schwer und grau am Himmel und konnten sich jeden Moment öffnen. Seit Ulrika hier war, hatte es jeden Tag geregnet, aber zum Glück war es kein Dauerregen, sondern eher ein Regen wie ein Rüde, der überall ein wenig hinspritzt.

Ehe sie auf ihr Zimmer ging, blieb sie an der Rezeption stehen und bat Nathalie, ihr eine Tasse Kaffee zu kochen und für Sylvia einen Flug zu buchen. Sie spielte mit dem Gedanken, sich ein Hotelzimmer bestellen zu lassen, entschied sich aber dagegen. In der vergangenen Nacht war sie eingeschlafen, ohne sich zu fürchten. Aber natürlich, sie hatte da anderes im Kopf gehabt ... Es war trotzdem sicher das Beste, wenn sie in dem Haus in Waterloo blieb, gerade jetzt, wo sie versprochen hatte, alle praktischen Dinge für Sylvia zu erledigen. Sie schauderte beim Gedanken an die ungeöffnete Post, die auf dem Tisch in der Diele lag, und beschloss, sich abends gleich darum zu kümmern. Sie würde die Putzfrau bitten, zu packen und anderen Kleinkram zu übernehmen. Um acht war sie mit Mario Schiller verabredet. Er wollte sie zu einem Empfang in der britischen Botschaft mitnehmen. Danach wollten sie dann essen gehen. Aber zuerst musste sie sich auf die Dinge konzentrieren, die hier auf ihrem Schreibtisch lagen. Bald war Ulrika dermaßen in ihre Arbeit vertieft, dass sie es kaum bemerkte, als Nathalie den Kaffee brachte.

10

Die Botschaft lag auf einer Anhöhe im Grünen. Durch das Fenster strahlten die Kronleuchter den ankommenden Gästen einladend entgegen. Auf der Treppe zum Foyer standen Terrakottakrüge voll mit Osterglocken und frischem Grün, das in dekorativen Schlingen seitlich herabhing. Auf der Straße standen die Autos in doppelten Reihen. In vielen saßen uniformierte Fahrer, die im schwachen Autolicht in einem Buch oder einer Zeitschrift lasen. Einige standen neben ihren Wagen und rauchten. Manche unterhielten sich, die meisten aber waren allein.

Die Tür wurde von einer schwarz gekleideten Hausangestellten mit weißem Häubchen und passender Schürze geöffnet. Es sah aus wie in einem Film aus den dreißiger Jahren. Ein Bediensteter, der einen Smoking und weiße Baumwollhandschuhe trug, überprüfte die Einladungskarten und nahm die Mäntel entgegen.

Im Foyer gab es keinen Spiegel, weshalb Ulrika sich darauf verlassen musste, dass ihre Haare so saßen, wie sie sollten. Sie hatte sie zu einem weichen Knoten hochgesteckt, der ihren Hals lang und elegant aussehen ließ. An den Ohren trug sie antike, von ihrer Mutter geerbte Brillantohrringe. Sie freute sich darüber, dass sie sie nach Brüssel mitgenommen hatte. Sie kam sich elegant vor und hatte das Gefühl, gut in diese Gesellschaft zu passen. Vor dem Aufbruch hatte sie zwischen dem schwarzen und dem roten Kleid geschwankt. Sie hatte sich für das rote entschieden und war damit hier eine der wenigen Frauen, die nicht aussahen, als kämen sie geradewegs von einer Beerdigung. Der Botschafter strahlte, als er ihr vorgestellt wurde, und brachte seine Freude darüber zum Ausdruck, dass mit ihr endlich ein Farbtupfer auftauchte. »Ich muss doch den ganzen Abend hier an der Tür stehen, zuerst um die Gäste willkommen zu heißen und dann um mich zu verabschieden und für ihr Kommen zu bedanken. Trinken darf ich auch nicht und da habe ich also kaum ein Vergnügen. Kommen Sie doch zurück und unterhalten Sie sich ein Weilchen mit mir, wenn Sie sich mit den anderen Gästen bekannt gemacht haben. Natürlich nur, wenn Mr. Schiller es gestattet.«

»She is all yours, Mr. Ambassador«, sagte Mario mit höflichem Lachen, dann führte er sie am Ellbogen zur Bar, die sich hinten im Saal neben einem langen Tisch befand. Dort nahmen sie sich Sektgläser und gingen in den Salon, der zur Feier des Abends gänzlich ausgeräumt worden war. Ulrika erfuhr später, dass das Personal vor den Empfängen die Möbel in die Garage bringen musste, um Platz für die Gäste zu schaffen. Nur der Flügel durfte bleiben, er war beladen mit Fotos in polierten Silberrahmen. Die Bilder zeigten den Botschafter und seine Familie zu allerlei Gelegenheiten. Hochzeiten und Taufen waren zu sehen, Kinder und Enkelkinder, es gab Bilder mit und ohne Haustiere. Pferde, Hunde und Katzen. Es gab sogar ein Bild eines dicken Kindes ohne Vorderzähne mit einem riesigen Kaninchen im Arm. Das eine Ohr des Kaninchen hing so schlaff herunter, als sei es abgebrochen.

Eine Serviererin ging mit Kanapees umher. Eine andere bot kleine Häppchen in Portionslöffeln aus Porzellan an. Ulrika lehnte standhaft alles ab, weil sie doch nachher noch essen gehen wollten. Sie versuchte wie üblich darauf zu verzichten, sich unnötigerweise eine Menge Kalorien einzuverleiben. Mario ließ es sich schmecken und bat nach einer Weile um ihr Verständnis dafür, dass er sich ein wenig unter die Menge mischen musste.

»Du kannst ja mit dem Botschafter plaudern, wenn du dich einsam fühlst. Ich brauche eine halbe Stunde, dann können wir gehen. Soll ich dir noch ein Glas Sekt holen, ehe ich verschwinde?« Er zwinkerte ihr zu, als sie ablehnte, und tauchte dann im Meer der dunkel gekleideten Menschen unter.

Ulrika ging in das Nebenzimmer, bei dem es sich offenbar um die Bibliothek handelte, die für diesen Abend ebenfalls von den Möbeln befreit worden war. Sie hatte sich für einen Moment setzen wollen. Stattdessen unterhielt sie sich damit, dass sie sich die Titel der Bücher ansah. Es gab alles, von alten Klassikern in Leineneinbänden bis zu Jackie Collins als Taschenbuch. Ulrika fand einen Prachtband über belgische Sehenswürdigkeiten und fing an, darin zu blättern. Was für fantastische Bauwerke. Was im Ersten Weltkrieg nicht zerstört worden war, war noch in seiner ursprünglichen architektonischen Pracht vorhanden, komplett mit Statuen und Wandmalereien. Sie sehnte sich jetzt wirklich nach Stefan, um dieses Land mit ihm zusammen zu entdecken.

»Sind Sie traurig?«

Ulrika fuhr herum, erstaunt über diese Frage. Hinter ihr stand ein überaus distinguierter Mann von Mitte fünfzig, mit Hornbrille und grauen Schläfen. Sie zeigte ihm das Buch, ehe sie antwortete, denn ihr ging auf, dass er sie mit gesenktem Kopf gesehen hatte, in einer Haltung, die durchaus niedergeschlagen wirken konnte, wenn man nicht wusste, was sie in Händen hielt.

»Nein, im Gegenteil. Ich habe gerade die vielen prachtvollen Sehenswürdigkeiten bewundert, die es in Belgien gibt. Ich wäre vielleicht traurig, wenn ich nicht wüsste, dass ich bald zurückkehren und sie mir dann ansehen kann. Ich fahre am Freitag zurück nach Schweden und habe noch keine Zeit zum Sightseeing gehabt. Aber ich komme bald wieder.« Sie streckte die Hand aus und stellte sich vor. Er nahm ihre Hand und deutete über ihren Fingerspitzen einen Handkuss an.

»I am Edward Milton. Delighted.« Er besaß die richtige

nachlässige Aussprache, die noch den Unwissendsten verriet, dass er aus der Oberschicht stammte und die feinsten Internate besucht hatte. Ulrika war von seinem Englisch fasziniert. Sie hörte mehr darauf als auf den Inhalt seiner Worte. Aber als er dann allerlei Orte beschrieb, die er selbst besucht hatte und empfehlen konnte, war ihr Interesse geweckt. Überaus anschaulich beschrieb er verschiedene Sehenswürdigkeiten, die man seiner Ansicht nach nicht auslassen durfte, wenn man sich für Geschichte und Kultur dieses Landes interessierte. Ulrika hoffte, sich das alles merken zu können. Als sie das Buch wieder ins Regal stellte, trat er neben sie, nahm es ihr aus der Hand und schob es an die richtige Stelle. Sie spürte seine Bewegungen unter dem grauen Maßanzug und registrierte überrascht, dass sein Gesicht absolut ausdruckslos blieb.

»Nice meeting you«, sagte er neutral, als sie sich für seine guten Ratschläge bedankte.

»My pleasure«, sagte Ulrika und ging zu Mario, der ihr von der Tür aus zuwinkte.

»Möchtest du noch ein wenig bleiben oder gehen wir jetzt essen?« Mario hob fragend die Augenbrauen.

»Ich finde, wir waren jetzt lange genug hier. Lass uns gehen.« Ulrika hatte sehr schnell festgestellt, dass diese Cocktailparty durchaus nicht so unterhaltsam war, wie man auf den ersten Blick hatte meinen können. Ehrlich gesagt hielt sie die Sache sogar für ziemlich öde.

Das Essen dagegen war wunderbar. Sie aßen in einem Restaurant, das früher ein Eisenwarenladen gewesen war und in dem alle Theken, Regale und Schubladen noch vorhanden waren. Das Essen war göttlich und die übrigen Gäste hätten handverlesen aus dem Café Opera in Stockholm sein können. Ulrika kam sich vor wie zu Hause und fühlte sich überaus wohl in ihrer Haut. Beim Gehen steckte sie eine Visitenkarte ein, um auch mit Stefan herkommen zu können.

Ehe Ulrika an diesem Abend das Haus verlassen hatte, war sie Sylvias Post durchgegangen. Das war nicht so anstrengend gewesen, wie sie erwartet hatte. Sie hatte sie in drei Stapel aufgeteilt: Der eine konnte sofort weggeworfen werden, der zweite war eher privater Art, den sollte Sylvia sich ansehen und beantworten, wenn sie irgendwann Lust dazu hatte, und den dritten konnte Ulrika im Büro mit Nathalies Hilfe abarbeiten.

Auf dem Küchentisch hatte ein Zettel gelegen, auf dem die Putzfrau mitteilte, dass sie erst am Freitag wieder ins Haus kommen würde. Ulrika beschloss, Sylvias Sachen zu packen, wenn sie nicht zu spät vom Essen nach Hause käme. Besser, es hinter sich zu bringen. Vor dem Gehen hatte sie noch eine Reisetasche gesucht. Sie hatte auch im ganzen Haus das Licht brennen lassen, um sich später besser zu fühlen.

Mario brachte sie bis an die Tür und wartete, bis sie ins Haus gegangen war. Er wirkte erleichtert, als sie sagte, dass sie sich allein jetzt nicht mehr fürchtete. Und seltsamerweise war das ja auch der Fall.

Das Haus war wirklich gemütlich. Es wäre vielleicht eine gute Idee, Sylvia zu fragen, ob sie es mieten könnten, denn es würde ja leer stehen, während Sylvia in Behandlung war. Es gab drei Schlafzimmer und zwei Bäder. Es war also so groß, dass sie sogar ein Kindermädchen mitbringen könnten. Im Garten gab es weite Rasenflächen und knorrige Kletterbäume für Axel. Außerdem wohnten in der Gegend viele Familien mit Kindern, an Spielkameraden würde es also wohl nicht mangeln. Die in der Nähe gelegene schwedische Kirche hatte sicher eine Sonntagsschule oder etwas Ähnliches, was ja auch eine gute Möglichkeit war, um Bekanntschaften zu schließen. Am nächsten Morgen wollte sie den Pastor anrufen und sich nach allem erkundigen.

Der Anrufbeantworter hatte drei Mitteilungen zu vermelden. Eine stammte von Philippe La Torre, der bestätigte, dass er sie wie verabredet am nächsten Abend um acht Uhr zum Essen abholen werde. Ulrika hatte noch immer keine Lust auf ein

Treffen mit ihm und hätte am liebsten abgesagt, sah aber ein, dass er dann nur einen anderen Abend vorschlagen würde. Und da brachte sie es doch lieber gleich hinter sich. Sie konnte ja immer noch behaupten, sie müsse früh nach Hause, da noch Arbeit auf sie wartete. Die beiden anderen Anrufe stammten von Patrik. Er fragte, warum sie nicht zurückgerufen habe. Er hatte es nachmittags mehrere Male in der Kanzlei versucht, aber sie hatte Nathalie gesagt, dass sie nicht gestört werden wolle. Jetzt bat er sie, anzurufen, wann immer sie nach Hause käme, er sei noch wach, sagte er. Ulrika zögerte zunächst.

Sie wollte ihn zwar anrufen, aber zuerst Sylvias Sachen packen. Wenn er schon sagte, sie dürfe auch spät noch anrufen, dann sollte es richtig spät sein. Das geschähe ihm nur recht.

Kaum hatte sie das gedacht, als ihr aufging, dass sie jetzt persönliche Aspekte in ihre Beziehung zu Patrik einbrachte. Am besten sollte sie sich erst einmal über ihre Gefühle Klarheit verschaffen. Sie hatten als Freunde angefangen und danach etwas begonnen, das fast schon geschäftlich wirkte. Und in einem solchen Fall war es ja nicht ungewöhnlich, dass der Mandant manche Informationen für sich behielt oder auch nicht immer ganz bei der Wahrheit blieb – warum also regte sie das alles so auf?

Sie waren einander nur zwei Mal begegnet und seine Erscheinung hatte sie nicht gerade beeindruckt. Aber sie musste sich auch eingestehen, dass sie sich beide Male zu ihm hingezogen gefühlt hatte. Eigentlich hätte sie Mario danach fragen sollen, wie er Patrik einschätzte. Mario war ein guter Menschenkenner, und auch wenn er ein echter Diplomat war, so würde er ihr doch nichts verschweigen, wenn sie ihn um seinen Rat bat. Das nahm sie sich vor. Sie würde mit Mario sprechen, ehe sie über ihr weiteres Vorgehen entschied. Immerhin hatte der sie ja zusammengebracht. Er kannte Patrik schon länger und würde ihr eine ehrliche Einschätzung liefern. Man konnte nie vorsichtig genug sein und sie hatte durchaus nicht vor, sich von irgendwem ausnutzen zu lassen.

Demonstrativ kehrte sie dem Anrufbeantworter den Rücken zu und ging nach oben, um zu packen. Die Ankleide lag neben Sylvias Schlafzimmer, das wusste sie, da sie dort die Reisetasche gefunden hatte.

Sylvia hatte Olofs Kleider noch nicht fortgeräumt. Sie hingen weiterhin in Reihe und Glied da und schienen nur darauf zu warten, dass jemand sie benutzte. Anzüge und Sakkos. Gut gebügelte Hemden und Freizeitkleidung. Ulrika konnte der Sportausrüstung ansehen, dass Olof Tennis und Fußball gespielt hatte. Wer mochte wohl seinen Platz in der Mannschaft übernommen haben?

Es war leichter, für andere zu packen als für sich selbst. Sie brauchte nur praktisch zu denken, statt sich zu fragen, was kleidsam wäre. Ulrika suchte weiche, bequeme Dinge heraus. Feste Schuhe für Spaziergänge, zwei dezente Kostüme zur späteren Verwendung, wenn es Sylvia besser ging und sie wieder unter Leute kommen wollte. Fön, Briefpapier und die Bücher, die auf dem Nachttisch gelegen hatten. Sorgfältig und ordentlich faltete sie ein Kleidungsstück nach dem anderen zusammen und war richtig zufrieden mit sich, als sie den Deckel zuklappte und den Reißverschluss zuzog. Sie versetzte der Tasche einen zufriedenen Klaps und wollte schon wieder nach unten gehen, dann aber blieb sie stehen und betastete noch einmal den Deckel der Tasche. Im äußeren Fach lag etwas. Vermutlich vergessene Zeitungen von einer früheren Reise, die Sylvia jetzt wirklich nicht mit sich herumzuschleppen brauchte. Ulrika öffnete den Reißverschluss an der Seite, schob die Hand hinein und zog den Inhalt heraus. Es handelte sich um Unterlagen, insgesamt an die fünfzig Blätter. Wenn sie das richtig sah, handelte es sich nicht um Kopien, sondern um Originale. Ulrika blätterte rasch mit dem Daumen hindurch wie durch ein Kartenspiel und sah, dass einige den Briefkopf der Kommission zeigten. Andere schienen von allerlei Firmen zu stammen. Manche waren mit Stempeln und Siegeln und offiziellen Wertmarken versehen. Es gab außerdem eine handgeschriebene Liste mit Notizen und Randbemerkungen. Ulrika setzte sich aufs Bett und fing an zu lesen. Sie brauchte nicht lange, um zu begreifen, dass sie hier im wahrsten Sinne des Wortes Sprengstoff in Händen hielt. Sie spürte, wie ihr Adrenalinspiegel stieg, ihre Müdigkeit war plötzlich wie weggeblasen und die vergessene Angst meldete sich zurück. Sie versteckte die Papiere unter der Reisetasche, ging zum Fenster und zog die Vorhänge vor. Sicherheitshalber schloss sie außerdem die Zimmertür ab, ehe sie sich wieder aufs Bett setzte und weiterlas.

Mit wachsendem Interesse studierte sie Olofs Aufzeichnungen darüber, wie sich der Missbrauch in der Kommission verbreitet hatte. Welche Beamte dafür gesorgt hatten und welche der Versuchung wohl nur einzelne Male erlegen waren. Die fehlende Kontrolle hatte es ermöglicht, Bewerber zu akzeptieren, die weder preislich noch qualitativ wettbewerbsfähig waren. In einem Fall konnte der Auftrag zu einer Firma zurückverfolgt werden, an der einer der Generaldirektoren der Kommission persönliches Interesse hatte.

Sie spürte, wie sich die Haare in ihrem Nacken sträubten. Es war genauso, wie Patrik es ihr geschildert hatte, nur hatte er es nicht beweisen können. Manche Dokumente hatte sie schon am Vorabend gesehen, allerdings hatte Patrik eben nur Kopien gehabt. Ulrika ließ ihre Finger über den Stahldruck gleiten und spürte die weichen Rundungen des Papiers.

Vor allem interessant war eine Anlage zu einem Brief, den Olof ein Jahr zuvor seinem direkten Vorgesetzten geschickt hatte, um diesem klarzumachen, was hier vor sich ging. Nicht nur in der eigenen Abteilung, sondern auch in den anderen. Die Anlage umfasste acht Seiten und bestand teilweise aus Olofs Tagebuchaufzeichnungen. Die zeigten, was nach seiner Beschwerde passiert oder genauer gesagt nicht passiert war. Abgesehen davon, dass er versetzt worden war. Olofs eigene Theorie besagte, dass sein Chef dem Missbrauch lieber Tür und Tor öffnete, als seine Karriere dadurch aufs Spiel zu setzen, dass er Missstände in der Kommission aufzeigte.

Als Vorgesetzter trug er die Verantwortung dafür, was in seiner Abteilung passierte, und bei einem öffentlichen Skandal würde auch er an den Pranger gestellt werden. Und nach einem solchen Vorfall würde die Fortsetzung seiner Karriere natürlich schwer sein.

Ulrika suchte unter den erwähnten Empfängern von Bestechungsgeldern nach Patrik Stenberg und Philippe La Torre, fand sie aber nicht, was an sich ja noch nichts zu bedeuten brauchte. Sie wusste inzwischen, dass Olof niemandem getraut hatte, und das wollte sie nun auch nicht tun. Die Frage war nur, wie sie mit ihrem Fund umgehen sollte.

Es war jetzt halb vier, und da wäre es sicher das Klügste gewesen, die Sache zu überschlafen. Wenn die Papiere seit dem Mord unangerührt in Olofs Reisetasche gelegen hatten, dann konnten sie doch in ihrer bleiben, bis ihr Entschluss feststand. Sie stopfte die Papiere in ihre Strumpfhose, ehe sie nach unten ging, auch wenn ihr diese Vorsichtsmaßnahme selbst ein wenig albern erschien. Aber wie konnte sie sicher sein, dass niemand draußen herumschlich und sah, wie sie mit einer Menge Papier unter dem Arm die Treppe herunterkam? Es wäre ja nicht das erste Mal, dass ungebetene Gäste zum Fenster hereingeschaut hätten.

Sie schloss ihre Zimmertür ab. Unter dem Bett lagen die Flinte, ihre Reisetasche und allerlei Wollmäuse. Sie staunte wirklich darüber, dass Sylvia sich eine Putzfrau leistete, die nicht einmal richtig staubsaugte. Ulrika steckte die Unterlagen in das Seitenfach ihrer Reisetasche und schob dann alles, samt der Wollmäuse, unter das Bett zurück.

Patrik hatte sie gebeten anzurufen, egal, wie spät es auch sein mochte, und sie hatte das ja auch tun wollen, aber jetzt war ihr die Lust vergangen. Was sollte sie sagen? Sie war noch längst nicht dazu bereit, ihm ihren Fund anzuvertrauen. Sie zog sich aus und nahm eine halbe Schlaftablette, die sie mit Leitungswasser aus dem Zahnputzbecher hinunterspülte. Ihre Hände zitterten ein wenig und sie wusste, dass der Schlaf nicht von selbst kommen würde, obwohl sie total erschöpft war. Die Gedanken jagten ihr nur so durch den Kopf und sie hatte schreckliche Sehnsucht nach jemandem, mit dem sie über ihre Entdeckung sprechen könnte. Außerdem hatte sich die Angst ja wieder eingestellt und sie glaubte, überall geheimnisvolle Geräusche zu hören.

Langsam machte ihr Körper sich bereit für den Schlaf. Ihre Glieder wurden immer schwerer und versanken immer tiefer in der Matratze. Ihr Kopf war umschlossen von einem behaglichen Nebel. Ihre Muskeln schienen schlaff zu werden, während ihr Bewusstsein langsam fortgespült wurde und sie in einem künstlichen Schlummer versank.

Ulrika hatte noch nicht lange geschlafen, als sie mit einem Ruck hochfuhr. Ihr Herz hämmerte dermaßen, dass sie es im Bauch spürte. Ihr Körper war noch schwer vom Schlafmittel, aber sie zwang sich, sich aufzusetzen. Was hatte sie geweckt? Gespannt horchte sie in die Dunkelheit. Der Radiowecker zeigte Viertel vor fünf. Das Haus war stumm, doch wieder spürte sie eine fremde Anwesenheit. Mit tiefem Seufzer gab sie sich geschlagen. So ging das nicht. Schwankend kam sie auf die Beine. Die Kühle unter ihren Fußsohlen half ihr beim Wachwerden. Sie sah ein, dass sie hier nicht bleiben konnte. Ohne zu duschen zog sie sich an, packte ihre Habseligkeiten und bestellte ein Taxi. Sie glaubte nicht, jetzt fahren zu können. Ehe das Taxi kam, rief sie sicherheitshalber im Hotel Conrad an und bestellte ein Einzelzimmer. Der Nachtportier zeigte keinerlei Überraschung, als sie auf die Frage, wann sie das Zimmer wünsche, antwortete: »In zwanzig Minuten.«

Das Hotel lag wie in Licht gebadet da. Das Taxi hielt vor der großen Drehtür. Ein Portier mit Zylinder und Umhang nahm ihr die Tasche ab. Das Foyer war leer, bis auf zwei Frauen in grüngestreiften Uniformen, die gerade staubsaugten. Das Einchecken war in zwei Minuten erledigt. Ulrika bat um eine Tasse Tee und etwas Toast. Während sie auf den Zimmerservice wartete, ließ sie sich ein heißes Bad einlaufen und goss eine Flasche parfümiertes Schaumbad hinein, die mit Shampoo, Duschhaube und anderen Gratisproben in einem Korb neben dem Waschbecken gelegen hatte. Sie konnte sogar noch ihre Kleider aufhängen und Olofs Papiere zusammen mit ihren antiken Diamantohrringen in den Safe legen, ehe an die Tür geklopft wurde. Der Zimmerkellner streckte in Erwartung eines Trinkgeldes die Hand aus und bat zugleich höflich um Entschuldigung für die Verzögerung. Die Küche sei erst ab sieben Uhr morgens wieder voll besetzt, wie er erklärte.

Als Ulrika sich mit der Teetasse und dem Toast in bequemer Reichweite in der Badewanne niederließ und das Fernsehen eingeschaltet hatte, um die Nachrichten hören zu können, fühlte sie sich zum ersten Mal seit langem wieder ruhig und in Sicherheit. Sie genoss das heiße Wasser und den Luxus, der sie umgab. Um sieben Uhr wollte sie zu Hause anrufen und Stefan von ihrem Umzug berichten. Sie wollte sagen, dass das Haus ihr zu groß vorgekommen sei, um dort allein zu bleiben. Das musste reichen. Sonst würde er sich nur unnötig Sorgen machen. Ulrika wollte ihm nichts von ihren Ängsten erzählen. In einer halben Stunde könnte sie anrufen, denn dann wäre er sicher wach. Sie wollte nur für einen Moment ins Bett kriechen, um die Wärme nach dem Bad zu behalten. Das Handtuch landete auf dem Boden, als sie zwischen die gut gemangelten weißen Laken kroch. Sie fühlten sich an ihrer nackten Haut weich und glatt wie Seide an. Das Kissen war mit Daunen gefüllt, und kaum hatte sie den Kopf daraufgelegt, da war sie auch schon eingeschlafen.

Als sie aufwachte, war es schon halb elf. Leicht beschämt rief sie in der Kanzlei an und versprach, in einer halben Stunde dort zu sein.

11

Stefan war seit fünf Tagen allein, und jetzt kam ihm das Haus ohne Ulrika leer vor. Die Kinder quengelten und er fand keine Ruhe. In den ersten Tagen hatte er wie immer das Alleinsein genossen, wenn er davon absah, dass es schade gewesen war, nicht wie geplant zusammen ins Theater gehen zu können. Ansonsten fand er es wunderbar, ein wenig Zeit für sich zu haben. Er schaffte so viel, wenn Ulrika verreist war. Kleinkram, der liegen geblieben war, weil ihm die Inspiration fehlte oder weil er einfach nur auf den richtigen Zeitpunkt wartete, der sich dann eben nicht einstellen wollte.

Diesmal hatte er sich voller Energie an die Arbeit auf dem Dachboden gemacht. Er war ungeheuer zufrieden mit sich gewesen, als das neue Zimmer am Abend zuvor endlich fertig geworden war. Oder jedenfalls so weit fertig, wie das ohne Fachleute eben möglich war. Der Installateur hatte sich »für den Nachmittag« angekündigt, was alles zwischen zwölf und fünf bedeuten konnte. Aber andererseits hatte er auch versprochen, alles anzuschließen, ehe er Feierabend machte. Jetzt freute Stefan sich darauf, Ulrika zeigen zu können, was er alles geschafft hatte. Auch wenn es ihm nicht um ihr Lob ging, so fand er es doch schön, wegen irgendeiner Leistung von ihr bewundert zu werden.

Das Zimmer war viel schöner geworden, als er sich das vorgestellt hatte, nachdem Ulrika auf diese Idee gekommen war. Eines Tages hatte sie plötzlich behauptet, dass sie ein zusätzliches Schlafzimmer brauchten. Er selbst hatte ja gefunden, dass die bereits vorhandenen ausreichten, aber Ulrika hatte nicht locker gelassen und auf einem Gästezimmer bestanden, und da hatte er sich eben gefügt. Und er sah ja auch ein, dass sie ein weiteres Zimmer brauchten, wenn die Kinder größer wurden.

Der Dachboden war in mehrere Räume unterteilt und war über eine richtige Treppe zu erreichen. Es waren also keine allzu einschneidenden Umbauten vonnöten. Außerdem gab es in der Mansarde Fenster. Stefan, der nie sonderlich geschickt gewesen war, hatte sich einige Ratgeber für Heimwerker besorgt. Das Schwierigste war es gewesen, eine zusätzliche Wand mit einer Schiebetür für die Dusche einzuziehen. Er hatte mehrere Tage gebraucht, bis die Tür richtig saß. Als es ihm endlich gelungen war, schien ihm die Luft ausgegangen zu sein. Er verlor ganz und gar die Lust an der Tischlerei und ersann einen Vorwand nach dem anderen, um nicht wieder nach oben gehen zu müssen. Bis jetzt.

Um sich die nötige Ruhe zu verschaffen, hatte er Elins Laufställchen auf den Dachboden gebracht und sie mit reichlich Spielzeug hineingesetzt. Sie hatte sich überraschend ruhig verhalten. Vielleicht lag es daran, dass sie die ganze Zeit ihm und Axel bei der Arbeit zuschauen konnte. Mit Axel war es schon schwieriger gewesen. Er hatte zu Weihnachten einen eigenen Werkzeugkasten bekommen und war mehr als nur bereit zum Helfen gewesen, da er genau wusste, was er zu tun hatte. Axel konnte schon alles selber und wollte sich durchaus keine Vorschriften machen lassen.

Schon bald aber war er zu der Erkenntnis gekommen, dass sein Werkzeug nichts taugte, und er hatte unbedingt Stefans nehmen wollen. Mit dem Ergebnis, dass er sich auf den Daumen geschlagen hatte. Er hatte Ohren betäubend geschrien. Elin war von diesem Lärm total fasziniert gewesen und hatte mit offenem Mund gelauscht.

Der verletzte Daumen hatte aber auch sein Gutes gehabt.

Stefan war mit den Kindern zu einer Nachbarsfamilie gegangen, mit der sie ziemlich viel zusammen machten. Einmal hatten sie sich sogar ein Kindermädchen geteilt, aber das hatte ein trauriges Ende genommen, als dieses eines Tages mit ihrer ganzen jungen Herrlichkeit, zu der auch Pickel und Zahnspange gehörten, versucht hatte, Stefan zu verführen. Das Ärgerlichste war, dass er durchaus Lust verspürt hatte, als sie ihm nachgestellt hatte. Trotz der Zahnspange. Er hatte sich jedoch zusammengerissen und ihre Annäherungsversuche abgewehrt. Ulrika war sauer auf ihn gewesen, weil er die Sache nicht besser in den Griff bekommen hatte. Gute Kindermädchen waren schließlich nicht so leicht zu finden.

Göran Jacobsson, so hieß der Nachbar, war Narkosearzt im Krankenhaus von Danderyd. Stefan fand, er könne doch mal einen Blick auf Axels Daumen werfen. Ulrika hatte Görans Frau Anita bei einem Erbstreit geholfen, ohne dafür ein Honorar zu verlangen – es war also eine Sache von Gefälligkeiten auf Gegenseitigkeit.

Axel beruhigte sich, sowie er mit schmerzstillender Salbe, Pflaster und Lakritz versorgt worden war. Bald spielte er fröhlich mit den Kindern von Göran und Anita. Stefan hatte ein Glas Bier getrunken und sie hatten sich unterhalten, bis die Kinder ins Bett mussten.

Vermutlich hatte Stefan sich darüber beklagt, dass er ohne Hilfe zu Hause nicht weiter käme, denn Göran hatte plötzlich von einer Schwesternhelferin auf seiner Station erzählt, die dort aufhören wollte. Einige Tage zuvor hatte er in der Kaffeepause gehört, dass sie eine Halbtagsstelle suche. Eine Arbeit, die nicht ganz so schwer war. Er bot an, für Stefan und Ulrika ein gutes Wort einzulegen. Er konnte sich nämlich vorstellen, dass diese Frau sich gern an einigen Tagen in der Woche um Kinder kümmern würde.

Wenn sie annahm, dann könnte Stefan sich endlich wieder an seine Dissertation setzen. Im Moment war das unmöglich. Seit das letzte Kindermädchen gekündigt hatte, hatte er kein einziges Mal mit seinem Doktorvater gesprochen, obwohl er einen Artikel mehr oder weniger vollendet hatte. Er musste nur noch einige kleine Korrekturen vornehmen, dann könnte er veröffentlicht werden.

Ulla-Karin Svensson, wie die Schwesternhelferin hieß, war am Vorabend zu Besuch gekommen, um die Familie kennen zu lernen. Sie war seit vielen Jahren geschieden und ihre eigenen Kinder waren aus dem Haus. Sie wirkte sympathisch und die Kinder hingen schon nach zehn Minuten an ihr. Und sie war auch gern bereit, mit nach Belgien zu kommen, wenn das aktuell werden sollte. Sie hatte einen gültigen Pass und war das Reisen gewohnt.

Stefan hatte Ulrika danach sofort anrufen wollen, um die gute Nachricht mitzuteilen, aber sie war nicht zu Hause gewesen. Erst, als sich der Anrufbeantworter eingeschaltet hatte, war ihm eingefallen, dass sie mit Mario zum Essen verabredet war. Er wollte ihr alles selbst erzählen und hatte deshalb wortlos aufgelegt, was er jetzt bereute. Inzwischen machte er sich Sorgen, weil er sie nicht erreichte. Zu Hause meldete sie sich nicht und in der Kanzlei war sie auch noch nicht aufgetaucht. Wenn ihr nur nichts passiert war. Sie hatte ja erzählt, dass die Belgier wie die Schweine Auto fuhren.

Ulrika verließ das Hotel Conrad und lief so schnell, wie das auf ihren hohen Absätzen möglich war. Sie war schlecht gelaunt und reizbar. Wieder wandten ihre Gedanken sich den Ereignissen der vergangenen Nacht zu. Sie sah ein, dass es ein gewaltiger Fehler gewesen war, sich nicht genau danach zu erkundigen, wann Olofs übrige Unterlagen aus der Kommission verschwunden waren. Jetzt würde sie noch einmal zu Sylvia ins Krankenhaus fahren und die Sache zur Sprache bringen müssen. Das kam ihr so unnötig vor. Zumal sie an diesem Morgen ja auch schon wichtige Arbeitsstunden verloren hatte. Sie ging noch schneller und starrte dabei die ganze Zeit auf den Boden. Hier war Vorsicht angesagt, damit sie nicht aus Versehen in einen der zahllosen Hundehaufen trat, die die

Bürgersteige zierten. Sie kam nicht gegen den Gedanken an, wie leicht es doch wäre, dieses Problem aus der Welt zu schaffen. Hohe Bußgelder und häufigere Reinigung. Voilà. Problem gelöst. Es war einfach unverschämt, dass die Hundebesitzer ihre Lieblinge, die großen wie die kleinen, ihre Geschäfte einfach überall erledigen ließen. Wirklich widerlich.

Die Belgier, zumindest die männliche Hälfte der Bevölkerung, hatten auch keine Hemmungen, den Druck auf die Blase zu erleichtern, sowie der sich einstellte. Sie machten sich nicht einmal die Mühe, beiseite zu gehen, sondern erledigten das im vollen Licht der Öffentlichkeit neben ihrem Auto oder an einer Straßenecke. Ulrika hatte das nun schon mehrmals gesehen. Sogar auf den Golfplätzen konnte man auf Männer stoßen, die ganz ungeniert lospinkelten, wie sie gehört hatte. Wenn ihr das widerführe, würde sie sicher mit dem Golfball auf das Familienglück zielen!

Vor dem Haus war der Bürgersteig aufgerissen worden; wer hineinwollte, musste über schmale Bretter balancieren, die über ein tiefes Loch gelegt worden waren. Einige Meter weiter lag ein großer nasser Sandhaufen. Der Sand war an den Seiten verlaufen und alle mussten darüber klettern, wenn sie nicht auf die Straße ausweichen wollten. Ulrika würde sich nicht darüber wundern, wenn hier noch ein Unfall geschähe.

Wie immer ging sie zu Fuß, statt den Fahrstuhl zu nehmen. Der Sand, den sie mit ins Haus brachte, ließ ihre Schritte auf der Treppe knirschen. Sie wischte sich die Schuhe an der Fußmatte ab, ehe sie die Kanzlei betrat. Die Tür zum Besprechungsraum war geschlossen. Sie konnte von drinnen Stimmen hören. In der Rezeption saß Nathalie mit dem Telefonhörer in der Hand. Sie strahlte und winkte Ulrika zu, als sie diese entdeckte.

»Hallo, wie gut, dass du kommst, es haben schon viele nach dir gefragt. Hier ist ein Anruf für dich, soll ich ihn durchstellen?«

»Wer ist das denn?«

»Eine Schwedin. Granberg oder so. Sie hat schon früher einmal angerufen.«

»Stell sie durch.« Ulrika lief in ihr Zimmer und streifte unterwegs den Mantel ab. Sie griff zum Hörer, noch ehe sie sich an ihren Schreibtisch gesetzt hatte.

»Ja, hier Stål«, sagte sie auf Schwedisch.

»Hallo, hier ist Maud Granberg. Können Sie sich an mich erinnern?«, fragte eine vage bekannte Stimme. Ulrikas Gehirn arbeitete auf Hochdruck, um sie unterzubringen, was ihr aber nicht gelang.

»Ihre Stimme kenne ich, aber Ihr Name sagt mir jetzt gar nichts. Sie müssen entschuldigen, aber ich brauche wohl ein wenig Hilfe, wenn wir zusammenkommen wollen«, sagte Ulrika und fragte sich, mit wem um alles in der Welt sie da denn redete. Keine der Sekretärinnen in Stockholm hätte ein Gespräch angenommen, ohne sich erst danach zu erkundigen, worum es dabei überhaupt ging. Darüber würde sie mit Nathalie sprechen müssen. Eine gewisse Ordnung musste sein, wenn Ulrika hier arbeiten sollte.

»Wir haben uns getroffen, als Sie zu einer Verhandlung nach Uppsala mussten und das Aussteigen vergessen hatten. Können Sie sich jetzt an mich erinnern? Ich habe Sie in die Stadt gebracht.«

Bei dieser Erinnerung musste Ulrika einfach losprusten. Diese Szene hätte gefilmt und angehenden Juristinnen als abschreckendes Beispiel für die Widerwärtigkeiten dieser Laufbahn vorgeführt werden müssen. »Ja, natürlich kann ich mich an Sie erinnern. Wie könnte ich das je vergessen! Wie geht es Ihnen und Ihren Pferden?«

»Ja, danke, es geht schon. Aber ich muss zugeben, dass die Geschäfte besser laufen könnten, wenn nicht dauernd unnötige Probleme auftauchten. Und genau deshalb rufe ich Sie an. Verstehen Sie, ich brauche eine tüchtige Anwältin, die einspringen kann, wenn ich Hilfe benötige. Eine, die wirklich zupackt und auf die ich mich verlassen kann. Und so was ist nicht leicht zu finden. Die meisten wollen nur ihre Rechnungen schreiben, wenn ich hier mal offen meine Meinung sagen darf.«

»Und wieso meinen Sie, das könnte bei mir anders sein?« Ulrika konnte sich diese Frage einfach nicht verkneifen. Sie fand diesen Kommentar der Frau einfach dumm. Natürlich wollten Anwältinnen und Anwälte wie alle anderen Dienstleister für ihre Arbeit auch bezahlt werden. Sie hatten doch nur ihr Wissen und ihre Zeit, um damit Geld zu verdienen.

»Das kann ich Ihnen sagen: weil Sie anders sind. Das ist mir neulich sofort aufgefallen. Es hat mich wirklich beeindruckt, wie Sie sich für Ihren Fall engagiert haben. Mit hochhackigen Stiefeln und elegantem Mantel einfach auf ein Pferd springen, vor allem wenn man gar nicht reiten kann. Nicht viele Anwältinnen würden das für ihre Mandanten tun. Mein alter Anwalt war natürlich auch gut. Er war immer für mich da, kümmerte sich um alle juristischen Probleme und leistete überhaupt ausgezeichnete Arbeit, aber sich auf ein Pferd zu schwingen und zur Verhandlung zu reiten, das hätte er nicht einmal getan, wenn ich sein Honorar verzehnfacht hätte. Leider kann er mir nicht mehr helfen. Eigentlich ist er schon vor vier Jahren in Pension gegangen, aber mich und noch einige andere hat er behalten, einfach um etwas zu tun zu haben. Aber nach Weihnachten wurde er dann krank und jetzt schafft er es nicht mehr.« Maud Granberg seufzte hörbar. Es war schwer zu sagen, ob dieser Seufzer der Krankheit des Anwalts galt oder ihrem Pech, keine juristische Vertretung mehr zu haben.

»Ich fühle mich natürlich geschmeichelt, aber ich glaube doch, es wäre besser, wenn Sie sich jemanden in Ihrer Nähe suchen würden«, erwiderte Ulrika. Im Grunde lag es aber nicht an der Entfernung, sondern an der persönlichen Chemie oder deren Fehlen, dass sie eine zukünftige Zusammenarbeit lieber vermeiden wollte.

Die Frau am anderen Ende der Leitung schwieg für einen Moment. Als sie dann weitersprach, konnte Ulrika einen leisen Unterton von Verärgerung hören. »Na gut, wenn Sie mich wegen der Entfernung nicht als Mandantin haben wollen, dann ist das Ihre Sache. Aber ich würde es wirklich zu schätzen wissen, wenn Sie mir gerade jetzt helfen könnten. Danach könnten wir dann immer noch sagen, dass wir jetzt quitt sind. Natürlich würde ich Sie für Ihre Arbeit bezahlen. Okay?«

Nun war Ulrika diejenige, die sich gereizt anhörte. »Sie müssen verstehen, dass ich nichts versprechen kann, solange ich nicht weiß, worum es überhaupt geht. Natürlich bin ich Ihnen Dank schuldig, aber das geht nicht so weit, dass ich Dinge machen würde, die meinen Tätigkeitsbereich überschreiten. Aber ich kann versprechen, Sie weiterzureichen, wenn Ihre Angelegenheit nicht zu meinem Gebiet gehört. Okay?«

»Ich habe am Mittwoch in Uppsala eine Verhandlung, aber keinen Anwalt, der mich vertreten könnte. Ich habe versucht, die Verhandlung vertagen zu lassen, bis ich dieses Problem gelöst habe, aber dieser Antrag ist abgelehnt worden. Da fordert so ein Kerl dreihundertfünfundsechzigtausend Kronen von mir. Er hat mir vor einigen Monaten vier Baschkirpferde abgekauft und behauptet jetzt, die seien nicht in Ordnung, was natürlich überhaupt nicht stimmt. Wenn ich das in klarem Schwedisch sagen darf, dann sind das saugute Tiere. Klein und stark, perfekt für Langstreckenritte. Sie erinnern sich doch an das Pferd, auf dem Sie gesessen haben. Ich meine, das hat uns doch problemlos beide getragen, oder? Ich fahre dreimal im Jahr nach Russland und suche mir meine Tiere direkt beim Züchter aus. Ich habe schon Hunderte von Baschkirpferden nach Schweden importiert, seit ich dieses Gestüt betreibe. Ich kenne mich mit dieser Rasse aus. Natürlich ist ab und zu eines dabei, das irgendeinen Fehler hat, aber die, die er gekauft hat, waren tadellos. Er hat die Sache nur bereut und war wütend, als ich den Kauf nicht rückgängig machen wollte.«

»Ist das die Vorbereitung oder die Hauptverhandlung?«

»Die Hauptverhandlung. Er hat vom Gericht verlangt, die

Verhandlung vorzuziehen, weil der Unterhalt der Pferde so viel kostet.«

»Ich bin erst am Montag wieder in der Stockholmer Kanzlei, aber wenn Sie die Klageschrift und das Protokoll der Vorbereitungsverhandlung sowie die Verkaufspapiere und was sonst noch wichtig sein könnte rüberfaxen, dann kann ich mir alles schon einmal ansehen.«

»Bedeutet das, dass Sie mir helfen?«

»Ja, ich helfe Ihnen. Geben Sie mir sicherheitshalber Ihre Privatnummer, falls ich Sie am Wochenende erreichen muss.« Ulrika notierte diese und stellte noch weitere Fragen, um schon vorbereitet zu sein, wenn die Unterlagen eintrafen. Sie glaubte, dass es ein interessanter Fall sein könnte, auch wenn sie keine Ahnung von Pferden oder vom Pferdehandel hatte. Allerdings hatte sie unter ihren Mandanten mehrere Autohändler, und nach allem, was sie bis jetzt gehört hatte, kam ihr der Unterschied nicht so groß vor. Außerdem war Ulrika sicher, dass Maud Granberg sich nicht an die Wahrheit hielt. Natürlich würde jedes Gericht eine Hauptverhandlung vertagen, wenn der Angeklagten plötzlich der juristische Beistand fehlte. Aber sie würde ja bald erfahren, was da wirklich los war. Für den Moment war es außerdem nicht so wichtig.

Kaum war das Gespräch beendet, als Nathalie hereinkam. Sie klopfte kurz an und öffnete dann die Tür, ohne eine Antwort abzuwarten.

»Hier sind deine Anrufe und ein wenig Post. Dein Mann hat heute Vormittag mehrmals angerufen. Ich weiß nicht, ob es falsch von mir war zu sagen, ich wüsste nicht, wo du sein könntest. Er kam mir wirklich besorgt vor. Vielleicht solltest du ihn als Ersten anrufen«, sagte sie etwas wichtigtuerisch und schob sich die Haare hinter die Ohren. Erst jetzt ging Ulrika auf, was sie an Nathalie störte. Die kleine geschäftige Sekretärin erinnerte sie an ihre Kusine Barbro, mit der sie das Zimmer hatte teilen müssen, als sie nach dem Tod ihrer Eltern von ihrer Tante Rita aufgenommen worden war.

»Wenn du nicht weißt, wo ich bin, dann sag lieber, ich sitze in einer Besprechung, als mit unnötigen Informationen um dich zu werfen.« Ulrika lächelte ein wenig gezwungen, um ihre Gereiztheit zu verbergen. »Weißt du übrigens, ob Markus eine Verabredung zum Mittagessen hat?«

»Nein, soll ich ihn fragen?«

»Das ist nicht nötig. Ich bin übrigens ins Hotel Conrad umgezogen, falls du mich nach Feierabend erreichen musst.«

Markus saß hinter einem Turm aus Ordnern, als Ulrika sein Zimmer betrat. Er sah müde und erschöpft aus, und das tat ihr Leid. Wieder schämte sie sich, weil sie verschlafen hatte.

»Kann ich dich auf irgendeine Weise entlasten?«

»Danke, das ist sehr nett von dir, aber es reicht, wenn du dich um Sylvias Fälle kümmerst. Übrigens hat heute Morgen die Polizei für sie angerufen. Sie haben Olofs Wagen auf einem Parkplatz in Charleroi gefunden. Ich habe gesagt, dass du Sylvia während ihrer Abwesenheit vertrittst. Sie bitten um Rückruf. Mal sehen, wo hab ich denn bloß die Nummer?«

Er wühlte eine Weile auf seinem Schreibtisch herum, dann fand er den Zettel unter zwei Ordnern. »Das ist übrigens seltsam, findest du nicht? Ich meine, dass der Wagen einfach wieder aufgetaucht ist.« Markus schüttelte skeptisch den Kopf. »Was sind das für Idioten, die wegen eines Autos einen Menschen erschießen und den Wagen dann nach ein paar Dutzend Kilometern einfach stehen lassen. Wenn sie noch zwanzig Minuten weiter gefahren wären, dann wären sie in Frankreich gewesen. Es ist nicht zu fassen. So wenig bedeutet diesen Schweinen also ein Menschenleben. Weißt du übrigens, dass die Hehler für ein Luxusauto mit Schlüsseln und Originalpapieren auch nur zehntausend Kronen bezahlen? Wenn Sylvia hört, dass Olofs Wagen gleich nach dem Mord aufgegeben worden ist, dann kommt sie bestimmt nicht darüber hinweg. Das ist doch alles so sinnlos!« Markus hatte Tränen in den Augen. Er kramte in seiner Tasche, dann entschuldigte er sich und verließ das Zimmer. Ulrika konnte hören, wie er sich die Nase putzte. Als er zurückkam, glänzte seine Nase. »Nein, verdammt, was für ein Dreck.«

»Bist du wirklich sicher, dass es den Mördern um das Auto ging?« Ulrika schaute ihm mit ernster Miene ins Gesicht. Zu ihrer Überraschung wurde er rot.

»Es sind Ermittlungen angestrengt worden und die Polizei ist zu diesem Ergebnis gekommen. Hast du etwas anderes gehört?«

Ulrika ließ sich im Besuchersessel nieder. Sie merkte, dass sie auf Augenhöhe mit ihm sein wollte, wenn dieses Gespräch fortgesetzt werden sollte. Sie sah, dass er sich seines Rotwerdens bewusst war und konnte seine Verlegenheit nachvollziehen. Plötzlich bereute sie ihre Frage. Was brachte es denn, weiterzuerzählen, was Patrik ihr im Vertrauen gesagt hatte? Was könnte das ändern? Es handelte sich doch nur um Patriks eigene Theorien und Überlegungen. Um ein privates Gespräch, das ihr Interesse geweckt hatte. Als Jurist würde Markus natürlich alles anzweifeln. Wenn er sie ernst nehmen sollte, dann würde sie ihm mitteilen müssen, dass sie mit eigenen Augen Dokumente gesehen hatte, die Patriks Theorien zu belegen schienen. Aber irgendetwas hielt sie davon ab. Sie musste auf ihre Intuition vertrauen und ihre Entdeckung bis auf weiteres für sich behalten. Ihrer Ansicht nach bewiesen die Unterlagen nur, dass Olof kurz vor seiner Ermordung entschlossen gewesen war, einen gigantischen Machtmissbrauch ans Licht zu bringen. Was natürlich ein Motiv war. Sogar ein starkes. Aber für wen? Für welche Leute?

Aus diesen Überlegungen heraus fragte sie Markus, ob sie nicht irgendwo zusammen zu Mittag essen könnten. Bei einem Bissen über die Arbeit reden.

»Ja, gern. Klingt nach einer guten Idee. Ich bin total ausgehungert.« Er schaute kurz auf die Uhr. »Nur darf es kein belgisches Geschäftsessen werden, bei dem niemand vor zwei ins Büro zurückgehen kann, weil die Leute ja glauben könnten, die Geschäfte gingen schlecht, wenn man zum Arbeiten gezwungen ist.« Markus' Gesicht hatte jetzt wieder seine normale Färbung angenommen und er lachte herzlich über seinen eigenen Witz.

12

Bernard Vandergoten war mit vierundzwanzig Jahren zur Polizei gegangen. Langsam, sehr langsam, war er aufgestiegen. Jetzt, mit fünfundfünfzig Jahren, hatte er es so weit gebracht, wie es überhaupt möglich war. Er hatte allen Abschaum gesehen, den es gab, und hatte keinerlei Vertrauen mehr zur Menschheit. Seine Haare waren schütter geworden und sein Bauch dicker, aber er glaubte noch immer, in Uniform gut auszusehen. Er war ziemlich zufrieden mit dem Leben und mochte seine Arbeit, trotz allerlei Missgeschicken.

Einmal war er einen Monat lang beurlaubt gewesen, weil er einen inhaftierten rückfälligen Verbrecher zusammengeschlagen hatte. Die Kollegen hatten damals zu ihm gehalten und er hatte sein volles Gehalt weiterbezahlt bekommen. Zweimal war er ernstlich verletzt worden. Einmal durch einen Messerstich in den Bauch, als er einen Handtaschendieb festnehmen wollte. Und einmal war er bei einer Autojagd in die Schulter geschossen worden. Diese Verletzung setzte ihm bei Regenwetter noch immer zu, was bedeutete, dass er meistens Schmerzen hatte. Es war eine scheußliche Geschichte gewesen. Der Kollege, der hinter dem Steuer gesessen hatte, war unterhalb des Auges von einer tödlichen Kugel getroffen worden. Der Streifenwagen war danach mit heulenden Sirenen und flimmerndem Blaulicht in ein Schaufenster gerast.

Das belgische Fernsehen hatte ihn damals mit seinem Kollegen verwechselt und schon in den Abendnachrichten herumpesaunt, er sei bei einer Verfolgungsjagd ums Leben gekommen, während die Mörder sich noch auf freiem Fuß befänden. Seine Frau hatte höchst seltsam reagiert. Statt sich zu freuen, weil er noch lebte, war sie sauer und verstimmt gewesen.

Nach einigen Jahren hatte er sich scheiden lassen und sich einen Hund zugelegt. Zur Zeit brütete er meistens über den Ermittlungen und war nur noch selten im Außendienst tätig.

Der Mord an dem Schweden Olof Kramer war einer von vielen Fällen auf seinem Schreibtisch. Er hatte ihn hervorgezogen, als er über den Fund des Autos informiert worden war. Er hoffte, dass die Spurensicherung einen Hinweis finden würde, der den Täter überführte, wenn sie ihn erwischten. Falls sie ihn jemals erwischten. Der Ordnung halber hatte er auch die Frau des Ermordeten über den Fund informiert. Aber so bald würde sie das Auto nicht zurückbekommen. Erst musste es von der Spurensicherung untersucht werden. Er hatte nicht mit der Frau selber gesprochen, sondern mit einer Kollegin. Eine sympathische Person mit dunkler, fast ein wenig heiserer Stimme und einer exotischen Aussprache, die seine Fantasie angeregt hatte. Diese Frau hatte sich ungeheuer für alle Details im Zusammenhang mit dem Fund interessiert und ihn ausführlich nach den Ermittlungen ausgefragt. Er hatte lange mit ihr gesprochen und war neugierig auf die Frau hinter dieser Stimme geworden. Deshalb hatte er auf ihre Frage, ob sie sich treffen und dann weiter über die Sache sprechen könnten, sofort zugesagt. Als er den Hörer auflegte, merkte er, dass er ein Bier brauchte.

Ulrika arbeitete bis sieben. Sie hatte keine Zeit gefunden, um wie geplant ins Krankenhaus zu fahren. Deshalb hatte sie Sylvia angerufen. Sie hatte ihr die Antworten zwar aus der Nase ziehen müssen, aber immerhin hatte sie mit ihr reden können. Sylvia war ganz sicher gewesen, dass die Kommission nicht nach Olofs Unterlagen gefragt hatte. Wenn die Polizei sie nicht hatte, dann wusste sie nicht, wer sonst.

Als Ulrika später die Polizei anrief, fragte sie, wann Sylvia die persönlichen Papiere der Familie zurückbekommen könnte. Etliche davon seien nämlich für die Erbregelung vonnöten, brachte sie vor. Damit war sie ein Risiko eingegangen, das jedoch Früchte trug. Aus der Wohnung des Ermordeten seien keine Unterlagen mitgenommen worden, erklärte Vandergoten. Wie sie nur auf diese Idee gekommen sei, fügte er leicht misstrauisch hinzu.

Ulrika erklärte, sie habe irrtümlicherweise angenommen, die Polizei ginge routinemäßig die Unterlagen durch, die sich in der Wohnung eines Mordopfers befänden, um auf diese Weise den Kreis der Verdächtigen einzugrenzen.

»Der Kreis ist schon begrenzt«, hatte Vandergoten geantwortet. Das Motiv war klar. Jetzt musste er nur noch den Täter finden.

Philippe wollte Ulrika nicht wie geplant um acht, sondern erst um halb neun abholen. Jetzt freute sie sich auf einen Besuch im Fitnessbereich des Hotels, wo sie lange Bahnen im Pool schwimmen wollte. Hoffentlich würde die Bewegung ihr gut tun. Sie hatte sich schon den ganzen Tag lang steif und verspannt gefühlt.

Fünfhundert Meter mussten reichen, sonst würde sie sich nicht mehr zurechtmachen können. Widerwillig stieg Ulrika aus dem warmen Wasser, zog den dicken weißen Bademantel aus Frottee an und band den Gürtel fest um ihre Taille. Sehnsuchtsvoll blickte sie zum Massageraum hinüber. Himmel, wie schön wäre es doch, sich hinzulegen und durchkneten zu lassen, statt auf das Zimmer zu stürzen und sich für einen Mann schön zu machen, den sie eigentlich gar nicht treffen wollte. Sie versuchte, ihre verspannten Nackenmuskeln selbst zu massieren. Drückte mit starken Fingern zu, aber das half nicht im Geringsten. Das Schwimmen hatte die Verspannungen nicht beseitigt, sie kamen ihr eher noch schlimmer vor.

Als sie den Schlüssel ins Schloss steckte, hörte sie, dass jemand im Zimmer war. Ihr Herz schlug einen Salto. Wenn sie jetzt nur nicht den Safe aufbrachen und Olofs Unterlagen stahlen. Sie wagte nicht, in die Rezeption hinunterzugehen und Hilfe zu holen, denn dann könnte der Eindringling mit den wichtigen Dokumenten entkommen. Sie wagte auch nicht, die Tür zu öffnen und ihm entgegenzutreten, denn was, wenn er bewaffnet war? Rasch suchte ihr Blick den Gang nach möglichen Waffen ab, aber sie entdeckte nur eine große chinesische Vase mit weißen Lilien auf einem Tisch und einen halbmeterhohen Aschenbecher aus rostfreiem Stahl voller feinem Sand, der neben den Fahrstühlen stand. Sie entschied sich für den Aschenbecher. Sie lief hinüber, leerte den Sand auf den Boden und bezog vor der Zimmertür Stellung. Kein verdammter Dieb sollte mit ihren Papieren entkommen!

Die Tür wurde geöffnet und Ulrika stand einer kleinen Hotelangestellten gegenüber, die vor Schreck hochsprang, als sie Ulrika sah, die den riesigen Aschenbecher zum Schlag gehoben hatte.

»Madame, Sie können einfach anrufen, wenn Sie noch mehr Aschenbecher brauchen. Ich habe die Tagesdecke entfernt und das Bett für die Nacht bereitet. Auf dem Schreibtisch liegt eine Nachricht. Gute Nacht.« Sie lief davon und warf einen letzten scheuen Blick auf Ulrika, die so würdevoll wie irgend möglich den Aschenbecher hinstellte und den Sandhaufen vor der Fahrstuhltür einfach ignorierte.

Auf ihrem Zimmer ging Ulrika dann sofort zur Minibar und goss sich einen Whisky ein, den sie in einem Zug leerte. Der Whisky war so stark, dass es ihr den Atem verschlug, aber er tat seine Wirkung. Wie glühende Kohle landete er in ihrem Magen und verbreitete über ihr Blut seine Wärme in ihrem ganzen Leib. Fast sofort fühlte sie sich ruhiger, ging aber trotzdem zum Safe und überzeugte sich davon, dass der Inhalt unversehrt war.

Nichts fehlte.

Der Fön war ziemlich kräftig. Ulrika formte ihre Haare mit der Bürste, während sie sie trocken blies. Das Ergebnis war durchaus akzeptabel. Am nächsten Morgen wollte sie zu einem richtigen Friseur gehen und die Sache von einem Fachmann erledigen lassen.

Noch ein leichtes Make-up, dann konnte sie gehen. Ihre Haut sah nach dem Baden klar und frisch aus. Der Whisky hatte sie hungrig gemacht. Sollte sie nach unten in die Lobby gehen oder auf dem Zimmer warten? Die Rezeption würde sicher anrufen, sowie Philippe eingetroffen war, da konnte sie die Zeit auch nutzen und sich die Nachrichten ansehen. Als sie den Fernseher einschaltete, fiel ihr Blick auf den Zettel auf dem Schreibtisch. Sie öffnete den Briefumschlag und las die mit Maschine geschriebene Mitteilung. Sie musste telefonisch eingegangen sein, während Ulrika im Schwimmbad gewesen war. Sie stammte von Philippe La Torre. Leider war er verhindert und musste ihre Verabredung absagen. Er bat um Entschuldigung und versprach, sich so schnell wie möglich wieder zu melden.

Ulrika begriff nicht, warum sie so wütend wurde. Ob es am Hunger oder der verpassten Massage lag. Der ganze Abend kam ihr vergeudet vor. Sie hatte keine Arbeit mit nach Hause genommen, weil sie ja zum Essen verabredet war. Was sollte sie jetzt tun? Sie hatte keine Lust, in die Kanzlei zurückzugehen, und auch ein einsames Essen irgendwo erschien ihr nicht verlockend. Zimmerservice und ein Video? Die bloße Vorstellung stürzte sie schon in Depressionen.

Es war zwanzig vor neun, und sie hatte Patrik noch nicht angerufen. Er war sicher sauer, weil sie sich nicht gemeldet hatte. Sie wählte seine Mobilnummer.

»Hallo, hier ist Ulrika.« Sie konnte im Hintergrund Stimmengewirr hören.

»Wo steckst du denn eigentlich?« Patrik klang überrascht.

»Im Hotel Conrad. Warum fragst du?«

»Ich hatte schon gedacht, du seist wieder in Stockholm.«

»Es tut mir Leid, dass ich mich noch nicht gemeldet habe, ich hoffe, du kannst mir verzeihen. Aber ich hatte schrecklich viel zu tun, und weil Sylvia mir auch nichts Neues erzählen konnte, dachte ich, das hätte Zeit, bis sich die Lage ein wenig beruhigt hat.« Als er nicht sofort antwortete, fragte sie scherzhaft, ob er ihr böse sei.

»Nein, das nicht«, lachte er. »Aber ich hatte gehofft, dass du anrufen würdest. Auch wenn du nichts zu erzählen hättest.«

»Ja, das hätte ich natürlich tun sollen. Kommt mein Anruf jetzt ungelegen?«

»Nein, gar nicht. Ich bin einfach in die Rue Jordan gegangen, um einen Bissen zu essen. Hast du schon gegessen?«

»Nein.« Ulrika hörte, wie ihr Magen knurrte, und kicherte. »Hast du das gehört?«

»Was denn?«

»Wie mein Magen geknurrt hat.«

»Dann leiste mir doch Gesellschaft. Ich sitze im Piccolo Mondo. Weißt du, wo das liegt? Es ist nur zwei Minuten von deinem Hotel entfernt. Ich kann dir auch entgegenkommen.« Er klang so eifrig, dass Ulrika ganz gerührt war.

»Bleib nur sitzen. Bestell mir einen Tomatensalat, dann komme ich sofort. Ich lasse mir an der Rezeption den Weg erklären.«

Ehe sie ging, trug sie etwas mehr Lipgloss und Parfüm auf.

Der Sandhaufen auf dem Boden war verschwunden. Vor dem Fahrstuhl wartete ein Ehepaar aus den USA. Ulrika grüßte, als sie zu der Treppe ging, die als Notausgang ausgeschildert war.

»Jetzt nehmen wir auch die Treppe, Bill. Begreifst du nicht, dass der Fahrstuhl defekt ist?«, sagte die Frau laut und nasal und kam, gefolgt von ihrem Gemahl, hinter Ulrika her. »Wir hätten sicher den ganzen Abend da gestanden, wenn Sie nicht gekommen wären«, sagte sie dann zu Ulrika und lächelte mit blendend weißen Jacketkronen.

Auf halbem Weg drehte die Frau sich zu ihrem Mann um,

diesmal um festzustellen, dass er den Regenschirm vergessen hatte. Sie schickte ihn hoch, um ihn zu holen, und beklagte sich zugleich vertraulich über seine Unfähigkeit. »Beeil dich, ich warte unten«, schrie sie hinter ihm her.

Ulrika musste einfach hinter ihm herrufen, dass er durchaus den Fahrstuhl nehmen könnte, wenn er wollte. »Ich mag nur keine Fahrstühle. Eine alte Phobie«, erklärte sie.

An diesem Abend regnete es wirklich außergewöhnlich heftig. Das Wasser schien von allen Seiten zu kommen. Egal, wie sie den Schirm hielt, nass wurde sie trotzdem. Wie gut, dass das Restaurant gleich um die Ecke lag.

Patrik erhob sich, als sie auf den Tisch zuging. Wie höflich und unschwedisch. Ihm war anzumerken, dass er im Ausland gelebt hatte. Ulrika beschloss, auch Axel diese Manieren beizubringen. Leider war Stefan wohl zu alt, um das noch zu lernen, aber er hatte ja andere Vorzüge. In einem Kühler neben dem Tisch steckte eine Flasche Weißwein.

»Wir können auch roten bestellen, wenn dir das lieber ist. Ich hatte schon Fisch bestellt, als du angerufen hast. Die Seezunge hier ist wunderbar, aber wenn du Pasta möchtest, kann ich die mit Hummerragout empfehlen.«

»Was hast du bestellt?«

»In Butter gebratene Seezunge.«

»Ich möchte meine gegrillt.« Ulrika winkte dem Kellner.

»Ich habe mich so über deinen Anruf gefreut. Ich dachte schon, ich hätte irgendetwas Falsches gesagt und du wolltest nicht mit mir reden, aber um nicht ganz mein Selbstvertrauen zu verlieren, habe ich mir dann eingeredet, du seist schon wieder nach Hause gefahren.«

Er klang absolut ehrlich und ernst, aber seine Augen lachten und funkelten. Ulrika wusste nicht, ob er scherzte. Statt zu antworten, kostete sie den Wein. Er war fruchtig und füllig, Sie trank noch einen Schluck, dann stellte sie ihr Glas wieder hin.

Patrik hatte Gänseleber mit Portweingelee und Zwiebelmarmelade als Vorspeise bestellt und schnitt nun ein Stück ab, um Ulrika kosten zu lassen. Er war wirklich bezaubernd. Flirtete, blieb aber korrekt. Wenn er versucht hätte, sie zu füttern, dann wäre das zu intim geworden. Er aber reichte ihr die Kostprobe auf einer Gabel. Er ließ sie nicht aus den Augen, während sie ihm die Gabel aus der Hand nahm.

Erwartungsvoll beobachtete er ihre Reaktion und strahlte wie ein kleiner Junge, als er sah, dass es ihr schmeckte. So etwas Köstliches hatte sie noch nie gegessen. Die Kalorien zergingen ihr einfach auf der Zunge. Das Geschmackserlebnis war sinnlicher, als wenn er sie berührt hätte. Unfreiwillig schloss sie die Augen und genoss die erlesene Konsistenz, als sie das glatte Portweingelee an ihren Gaumen drückte. Sie lächelte ihn an, als sie die Gabel sinken ließ.

»Das schmeckt wirklich wunderbar. Ich glaube, ich habe noch nie frische Gänseleber gegessen. Die, die wir zu Hause bekommen, schmeckt ganz anders.«

»Möchtest du tauschen?« Großzügig hielt er ihr seinen Teller hin. »Ich nehme gern deinen Tomatensalat.«

Ulrika lehnte ab, doch mit diesem Angebot war er in ihrer Achtung noch weiter gestiegen.

»Sylvia fliegt morgen nach Schweden. Sie ist noch für einen Monat krankgeschrieben. Ich habe sie ein wenig nach der Zeit vor Olofs Ermordung gefragt. Aber sie sagt, sie weiß nichts von irgendwelchen Drohungen von Seiten der Kommission. Ich verstehe nicht, warum er ihr nichts von seinen Plänen erzählt hat.« Ulrika hatte eigentlich nichts mehr sagen wollen, aber ihre Neugier ließ ihr dann doch keine Ruhe. »Wieso hast du mehr über sein Vorhaben gewusst als Sylvia?«

Patrik überlegte eine Weile, ehe er antwortete.

»Ich glaube, er hat sich mir eher aus Zufall anvertraut. Ich war kurz zuvor mit einer Kontrollgruppe in Armenien gewesen, um mich über ein Projekt zu informieren, in das meine Abteilung investiert hatte. Und als ich zurückkam, war ich schrecklich empört, weil sich sonst niemand an dem vielen Dreck störte, auf den wir da gestoßen waren.

Weißt du, es geht hier um gewaltige Summen. Allein das TACIS-Programm für Länder wie die Ukraine, Armenien, Kirgisien, die Mongolei und Russland gibt pro Jahr an die fünfhundert Millionen Euro aus. Natürlich wäre es naiv zu glauben, dass unterwegs nichts davon verschwindet. Aber wenn es so offen passiert, dann platzt mir doch der Kragen!

Olof und ich haben ab und zu nach der Arbeit ein Bier getrunken. Eines Abends habe ich von dieser Reise erzählt und gefragt, was ich seiner Meinung nach machen sollte.« Patrik füllte ihre Gläser, ehe er weitersprach. »Schade, dass du ihn nicht kennen gelernt hast. Er war überaus charismatisch und ein guter Zuhörer. Damit du verstehst, was passiert ist, erzähle ich dir, was ich ihm damals gesagt habe. Du musst sagen, wenn dich das langweilt, es ist eine ziemlich lange Geschichte.«

»Das macht nichts. Ich habe dich doch darum gebeten.« Ulrika war dankbar dafür, dass sie fertig gegessen hatten. Sie mochte keine spannenden Berichte anhören und zugleich essen. Entweder konnte sie sich dann nicht richtig auf das Zuhören konzentrieren oder ihr Essen wurde kalt.

Patrik berichtete: »Diesmal war ich dort, um mich über ein Klärwerk zu informieren, das mit TACIS-Geldern finanziert worden war. An sich spielt es keine große Rolle, um was für eine Art Projekt es sich handelt. Diese Betrügereien kommen so gut wie überall vor, das weiß ich jetzt. Im Kielwasser der Einrichtungen und Firmen, zu denen zuerst Kontakt aufgenommen wird, um ein Entwicklungsprojekt in die Wege zu leiten, schwimmt immer eine ganze Horde von unqualifizierten Leuten. Und die besorgen sich dann feine Verträge oder hoch dotierte Beraterposten, ohne irgendeine Ahnung zu haben. Das kommt so häufig vor, dass sie von uns in der Kommission U-Boote genannt werden.« Patrik musste einfach lachen, als er Ulrikas zweiflerischen Gesichtsausdruck sah.

»U-Boote. Du meine Güte! Ich möchte ja wissen, was die EU-Gegner sagen werden, wenn das alles ans Licht kommt. Was meinte Olof?«

»Er wusste natürlich, wie die Sache sich verhielt. Der Unterschied zwischen ihm und anderen war nur, dass er es wagte, unbequem zu werden. Er fürchtete sich nicht davor, sich einzumischen und auf Missstände hinzuweisen. Olof hat mir erzählt, was er selber in die Wege leiten wollte, um diesem Elend ein Ende zu setzen.«

Patrik unterbrach sich und machte plötzlich ein verlegenes Gesicht. »Danach habe ich ihm geholfen, Unterlagen zu beschaffen, zu denen er selber keinen Zugang hatte, aber ich hatte Angst um meine eigene Haut und habe nicht gewagt, eine gemeinsame Aktion vorzubereiten. Dafür schäme ich mich. Und zwar sehr.«

»Hätte das denn einen Unterschied gemacht?« Ulrika musterte Patriks Hände, die mit der Serviette spielten. Er hatte lange starke Finger mit gerade abgeschnittenen Nägeln. Sie fühlte sich ungeheuer zu ihm hingezogen. Es war schon eine ganze Weile her, dass sie auf jemand anderen als auf Stefan so reagiert hatte.

»Ich weiß nicht. Vermutlich hätten wir den Bericht viel früher vorlegen können, wenn wir zusammengearbeitet hätten. Und wenn der Bericht früher veröffentlicht worden wäre, könnte Olof vielleicht heute noch am Leben sein.« Patrik hörte auf, mit seiner Serviette zu spielen. Zögernd griff er über den Tisch hinweg nach ihrer Hand.

»Ich glaube nicht eine Sekunde an die Theorie, dass Olof im Zusammenhang mit einem Car-Jacking ums Leben gekommen ist. Das habe ich ja schon gesagt. Verstehst du, hier gibt es zu viele Einzelheiten, die dazu nicht passen. Allein schon, dass gleich am Tag nach dem Mord alle Ordner aus seinem Zimmer entfernt worden sind, ist doch verdächtig. Und als Letztes habe ich gehört, dass sämtliche Dateien in seinem Computer gelöscht worden sind. Nichts von dem, womit er sich beschäftigt hat, ist noch auffindbar. Seine Nachfolgerin hat ein Riesenproblem damit, Ordnung in ihre Arbeit zu bringen. Sie bekommt seine Unterlagen nur stückweise zurück. Normalerweise kann man alles, was man braucht, in einem riesigen Archiv finden. Aber bei Olof ist das nicht so. Da scheint jemand alles durchzugehen, Wort für Wort, ehe es wieder herausgerückt wird. Du musst doch zugeben, dass das nicht normal ist.«

»Ja, das klingt wirklich sehr merkwürdig. Haben viele gewusst, womit er sich da beschäftigte?«

»Nein, das kann ich nicht behaupten. Er hat sich sehr bedeckt gehalten. Natürlich gab es allerlei Gerede, aber niemand wusste, wie viel er schon ausgegraben hatte. Erinnerst du dich an seine Klage bei der Budgetkontrolle, von der ich schon erzählt habe, und die zur Einsicht offenbar mehr oder weniger gesperrt worden ist? So, wie ich das sehe, kann der Täter durchaus zu denen gehören, die damit zu tun hatten. Es kann irgendwer sein, der begriffen hat, dass Olof nicht lockerlassen würde. Jemand, der im Bericht direkt oder indirekt erwähnt worden ist.«

»Weißt du, wer die Klageschrift gelesen hat, ehe sie bei dem Budgetkontrollausschuss eingereicht wurde?«, fragte Ulrika.

Obwohl sie seine Überlegungen nicht direkt in Zweifel zog, so konnte sie als Anwältin doch nicht ausschließen, dass er etwas übersehen hatte.

»Ich bin fast sicher, dass er sie niemandem gezeigt hat. Er wollte den eigenen Untersuchungen der Kommission nicht vorgreifen, das hat er mir einmal gesagt. Es waren doch so viele von dem Bericht betroffen. Ich habe mich zuerst darüber gewundert, dass er sich so bedeckt hielt. Ich meine, trotz allem war er ja Politiker und Karrieremensch. Aber in diesem Fall ist er ungeheuer ideologisch vorgegangen. Er wollte offenbar die ganze Organisation beeinflussen. Wollte Machtmissbrauch, Betrug und Vetternwirtschaft ein Ende setzen. – Ich fühle mich irgendwie dazu verpflichtet, seine Arbeit weiterzuführen. Und deshalb brauche ich seine Aufzeichnungen.«

Der Kellner trat an den Tisch und fragte, ob sie ein Dessert wünschten.

»Ich nicht«, sagte Ulrika. »Ich möchte nur Kaffee. Wenn du willst, dann können wir den in meinem Hotel in der Pianobar trinken und da weiterreden. Dieses Sofa hier ist eigentlich ziemlich unbequem.«

13

Das Neonlicht spiegelte sich im nassen Asphalt. Wie blank poliertes Silber zogen die Straßenbahnschienen der Avenue Louise sich weiter zur Place Stéphanie, wo sie sich gabelten und dann in Teile von Brüssel führten, die nachts schliefen.

Ulrika zog Patrik zu sich unter ihren Schirm. Es war eng und er musste ihr den Arm um die Taille legen, um Platz zu haben. Die Hand fühlte sich schwer an und brannte durch den Stoff ihres Mantels. Ihre Haut wurde heiß und das Atmen fiel ihr schwer. Sie drückte sich dichter an ihn, so dass sich ihre Hüften berührten, als sie den kurzen Weg zum Hotel zu schweben schienen.

In der Lobby saß eine Frau mit Lockenfrisur und langem, schwarzem, tief dekolletiertem Kleid und spielte Beatles-Stücke auf der Harfe. »Yesterday all my troubles seemed so far away …«

»Hast du große Lust auf Kaffee?«

»Nein, auf Kaffee habe ich gar keine Lust.« Der Hintersinn war nicht misszuverstehen.

»Ich habe eine Flasche Champagner im Kühlschrank. Den können wir ja stattdessen trinken.«

»Was für eine hervorragende Idee.« Er lächelte sie an und seine Augen waren weich vor Begehren.

Der Nachtportier wünschte ihnen eine gute Nacht.

Es wäre ein Fehler gewesen, die Treppe zu nehmen. Das hätte so deplatziert gewirkt wie lange Unterhosen über Netzstrümpfen. Die Fahrstuhltüren öffneten sich und luden sie ein in eine glitzernde Schatzhöhle mit einem Marmormosaik am Boden. Es gab funkelndes Messing, Spiegel und Kristall. Patriks Lippen erreichten Ulrikas in dem Moment, als die schweren Türen sich lautlos schlossen und der Fahrstuhl sie mit einem hydraulischen Sog hob, den sie im Zwerchfell spürten.

Ulrika wusste, dass sie sich im Fahrstuhl lieben würden, falls der zwischen den Stockwerken stecken bliebe.

Vor der Zimmertür fasste sie sich so weit, dass das Schloss keine Schwierigkeiten bereitete. Das Zimmer sah so aus, wie sie es verlassen hatte. Whiskyglas und Schminkutensilien standen unter dem Spiegel auf dem Tisch. Über der Stuhllehne hing die Kleidung, die sie zur Arbeit getragen hatte, im Badezimmer lag der Bademantel achtlos auf dem Boden. Aber das Bett war frisch gemacht, die Tagesdecke war zurückgeschlagen. Auf dem Kopfkissen lag eine Praline.

Ulrika machte keinerlei Anstalten, irgendetwas wegzuräumen. Sie ging zur Minibar und nahm die Champagnerflasche und zwei Gläser heraus.

»Soll ich die für dich aufmachen?«

»Nein, das mach ich schon. Versuch lieber, ein wenig Musik zu finden.«

Patrik zog sein Sakko aus und legte es über ihre Kleider auf dem Stuhl. Diese Geste war so intim, dass Ulrika schon glaubte, sein Gewicht auf sich zu spüren. Sie setzte sich auf die Bettkante und reichte ihm ein Glas. Ohne zu kosten, nahm er ihres und stellte beide auf den Nachttisch. Dann zog er sie aus. Ein Kleidungsstück nach dem anderen, bis sie nackt vor ihm lag. Dann erst gab er ihr das Glas und ließ sie trinken, während er sich auch selber von seinen Kleidern befreite.

Lüstern betrachtete sie ihn durch halbgeschlossene Augenlider, während sie an dem kalten Champagner nippte. Nackt kam er ihr noch attraktiver vor. Schmal, mit langen geschmeidigen Muskeln, natürlich, nicht aufgepumpt, so wie man das in Fitness-Centern sehen kann. Plötzlich war sie verlegen angesichts der erotisch geladenen Spannung, die im Zimmer herrschte. Sie stellte ihr Glas weg und knipste die Lampe aus. Sofort war er bei ihr.

Das Gefühl, jemanden zum ersten Mal zu lieben, war immer überwältigend. Es war irrwitzig, aber so ungeheuer schön, dass alles andere in den Hintergrund trat.

Diese Leidenschaft war das Einzige im Leben, das Ulrika nicht voll unter Kontrolle hatte. Nicht einmal als jungverheiratete Frau hatte sie der Versuchung widerstehen können, aber sie hatte ihre Seitensprünge immer diskret abgewickelt. Ihre Familie hatte nie darunter leiden müssen, dass sie sich ab und zu ein Extravergnügen gönnte.

Patrik lag neben ihr auf der Seite, auf einen Ellbogen gestützt. Entspannt und zufrieden streichelten seine Fingerspitzen die feuchte Haut zwischen ihren Brüsten.

»Ich bin so froh, dass du angerufen hast.«

»Ich auch.« Sie nahm seine Hand und küsste die Handfläche. Die schmeckte nach Salz.

»Können wir uns vor deiner Abreise noch einige Male sehen?« Das flüsterte er so nah an ihrem Ohr, dass sein Atem sie kitzelte.

»Ja, gern, wenn du willst.«

Ulrika wollte ihn unbedingt wieder sehen. Er war so wunderbar, so zärtlich und so ehrlich. Sie begriff nicht, wie sie es fertig gebracht hatte, ihm zu misstrauen. Ehe er einschlief, wollte sie ihm die Unterlagen aus dem Safe geben. Aber dann hatte sie das Gefühl, dass sie das Gefühl der Nähe ruinieren würde, wenn sie dieses Thema zur Sprache brächte. Das musste bis zum Frühstück am nächsten Morgen Zeit haben. Mit einem zufriedenen Seufzer rollte sie sich zusammen und schlief in seinen Armen ein.

Stefan rief an, als soeben das Frühstück serviert worden war. Ulrika gab Patrik ein Zeichen, still zu sein, dann kehrte sie ihm diskret den Rücken zu, um ungestört sprechen zu können. Als sie auflegte, hatte Patrik sich angezogen. Sein Frühstück hatte er nicht angerührt. Sein Gesicht war verbissen. Sie wusste nicht so recht, ob er traurig oder wütend war. Vielleicht beides.

»Willst du kein Frühstück?«

Er ignorierte ihre Frage. »Du hättest mir sagen können, dass du mit jemandem zusammenlebst. Du hättest mir eine Entscheidungsmöglichkeit lassen können, Ulrika.«

Dass er nichts von ihrer Ehe gewusst hatte, traf sie wie ein Schlag ins Gesicht. Sie hatte das nie vor ihm verheimlichen wollen. Sie war einfach davon ausgegangen, dass er es wusste. Der arme Patrik. Sie schämte sich ganz schrecklich.

»Ich dachte, du wüsstest das. Verzeih mir.« Sie legte ihm die Hand auf den Arm, aber er schüttelte sie ab. Sie hätte ihn gern in den Arm genommen. Getröstet. Ihn und sich selbst getröstet, aber er wich ihr aus. Als er die Tür hinter sich geschlossen hatte, war das Zimmer unerträglich leer. Ulrika nahm sein nicht angerührtes Frühstückstablett und stellte es auf den Gang. Sie wollte nicht an das erinnert werden, was hätte sein können. Sie nahm das Kissen, auf dem er geschlafen hatte, und schleuderte es an die Wand. Als sie ins Badezimmer ging, beförderte sie es mit einem Tritt unters Bett.

Statt direkt ins Büro zu gehen, machte Ulrika einen Umweg über die Polizeiwache. Vandergoten hatte gesagt, er sei den ganzen Tag anzutreffen. Und da brachte sie es doch besser gleich hinter sich. Wenn sie sich erst an die Arbeit gesetzt hatte, wollte sie nicht mehr abgelenkt werden.

Was für ein Unterschied zum Polizeigebäude in Kungsholmen! Hier gab es keine Sicherheitswachen, die Unbefugte fern hielten. Ulrika konnte ungehindert hineinspazieren. Der Einzige, der auf sie achtete, war ein jüngerer Beamter in Hemdsärmeln und mit einem Plastikbecher voll Kaffee in der Hand, der fragte, ob er ihr behilflich sein könne.

»Ich suche Kommissar Vandergoten.«

»Gehen Sie die Treppe da hinten im Gang hoch in den zweiten Stock, da sitzt er in einem der Zimmer auf der rechten Seite, ich glaube, im dritten.«

Ulrika schaute sich neugierig um. Auf der einen Seite lag ein Vernehmungsraum. Die Türen standen weit offen, obwohl sich dort drinnen offenbar etwas abspielte, das eher privater Natur war. Ulrika hörte eine schluchzende Frau berichten, wie ihre Handtasche gestohlen worden war, während ein Polizist in der international üblichen Weise ihre Aussage mit einem Zeigefinger tippte. Auf der anderen Gangseite stand eine weitere Tür offen. Dahinter war Geschrei und Gebrüll zu hören. Zu ihrem Entsetzen sah Ulrika Menschen, die in große Holzkäfige eingeschlossen waren. Die Festgenommenen standen zum allgemeinen Gaudium darin zur Schau, bis die Justiz sich ihrer annehmen konnte.

Ein jüngerer Mann blutete heftig aus einer Kopfwunde. Ulrikas Mitleid verflog jedoch rasch, als er den Mittelfinger zu einer obszönen Geste hob und mit der Zungenspitze wackelte. Obwohl das Unsinn war, fühlte sie sich beleidigt und lief mit einem brennenden Gefühl des Unbehagens weiter, das fast in einen Tränenausbruch übergegangen wäre. Wütend auf sich selbst fluchte sie in Gedanken vor sich hin, als sie die Treppe hochstieg. Ein Kraftausdruck für jede Stufe. Verdammter Arsch, Dreckskerl, fucking loser … auf der siebten Stufe gingen ihr die Verwünschungen aus und sie rundete die Sache damit ab, dass sie ihm einen langen Tag im Vernehmungsraum und einen unfähigen Anwalt wünschte.

Vandergotens Tür war geschlossen. Ulrika klopfte zweimal an, ohne jedoch Antwort zu erhalten. Unsicher überlegte sie, ob sie warten oder in die Kanzlei weitergehen solle. Sie hatte ja trotz allem nichts Dringliches auf dem Herzen. Sie suchte nur eine Möglichkeit, um Kontakt zum Leiter der Mordkommission aufzunehmen. Aus Erfahrung wusste sie, dass es sich lohnte, sich direkt an die Polizei zu wenden. Außerdem war sie neugierig auf den Mann, der über alle zugänglichen Informationen über den Mord an Olof verfügte. Sie wollte wissen, ob er sich wirklich so sicher war, dass es sich bei der Raubmordtheorie um die einzig denkbare handelte. Und sie wollte versuchen, das Gespräch in eine Richtung zu lenken, wo sie dann ganz nebenbei Patriks Überlegungen zur Sprache bringen könnte.

»Wollten Sie zu mir?«

Ulrika fuhr zusammen. Er hatte sich von hinten angeschlichen. Sie war beeindruckt davon, wie leise er sich bei seinem Leibesumfang bewegen konnte.

»Monsieur Vandergoten?«

»Oui, c'est moi.« Er hatte eine sympathische Stimme. Nicht ganz so hölzern flämisch, wie sie es am Telefon geglaubt hatte. Schüttere Haare, gerötetes Gesicht. Und offenbar hatte er am Morgen das Deo vergessen.

»Ich bin Anwältin Stål. Wir haben gestern telefoniert, über den Mord an Olof Kramer. Sie wollten mitteilen, dass die Polizei seinen Wagen gefunden hatte. Können Sie sich an mich erinnern?« Ulrika schenkte ihm vorsichtshalber ihr schönstes Lächeln.

Natürlich konnte er sich an sie erinnern. Seine Begeisterung war ihm deutlich anzusehen. »Entrez, Madame.«

Dr. Simonic hatte Sylvia am Flughafen eine Hilfe bestellt. Die Krankenpflegerin, die sie hinaus nach Zaventum begleitet hatte, brachte sie bis zum Serviceschalter der Sabena, wo sie zusammen mit einem älteren Mann im Rollstuhl warten musste, während die Pflegerin das Einchecken übernahm. In Arlanda würde dann Sylvias Schwester Margareta mit dem Auto warten. Sie würde sie nach Kolmården bringen und dort alles Weitere regeln.

Gehorsam wie ein Kind ließ Sylvia sich durch die Passkontrolle und zum Ausgang lotsen. Die Flughafenangestellte, die sich hier um sie kümmerte, fragte, ob sie vor dem Abflug noch einkaufen wolle. Was sollte sie schon einkaufen? Beim bloßen Gedanken daran wurde sie gleich wieder müde. Die Medikamente ließen sie ebenso abstumpfen, wie es der Alkohol getan hatte, warum sollte sie sich also diese Mühe machen? Und bald würde sie zu Hause sein.

Das Flugzeug hob ab. Wie ein Silbervogel glitt es durch die Wolken. Kompakt und bleistiftgrau. Die Feuchtigkeit ballte sich vor den Fenstern dermaßen zusammen, dass nicht einmal die Tragflächen sichtbar waren. Die Wolkenschichten waren hoch aufeinander getürmt. Es dauerte eine Ewigkeit, bis sie die Sonne erreicht hatten. Sylvia kam sich vor wie ein Parasit in den Eingeweiden des Riesenvogels. Ob Parasiten ihr Leben in einem Kokon begannen? Sie entschied, dass das bei einigen der Fall sei. Denn sonst könnte sie ihre Gedanken nicht sammeln. Wenn sie ihren Kokon verließe, würde ihr neues Leben beginnen. Denn es müsste ein neues Leben sein, so wie jetzt konnte es nicht weitergehen. Dann würde sie nicht mehr lange durchhalten.

Die Fahrt vom Flughafen nach Kolmården war anstrengend. Margareta hatte schnell alle Hoffnung auf ein Gespräch aufgegeben und fuhr schweigend und konzentriert. Anfangs hatte sie ihre Sorge um die Schwester mit hektischem Geplauder kaschiert, das Sylvia nur als quälend empfunden hatte. Um sich dem Gerede zu entziehen, stellte sie sich schlafend. Margareta sah schließlich ein, dass sie hier nichts machen konnte, und deshalb wollte sie so schnell wie möglich nach Hause. Noch die Anmeldungsformalitäten hinter sich bringen und dann die Verantwortung an andere weitergeben. Sich von dieser Sorge befreien.

Hilflos und verärgert über ihre Unfähigkeit, zu ihrer Schwester durchzudringen, verabschiedete sie sich von ihr und versprach einen baldigen Besuch.

Das Zimmer war sparsam eingerichtet mit Möbeln aus Kiefernholz und IKEA-Drucken an den Wänden, unter anderem van Goghs Sonnenblumen. Für Sylvia waren die Sommer ihrer Kindheit verbunden mit diesen riesigen Blumen, die immer im Süden auf der windgeschützten Südseite ihres Elternhauses gewachsen waren. Dort hatten sie und Margareta sie gedüngt und gegossen und mit kindlichem Entzücken zugesehen, wie die Blumen weit über sie hinauswuchsen, auch wenn sie sich auf Zehenspitzen stellten. Mit zum Himmel ausgestreckten Armen schauten sie zu den Blüten hoch, die mit der Sonne wetteiferten.

Gegessen wurde gemeinsam. Die bloße Vorstellung, sozial sein zu müssen, machte Sylvia Angst. Sie wollte mit den übrigen Patienten durchaus nichts zu tun haben. Wenn sie nicht für sich blieb, würde sie bald bei der Beschäftigungstherapie sitzen und Tischdecken aus Perlen herstellen. Sie verließ den Tisch, ohne fertig gegessen zu haben. Eine junge Frau, bei der es sich durchaus um eine Magersüchtige handeln konnte, folgte ihrem Beispiel.

Auf dem Zimmer gab es keinen Fernseher, deshalb ließ sie sich aufs Bett sinken und wartete auf einen Therapeuten. Sie starrte die Decke an. Die Bücher, die sie aus Belgien mitgebracht hatte, interessierten sie nicht, und den Computer hatte sie seit Olofs Tod nicht mehr eingeschaltet. Sie hatte keine Verwendung für die Zeit, in der sie wach war.

Die Schatten der Lampe schienen sie zu beruhigen. Hinter dem Fenster lagerte kompakte Dunkelheit. Sylvia hatte bisweilen das Gefühl, über sich zu schweben. An einer goldenen Nabelschnur, sanft befreit in einer Ruhe, deren Existenz sie vergessen hatte. Als an die Tür geklopft wurde, fuhr sie mit einem Ruck in sich selbst und ihr Elend zurück, so rasch, dass es ihr den Atem verschlug.

»Hallo. Darf ich reinkommen?«

Sylvia konnte keine Antwort geben. Die möglichen Wörter blieben ihr im Hals stecken und drohten sie zu erwürgen. Er hatte solche Ähnlichkeit mit Olof.

Warum durfte sie nicht vergessen? Wie lange sollte sie noch bestraft werden?

»Es tut mir Leid, wenn ich dich gestört habe. Ich dachte, du wüsstest, dass ich nach dem Essen hereinschauen würde.« Er betrat das Zimmer und schloss hinter sich die Tür. Für einen Moment schien er nicht zu wissen, ob er zum Bett kommen und ihr die Hand reichen oder sich in den krankenhausgrünen Ohrensessel setzen sollte.

Er hatte längere Haare als Olof und einen weicheren Zug um den Mund. Aber die Augen waren die gleichen. Sie wollte so gern von ihm berührt werden und hören, dass er alles verstand.

Das Gespräch mit Vandergoten hatte viel mehr ergeben als den Beginn eines guten Kontaktes. Ulrika konnte wirklich stolz auf sich sein. Sie hatte während der ganzen Begegnung keine Miene verzogen, obwohl seine Körpergerüche gelinde gesagt beschwerlich waren. Er selbst schien sich für Gottes Geschenk an das schöne Geschlecht zu halten. Ulrika lächelte und atmete durch den Mund, bis sie sich an den Geruch gewöhnt hatte.

Der Fund des Wagens bringe die Ermittlung weiter, hatte Vandergoten erklärt. Die Aufkäufer bewegten die Autos immer wieder. In der einen Woche wurden die Wagen in irgendeine Garage gebracht und von dort in Containern weitergeschafft. Dann wurden sie wieder auf irgendeinem abgelegenen Parkplatz abgestellt, um irgendwann später ganz diskret von einem Transportfahrzeug abgeholt und über die Grenze gebracht zu werden.

Dass der Wagen noch dort gestanden hatte, wies darauf hin, dass der Zwischenhandel gestört worden war. Im Moment stellte die Polizei fest, welche denkbaren Hehler am Tag des Mordes festgenommen worden waren. Wenn erst der Mittelsmann gefunden war, war man auch der Lösung auf der Spur.

Er teilte Ulrika mit, dass sie davon ausgingen, dass der Mörder Olof im Auto gefolgt war. Sie hatten auf dem lehmigen Boden vor der Garage Reifenspuren entdeckt. Er beugte sich zu ihr vor, als er ihr die Bilder zeigte.

Sie sei ihm immer willkommen. Jederzeit. Sie brauche nur anzurufen. Ulrika brach ganz schnell auf, denn sie hatte Angst, er könne auf die Idee kommen, sie zum Essen einzuladen. Und wenn sie dann ablehnte, würde sie in seiner Gunst sinken.

Sie lief mit hocherhobenem Haupt aus dem Gebäude, ohne die Käfige eines Blickes zu würdigen. Auf der Straße atmete sie dann mit Wohlbehagen die Abgase ein. Im Vergleich zum Gestank in Vandergotens Zimmer kamen sie ihr frisch wie eine Frühlingsbrise vor.

In der Kanzlei konnte Ulrika sich dann nicht konzentrieren. Immer wieder wanderten ihre Gedanken zurück zu dem, was am Morgen passiert war. Diese Entwicklung war wirklich eine Belastung für sie. Mehrere Male griff sie zum Hörer, um Patrik anzurufen, überlegte es sich dann aber anders, noch ehe sie seine Nummer gewählt hatte. Was hätte sie auch sagen sollen? Es gab keine Entschuldigung. Sie hatte ihn auf wirklich abscheuliche Weise ausgenutzt. Allerdings konnte sie zu ihrer Verteidigung anführen, dass das nicht ihre Absicht gewesen war.

Er hätte doch begreifen müssen, dass sie verheiratet war. Trug sie nicht Trau- und Verlobungsring? Sie hob die linke Hand, wie um sich zu bestätigen, dass sie sich gar nicht so falsch verhalten habe. Er hätte ihren Händen nur so viel Aufmerksamkeit schenken müssen wie ihren Brüsten. Selbst wenn es keine schlichten Goldringe waren, so lag es doch auf der Hand, dass keine ledige Frau zwei solche Diamantringe trug.

Damit tröstete sie sich für einen Moment, aber bald darauf stellte das schlechte Gewissen sich wieder ein.

Um sieben Uhr rief sie ihn an. Sein Mobiltelefon war ausgeschaltet. Wieder verlor sie für eine Stunde den Mut, dann versuchte sie es bei ihm zu Hause. Dort lief der Anrufbeantworter.

Einem Automaten gegenüber konnte sie keine Erklärungen

abgeben und um Verzeihung bitten. Also beschloss sie, ihm einen Köder hinzuwerfen, dem er nicht widerstehen könnte. Ihre einzige Trumpfkarte auszuspielen. Sie erzählte, dass sie alle Unterlagen gefunden hatte, die Olof von der Kommission entwendet hatte. Sie sei nach neun im Hotel zu erreichen, wenn ihn das immer noch interessierte.

Überaus zufrieden mit sich legte sie den Hörer auf. Patrik würde zu ihr zurückkommen, das wusste sie. Und dann würde sie alles wieder gutmachen.

»Noch immer bei der Arbeit?«

Ulrika hatte nicht bemerkt, dass Markus in der Tür stand. Sie hätte gern gewusst, wie lange das schon der Fall war. Sein Gesicht mit den dunklen Ringen unter den Augen verriet nur, dass er wie immer müde und erschöpft war. Er brauchte wirklich eine belebende Gesichtsbehandlung und einige Besuche im nächsten Solarium. Seltsam, dass Viveka nicht einschritt. Aber das tat sie ja vielleicht. Manche Männer interessierten sich nicht für die Ansichten ihrer Frauen. Möglicherweise gehörte Markus zu ihnen.

»Ja, ich bleibe noch eine Weile. Ich möchte gern so viel wie möglich erledigen, ehe ich zurückfahre.«

»Aber du bleibst doch hoffentlich bis Freitag, wie abgemacht?«

»Ja, natürlich, und dann nehme ich auch erst die Abendmaschine.«

Markus kam herein und setzte sich in den Besuchersessel. Er zupfte an seiner rissigen Nagelhaut herum und biss einen Fetzen ab, ehe er weitersprach. »Ich hoffe, du weißt, wie dankbar ich dafür bin, dass du hier einspringst und auch zurückkommen wirst. Die Zeit, unmittelbar nachdem das alles passiert ist, war ungeheuer stressig. Ich meine das nicht nur arbeitsmäßig. Es gab auch noch so viel anderes. Eine Zeit lang fürchtete ich schon, dass ich auch noch zusammenbrechen würde.«

»Das kann ich verstehen.« Ulrika verstummte, sie wusste

nicht so recht, ob sie weiterreden sollte. »Markus, ich will mich ja in nichts einmischen, aber ich mache mir Sorgen um dich. Du siehst einfach nicht ganz gesund aus. Vielleicht solltest du mal zum Arzt gehen oder auf jeden Fall mehr Vitamine zu dir nehmen.«

Er zuckte mit den Schultern. »Du weißt doch, wie das ist. Tagsüber arbeitet man zu viel und abends kann man sich dann nicht entspannen. Viveka beklagt sich schon die ganze Zeit.«

Ulrika wusste nicht, ob sie sich über ihn als Menschen beklagte oder darüber, dass er zu viel arbeitete und seine Gesundheit vernachlässigte. Sie entschied, dass sicher Letzteres der Fall sei.

»Bestell ihr einen schönen Gruß von mir. Es wäre nett gewesen, wenn ich euch noch zum Essen hätte einladen können, aber die Zeit ist einfach so verflogen. Wir machen das, wenn ich wieder hier bin. Und dann mit Stefan.«

»Gern, das wäre schön. Ich richte es ihr aus.« Er stand auf, ging zur Tür, blieb für einen Moment unschlüssig stehen und drehte sich noch einmal um. »Ich gehe jetzt nach Hause. Kannst du abschließen und den Alarm einschalten?«

Ulrika hatte das sichere Gefühl, dass er noch etwas hatte sagen wollen. Wieder fragte sie sich, ob er gehört haben könnte, was sie auf Patriks Anrufbeantworter gesprochen hatte. Diese Unsicherheit machte ihr zu schaffen, aber sie konnte ihn nicht direkt fragen.

Seufzend schlug sie die Akten zu, an denen sie gearbeitet hatte. Jetzt musste es erst einmal reichen. Sie schaltete sich in die Börsenkurse des Tages ein und vertiefte sich in den zunehmenden Kursverfall. Sie erteilte die Verkaufsorder für alles, was mit Technologie zu tun hatte. Das war besser so, auch wenn es zu einem Verlust führen könnte. Sie hatte das deutliche Gefühl, dass diese Kurse sich noch lange nicht bessern würden. Die Empfehlungen der Fachleute spielten da keine Rolle. In diesem Fall verließ sie sich lieber auf ihren Instinkt.

Plötzlich wurde ihr schlecht. Ihr Magen schien sich umzudrehen. Ihr Speichel lief im Mund zusammen und sie musste mehrere Male schlucken, ehe die Übelkeit abflaute. Sicher lag es daran, dass sie das Mittagessen übersprungen hatte. Das rächte sich immer. Sie ging in die Teeküche, um nachzusehen, ob es dort etwas Essbares gab. Eine Brotkruste könnte schon den ärgsten Hunger stillen. Es gab nichts. Nicht einmal ein Stück Würfelzucker. Ihr Hunger wurde immer noch stärker. Besser, sie ging nach Hause und sorgte dafür, dass sie etwas Richtiges in den Magen bekam.

Die Straßenbahn kam, als Ulrika gerade aus dem Haus ging. Mit Todesverachtung sprang sie hinaus auf die Straße und winkte, um dem Fahrer zu zeigen, dass sie mitwollte. Er wartete. Dankbar bezahlte sie und setzte sich auf den Rand der Bank hinter der Tür. Bis zum Hotel waren es nur zwei Haltestellen. Die Übelkeit war jetzt in heftiges Sodbrennen umgeschlagen.

14

Das Restaurant des Hotels war voll besetzt. Der Oberkellner bedauerte. An der Längswand war ein grandioses Büfett mit Schalentieren aufgebaut worden und Ulrika hatte nicht vor, ein Nein zu akzeptieren. Sie erklärte freundlich, aber bestimmte, dass eben ein weiterer Tisch aufgestellt werden müsse, wenn die anderen alle besetzt seien. Die Rezeption habe ihr versprochen, einen Tisch zu reservieren, als sie morgens das Hotel verlassen hatte. War er wirklich ganz sicher, dass keine Reservierung für Anwältin Stål vorlag? Sie lächelte freundlich und überzeugend und schaute ihm, ohne mit der Wimper zu zucken, in die Augen. Ein Hotelgast müsse sich doch darauf verlassen können, dass eine solche Bagatelle wie eine Tischreservierung befriedigend ausgeführt werde. Das sagte sie mit einem kühlen Lächeln, das keinen Widerspruch duldete, und da musste er ihr natürlich zustimmen.

Wie ein Dompteur schnippte er mit den Fingern und erklärte einem herbeieilenden Kellner, es müsse sofort für Madame ein Tisch beschafft werden. Er machte eine leichte Verbeugung und bat um Entschuldigung für dieses Missverständnis. Ulrika musste den Wunsch unterdrücken, die Schuppen wegzupusten, die wie Pulverschnee auf den Schultern seines bis zum Glanz gebügelten Smokings lagen.

Der Kellner konnte zaubern. Innerhalb weniger Minuten hatte er aus einem Verschlag in den hinteren Küchenregionen einen kleinen runden Tisch herbeigeschafft und ihn in die einzige freie Nische gestellt, die überhaupt noch vorhanden war. Leider befand die sich in der Nähe des Käses. Der kleine Blumenstrauß, den er neben Salz- und Pfefferstreuer auf den Tisch stellte, konnte den aufdringlichen Duft nicht überspielen. Dieser Geruch, vor allem der des Ziegenkäses, erinnerte sie an den vormittäglichen Besuch bei Kommissar Vandergoten. Ihre Übelkeit wuchs wieder. Jetzt hatte sie das Gefühl, im ganzen Zwerchfell an Zahnschmerzen zu leiden. Zu Hause würde sie Ordnung in ihre Ernährung bringen müssen. Wenn sie nicht aufpasste, könnte ihre Magenverstimmung chronisch werden. Sie brach ein Stück von dem lauwarmen Brot ab, steckte es in den Mund und kaute langsam darauf herum, während sie dabei sehnsüchtig die Butter betrachtete. Nur ein wenig davon, mit Salz, und dann noch etwas, und dann war das ganze Brot verzehrt. Der Kellner stand sofort mit neuem Brot da, was sie jedoch ablehnte.

Außer einem Berg von Schalentieren gab es auch ein verlockendes Gemüse- und Salatbüfett. Sie begann mit frischem Spargel. Ihren Prinzipien zum Trotz gab sie einen Klecks der typischen Eiersoße mit zerlassener Butter, frisch geriebenem Muskat und gehackter Petersilie dazu. Eine belgische Spezialität.

Man konnte sagen, was man wollte, aber vom Kochen hatten sie in diesem Land wirklich Ahnung. Alles war fast unwiderstehlich köstlich. Beim Essen betrachtete sie die übrigen Gäste. Eine Mischung aus Hotelgästen und, wie sie aus hier und dort aufgeschnappten Gesprächsfetzen entnahm, Einheimischen. Das Hotel war ziemlich neu und gab sich offenbar alle Mühe, um sich einen guten Namen zu machen.

Ulrika hatte ihre Mahlzeit beendet und saß vor einer Schale mit frischen Beeren, als er das Restaurant betrat. Groß und elegant in seinem grauen Anzug. Sie sah, wie er den Oberkellner nach ihrem Tisch fragte. Der kleine Italiener nickte diskret in ihre Richtung. Patrik lächelte strahlend, als er sie entdeckte, und lehnte eine Begleitung ab. Ulrika sah, dass er dem

Oberkellner diskret einen Geldschein in die Hand drückte, ehe er weiterging und ihren Tisch ansteuerte. Groß, sicher, geschmeidig. Ohne Vorwarnung jagte ihr ein Schauer durch den Unterleib, als er sich näherte. Ein Pawlowscher Reflex. Wenn sie jetzt nur nicht auch noch anfing zu sabbern!

»Hallo, Ulrika. Du siehst wunderbar aus. Wie immer.« Patrik beugte sich vor und küsste sie auf die Wange. Er duftete frisch rasiert. Er setzte sich ihr gegenüber hin und musterte sie mit ernster Miene. »Du musst mir wegen heute Morgen verzeihen«, sagte er dann fast beschämt.

»Ja, das kam ein wenig plötzlich.« Ulrika hatte nicht mit einer Bitte um Entschuldigung gerechnet und geriet in Verlegenheit. Sie hätte den Zwischenfall am liebsten totgeschwiegen. Sie sah keinen Grund, das alles wieder aufzuwärmen. Geschehen war geschehen. Er musste sie so akzeptieren, wie sie eben war.

»Bist du mir böse?« Er wirkte wirklich ein wenig besorgt.

»Nein, und du?«

»Ob ich mir böse bin, meinst du?« Jetzt lachte er.

»Ja, du hast vielleicht etwas verpasst, als du so abrupt davongestürzt bist«, sagte sie und liebkoste ihn mit Blicken.

»Ist es dafür jetzt zu spät?«

»Vielleicht nicht. Ich bleibe ja noch einen Tag. Hast du schon gegessen?«

»Ein spätes Mittagessen. Aber ich habe keinen Hunger.« Er nahm eine Erdbeere von ihrem Teller.

Ulrika strich mit dem Fuß sein Bein entlang und spürte, wie bei dieser Berührung elektrische Stöße durch ihren Leib liefen.

»Ich habe den ganzen Tag an dich gedacht. Ich hätte selbst angerufen, wenn ich nichts von dir gehört hätte.«

»Es waren also nicht nur Olofs Unterlagen, die dich hergelockt haben«, scherzte sie.

»Nicht nur. Woher hast du sie?«

»Ich habe sie durch einen Zufall bei Sylvia gefunden. Er hatte sie gut versteckt.« Sie brauchte nicht zu erwähnen, dass sie

sie schon eine ganze Weile hatte. Das hätte auf ihr Misstrauen hinweisen können. Solange er nicht danach fragte, gab es keinen Grund, hier ins Detail zu gehen.

»Hast du sie bei dir?« Sein Blick wurde von ihrer Aktentasche, die auf dem Boden stand, geradezu magnetisch angezogen.

»Die sind im Safe auf meinem Zimmer sicher verwahrt. Ich dachte, es sei das Beste, sie dort unterzubringen.«

»Sind es viele?«

»Ein ziemlicher Packen. Willst du sie dir sofort ansehen?«

»Gerne. Wenn du mit dem Essen fertig bist.«

Diesmal ging sie sofort zum Safe, gab den Code ein und öffnete ihn. Eigentlich war es idiotisch, sich auf einen kleinen Blechkasten zu verlassen. Der war sicher nicht einmal fest mit der Wand verbolzt. Mindestens die Hälfte ihrer alten Mandanten könnte ihn problemlos knacken. Bestimmt hatte auch ein Teil des Hotelpersonals Zugang zu irgendeinem Universalcode für die Safes aller Hotelgäste, die ihren eigenen vergessen hatten. Sie nahm immer die letzten Ziffern der Telefonnummer ihrer Schwiegereltern. Daran erinnerte sie sich mit Leichtigkeit.

Die Unterlagen waren noch da, und ihre Brillantohrringe auch. Triumphierend überreichte sie Patrik die Papiere, und er nahm sie fast ehrfürchtig entgegen. Eifrig begann er darin zu blättern. Dann wuchs seine Konzentration. Er verzog den Mund und runzelte die Stirn. Sie schaltete das Deckenlicht ein, damit er besser sehen könne, und goss für sie beide ein Glas Cola Light ein. Er dankte zerstreut und blieb restlos in seine Lektüre vertieft.

»Das hier ist mehr, als ich zu hoffen gewagt hatte. Hast du es dir auch schon ansehen können?«

»Ja, ganz kurz.«

»Das ist der reine Sprengstoff. Vermutlich reicht es, um die ganze Kommission ins Wanken zu bringen.«

»Weißt du, was du jetzt zu tun hast?«

»Nein, nicht so ganz. Ich muss mir das erst mal überlegen, damit ich mich an die richtigen Stellen wende. In der Kommission gibt es eine unvorstellbare Hierarchie, ich kann also nicht direkt zum EU-Parlament gehen. Wenn das möglich wäre, dann wäre alles viel einfacher. Aber du weißt ja vermutlich selbst, dass mehrere Kommissare in die Sache verwickelt sind. Sieh dir zum Beispiel mal diesen Typen an. Er hat zwei alte Kumpels als Landwirtschaftsexperten mit fettem Salär eingestellt, obwohl keiner von denen auch nur die geringste Erfahrung auf dem Gebiet zu haben scheint.« Patrik reichte ihr mit ironischem Schnauben ein Papier. »Sieh dir das an. Diese Frau hier hatte einen Pelzhandel, ehe sie sich auf Politik verlegt hat. Wieso sie das zur Fachfrau für Nutzvieh machen kann, übersteigt mein Vorstellungsvermögen. Es ist einfach entsetzlich, dass er das durchgesetzt hat. Es ist so gut wie unmöglich zu klären, wer hier noch unbestechlich ist. Die ganze Bande scheint Scheuklappen zu tragen. Zuerst muss ich das alles noch mal in Ruhe durchgehen und genau feststellen, wer betroffen ist. Damit ich Olofs Fehler nicht wiederhole ...«, fügte er hinzu, obwohl dieser Kommentar wirklich unnötig war.

»Hast du irgendeine Vorstellung, wer hinter dem Mord stecken könnte?«

»Schwer zu sagen, aber es gibt gewisse Anhaltspunkte. Sieh mal hier. Was meinst du?«

Er reichte ihr ein direkt an Olof gerichtetes amtliches Schreiben. Ulrika hatte es schon einmal gelesen, ohne ihm jedoch größere Bedeutung beizumessen. Als Patrik ihr erklärte, wer der Absender war, hatte die Sache gleich ein ganz anderes Gewicht. Sie spürte, wie sich die Haare an ihren Armen sträubten.

»Kann ich dir irgendwie helfen?«

Patrik zögerte kurz, dann sagte er: »Ja, ich glaube schon.«

Als er es ihr erklärt hatte, machten sie sich an die Arbeit. Sie lasen und machten sich Notizen. Die Lust auf Sex war vergessen. Routiniert und professionell gingen sie das Material durch. Sortierten und analysierten. Sie hörten das Klopfen nicht und fuhren zusammen, als plötzlich ein Zimmermädchen im Raum stand. Sie warf einen neugierigen Blick auf die Unterlagen, die, versehen mit rosa Klebezetteln, auf dem Bett verstreut lagen.

»Soll ich das Bett für die Nacht herrichten?« Sie machte ein paar Schritte auf das Bett zu.

Gereizt winkte Ulrika ab.

»Danke, das ist nicht nötig. Das erledige ich selbst.«

Die Frau hinterließ ein Gefühl der Unsicherheit. Ulrika legte ihre Arbeit weg und ging zur Tür. Sie lauschte für einen Moment, dann öffnete sie sie und schaute hinaus auf den Gang. Der war leer, was seltsam schien. Eigentlich hätte doch der Reinigungswagen in der Nähe stehen müssen. Aber es war spät. Vielleicht war nur noch dieses eine Zimmer übrig gewesen. Sicherheitshalber verriegelte Ulrika die Tür von innen, ehe sie sich wieder den Unterlagen widmete.

Es war schon nach zwei, als sie alles durchgesehen hatten. Und beide waren so müde, dass sie nur noch an Schlaf denken konnten. Patrik lehnte das Angebot bei ihr zu übernachten ab, und ehrlich gesagt war Ulrika froh darüber. Sie war einfach fertig und musste unbedingt schlafen.

»Danke für deine Hilfe. Ich rufe dich morgen Abend an.«

Der Duft seines Rasierwassers hing noch immer in der Luft, als Ulrika aus dem Badezimmer kam. Sie öffnete das Fenster, das auf den Innenhof ging, um zu lauschen, ob der Verkehrslärm auch dort zu hören war und sie beim Schlafen stören würde. Die grelle Sirene eines Streifenwagens zerriss fast sofort die Stille, und deshalb schloss sie das Fenster wieder. Die Luft im Zimmer war jedoch bereits kühl und anonym geworden. Mit einem zufriedenen Seufzer glitt sie zwischen die Laken. Sie streckte sich auf dem sauberen, glatten Makosatin aus und schloss die Augen.

Für einen Moment sah sie Stefans Gesicht vor sich, dann

verschwand es im Wirbel von zerbrochenen Farbprismen im Kaleidoskop ihrer Träume. In zwei Tagen würde sie zu Hause sein.

Patrik verließ das Hotel mit gemischten Gefühlen. Er fühlte sich fast euphorisch angesichts der Tatsache, dass die Unterlagen wieder aufgetaucht waren – machte sich aber auch Sorgen wegen allem, was jetzt vor ihm lag. Nun würde er handeln müssen. Aber vorsichtig. Er war zur Vorsicht gezwungen. Diesmal durfte nichts schief gehen. Wenn er Olofs Arbeit weiterführen wollte, musste er sich alles gut überlegen. Wenn die Bombe erst einmal hochgegangen war, gab es kein Zurück mehr, das wusste er. Dann würde alles von selbst weiterlaufen, und das machte ihm Angst. Er war nicht bereit, sein Leben für die Wahrheit zu opfern. Und deshalb musste er von Anfang an alles richtig machen.

Patrik war dankbar, dass Ulrika ihm ihre Hilfe versprochen hatte. Er hatte Vertrauen zu ihr, obwohl sie ihm verschwiegen hatte, dass sie verheiratet war. Das hätte er sich aber eigentlich denken können. Sie verfügte über eine Reife, die an ungebundenen Frauen nur selten zu beobachten war. Außerdem zwei Brillantringe am linken Ringfinger und ein Haus in Täby kirkby. Wie naiv durfte man eigentlich sein? Er lächelte über seine eigene Dummheit. Würde er es schaffen, sie wieder zu sehen, ohne wieder mit ihr ins Bett zu gehen? Und wenn sie damit weitermachten, würde er es dann verhindern können, sich zu verlieben? Nein, das glaubte er nicht.

Der Wagen stand ein Stück weit weg. Als er gekommen war, war vor dem Hotel kein Platz gewesen. Er hatte nicht in die Hotelgarage fahren wollen, weil die um Mitternacht geschlossen wurde und es danach schwierig war, sie wieder zu verlassen. Also war er ein paar Blocks weiter gefahren und hatte in einer Nebenstraße geparkt, wo die Pornoclubs dicht an dicht lagen. Müllsäcke vor den Türen, Hundekot auf dem Bürgersteig.

Ein Stück vom Hotel entfernt warteten Huren auf ihre Kunden. Sie waren nicht elegant genug, um sich Zutritt zu den Clubs zu verschaffen. Sie trugen kurze, eng sitzende Kleider und hatten magere Jungmädchenbeine in schwarzen Strümpfen und hochhackigen, abgelatschten Lederstiefeln. Hart geschminkte Gesichter, verfilzte Frisuren. Ihre Kiefer mahlten. Ob Entzugserscheinungen oder Kaugummi daran schuld waren, wusste er nicht. Vielleicht beides. Es machte ihm zu schaffen, an ihnen vorbeizugehen, und er hoffte, dass sie ihn nicht ansprechen würden. Am liebsten wäre er auf die andere Straßenseite hinübergewechselt, aber da gab es keinen Bürgersteig. Es war schwer, die Frauen zu ignorieren. Er schwenkte demonstrativ seine Aktentasche, damit sie einsahen, dass er von der Arbeit kam und kein Interesse hatte. Aber das half nichts.

»Möchtest du zu Hause Gesellschaft haben?«

»Nein danke.«

»Wir können es auch im Auto machen, wenn dir das lieber ist.«

»Heute Abend nicht.«

»Tausend Franc ohne Gummi.«

Patrik antwortete nicht mehr. Er lief schneller, um diesem Geplänkel zu entgehen. Es war ihm peinlich, angesprochen zu werden. Sah er denn aus wie ein Freier? Wie einer, der sich Liebe kaufen musste? Er hörte die Frauen hinter sich lachen. Nach einigen Schritten hatte er das Gefühl, verfolgt zu werden. Er schaute sich nervös über die Schulter um und stellte zu seiner Beruhigung fest, dass die Huren noch an Ort und Stelle standen.

»Hast du's dir anders überlegt?« Eine hatte seinen Blick aufgefangen. Rasch lief er weiter.

Aus einer Kneipe, die vor ihm lag, drang Lärm. Die Kundschaft, die davor stand, wirkte nicht gerade Vertrauen erweckend. Das breite Garagentor des Hotels öffnete sich, als er vorüberging, er hörte unten auf der Betonrampe einen Automotor aufdröhnen. Es war also doch möglich, nach Mitternacht noch wegzufahren, wenn man Hotelgast war. Er lief weiter, ehe das Auto zum Vorschein gekommen war, und umrundete den dicken Betonpfeiler, der die Garage vom Lieferanteneingang des Hotels trennte.

Normalerweise hatte er keine Angst, wenn er nachts unterwegs war, aber jetzt fühlte er sich gar nicht wohl in seiner Haut. Vermutlich lag es daran, dass er genau wusste, was in seiner Aktentasche lag.

Jetzt hatte er sein Auto fast erreicht.

Als Patrik Strömberg aus seiner Parklücke fuhr, wurde das Tor der Hotelgarage mit lautem Dröhnen geschlossen. Das Echo hallte noch eine Zeit lang zwischen den Häusern wider. Der eben zum Vorschein gekommene Wagen bog nach rechts ab und folgte Patriks Golf in einiger Entfernung. Es war so wenig Verkehr, dass er sich das leisten konnte. Patrik fuhr durch die vertrauten Seitenstraßen, ohne zu bemerken, dass er verfolgt wurde. Bei den Straßenbahnschienen wurde er langsamer, obwohl die Ampel Grün zeigte. Die Bahnen fuhren überraschend schnell, eine Vorfahrt gab es nicht, und grünes Licht garantierte keine Sicherheit. Patrik wusste schon gar nicht mehr, wie viele tödliche Unfälle er hier in Brüssel schon beobachtet hatte. Er überquerte die Schienen und merkte nicht, dass der andere Wagen bei Rot weiterfuhr, um ihn nicht aus den Augen zu verlieren.

Das Radio knisterte. Patrik schaltete es aus, ehe er die Chaussee de Fleurgat hinunterfuhr, zu dem verlassenen Platz, auf dem das Leben in wenigen Stunden wieder brodeln würde. Einfache Marktbuden, die frisches Obst und Gemüse, frisch gebackenes Brot, Blumen und scheußliche Polyesterkleidung anboten. Bei den Seen bog er nach rechts ab und war schon fast zu Hause.

Ein Auto stand vor seinem Garagentor. Also würde er den Wagen auf der Straße abstellen müssen. Gereizt setzte er in eine freie Parklücke zurück, nahm die Aktentasche vom Beifahrersitz und stieg aus. Er schloss sorgfältig ab und ging dann über die Straße zu seiner Wohnung, wo sein Bett auf ihn wartete.

Kopfschmerzen wüteten hinter seiner Stirn und drohten, seine Schläfen bersten zu lassen. Er blieb für einen Moment stehen und drückte mit der Hand auf eine wehe Stelle. Verdammt, er hatte kein Kopfschmerzmittel zu Hause. Das letzte hatte er bei seinem letzten Kater verbraucht. Am Sonntag, dem Morgen nach seiner ersten Begegnung mit Ulrika Stål. Jetzt war Donnerstag. Morgen Abend würde sie nach Schweden und zu ihrer Familie zurückfahren. Diese Vorstellung behagte ihm überhaupt nicht.

Der Angriff erfolgte ohne Vorwarnung. Wie eine Mauer umschlossen sie ihn. Fremde Hände packten seine Arme wie ein Schraubstock. Als er versuchte, sich loszureißen, traf ihn ein Schlag in den Magen und er krümmte sich. Der Schmerz jagte wie Feuer durch seinen Leib. Er schnappte nach Luft und wartete auf den nächsten Schlag, der jedoch ausblieb. Stattdessen wurde er zu einem Auto geschleift und wie eine Stoffpuppe auf den Rücksitz geschleudert. Patrik war dankbar dafür, dass sie ihn immerhin nicht in den Kofferraum gesteckt hatten. Die Männer waren in seinem Alter, vielleicht sogar noch etwas jünger. Zwei saßen vorn, einer neben ihm. Die Türen hinten hatten keinen Türgriff, er konnte also nicht fliehen.

Er war davon überzeugt, dass sie ihn umbringen wollten, und sein Gehirn arbeitete auf Hochtouren. Kopfschmerzen und Müdigkeit waren wie weggeblasen. Er fühlte sich kristallklar.

Zuerst musste er herausfinden, was das für Leute waren und was sie wollten. Es war unmöglich, dass jemand ihm so schnell auf die Spur gekommen war. Nur Ulrika wusste, dass er Olofs Papiere hatte. Diese Männer hier mussten also auf etwas anderes aus sein. Aber worauf?

Der Wagen jagte los, einige Sekunden später bog er auf zwei

Rädern um eine Kurve. Patrik glaubte, hinter ihnen Polizeisirenen zu hören und schaute sich in der Hoffnung um, dass sie vor Erreichen der Autobahn gestoppt werden würden. Aber die Straße war leer. Niemand hatte seine Entführung beobachtet.

»Monsieur Strömberg.« Der Mann auf dem Vordersitz drehte sich so weit um, dass ihre Blicke sich begegneten. Sie wussten also, wer er war. Sie hatten die Entführung geplant. Er war nicht nur ein anonymes Opfer, dessen Konto geleert werden sollte, ehe er, wenn er Glück hatte, mit gefesselten Händen in irgendeinen Wald geworfen würde.

»Wenn es Ihnen um Geld geht, dann fürchte ich, es gibt nicht sonderlich viel zu holen. Aber ich gebe Ihnen gern, was auf meinem Konto ist, wenn Sie mich zu einer Minibank fahren.«

Nicht, dass er auch nur einen Moment damit rechnete, dass es so leicht gehen würde, aber er wollte sich jedenfalls kooperativ zeigen. Er wollte sich nicht umbringen lassen, um seine Ersparnisse zu schonen.

Der Mann auf dem Vordersitz hob höhnisch die Augenbrauen. »Sie glauben also, Sie könnten sich freikaufen, Monsieur? Und was wäre Ihnen das wert?« Er zeigte die Zähne bei einer Grimasse, die ein Lächeln darstellen sollte. Sein Kumpel fauchte eine Bemerkung auf Flämisch, dann wandte er sich Patrik zu und sagte mit ausdrucksloser Stimme:

»Ich rate Ihnen in Ihrem eigenen Interesse, Monsieur, dieses Thema nicht weiterzuverfolgen.«

»Was zum Teufel wollen Sie denn dann, wenn es nicht um Geld geht? Und wohin fahren wir überhaupt?«

»Zum Gefängnis. Sie sind verhaftet, Monsieur Strömberg. Haben Sie das nicht begriffen?«

15

Ulrika fuhr nach zwei Stunden mit klopfendem Herzen aus dem Schlaf auf. Ihr ganzer Körper bebte vor Nervosität. Irgendetwas stimmte nicht. Hatte sie verschlafen? Hatte sie eine Verhandlung verpasst oder vergessen, rechtzeitig Berufung einzulegen? Hellwach und voller Panik erinnerte sie sich nach einigen Sekunden, wo sie war. Ihre Unruhe hatte also nichts mit ihrer Arbeit zu tun. Geburtstag, Hochzeitstag, Zahnarzttermin, was konnte sie vergessen haben? Sie setzte sich im Bett auf und machte Licht. Drückte auf den falschen Knopf, worauf das Deckenlicht ihr wie ein Scheinwerfer in die Augen strahlte. Sie stöhnte auf.

Es war halb fünf. Zu spät für eine Schlaftablette. Sie stand auf und ging zur Toilette, spülte trotz der frühen Stunde ab und trank ein Glas Wasser. Das Flattern in ihrer Brust hatte sich gelegt, aber der Knoten in ihrem Magen war noch vorhanden. Langsam ging ihr auf, was nicht stimmte. Sie hatte Olofs Unterlagen nicht kopiert, ehe sie sie an Patrik weitergereicht hatte. Wie hatte sie nur so dumm sein können, zum Teufel! Es wäre eine Sache von wenigen Minuten gewesen, wenn sie nur so weit gedacht hätte. Jetzt musste Patrik das so schnell wie möglich erledigen. Sonst würde sie ihm wohl kaum helfen können. Es war zu früh, um ihn anzurufen, und so früh könnte er ja auch nichts unternehmen. Und außerdem brauchte er sicher auch noch einige Stunden Schlaf.

Sie wusste, dass sie nicht mehr schlafen konnte. Das passierte ihr nicht zum ersten Mal. Die Gedanken würden ihr durch den Kopf wirbeln, bis es Zeit zum Aufstehen wäre. Eine halbe Beruhigungstablette würde ihr nicht so lange in den Knochen stecken wie ein Schlafmittel. Wenn sie den Wecker auf acht stellte, müsste es gehen. Sie konnte ja ein Stück Brot aus dem Speisesaal mitnehmen und im Büro frühstücken. Das würde Zeit sparen.

Patrik ging zu Hause nicht ans Telefon. Ulrika rief offenbar zu spät an, er war wohl schon zur Arbeit gegangen. Sein Handy war ausgeschaltet. Die Telefonzentrale der Kommission teilte mit, er sei nicht in seinem Büro. Ob sie nach der Mittagspause noch einmal anrufen könnte.

Sie fühlte sich betrogen. Es wäre so schön gewesen, sich von dieser Unruhe zu befreien. Ulrika wollte Probleme lieber aus der Welt schaffen, alles aus dem Weg räumen, um dann weiterzukommen. Eine Tasse Kaffee würde ihre Gedanken klären. Das Beruhigungsmittel hielt länger vor, als sie erwartet hatte. Nathalie lackierte sich an der Rezeption gerade die Nägel und versuchte, die Flasche zu verstecken, als sie Ulrika sah.

»Kannst du bitte die Wohnungsunterlagen der Firma Hagström für die letzten drei Jahre heraussuchen und für mich kopieren? Ich brauche sie jetzt sofort.«

Nathalie errötete und erhob sich gehorsam. Ohne zu überlegen, blies sie auf ihre Nägel.

»Das war nur ein Witz. So eilig ist es nicht. Lass das zuerst trocknen. Ich nehme mir schon mal einen Kaffee.«

»Ich habe erst im Bus gesehen, dass der Lack abgeblättert war. Sonst mache ich das in der Mittagspause.« Nathalie sah erleichtert aus, und Ulrika kam sich vor wie die Güte in Person.

Mit geübtem Griff füllte sie den Behälter der Espressomaschine und wartete darauf, dass die Tasse sich mit dem starken schwarzen Gebräu füllte. Sie würde für das Büro in Stockholm auch so eine anschaffen. Die anderen würden sich sicher freuen.

Sie sah, dass Markus Westerlund mit einigen Ordnern im Arm aus dem Archiv kam. Bei ihrem Anblick blieb er stehen.

»Möchtest du auch eine Tasse?«

»Haben wir Milch?«

»Nein, aber wir können doch Nathalie einkaufen schicken, sowie ihre Nägel getrocknet sind. Der Kühlschrank ist so leer, dass er schon beschlägt.«

Markus wusste offenbar, dass die Maniküre noch eine Zeit dauern würde, und verzichtete deshalb auf den Kaffee. Er ließ sich auf einem freien Stuhl nieder. Er sah froh aus.

»Sylvia hat vorhin angerufen. Ich weiß nicht, was sie ihr in dieser Klinik geben, aber sie hört sich viel besser an. Wir haben lange miteinander gesprochen. Ich hatte das Gefühl, dass die Arbeit ihr fehlt. Sie hat mich sogar gebeten, ihr einige Vorgänge zu schicken, die sie lieber selbst fertig machen will.«

»Unglaublich, noch vor ein paar Tagen war sie doch der reinste Zombie. Wie schön. Welche Erleichterung.«

»Ja, auf jeden Fall. Jetzt können wir wieder hoffen. Glaubst du, du kannst ihre Unterlagen durchsehen und feststellen, ob irgendetwas vervollständigt werden muss, ehe ich sie auf den Weg bringe?«

»Natürlich. Sind da Sachen dabei, die ich mir schon mal angesehen habe?«

»Nein, ich glaube nicht. Es gab keinen Grund, ihre russischen Mandanten vorzuziehen. Am liebsten hätte ich überhaupt nichts mehr mit denen zu tun. Sie waren ja einmal hier, das hast du doch gehört. Der wütende Pate aus Moskau mit Bassstimme und Pistole!« Beide lachten über diese Beschreibung. »Ich bring dir nachher alles rüber. Ich muss mich nur zuerst noch um das hier kümmern.« Er tippte auf die Ordner, die auf dem Tisch lagen, nahm sie hoch und schlenderte aus dem Zimmer.

Ulrika nahm ihre Tasse und ging auf ihr Zimmer. In ihrer Handtasche lag ein Croissant, das sie vor Verlassen des Hotels vom Frühstücksbüfett mitgenommen hatte.

Patrik schlief nicht, obwohl er sich mitten in einem Albtraum befand. Einem Albtraum, von dem er inzwischen wusste, dass er nicht daraus erwachen würde. Anfangs war er erleichtert gewesen, als seine Entführer sich als Polizisten entpuppt hatten. In seiner Überzeugung, dass er auf freien Fuß gesetzt werden würde, sowie das Missverständnis geklärt wäre, hatte er aufgeatmet und abgewartet.

Nicht eine Sekunde lang brachte er seine Untersuchungen in der Kommission mit seiner Festnahme in Verbindung. Nicht einmal, dass er die gesperrten Dokumente aus Olofs Zimmer entwendet hatte, konnte hier eine Rolle spielen. Das ging schließlich nur seine Arbeitgeber an, und soweit er wusste, war der Diebstahl noch nicht entdeckt worden. Wenn die Kommission Maßnahmen ergreifen wollte, dann sahen die Vorschriften vor, dass er zuerst schriftlich über den Verdacht informiert und dann zum Verhör geladen werden musste. Solche Cowboymethoden wie jetzt hatten in seiner Welt nichts zu suchen. Falls sich nicht irgendwer bedroht fühlte. Dann konnte man abgeknallt werden wie ein tollwütiger Hund. Aber, wie gesagt, normalerweise lief alles zivilisiert ab. Davon war er überzeugt.

Plötzlich glaubte er, die Orientierung zu verlieren. Wohin brachten sie ihn? Wieder überwältigte ihn das Entsetzen.

»Kann ich einen Ausweis sehen? Woher soll ich wissen, dass Sie wirklich von der Polizei sind?«, fragte er so gebieterisch, wie ihm das nur möglich war. Mit einer Reaktion rechnete er eigentlich nicht, höchstens mit weiteren Schlägen. Instinktiv zog er den Kopf ein, als einer der Männer den Arm ausstreckte. Der Schlag kam nicht, stattdessen wurde ihm ein Dienstausweis unter die Nase gehalten. Doch woher sollte er wissen, ob der echt war? Vernichtet ließ er sich in den Sitz zurücksinken.

Der Wagen fuhr in eine Tiefgarage. Jemand legte ihm Handschellen an und er wurde zwischen den Autos hindurch zu einer Stahltür geführt, dann ging es durch einen langen, feucht und schimmelig riechenden Gang. Alles war so unwirklich, dass er kaum registrierte, was um ihn herum passierte.

Er musste Gürtel, Schnürsenkel und Wertsachen abgeben, dann wurde er in eine enge Zelle mit Wandpritsche und deckellosem Klo gesteckt. Seine Aktentasche, was war aus der geworden? Er konnte sich nicht daran erinnern, wann er sie zuletzt gesehen hatte. Es war jedenfalls nichts registriert worden. Er würde für immer verschwinden können, ohne irgendeine Spur zu hinterlassen. Niemand würde wissen, was aus ihm geworden war. Ehe die Tür hinter ihm ins Schloss fiel, verlangte er mit jemandem zu sprechen, egal mit wem. Er hätte das Recht, den Grund seiner Verhaftung zu erfahren. Der Wärter, der ihn in die Zelle führte, gab vor, nichts zu verstehen, und behauptete, nur Flämisch zu sprechen.

Die Nacht zog sich endlos hin. In den ersten Stunden saß er auf der Pritschenkante und versuchte, Klarheit in seine Gedanken zu bringen, aber nach und nach ging ihm auf, dass es nichts half, sich wachzuhalten. Am nächsten Morgen brauchte er doch einen klaren Kopf. Er zog sein Sakko aus und deckte sich damit zu. Es war kalt in der Zelle, aber er wollte nicht die verdreckte, nach alter Kotze stinkende Decke benutzen. Irgendwo hörte er jemanden schreien. Ein langes, gedehntes Geheul. Allein seine Vernunft hielt ihn davon ab, in dieses Geheul einzustimmen.

Gott sei Dank litt er nicht an Klaustrophobie. Als Kind war er ab und zu in einen Kleiderschrank gesperrt worden. Eine düstere, lange und ungerechte Strafe. Als er da zum ersten Mal wieder herauskam, nach einigen Stunden, hatte seine Mutter gedroht, es könne jederzeit wieder passieren, wenn er sich nicht zusammenrisse. Danach hatte er dann eine Taschenlampe, einige Comics und eine Dose Kekse in einem Schuhkarton im Regalfach hinter den Mützen versteckt, um sich beim nächsten Mal die Zeit vertreiben zu können. Anfangs hatte er dort sogar Schokolade und ein Paket Kaugummi aufbewahrt, doch als er ein halbes Jahr später wieder eingesperrt wurde, hatte er die längst aufgegessen. Diesmal wurde er bestraft, weil er mit seiner neuen Schleuder die Fenster im Gewächshaus beschossen hatte, auf der Rückseite, wo es nicht so auffiel.

Als Erwachsener hatte er seinen Eltern dann von seinem Vorrat im Schuhkarton erzählt. Seine Mutter hatte gelacht und gefragt, ob er sich nie Gedanken darüber gemacht habe, warum die Taschenlampe immer funktionierende Batterien gehabt hatte und warum die Kekse nie alt und trocken gewesen waren, auch wenn sie viele Monate im Karton gelegen hatten?

Plötzlich hatte er Sehnsucht nach seiner Mutter. Er hoffte, dass sie nie von seiner Verhaftung erfahren würde. Das würde ihr so schrecklich zu schaffen machen. Sie würde sich Sorgen machen, sich den Kopf zerbrechen, hin und her überlegen. Nein, das wollte er ihr doch wirklich ersparen.

Um acht brachte ein Gefängniswärter das Frühstück. Dieser Mann sprach zwar Französisch, aber das war keine große Hilfe, denn er hatte keine Ahnung, wann Patrik dem Untersuchungsrichter vorgeführt werden sollte. Ein Telefongespräch konnte er ihm nicht gestatten, dafür würde es später sicher noch Zeit genug geben. Nein, er wusste nicht, warum Patrik festgenommen worden war, wusste er das denn nicht selbst?

Gleichgültig schloss er die Tür wieder ab und setzte seine Runde fort. Die anderen Türen klirrten. Patrik, der seit dem letzten Mittag nichts mehr gegessen hatte, machte sich über das dürftige Frühstück her. Zwei Brote, am Rand vertrocknet und nicht belegt, dazu ein Plastikbecher Kaffee. Als er den letzten Tropfen getrunken hatte, fühlte er sich ruhiger. Natürlich war das alles ein Missverständnis. Bis Mittag würde er wieder auf freiem Fuß sein.

»Hier ist ein Privatgespräch für dich von einer gewissen Gunnela Persdotter, nimmst du das an?« Ulrika konnte sich zuerst nicht an diese Frau erinnern. Persdotter, ach, doch, die hatte sie kurz nach ihrer Ankunft kennen gelernt, beim Essen mit Mario Schiller von der schwedischen Botschaft. Eine sympathische Frau, die in der Presseabteilung der EU arbeitete.

»Du kannst sie durchstellen.« Ulrika ließ sich im Sessel zurücksinken und legte die Füße auf den Schreibtisch.

»Hallo, du hast wohl gedacht, ich hätte dich vergessen, als ich mich nicht sofort gemeldet habe, was? Aber ich hatte wahnsinnig viel zu tun. Und ich habe erst jetzt dafür sorgen können, dass du dir das Parlamentsgebäude von innen ansehen kannst. Das war nicht leicht, musst du wissen, aber jetzt ist alles arrangiert. Am Dienstagvormittag um halb elf gibt es für dich eine Führung.«

»Himmel, wie schade, ich fahre morgen nach Hause. Es hätte mir wirklich Spaß gemacht. Es tut mir Leid, dass du dich umsonst bemüht hast. Oder lässt sich das verschieben, was meinst du?«

»Das weiß ich wirklich nicht. Leicht war das nicht. Wann kommst du denn zurück?«

»In einer guten Woche. Und dann werde ich wohl einen Monat bleiben.«

»Dann ruf mich an und wir sehen weiter. Übrigens, hast du Mario noch mal gesehen?«

Konnte Ulrika aus dieser Frage Interesse heraushören? Ein Wunder wäre das nicht. Mario war in vieler Hinsicht attraktiv. Elegant, immer aufmerksam und charmant, er hatte Geld und ungeahnte Zukunftsaussichten. Vielleicht war Ulrika die Einzige, die den Verdacht hegte, dass er sich eher für Männer interessierte als für Frauen. Aber sie hatte keinen Beweis dafür, dass es sich so verhielt, es war einfach nur ein Gefühl. Und wenn Gunnela Interesse hatte, dann hatte sie nicht vor, die Hoffnungen der anderen zu zerstören.

»Wir waren vor ein paar Tagen auf einem Empfang in der britischen Botschaft. Es ging ihm gut, wie üblich. Es ist immer nett, ihn zu treffen. Findest du nicht?«

»Doch, absolut. Kennst du ihn gut?«, lautete die neugierige

Gegenfrage. Gunnela war eindeutig interessiert. Ulrika lächelte.

»Ja, sehr gut. Schon seit der Schulzeit.«

»Was machst du eigentlich heute in der Mittagspause, hast du vielleicht Lust, mit mir zu essen? Wir könnten ins Restaurant à la Carte gehen, in der Rue de la Science. Das ist ein Privatrestaurant für EU-Angestellte mit Gästen. Es wäre sicher lustig für dich, das kennen zu lernen. Es ist ein ganz besonderes Lokal. Man fühlt sich wirklich im Mittelpunkt der Ereignisse. Ich bin nachher dort mit Jenny Stjärnlöv verabredet. An die kannst du dich sicher erinnern, die war an dem Abend auch dabei. Um halb eins. Schaffst du das?«

Ulrika wusste nicht, ob sie an der richtigen Adresse angelangt war. Nichts wies darauf hin, dass hier ein Restaurant sein könnte. Ein verschnörkeltes Gitter vor einem breiten Treppenhaus aus Marmor war geöffnet. Es sah sehr privat aus. Zögernd ging sie hinein, stieg die breite Treppe hoch und passierte große Türen aus geschliffenem Glas. Es war ein prachtvolles Treppenhaus. Das leise Stimmengewirr, das von oben zu hören war, sagte ihr, dass das Restaurant dort liegen müsse. Sicherheitshalber fragte sie einen dunkel gekleideten Mann, der entweder Parlamentsmitglied oder Oberkellner sein musste. Er sah jedenfalls überaus wichtig aus.

»Madame ...«

»Ich bin mit Madame Stjärnlöv und Madame Persdotter verabredet ...«

Er schaute in seinem Reservierungsbuch nach und schüttelte bedauernd den Kopf. »Leider ist bisher keine von beiden bisher eingetroffen.« Ob sie so lange hier unten warten könne?

Ulrika wollte nicht an der Treppe stehen und ging deshalb zurück ins Foyer. Sie betrachtete die Menschen, die hereinkamen. Gut angezogene Männer und Frauen. Selbstsicher und zufrieden mit sich und ihrem Dasein, wie man es nur bei Leuten sieht, die eine hervorragende Ausbildung genossen haben und eine gewisse gesellschaftliche Position einnehmen, die oft mit Macht einhergeht. Sie freute sich, als sie zwei schwedische Parlamentsmitglieder erkannte, die fast identisch gekleidet waren, mit ihren gelben, leicht gemusterten Schlipsen und dunklen Blazern. Schweden fielen an die zwanzig der ungefähr sechshundert Parlamentssitze zu, wenn sie das richtig in Erinnerung hatte. Beide grüßten sie, obwohl sie einander nie zuvor begegnet waren. Sah sie wirklich dermaßen schwedisch aus?

Es war erst fünf nach halb, aber sie hatte das Gefühl, schon eine Ewigkeit zu warten. Wenn es jetzt nur nicht zu lange dauerte. Sie hatte damit gerechnet, um zwei wieder im Büro zu sein.

»*So we meet again.*«

Ulrika hob den Blick von ihrer Armbanduhr und schaute in die Augen von Edward Milton, ihrem diskreten Bewunderer aus der britischen Botschaft.

»Mr Milton. Was für eine Überraschung! Arbeiten Sie in der Kommission oder sind Sie auch ein geladener Gast, so wie ich?«

Er musterte sie neugierig und forschend, ehe er antwortete. »Ich habe einen Auftrag bei der Kommission. Wie lange bleiben Sie noch? Es wäre doch nett, wenn wir unser Gespräch über belgische Sehenswürdigkeiten bei Gelegenheit fortsetzen könnten.«

»Ich fahre schon morgen, werde aber wohl in einer Woche zurückkommen.« Sie wollte nicht sagen, dass sie nicht das geringste Interesse daran hatte, ihn dann wiederzutreffen und irgendwelche Gespräche mit ihm zu führen. Für ihren Geschmack war er zu kühl. Vielleicht war das ja typisch englisch. Sie zog Menschen vor, die ihre Gefühle zeigen konnten. Auch diesmal konnte sie seine Erregung spüren, obwohl weder sein Blick noch seine Gesichtszüge auf eine leidenschaftliche Veranlagung hinwiesen. Er sah einfach nur korrekt und nach höflichem Interesse aus. Es war wirklich schwer zu sagen, ob er erregt oder nur nervös war.

»Kann ich Sie anrufen, wenn Sie wieder hier sind?«

Vermutlich erregt. Nicht, dass das irgendeinen Unterschied gemacht hätte. Ulrika gab ihm trotzdem ihre Visitenkarte mit der Nummer der Kanzlei und sah im selben Moment, wie Gunnela und Jenny mit hängender Zunge angerannt kamen.

»Entschuldige, aber es war unmöglich, ein Taxi zu bekommen. Wartest du schon lange?«

»Kein Problem. Ich hatte ja Gesellschaft.« Ulrika wollte Edward Milton den Damen vorstellen, aber er nickte ihnen nur kurz zu und verabschiedete sich dann von ihr. Diesmal küsste er ihre Hand nicht, sondern schüttelte sie. Sein Händedruck war kurz, aber kraftvoll. So, als sei er daran gewöhnt, viele Menschen auf einmal zu begrüßen.

»Meine Güte, du kennst Edward Milton?«, flüsterte Gunnela aufgeregt, als er ihnen den Rücken gekehrt hatte.

»Was ist denn so besonders an ihm? Habe ich etwas verpasst?«, flüsterte Ulrika zurück.

Jenny und Gunnela musterten sie staunend. »Machst du Witze, oder was? Du willst doch nicht behaupten, dass du nicht weißt, dass er einer der beiden britischen Kommissare ist? Wenn überhaupt jemand, dann ist er Mr Big Business!«

»Er kam mir schon irgendwie bekannt vor. Musste er nicht vor ungefähr hundert Jahren auf Grund irgendeines Skandals zurücktreten?«

»Das muss vor meiner Zeit gewesen sein«, meinte Gunnela.

»Aber ich weiß es noch. Ein Klatschjournalist von der Sun oder so einem Blatt hat behauptet, Edward Milton habe ein Verhältnis mit der Frau des damaligen Außenministers. Ihr wisst schon, so eine richtige Schmuddelreportage mit Beweisen aus der Mülltonne und so. Heimlich aufgenommene Bilder und Gerüchte. Damals war er wohl als nächster Labour-Vorsitzender im Gespräch. Wisst ihr das wirklich nicht mehr? In England gab es deshalb einen Riesenaufstand. Gunnela, du als Journalistin musst davon doch gehört haben«, meinte Jenny.

»Himmel, wer soll sich denn die ganzen Skandale in der britischen Politik merken. Ich finde es widerlich, dass da dauernd in aller Öffentlichkeit schmutzige Wäsche gewaschen wird.«

»Sind wir in Schweden denn so viel besser? Ich fand es zum Beispiel sehr schade, dass Mona Sahlin zurücktreten musste. Ich hätte sie überaus gern als Ministerpräsidentin erlebt. Es ist eine Schande, dass eine so gute Politikerin wie sie zurücktreten muss, weil sie ihre Schokolade mit der falschen Kreditkarte gekauft hat.« Jenny schaute sich Beifall heischend um.

Ulrika, die diese Ansicht durchaus nicht teilte, war dankbar, dass gerade der Oberkellner kam, um sie zu ihrem Tisch zu führen. Sie hatten die Wahl zwischen mehreren Sälen und entschieden sich für einen runden Tisch mit Blick auf die Straße.

Angesichts der Preise auf der Speisekarte riss Ulrika die Augen auf. Sicher war hier alles subventioniert. Nicht einmal die Zutaten konnten für diese Summen eingekauft werden.

Sie wurden rasch bedient und das Essen war wirklich köstlich. Es war ein sehr angenehmes Mittagessen mit jeder Menge Klatsch. Gunnela sog jedes Wort über Mario ein. Sie war ganz offensichtlich in ihn verliebt. Jenny war ebenfalls eine sympathische Bekanntschaft. Ulrika fand es nett, sie wieder zu sehen, auch wenn sie für ihren Geschmack ein wenig zu kategorisch in ihren Urteilen war. Aber besser so als unentschieden.

Als sie wieder im Büro war, rief Ulrika sofort bei der Kommission an. Die Telefonistin teilte ihr mit, dass Patrik Strömberg nicht an seinem Platz sei.

»War er denn heute überhaupt schon im Haus, als ich heute Morgen angerufen habe?«, fragte Ulrika besorgt.

»Das kann ich Ihnen nicht sagen«, lautete die gleichgültige Antwort.

»Wissen Sie, ob irgendeine Sekretärin mir sagen kann, wann er wieder an seinem Platz sein wird?«

»Er hat keine Sekretärin, aber ich kann Sie mit seinem Anrufbeantworter verbinden, wenn Sie eine Nachricht hinterlassen wollen.«

Ulrika nannte Namen und Telefonnummer und bat um Rückruf. Seltsam, dass er ihr nichts davon gesagt hatte, dass er tagsüber unterwegs sein würde. Aber sicher hatte er seine Gründe. Bestimmt würde er sich bei der ersten Gelegenheit melden. Und bis dahin war sie mit Sylvias russischen Angelegenheiten befasst, die auf beängstigende Weise an Verbotenes grenzten.

16

Zoran Petrovic saß in der Küche seiner Wohnung in Tensta. Er war noch immer krankgeschrieben. Die äußeren Verletzungen waren mehr oder weniger verheilt. Jetzt sah nur noch seine Nase verbeult aus und die Narbe auf seiner Stirn leuchtete rot. Er konnte atmen, husten und niesen, ohne dass sein Leib vor Schmerzen fast zerrissen wurde, und das war ja immerhin schon ein Grund zur Dankbarkeit. Aber seine Nieren, in die sie ihn getreten hatten, taten noch immer weh.

Seit seiner Entlassung aus dem Gefängnis war er zu Hause geblieben. Er wollte nicht das Risiko eingehen, den Brüdern Amiri über den Weg zu laufen. Beim nächsten Mal würden sie ihn totschlagen, das hatten sie ihm ausrichten lassen.

Mit dem Hass, den er auf ihre Schwester Nadja empfand, konnte er kaum leben. Dieser Hass war ihm immer bewusst. Tag und Nacht. Oft wurde er von seinen Tränen geweckt. Immer war es dasselbe. Er hatte geträumt, dass er sie umbrachte. Brutal, gefühlskalt und blutig.

Diese Träume versetzten ihn in Panik. Er wagte nicht mehr zu schlafen. Es machte ihn krank, immer wieder an das Vergangene erinnert zu werden. Jahrelang hatte er alles verdrängen können, wovor er geflohen war. Er war siebzehn Jahre gewesen, als er eingezogen worden war, um an einem für ihn unbegreiflichen Krieg teilzunehmen.

Und doch war er zuerst stolz gewesen, als er Waffen und Uniform getragen hatte. Wie ein serbischer Sylvester Stallone wollte er kämpfen und den Feind besiegen. Die Träume vom Heldentum aber waren bald ausgeträumt. Nach der Gehirnwäsche hatte er sich in einem Inferno aus Massenvernichtung und Hunger wiedergefunden, wo die Bosheit alle Handlungen lenkte. Wie ein Roboter hatte er getan, was ihm aufgetragen worden war. Hatte gemordet, vergewaltigt und gebrandschatzt.

Niemand wusste besser als Peter Höök, was er durchgemacht hatte. Es war so entsetzlich gewesen, dass sogar dem erfahrenen Anwalt schlecht geworden war, weshalb er Zoran geraten hatte, die Sache in seinem Asylantrag herunterzuspielen. Als Zoran Petrovic die Aufenthaltsgenehmigung bewilligt worden war, waren sie übereingekommen, dass es besser wäre, einige seiner Kriegserlebnisse aus dem ehemaligen Jugoslawien der Vergessenheit anheim fallen zu lassen.

Er wollte Nadja bestrafen, weil sie diese Erinnerungen wieder zum Leben erweckt hatte.

Die Türklingel schrillte. Zoran machte in der Diele Licht und öffnete. Draußen stand Sonya Bayar, eine von Nadjas Freundinnen. Sie hatte ihn schon einige Male besucht. Hatte für ihn eingekauft und kleine Besorgungen übernommen. Sie war freundlich und stand auf seiner Seite.

»Kann ich reinkommen?«

Ohne zu antworten trat er beiseite und ließ sie rein. Sie trug einen kurzen hellgrauen Mantel, der über ihrem Hinterteil ein wenig spannte. Unter dem Mantel schauten schwarze Hosenbeine mit Schlag hervor. Um den Hals trug sie einen rosa Schal mit dünnen geflochtenen Fransen. Sie hatte die Haare mit einem Gummiband hochgebunden und die Spitzen fielen wie ein Fächer über die breite Haarspange. Zoran fand sie hübsch, er wünschte, er hätte an diesem schicksalhaften Abend sie angesprochen.

»Willst du Kaffee oder so?«

»Hast du Cola?«

»Nein, aber Bier.«

»Okay.« Sie lachte, zeigte ihre weißen Zähne und hängte

ihren Mantel an einen freien Haken am Hutregal. Unter dem Mantel trug sie einen schwarzen Pullover mit V-Ausschnitt. Als sie am Spiegel vorbeiging, blieb sie einen Moment stehen, zog die Klammer aus den Haaren und steckte sie in den Mund. Sie schüttelte ihre Haare aus, die ihr über die Schultern fielen. Dann fasste sie sie zusammen und steckte die Klammer wieder hinein. Zoran konnte keinen Unterschied erkennen.

»Nadja hat bei Charlotte Ahlgren angerufen.«

»Wer ist Charlotte Ahlgren?« Ohne es zu wollen, presste er die Zähne aufeinander, als Nadjas Name erwähnt wurde.

»Sie geht in unsere Klasse. Sie und Nadja waren früher eng befreundet. Ihre Mutter ist Sozialberaterin.«

»Und ...?«

»Tja, ich dachte nur, das interessiert dich.«

»Wann kommt sie wieder nach Hause?« Sein Herz hämmerte wie wild. Sonya sollte erzählen, was sie wusste, und dann gehen. Jetzt wollte er allein sein.

»Spinnst du! Sie kommt nie wieder zurück. Charlottes Mutter will offenbar irgendetwas in die Wege leiten. Hast du jetzt ein Bier oder nicht?«

Zoran ging zum Kühlschrank und nahm zwei Bier heraus. Er öffnete das eine und trank direkt aus der Dose. Sonya tat es ihm nach. Das war sie offenbar nicht gewöhnt, denn das Bier lief ihr über das Kinn. Sie wischte es sich mit dem Handrücken ab.

»Was will sie denn in die Wege leiten?« Er hätte sie schütteln mögen, um mehr zu erfahren. Er musste alles wissen.

»Sie will dafür sorgen, dass Nadja eine eigene Wohnung findet«, sagte Sonya. »Sie traut sich nicht nach Hause. Sie hat Angst, dass ihre Brüder sie dann umbringen.«

»Was hat sie sonst noch gesagt?«

»Sonst nichts.«

Als Sonya gegangen war, rief Zoran sofort bei Ulrika an.

»Frau Stål ist verreist und erst am Montag wieder im Hause«, teilte die Sekretärin mit.

Zoran war außer sich. Er war davon ausgegangen, dass seine Anwältin immer erreichbar wäre, wenn er sie brauchte. Enttäuscht wollte er schon auflegen, als die Sekretärin fragte, ob er eine Nachricht hinterlassen wolle.

Nein. Keine Nachricht. Das würde alles nur noch schwieriger machen. »Ich muss sofort mit ihr sprechen. Es ist wichtig. Verstehen Sie? Geben Sie mir ihre Handynummer.« Zoran wollte nicht warten. Seine Neuigkeit hatte nicht bis Montag Zeit.

Der letzte Arbeitstag in Brüssel verflog nur so. Ulrika war mit ihrer Woche zufrieden. Sie war anstrengend, aber interessant gewesen. Sie hatte das Gefühl, viel bewegt zu haben. Jetzt musste sie nur noch die letzten Unterlagen durchsehen, die Sylvia geschickt haben wollte.

Die Akte war dick. Um sich einen Überblick zu verschaffen und sich zu orientieren, sah Ulrika sich zuerst die Zeitangaben an. Sylvia hatte wie immer kurz vermerkt, welche Maßnahmen auf Rechnung des Mandanten ergriffen worden waren und wie viel Zeit sie jeweils in Anspruch genommen hatten. Es war eine beeindruckende Dokumentation. Ulrika fragte sich, ob Sylvia gerade diesen Fall beenden wollte, um dann die Rechnung schreiben zu können. Ein kurzer Überschlag ergab, dass sie an die zweihundertfünfzig Stunden Arbeit aufgewandt hatte. Und das war eine ziemlich hohe Vorfinanzierung. Neben der eigentlichen Arbeit kamen noch Auslagen dazu. Unter anderem hatte sie für ihren Mandanten in Moskau an einer Sitzung teilgenommen und auf der Rückfahrt ein Geldinstitut in Genf aufgesucht.

Das roch nach Geldwäsche. Ulrika hatte das Bedürfnis, mit Markus darüber zu sprechen. Diese Reisen waren so kompliziert, dass sie nicht wusste, ob Sylvia sich durch ihre Beratung schon der Beihilfe zu einem Verbrechen schuldig gemacht oder ob sie ihrem Mandanten im weitesten Rahmen der Gesetze zu dem gewünschten Ergebnis verholfen hatte. Obwohl Ulrika keine ausdrücklichen Beweise dafür fand, dass Sylvia ab und zu die Grenzen des Erlaubten überschritten hatte, so bestand eben doch der Verdacht. Ihre Firmenkonstruktionen waren überaus raffiniert und die Besitzverhältnisse versteckten sich hinter undurchsichtigen Vorhängen aus Fonds und Off-Shore-Projekten. Die Partner in Stockholm würden nicht gern hören, womit Sylvia sich da beschäftigt hatte. Nein, das war wirklich nicht die Art von Tätigkeit, die die Kanzlei befürwortete.

Sylvia bezog sich in ihren Notizen mehrere Male auf einen anderen Fall, einen Mandanten, dessen Namen Ulrika noch nicht kannte. Sicherheitshalber wollte sie auch auf diesen noch einen Blick werfen. Ulrika bat Nathalie über das Haustelefon um die entsprechende Akte. Nach einer guten Viertelstunde meldete Nathalie sich wieder und sagte lässig: »Die finde ich nicht. Was hast du noch gesagt, was die für eine Registriernummer hat?«

»Keine Ahnung. Das geht aus Sylvias Notizen nicht hervor. Du musst nach dem Namen suchen.«

»Und wie wird der noch gleich buchstabiert?«

»Karenski«, buchstabierte Ulrika geduldig. »Iwan mit Vornamen.«

»Das hatte ich mir schon gedacht. Aber die Akte ist im Archiv nicht vorhanden. Sie muss bei dir sein. Soll ich dir suchen helfen?«

»Nein, wenn sie hier ist, dann finde ich sie selber. Auf jeden Fall danke.«

Ulrika zog die Schuhe, die sie abgestreift hatte, wieder an und ging zu dem hinter einem halb toten Ficus versteckten Aktenschrank. Der armen Pflanze fehlten offenbar Sylvias regelmäßiges Gießen und ihre Fürsorge.

I, J, K. Ulrika ging den Buchstaben K durch, konnte das Gesuchte aber nicht finden. Sie würde Nathalie also doch um Hilfe bitten müssen. Die Unterlagen konnten ja falsch einsortiert worden sein.

»Die sind nicht da. Jetzt bin ich alles dreimal durchgegangen. Markus weiß auch nichts davon, ich habe ihn gefragt.« Die Sekretärin klang leicht genervt, und das war ja auch kein Wunder.

»Aber registriert worden ist sie, oder?« Ulrika kam plötzlich ein unangenehmer Verdacht. Arbeitete Sylvia neben ihrer normalen Tätigkeit auf andere Weise für ihre Mandanten? So dass die Honorare dafür zwar von der Kanzlei in Rechnung gestellt wurden, aber in ihrer Tasche landeten? Sie hoffte, dass das nicht der Fall war. Zu ihrer Erleichterung antwortete Nathalie: »Das ja.« Der Fall sei noch nicht abgeschlossen. Es gebe eine A-conto-Einzahlung, aber keine Schlussfaktura.

»Wirklich seltsam. Ja, im Moment können wir da wohl nicht viel tun. Ich versuche, erst mal ohne weiterzumachen.«

Ulrika war abermals in ihre Arbeit versunken, als Nathalie anklopfte und mit einem zufriedenen Lächeln hereinkam.

»Hast du sie gefunden?«

»Nein, das nicht, aber ich glaube, ich weiß, wo sie sein kann. Ich habe Sylvias Kalender durchgesehen und entdeckt, dass es ihr letzter Auftrag vor der Krankschreibung war. Sie war an dem Tag, an dem Olof ermordet wurde, auf Rechnung dieses Mandanten in Luxemburg. Und da sie seither nicht mehr im Büro war, hat sie den Ordner sicher bei sich zu Hause«, sagte sie eifrig. »Soll ich ihn holen? Ich bin heute mit dem Wagen da. Ich war schon einige Male bei ihr und weiß genau, wo ihr Arbeitszimmer ist.«

»Nein, das mache ich selbst.«

Plötzlich kam es ihr ungeheuer wichtig vor, dass der Ordner sich wieder in der Kanzlei befand. Ulrika, deren Mietwagen noch immer vor Sylvias Haus stand, beschloss, ihn in der Mittagspause zu holen, statt auf dem Weg zum Flughafen, wie sie es ursprünglich geplant hatte. Eigentlich hätte sie die Rückgabe des Autos schon früher erledigen können, aber diese Mühe hatte sie sich nicht machen mögen. Der Wagen hatte wirklich nicht viel gekostet. Wenn sie ihn früher zurückbrächte, würde sie deshalb keine nennenswerte Summe sparen.

Das Haus stand so da, wie sie es verlassen hatte. Friedlich und idyllisch. Der Kirschbaum blühte jetzt. Wolken aus rosa Blüten an schwarzen Zweigen vor dem grauen Himmel. Die Blütenblätter wirbelten im frischen Wind und legten sich nach dem Tanz wie errötender Schnee auf die Garagenauffahrt. Dazu kamen noch hunderte Osterglocken und der Gesang der Amseln. Es war wirklich schön. Schade nur, dass das Wetter so scheußlich war. Wenn es nicht regnete, dann wehte ein scharfer Wind. Sie konnte sich nicht erinnern, ob sie seit ihrer Ankunft in Brüssel schon die Sonne gesehen hatte.

Ulrika nahm die Post aus dem Briefkasten, bezahlte das Taxi und ging ins Haus. Sie stellte fest, dass sie bei ihrem Aufbruch vergessen hatte, die Lampe in der Diele zu löschen. Das war sogar ganz gut, denn es signalisierte doch, dass das Haus bewohnt war.

Es roch stickig, und deshalb ließ sie die Haustür sperrangelweit offen und öffnete im Arbeitszimmer zum Lüften ein Fenster. Sie wollte nicht lange bleiben, nur den Ordner suchen und dann wieder fahren.

Er war nirgends zu sehen. Methodisch ging sie die Schreibtischschubladen und das Bücherregal durch, ohne Erfolg. Die Unterlagen waren auch nicht in dem abgeschlossenen alten Büfett, das seltsamerweise im Arbeitszimmer stand, nicht im Esszimmer. Es enthielt, wie sich das gehörte, das gute Porzellan, Gläser, Serviettenringe und einige Kartenspiele. Was in aller Welt hatte Sylvia bloß mit Karenskis Unterlagen angestellt? Verzweifelt ließ Ulrika ihre Blicke wandern. Im Arbeitszimmer gab es keinen weiteren möglichen Aufbewahrungsort mehr. Wenn sie das ganze Haus durchsuchen müsste, würde sie in Zeitnot geraten. Damit hatte sie nun wirklich nicht gerechnet.

Der Knall kam so plötzlich, dass sie hochfuhr. Nach einem kurzen Moment der Panik ging ihr auf, dass die Tür im Durchzug zugeschlagen war. Sie atmete erleichtert auf. Ein kurzes lautes Keuchen. Sie griff sich an die Brust. Warum war sie nur so schreckhaft? Das war doch lächerlich. Sie bedachte die Tür mit einem wütenden Blick, als sei die allein an ihren ausgefransten Nerven schuld. Und dann sah sie sie endlich. Auf dem Boden neben der Tür stand eine Aktentasche. Und in dieser Aktentasche lag der Ordner. Wie beim Versteckspielen in Ulrikas Kindheit. Hinter Türen und unter Betten waren die meisten Kinder versteckt.

Ulrika lächelte, als sie das Fenster schloss. Es war so angenehm, wenn alles wunschgemäß verlief. Jetzt hoffte sie nur, dass der Inhalt der beiden Akten beweisen würde, dass Sylvia, die sie als Kollegin und Menschen so sehr schätzte, sich keine Ungesetzlichkeiten hatte zu Schulden kommen lassen.

In der Diele hing ihr Wintermantel. Den hatte Ulrika bei ihrem überstürzten Aufbruch vergessen. Für einen dicken Ulster hatte man im Brüsseler Frühling, wo es fast immer zu regnen schien, eben keine Verwendung. Wenn sie von dem Zwischenfall mit Philippe La Torre absah, natürlich, als immerhin der Gürtel nützlich gewesen war. Jetzt hing er wie ein Schlauch vom Kleiderbügel herab. Sorgfältig zog sie ihn wieder durch die Schlaufen. Er sah ein wenig zerknittert aus.

Seltsam, dass Philippe nicht wieder angerufen hatte. Er hatte doch von sich hören lassen wollen. Ulrika überlegte, dass sie ihn auf jeden Fall zum Abschied noch einmal anrufen würde. Das war ja wohl das Mindeste. Ihretwegen würde er für den Rest seines Lebens mit einer Narbe auf der Stirn herumlaufen müssen. Da brauchte sie die Sache durch unhöfliches Verhalten nicht auch noch zu verschlimmern. Sie wollte ihn anrufen, sowie sie wieder im Büro war. Das wäre nur korrekt.

Der Verkehr floss perfekt dahin, auf dem ganzen Weg keine rote Ampel. Sie brauchte nur zwanzig Minuten bis in die Stadt. Als sie in die Avenue Louise abbog, sah sie zu ihrer Überraschung, dass der Himmel sich öffnete und die Sonne auf ihre schmutzigen Wagenfenster strahlen ließ, mit der Folge, dass sie überhaupt nichts mehr sah. Sie reagierte blitzschnell und schaltete die Scheibenwischer auf höchste Stufe ein. Das Wasser spritzte nur so und lief an den Seiten hinunter. Als der scharfe Geruch der Schweibenwasch-Flüssigkeit verflogen war, hatte die Sonne sich an ihren üblichen Platz hinter den Wolken zurückgezogen. Egal, die Fenster waren immerhin sauber. Der Rest des Wagens ließ allerdings sehr zu wünschen übrig.

Als sie die Tür zum Treppenhaus öffnete, kam ihr Markus entgegen. Er sah satt und zufrieden aus und roch leicht nach Knoblauch.

»Hattest du eine angenehme Mittagspause?«

»Ja, sehr angenehm, und mit einem überaus interessanten Fall.« Er lachte auf und legte den Kopf leicht schief, bei der Erinnerung an etwas, das vermutlich während des Mittagessens besprochen worden war. Ohne darauf weiter einzugehen, sagte er dann: »Manche wissen wirklich, wie sie aus allem das Beste machen können. Und woher kommst du?«

»Ich musste meinen Mietwagen aus Waterloo holen. Ich habe unterwegs ein Brot gegessen.« Ulrika war neugierig, wollte aber nicht fragen. Was er ihr erzählte, war schließlich seine Sache.

»Hast du sie gefunden?«, rief Nathalie, sowie sie die Kanzlei betreten hatten.

»Hattest du etwas verloren?« Markus schaute sie durch seine dicken Brillengläser besorgt an.

»Durchaus nicht. Ich wollte nur eine von Sylvias Akten holen, die noch im Haus lagen. Sie bezieht sich bei einem der Fälle darauf, die wir ihr schicken sollten, und da wollte ich auch noch einen Blick darauf werfen. Wir haben schon ein bisschen gezittert, als sie in der Kanzlei nicht zu finden war. Aber jetzt ist ja alles gut.«

Ulrika wandte sich zu Nathalie um und hob triumphierend den Daumen. »Alles lag genau da, wo du vermutet hattest. Hat jemand angerufen, während ich unterwegs war?« Sie sprach in Gedanken ein Stoßgebet, dass Patrik sich gemeldet hatte.

»Da waren jede Menge Anrufe für dich. Hier.« Nathalie beugte sich über den Rezeptionstresen und reichte Ulrika einen Stapel von Notizzetteln.

»Das Telefon ist also heiß gelaufen«, sagte Ulrika und sah die Zettel durch.

Die Kanzlei in Stockholm hatte angerufen. Und mehrere schwedische Mandanten, unter anderem Zoran Petrovic. Es sei wichtig, hatte er mitgeteilt. Auch Maud Granberg wollte so bald wie möglich mit Ulrika sprechen. Das war typisch. Immer brandeilig, wenn ein Mandant sich meldete.

Insgesamt waren es sieben Anrufe gewesen. Keiner von Patrik. Deshalb rief sie zuallererst bei ihm an.

Bei seiner Durchwahl im Büro meldete sich niemand. Die Telefonzentrale wusste noch immer nicht, wo er sein mochte. Vielleicht war er auf Dienstreise. Vielleicht in Straßburg. Es kam doch vor, wie sie erfuhr, dass die Leute die Telefonauskunft nicht unterrichteten, wenn sie für einen oder zwei Tage verreisen mussten. Ob sie nicht am Montag wieder anrufen könnte? Dann wäre er sicher wieder am Platz.

Er war nicht zu Hause und sein Mobiltelefon war weiterhin ausgeschaltet.

Ihre Unruhe schlug in Zorn um. Wie konnte er sich dermaßen rücksichtslos verhalten? Einfach auf diese Weise zu verschwinden! Für wen hielt er sich eigentlich? Es ärgerte sie unbeschreiblich, dass sie dumm genug gewesen war, ihm die Unterlagen zu geben, ohne vorher Kopien zu machen. Wenn er glaubte, dass sie sich sofort an ihre Untersuchungen machen würde, dann hatte er sich aber geschnitten. So, wie er sich hier aufführte, hatte sie durchaus nicht die Absicht, in dieser Sache auch nur einen Finger zu rühren. Auf jeden Fall nicht, solange er nichts von sich hören ließ. Wer würde überhaupt ihr Honorar bezahlen? Sollte sie vielleicht gratis arbeiten? Es sah ja so aus, als sei es ihm wichtiger zu entlarven, welchen Kommissionsangestellten man Betrug, Vetternwirtschaft und andere Unregelmäßigkeiten vorwerfen konnte. An sich gut und richtig, aber nichts, in das sie ihre kostbare Arbeitszeit investieren wollte.

Es wäre etwas ganz anderes, wenn er sie gebeten hätte, bei der Suche nach Olofs Mördern zu helfen. Aber dafür brauchte sie doch die Unterlagen.

Wenn sie nur nicht so nachlässig gewesen wäre! Sie seufzte und schüttelte sich vor Unbehagen. Geschehen war geschehen und nichts wurde davon besser, dass sie sich Vorwürfe machte. Sicher würde sich alles klären, wenn sie nur ein wenig Geduld aufbrächte. Sie trommelte mit den Fingernägeln auf der Schreibtischplatte herum.

Um ihre Gedanken abzulenken, schaltete sie den Computer ein und sah sich den Nasdaq an. Die Kurse waren gesunken. In dieser Woche hatte sie die Sache nicht so sorgfältig im Auge behalten wie sonst. Der Aktienmarkt der letzten Zeit erinnerte sie an einen Skiurlaub in den italienischen Alpen, wo die Lifte dauernd defekt gewesen waren. Wer nach einer Abfahrt wieder nach oben wollte, musste die Beine in die Hand nehmen. Und das konnte dauern.

Jetzt war Vorsicht angesagt. Wenn Ericsson noch weiter sank, wäre es sinnvoll, einen größeren Posten zu kaufen. Wie sie es gemacht hatte, als die S-E-Bank die Talsohle erreicht hatte. Mit dem Ertrag hatte sie das Haus in Täby kirkby bezahlt.

Das Haustelefon schellte. Ulrika klickte den Nasdaq weg und griff zum Hörer.

»Hast du Sylvias Unterlagen schon angesehen?« Markus hörte sich gestresst an. Seine gute Laune vom Mittagessen schien verflogen zu sein. Oder machte er sich jetzt schon Sorgen, weil er in der folgenden Woche allein sein würde?

»Ich muss nur noch kurz telefonieren, dann komme ich rüber. Ich würde gern noch ein paar Dinge mit dir besprechen, ehe ich alles losschicke.«

Bevor sie zu Markus ging, wollte sie noch Philippe La Torre anrufen. Wenn sie es jetzt nicht machte, würde sie es bestimmt vergessen.

Auch er war in seinem Büro in der Kommission nicht zu erreichen. Und sein Mobiltelefon war ausgeschaltet. Konnte es eine Berufskrankheit bei den EU-Angestellten sein, dass sie nie zu erreichen waren? Wenn er sich auch in seiner Wohnung nicht meldete, dann würde sie ihm ein paar Zeilen schreiben müssen. Das ging schneller und war mindestens so höflich wie ein Anruf.

»Oui.« Auf ihr Klingeln hin meldete sich jemand. Die Stimme kam Ulrika unbekannt vor.

»Ich hätte gern Monsieur La Torre gesprochen.«

»Monsieur La Torre ist nicht mehr hier. Mit wem spreche ich?«

Die Stimme am anderen Ende der Leitung klang so energisch misstrauisch, dass Ulrika zu einem professionellen Tonfall griff und sich als Anwältin Stål vorstellte, um sich dann nach der Identität ihres Gesprächspartners zu erkundigen. Nach einer kurzen Pause antwortete der Mann am anderen Ende der Leitung:

»Sie sprechen mit der Polizei, Madame. Philippe La Torre ist tot. Er ist erschossen worden.«

17

Ulrika starrte hilflos den stummen Telefonhörer an, dann legte sie auf. Ihre Finger kamen ihr starr vor, als sei die Blutzufuhr abgesperrt worden. Sie massierte ihre Hände und versuchte, ihre Gedanken zu sammeln. Sie hatte erfahren, dass Philippe in seiner Wohnung umgekommen war. Er war erschossen worden, und die Polizei ging von einem Mord aus. »Es ist schwer zu sagen, wie lange er hier gelegen hat«, hatte der Polizist geantwortet, als sie ihn um weitere Auskünfte gebeten hatte. Nach einigen Fragen war er misstrauisch geworden und hatte um ihren Namen und ihre Telefonnummer gebeten. »Sie müssen doch verstehen, Madame, dass wir am Telefon nicht einfach Auskünfte erteilen können.«

Sicher, das verstand sie nur zu gut. Tatsache war, dass sie darüber staunte, dass sie überhaupt etwas erfahren hatte. Ehe sie das Gespräch beendeten, bat sie noch um den Namen des Ermittlungsleiters, aber die Frage wollte der Polizist nicht beantworten.

Ein bedrohliches Gefühl umfing sie wie eine Decke. Ihre Schultern schmerzten und ihre Schläfen pochten. Was war hier eigentlich los? Es konnte doch kein Zufall sein, dass Olof *und* Philippe ermordet worden waren. Beide in weniger als einem Monat erschossen. Natürlich gab es einen Zusammenhang, und dieser Zusammenhang hatte zweifellos etwas mit den Betrügereien in der Kommission zu tun. Ulrika sah ein, dass sie Brüssel nicht verlassen konnte, ohne mit jemandem über ihren Verdacht zu sprechen. Aber mit wem? Wenn nur Patrik endlich von sich hören ließe. Wo mochte er nur stecken? Kaum hatte sie den Gedanken zu Ende gedacht, als sie fast zu Eis erstarrte.

Großer Gott. Wenn ihm nur nichts passiert war!

Ob sie jetzt hysterisch wurde? Natürlich war ihm nichts passiert. Wie kam sie überhaupt auf diese Idee? Nur, weil er seit zwei Tagen nicht angerufen hatte. Lächerlich. Jetzt musste sie sich zusammenreißen und konzentriert nachdenken.

Als sie sich bei der Polizei nach dem Mord an Olof erkundigt hatte, hatte Kommissar Vandergoten gesagt, sie könne sich jederzeit melden, wenn sie noch weitere Fragen hätte. Sie würde ihn anrufen. Wenn ihr jemand etwas über den Mord an Philippe sagen könnte, dann doch wohl er.

Vandergoten schien entzückt zu sein, nachdem er begriffen hatte, wer ihn da anrief. Höflich erkundigte er sich nach ihrem Befinden und fragte, ob sie eine angenehme Woche verbracht habe. Er hoffte, dass die nicht nur aus Arbeit bestanden habe, und sie konnte ihm versichern, dass das nicht der Fall gewesen sei. Sie sah sein Arbeitszimmer vor sich. Große braun angestrichene Aluminiumschränke, deren Farbe am Rand abblätterte. Ein billiger Schreibtisch älteren Jahrgangs und eine große, mit einem Computer verbundene Tastatur. Nichts, was die Wände verschönerte, außer einem ziemlich klobigen Bücherregal und einem Kalender mit touristischen Motiven. Dieser Anblick kam ihr so wirklich vor, dass sie auch seinen Körpergeruch wahrnahm. Unfreiwillig rümpfte sie die Nase. Immerhin konnte der lockere Gesprächston sie so weit beruhigen, dass sie sich bald wieder als Herrin der Lage fühlte. Sicher empfahl es sich, gleich zur Sache zu kommen. Aber nicht als Anwältin, sondern auf persönlichere Weise. Er kam ihr vor wie der Typ Mann, dem Weiblichkeit lieber war als betonte Professionalität. Instinktiv schlug sie die Beine übereinander, legte den Kopf schräg und sprach dann mit weicher Stimme weiter: »Monsieur Vandergoten, ich wüsste gern, ob Sie mir helfen und mir sagen könnten, was einem guten Freund von mir widerfahren ist, Philippe La Torre. Ich habe vorhin in seiner Wohnung angerufen und musste mir zu meinem Entsetzen von einem Ihrer Kollegen erzählen lassen, dass er ermordet worden ist. Erschossen, zu Hause in seiner Wohnung in der Rue du Cornet. Sie müssen wissen, wir hätten uns am Dienstag treffen sollen, aber er musste in letzter Minute absagen. Als ich danach nichts mehr von ihm hörte, wurde ich schließlich unruhig. Und jetzt weiß ich nicht, was ich machen soll ....«

Der Köder war ausgelegt. Ob er nun über diesen Mord informiert war oder nicht, auf jeden Fall würde diese Anfrage seine polizeilichen Instinkte wecken und ihn die Sache verfolgen lassen. Da war sie sich sicher.

Vandergoten spürte seinen Blutdruck steigen. Der Mord war noch nicht öffentlich bekannt gegeben, und da konnte so ein Idiot von Polizist den Mund nicht halten. Was mochte er sonst noch ausgeplaudert haben?

»Es tut mir so Leid. Natürlich war das ein entsetzlicher Schock für Sie. Dieser Kollege, mit dem Sie gesprochen haben, hat er noch mehr gesagt, wissen Sie das noch?«

»Nur, dass er sich meinen Namen und meine Telefonnummer aufgeschrieben hat. Zur späteren Verwendung«, fügte sie beruhigend hinzu.

Vandergoten gab sich mit dieser Auskunft zufrieden. Sie war so schön gewesen, als sie ihn besucht hatte. Eine Frau ganz nach seinem Geschmack. Sinnlich und elegant. Große Brüste und lange Beine. Und war sie nicht am Knöchel tätowiert gewesen? Er war sich nicht sicher. Plötzlich fand er es sehr wichtig, ihr entgegenzukommen. Sie war Anwältin und sie war mit La Torre befreundet gewesen. Er hätte gern gewusst, ob der auch ihr Liebhaber gewesen war. Frauen wie sie waren heißblütig. Bernard Vandergoten wollte sie jedenfalls näher kennen lernen. Und vielleicht mehr werden als nur ein Freund. Ihm wurde heiß, er fischte mit der freien Hand ein Taschentuch aus seiner Hose und wischte sich die Stirn, ehe er weiterredete. Er führte die Ermittlungen, und was er wusste, war lediglich das, was sich auf der Wache wie ein Lauffeuer verbreitet hatte.

»Der Mord ist heute früh entdeckt worden«, sagte er und legte eine lange Kunstpause ein. Ulrika konnte hören, dass er sich eine Zigarette anzündete, ehe er weitersprach. »Meines Wissens wurde er aus nächster Nähe erschossen. Mit einem Kopfschuss. Ich bin sicher, dass der Tod sofort eingetreten ist«, fügte er tröstend hinzu. »Er war seit mehreren Tagen tot. Wir glauben außerdem, dass er den Täter gekannt hat.« Er überlegte, ob er ihr erzählen sollte, dass alles auf eine geplante Hinrichtung hinwies, verzichtete aber darauf. Niemand sollte ihm nachsagen können, dass er zu viel redete. »Könnten Sie nicht hier vorbeikommen? Es wäre wichtig für die Ermittlungen, wenn Sie uns mehr über den Verstorbenen erzählen könnten.« Hier ging er zu weit, aber im Moment wusste er nicht, wie er sonst eine weitere Begegnung mit ihr einfädeln sollte.

»Ich muss heute Abend nach Stockholm zurück, aber in einer guten Woche bin ich wieder da. Leider habe ich nicht sehr viel über Monsieur La Torre zu erzählen. Er war ein guter Freund. Er war ein Arbeitskollege von Olof Kramer. Wir haben uns unter gelinde gesagt grotesken Umständen kennen gelernt.«

Sie berichtete über den Zwischenfall mit der Flasche. Vandergoten prustete, und dabei konnte es sich nur um einen unterdrückten Lachanfall handeln. Er räusperte sich laut, als ihm bewusst wurde, dass diese Heiterkeit hier fehl am Platze war.

»Ich habe das Gefühl, dass zwischen den Morden an Philippe La Torre und Olof Kramer ein Zusammenhang bestehen könnte«, sagte Ulrika, als sie hörte, dass seine Aufmerksamkeit wieder ihr galt.

»Und wie sollte dieser Zusammenhang aussehen?«

Ulrika wollte Olofs Unterlagen nicht erwähnen, da sie ja nicht mehr darüber verfügte. Also sagte sie: »Ich weiß, dass Olof Kramer unmittelbar vor seinem Tod plante, sehr weit reichende Unregelmäßigkeiten zu entlarven, die in der Kommission vorgekommen sind. Und ich habe den Verdacht, dass Philippe La Torre auf irgendeine Weise damit zu tun hatte.«

Sie hörte selbst, wie wenig überzeugend das klang. Er nahm sie nicht ernst. Das konnte sie ihm anhören, als er antwortete, dass sie der Sache natürlich nachgehen würden. Er glaubte offenbar weiterhin, dass Olof Kramer im Zusammenhang mit einem Car-Jacking ermordet worden war. Viel mehr konnte sie nicht ausrichten, auf jeden Fall nicht im Moment. Der arme Philippe.

Der Whisky tat gut. Langsam löste sich die Verspannung in ihren Schultern. Ulrika streckte sich, so gut das im Flugzeugsessel überhaupt möglich war, und schlug die Abendzeitung auf. In einigen Stunden würde sie zu Hause sein. Was für eine Erleichterung. Fast hätte sie noch eine Nacht in Brüssel verbringen müssen.

Beim Einchecken war ihr mitgeteilt worden, die Maschine nach Stockholm sei überbucht. Die Frau am Schalter hatte sich damit entschuldigt, dass das leider vorkommen könne. Die Fluggesellschaft werde sie natürlich entschädigen und selbstverständlich stehe ein Platz in der ersten Maschine des kommenden Morgens für sie bereit. Dann hatte sie mit geübter Hand einige Gutscheine ausgefüllt, die für die Übernachtung und einen billigen Imbiss gelten sollten.

Das war der Tropfen, der das Fass zum Überlaufen brachte. Irgendwo hatte Ulrikas Geduld ein Ende. Niemand sollte sie daran hindern, wie geplant zu Hause einzutreffen.

Mit blitzenden Augen beugte sie sich vor und erklärte in einem Tonfall, der keinerlei Widerspruch duldete, dass sie mit der Abendmaschine zu fliegen gedenke. Sie könne keine Rücksicht auf die Schlampereien der Fluggesellschaft nehmen. Das sei nun wirklich nicht ihr Problem. Sie sollten jemand anderen umbuchen, jemanden, der nicht den vollen Preis bezahlt hatte. »Ich muss morgen früh um zehn zu einer Taufe. Ich bin die Patin«, hatte sie hinzugefügt, als die Frau noch gezögert hatte. Und siehe da, das wirkte. Auf irgendeine wundersame Weise war für sie ein Platz in der Business Class herbeigezaubert worden. Beim nächsten Mal würde sie, nur der Abwechslung halber, eine Beerdigung anführen.

Stefan saß auf dem Sofa und las, als sie nach Hause kam. Im Hintergrund Flötenmusik und Feuer im offenen Kamin. Gemütlich und einladend.

»Willkommen. Ist alles gut gegangen?« Er sprang auf und half ihr, die Taschen hereinzutragen. Als sie den Mantel ausgezogen hatte, nahm er sie in den Arm und küsste sie auf den Mund. »Du siehst müde aus. Komm rein und setz dich, dann mach ich dir einen Tee.« Er klopfte einige Kissen für sie zurecht und fragte noch einmal nach ihrem Befinden, ehe er in die Küche ging. Sie konnte hören, wie er zur Musik summte, während er den Tee zubereitete. Die Erleichterung darüber, wieder zu Hause zu sein, bei ihrer Familie, in Geborgenheit und von Stefan umsorgt, überwältigte sie. Sie schien alle Kraft zu verlieren, fühlte sich wie gelähmt. Als Stefan mit dem Tee hereinkam, konnte sie nicht einmal ihren Becher heben. Die Intensität der Woche, die jetzt hinter ihr lag, hatte ihr alle Energie geraubt. Resigniert merkte sie, wie ihr die Tränen über die Wangen liefen. Stefan setzte sich neben sie auf das Sofa und legte ihr den Arm um die Schulter. Tröstend streichelte er sie, bis ihre Tränen versiegt waren. Dann putzte er ihr mit einem Stück Küchenpapier, das er in der Tasche gehabt hatte, die Nase.

»Hier, trink das, ehe es kalt wird.« Ohne irgendwelche Fragen reichte er ihr den Becher mit dem duftenden Pfefferminztee. Wie ein Kind umfasste sie den mit beiden Händen. Schloss die Finger um die sanft gerundete Keramik und ließ sie wärmen. Langsam kehrte Ruhe in sie ein.

Lange saßen sie dicht beieinander auf dem Sofa, Hand in Hand und unter derselben Decke. Das Feuer brannte herunter, die Musik verstummte, und der Schlaf drückte auf ihre Augenlider.

»Ich muss jetzt ins Bett. Wenn wir noch länger hier sitzen bleiben, schaff ich es nicht mal mehr die Treppe hoch.« Ulrika gähnte laut.

Stefan knipste die Lampen aus und machte sich für die Nacht bereit, während Ulrika ins Kinderzimmer ging, um nach den Kleinen zu sehen.

Sie schliefen wie die Engelchen. Die kleine Elin lag in ihrem Gitterbettchen auf dem Rücken und hatte die Arme auf dem Kissen ausgestreckt. Sie hatte ihre Decke weggestrampelt. Ihr Schlafanzug war vorn mit Kaninchen bedruckt, und am Fußende des Bettes saß ein rosa Teddy. Sie duftete noch immer wie ein Baby. Ulrika beugte sich über sie und schnüffelte. Berührte vorsichtig mit den Lippen die runde Wange. Elin steckte bei dieser Berührung den Daumen in den Mund. Ulrika deckte ihre Tochter wieder zu und ging zu Axels Bett hinüber. Der schlief auf dem Bauch und mit offenem Mund. In der Hand hielt er ein Flugzeug. Sie wünschte sich, dass er aufwachte, damit sie ihm erzählen könnte, dass sie wieder da war, aber er schlief weiter. Ein kleiner Fünfjähriger mit einem sich lockernden Zahn im Unterkiefer. Geborgen und tapfer.

Morgen war Samstag. Sie hatte frei und konnte das ganze Wochenende mit den Kindern verbringen.

Ulrika dampfte vor Erschöpfung, als sie vom Joggen zurückkam. Sie hatte die Frühlingswärme unterschätzt und sich zu dick angezogen. Die Haare klebten ihr im Nacken und der Trainingsanzug troff von Schweiß. Sie bereute, vorher noch die Sauna angeheizt zu haben, eine kalte Dusche wäre jetzt wirklich mehr als genug. Nach der Anstrengung brannte und pochte ihr ganzer Körper, und ihr Gehirn war kristallklar. Sie nahm eine Flasche Mineralwasser aus dem Kühlschrank und ging hinunter in die Sauna. Unterwegs schnappte sie sich die Morgenzeitung vom Kühlschrank. Erst eine eiskalte Dusche, dann hinein in die Wärme.

Sie legte sich auf ein Frotteehandtuch auf die oberste Bank, wo es am wärmsten war, und schlug die Zeitung auf. Zwei Minuten Friede, dann wurde die Tür aufgerissen. Axel fragte, ob sie bald fertig sei und mit ihm spielen könne.

»Noch zehn Minuten, dann komme ich.«

»Wie lange sind zehn Minuten?«

»Sag Papa, dass er dir die Uhr beibringen soll. Mit einem schönen Gruß von mir.«

Axel machte auf dem Absatz kehrt und rannte eifrig die Treppe hoch. Natürlich ließ er die Tür zur Sauna hinter sich offen stehen.

»He! Du hast was vergessen!« Ulrika musste zweimal rufen, ehe ihr Sohn mit verständnislosem Blick zurückkam. Was mochte er vergessen haben?

»Die Tür, mein Liebling. Du hast vergessen, die Tür hinter dir zuzumachen.«

»Ach so. Ja.« Schon war er wieder verschwunden. Ulrika glaubte ja nicht, dass sie jetzt zehn Minuten Ruhe haben würde, und die waren ihr auch nicht gegönnt. Aber trotzdem fand sie es wunderbar, wieder zu Hause zu sein.

Für Stefan hatte sie frische Gänseleber und eine Flasche guten Sauterne mitgebracht. Axel bekam ein heiß ersehntes Fahrrad und Elin ein reizendes Kleidchen, für das sie nicht das geringste Interesse aufbrachte. Für sich selbst hatte Ulrika zwei Paar Schuhe und eine Handtasche gekauft. Sie hoffte, bei ihrer Rückkehr nach Brüssel mehr Zeit zum Einkaufen zu haben.

Nach der Sauna zog sie Jeans und einen Pullover an, schlüpfte in leichte Halbschuhe und nahm nur wenig Lippenstift. Danach hatte sie wirklich das Gefühl von Freizeit und Samstag.

Stefan hatte schon den Frühstückstisch abgeräumt. »Hast du die Zeitung gesehen?«

»Verzeihung, die hab ich in der Sauna vergessen. Axel! Hol doch mal die Zeitung aus der Sauna, bitte!«

Sofort jagte er die Treppe hinunter und brachte die Zeitung, zerknüllt zwar, aber komplett und mit allen Beilagen. »Gehen wir jetzt nach draußen? Ich will mein Fahrrad ausprobieren.«

»Kommst du mit?« Ulrika schaute fragend Stefan an, der sich schon ins Svenska Dagbladet vertieft hatte.

»Ich komme gleich nach. Geht ihr schon mal. Elin und ich leisten euch nachher Gesellschaft.«

»Wir gehen bei Torsten und Petra vorbei. Vielleicht haben die Lust, heute Abend rüberzukommen. Wir können doch eine Pasta machen oder so. Wir haben uns lange nicht mehr gesehen.«

»Ich habe sie am Samstag gesehen. Als wir im Theater waren.« Hörte er sich sauer an? Ulrika beschloss, diesen Kommentar zu ignorieren. Sie warf ihm eine Kusshand zu, zog ihre Jacke an und ging. Axel hüpfte vor Ungeduld von einem Fuß auf den anderen.

Stefan war nicht sauer. Eher enttäuscht, weil Ulrika schon am ersten Abend zu Hause Besuch haben wollte. Er hätte sie lieber für sich gehabt. Sie hatten so viel zu besprechen. Ihre Reisepläne. Er wollte wissen, wie das Haus aussah und welche Einkaufsmöglichkeiten es in der Nähe gab. Er wollte auch mit ihr darüber reden, wie sie sich Ulla-Karin Svensson gegenüber verhalten sollten, dem neuen Kindermädchen, das kein Mädchen war, sondern eine energische Frau von zweiundsechzig, und die Ulrika ja noch gar nicht kannte. Sie hatten abgemacht, dass Ulla-Karin schon am Montag ihren Dienst antreten würde, damit sie sich vor der Reise miteinander bekannt machen könnten. Nicht, dass er sich nicht auf sein eigenes Urteil verließ, aber es war ihm lieber, alles gemeinsam zu entscheiden. Sie würden ja trotz allem unter einem Dach leben und da war es immer besser, gleich von Anfang an festzulegen, wie alles geregelt werden solle. Eine Frau, die über dreißig Jahre in einem Krankenhaus gearbeitet hatte und etwa so alt war wie die eigenen Eltern, konnte man schließlich nicht behandeln wie einen Teenie beim ersten Job.

Er faltete die Zeitung zusammen und erhob sich mit einem Seufzer. Sie würden immer noch Zeit haben, miteinander zu sprechen, wenn die Gäste gegangen waren – falls Torsten und Petra wirklich herüberkommen wollten. Er musste ja auch Rücksicht auf Ulrika nehmen. Die war die ganze Woche allein gewesen und hatte nur gearbeitet. Die Arme hatte in der Zeit sicher nicht viel Gesellschaft gehabt, bestimmt war ihr kaum jemand begegnet. Er hatte noch Hack im Tiefkühlschrank, das konnte er auftauen und außerdem einen Salat machen. Frischen Parmesan gab es auch, und dazu Eis, mit einem Schuss Punsch, als Nachtisch.

Er sah sie schon von weitem, Axel mit eifrig geröteten Wangen, der die Straße auf und ab fuhr, als würde er dafür bezahlt, Ulrika mit den Händen in der Jackentasche. Sie schien in Gedanken versunken zu sein. Ab und zu hob sie den Kopf, um sich davon zu überzeugen, dass Axel nicht zu weit fuhr. Stefan ging schneller. Er trug Elin in einer Babytrage auf dem Rücken. Sie hatte seine Ohren mit festem Griff gepackt. Er wollte Ulrika bitten, den Sitz ein wenig zu senken, ehe die Kleine ihm die Ohren abriss.

»Ulrika! Axel! Hier kommen wir!«, rief er. Ulrika drehte sich um und lächelte ihnen zu. Er zuckte zusammen. Wie schön sie war!

Noch immer ging Patrik nicht ans Telefon. Ulrika spürte, wie die alte Panik sich wieder einstellte. Was sollte sie tun? Bald würden die Gäste kommen. Anette Goldman hatte nachmittags angerufen, um sie willkommen zu heißen und sich nach der Woche in Brüssel zu erkundigen. Statt am Telefon loszulegen, hatte Ulrika gefragt, ob sie abends nicht auch herauskommen wollte, dann könnte sie alles erzählen.

Ulrike hätte gern Patriks Bekannte in Brüssel angerufen. Jenny und Gunnela gefragt, ob sie etwas von ihm gehört hätten. Mario Schiller gebeten, bei ihm vorbeizufahren und nach dem Rechten zu sehen. Jetzt machte sie sich ernsthafte Sorgen. Nicht nur um die Unterlagen, sondern mindestens ebenso sehr um Patrik. Aber für den Moment gab es nichts, was sie tun konnte. Sie musste bis zum Morgen warten. Sie hatte versprochen, die Kinder ins Bett zu bringen, während Stefan Essen machte. Das war mehr Arbeit, als er angenommen hatte, denn er wollte die von Ulrika mitgebrachte Gänseleber als Vorspeise servieren, auch wenn es nur eine dünne Scheibe pro Gast geben würde. Um die Vorspeise zu vergrößern, hatte Stefan übermütig beschlossen, Portweingelee herzustellen, ein Kunststück, an das er sich bisher nie herangewagt hatte.

Mit verbissener Miene war er zur Tat geschritten und hatte Gelatine aufgelöst, die er ganz hinten in einem Schrank in der Speisekammer gefunden hatte. Eingekauft vor sehr langer Zeit, in einem ehrgeizigen Versuch, ein Kinderfest mit Wackelpudding zu vergolden, was kein Erfolg gewesen war. Diesmal würde er nicht so viel Flüssigkeit nehmen, in der Portweinflasche war ohnehin nur noch ein Schluck. Warum nicht? Experimentierfreudigkeit und Erfindungsgabe brauchten ja nicht aufs Schlafzimmer beschränkt zu sein. Es würde sicher gut ankommen, wenn er seine verborgenen Gaben auch in der Küche zur Anwendung brachte. Stefan fand sich selbst richtig tüchtig. Jetzt musste es ihm nur noch gelingen, das Gelee aus der Form zu lösen.

Abends wurde er für seine kulinarischen Talente gebührend bewundert. Er nahm die Lobpreisungen mit verlegenem Lächeln entgegen. Er war, was Komplimente über seine Kochkunst anging, nicht gerade verwöhnt.

»Wenn du akademisch ebenso rasch Erfolg hast wie in der Küche, dann sitzt du bald auf einem Lehrstuhl für Literaturwissenschaft«, sagte Anette. »Und wenn du deine Dissertation nicht gebacken kriegst, kannst du immer noch ein Restaurant eröffnen. Das ist sowieso viel lukrativer als das Unterrichten. Das sag ich dir. Und man lernt ungeheuer sympathische Menschen kennen. Frag mich, in meinen Jahren in Paris habe ich mehr oder weniger im Restaurant gewohnt.«

»Die Wahrscheinlichkeit, dass du mich je in Kochmontur sehen wirst, ist nicht gerade groß, Anette. Ich habe nämlich wieder einen Artikel untergebracht, also bin ich auf dem richtigen Weg.«

Ulrika staunte. Sie hatte gedacht, er habe die Forschung bis auf weiteres an den Nagel gehängt. Sie wollte nicht zeigen, dass ihr das alles neu war, deshalb lächelte sie nur stolz und machte sich ans Abräumen.

Nach dem Kaffee wurde das neue Mansardenzimmer vorgeführt. Ulrika und Anette trödelten noch eine Weile herum, als die anderen schon nach unten gingen. »Jetzt erzähl endlich, wie es wirklich war. Du machst einen besorgten Eindruck. Ist etwas passiert, worüber du beim Essen nicht sprechen wolltest? Etwas, worüber du sprechen möchtest?« Anette schaute sie eindringlich an.

»Ich möchte schon, aber ich kann jetzt nicht. Es ist eine entsetzliche Geschichte. Aber ich kann alles klären, und wenn es so läuft, wie ich mir das denke, dann kann ich dir das Material für den besten Artikel deines Lebens geben, das verspreche ich dir. Für einen größeren Scoop, als du dir das vorstellen kannst.«

»Ich warte gespannt.«

»Ich auch«, erwiderte Ulrika, und dann gingen sie zu den anderen nach unten.

18

Auf dem Schreibtisch stand ein Wasserglas mit einem kleinen Strauß Huflattich. Die Rundung des Glases vergrößerte die knotigen Stängel und ließen sie wie wilden Spargel aussehen. Ulrika hatte die Blumen von Axel bekommen, und der hatte darauf bestanden, dass sie sie mit ins Büro nahm, wo sie sie den ganzen Tag ansehen könnte. Er hatte aufmerksam überwacht, wie sie sie in feuchtes Küchenpapier gewickelt und in einer Plastiktüte in ihre Aktentasche gesteckt hatte, ehe sie aufgebrochen war. »Sonst vergisst du die heute Morgen noch«, hatte er erklärt. Als ob sie das nicht schon gewusst hätte.

Jetzt saß Zoran Petrovic vor ihr im Besuchersessel und starrte den schlichten Strauß an.

»Ich habe solche Blumen für meine Mutter gepflückt, als ich noch klein war. Die standen im Frühling überall am Straßenrand«, sagte er.

»Hast du Heimweh?«

»Meine Heimat gibt es nicht mehr. Ich wohne jetzt in Schweden.«

»Gehst du wieder arbeiten?« Sie blätterte in ihren Unterlagen und suchte eine Kopie seiner Krankschreibung.

»Nein, ich bin immer noch krankgeschrieben. Aber bald muss ich wieder anfangen. Ich finde es schrecklich, nur zu Hause rumzulungern.«

»Du hast keine Probleme mehr mit Nadjas Familie, hoffe ich?«

»Nur, dass sie gedroht haben, mich totzuschlagen.« Er zog sich scherzend die Hand über die Kehle. Es war schwer zu sagen, ob er diese Drohung ernst nahm oder ob er nur versuchte, ihr gegenüber den Überlegenen zu spielen.

»Ich kann bei der Staatsanwaltschaft Besuchsverbot beantragen, wenn du willst. Wenn sie dagegen verstoßen, müssen sie Strafe zahlen oder ins Gefängnis.«

Zoran grinste bei dieser Vorstellung. »Ich nehme meine Kumpels mit, wenn ich ausgehe.« Er faltete die Hände auf seinen Knien. Ulrika sah eine alte lila Narbe, die von einem Fingerknöchel zum Handgelenk lief, wo er ein dickes silbernes Armband trug.

»Wie du willst. Wenn sie Ärger machen, dann sag Bescheid.« Sie legte eine Pause ein. Es war nicht so leicht, Besuchsverbot durchzusetzen. »Dann sollten wir uns vielleicht auf diese neuen Informationen über Nadja konzentrieren. Es wäre schön, die Sache endlich aus der Welt zu schaffen.«

Sie sah, wie er die Augen zusammenkniff. Wie der Hass unter den langen Wimpern hervorsprühte. Er würde sich gewaltig beruhigen müssen, sonst könnte die Sache ein böses Ende nehmen. Und er würde wirklich Probleme bekommen.

»Wenn du an Rache denkst, dann solltest du dir diese Gedanken schnellstens aus dem Kopf schlagen. Wenn du ihr auch nur ein Haar krümmst, dann kannst du dich nach einer anderen Anwältin umsehen. Das nur zu deiner Information«, sagte sie kalt und durchbohrte ihn mit Blicken. Er wagte nicht, die zu erwidern und sah besorgt drein.

Was er nicht wusste, war, dass sie ihn natürlich nicht im Stich lassen würde, wenn er irgendwelche Dummheiten beging. Aber es wäre unklug, ihm das zu sagen. Vorher musste er sich zusammenreißen.

»Ich habe gehört, dass weder die Staatsanwaltschaft noch Nadjas Anwältin seit ihrem Verschwinden von ihr gehört haben. Ich habe vorhin mit beiden gesprochen. Die gute Nachricht ist, dass ich mit der Mutter dieser Charlotte Ahlgren gesprochen habe, und diese Frau ist wirklich Sozialarbeiterin. Ich habe mich gestern mit ihr getroffen. Sie hat Kontakt zu Nadja. Wenn ich sie richtig verstanden habe, dann gibt es eine Möglichkeit, dass Nadja ihre Anklage gegen dich zurückzieht, aber sie wagt das aus allerlei Gründen noch nicht. Ich werde sehen, was ich noch herausfinden kann.«

Zoran rutschte im Sessel hin und her. Jetzt war sein Blick von den Blumen zu seinem Armband gewandert. »Ich bringe diese verdammte Nutte um, wenn ich sie erwische!«

»Habe ich mich irgendwie unklar ausgedrückt, da du offenbar nicht begreifst, was ich sage? Bleib du ganz ruhig, dann gebe ich mir alle Mühe, dir zu helfen. Wenn nicht, dann kannst du allein sehen, wie du fertig wirst. Die Entscheidung liegt bei dir.«

Ulrika fühlte sich gut, als der Besuch vorüber war. Sie hatte das sichere Gefühl, dass sie in diesem Fall den Sieg davontragen würde. Was war das doch für ein Unterschied, mit Menschen zu tun zu haben. Viel interessanter als Wirtschaftsrecht!

Jannike Ahlgren sah sympathisch aus. Rot getönte Haare mit dickem Pony, die ihre graugrünen Augen betonten. Sie trug ein lockeres rostbraunes, vorne geknöpftes Jerseyoberteil und einen weiten Rock. Um ihren Hals hing an einer dünnen Goldkette ein vierblättriges Kleeblatt. Ulrika brachte ihr sofort Vertrauen entgegen, obwohl die andere sich zuerst eher abwartend verhielt.

»Gut, dass Sie da sind, sonst hätte ich mich auch gemeldet. Ich habe Ihnen ja schon am Telefon gesagt, dass Nadja mich um Hilfe gebeten hat. Sie will sich nicht an ihre eigene Anwältin wenden, weil sie sich offenbar dafür schämt, dass sie gelogen hat.« Jannike Ahlgren schaute auf die kahlen Zweige vor dem Fenster hinaus, dann fügte sie hinzu: »Sie hatte es sehr schwer. Sie wissen sicher, dass viele Kinder aus Zuwandererfamilien, vor allem die Mädchen, große Probleme haben mit dem Balanceakt zwischen der schwedischen Freiheit, auf die sie einen Anspruch zu haben glauben, und den strengen Familientraditionen, die ihre Eltern und Verwandten unbedingt aufrechterhalten wollen. Nadja ist da keine Ausnahme.« Sie presste die Handflächen aneinander, dann faltete sie die Hände so fest, dass die Fingerknöchel weiß wurden, und schließlich stützte sie das Kinn hinein.

»An dem Abend, als sie nach dem Besuch bei Ihrem Mandanten nach Hause kam, hat ihr Vater sie fast umgebracht. Er hat sie als Hure bezeichnet und wollte unbedingt wissen, wo sie gewesen war. Zuerst hat sie alles abgestritten und behauptet, mit einer Freundin zusammen deren kleine Geschwister gehütet zu haben, aber das hatte die Familie offenbar überprüft. Am Ende hat ihre Mutter ihr die Hosen vom Leib gerissen und sie auf einen Tisch gelegt, wo die ganze Familie sie festhielt, während die Mutter feststellte, dass sie keine Jungfrau mehr war. Ein Bruder hat sie die ganze Zeit gewürgt, der andere hat ihr die Beine auseinander gepresst.«

»Das arme Mädchen. So sind also die ›typischen Vergewaltigungsspuren‹ entstanden«, stellte Ulrika mit einer Grimasse fest.

»Ja, so ist das passiert. Sie hatte schreckliche Angst, dass sie sie umbringen würden, und deshalb hat sie behauptet, er habe sie gezwungen. Sie wäre nie auf die Idee gekommen, dass die Eltern zur Polizei gehen und dass das Ganze vor Gericht landen würde. Wissen Sie, wegen der Schande für die Familienehre und allem. Stellen Sie sich vor, sie hat wirklich geglaubt, ihre Familie würde Zoran Petrovic zwingen, sie zu heiraten!«

Jannike Ahlgren lachte auf, es war ein kurzes, freudloses Lachen. Danach seufzte sie resigniert und fügte dann hinzu: »Aber statt für eine Heirat entschieden sie sich wie gesagt für eine Anzeige. Und zwar, als die Brüder wegen Körperverletzung verhaftet wurden. Ich glaube, sie dachten, das könnte als eine Art mildernder Umstand gelten.

Als dann die Hauptverhandlung näher rückte, hatte Nadja schreckliche Angst, auf den Koran schwören zu müssen, und deshalb ist sie weggelaufen. Seither versteckt sie sich in einem Frauenhaus.«

»Armes Kind«, sagte Ulrika. Nadja tat ihr Leid, aber nicht ganz so Leid wie Zoran, der diesmal ohne eigenes Verschulden so viel hatte durchmachen müssen. Als ob er nicht schon genug ausgestanden hätte, ehe er nach Schweden gekommen war.

»Was machen wir also jetzt? Sie wissen ja, dass ich in erster Linie an meinen Mandanten denken und dafür sorgen muss, dass die Staatsanwaltschaft das Verfahren einstellt. Mein Mandant ist nach den Misshandlungen übrigens noch immer krankgeschrieben. Und außerdem haben die Brüder Amiri gedroht, ihn umzubringen. Sie als Sozialarbeiterin wissen doch selbst, wie schwer es ist, ein Besuchsverbot durchzusetzen. Mindestens so schwer, wie es ist, das dann auch aufrechtzuerhalten.«

Jannike sagte nichts dazu, Ulrika konnte ihr aber ansehen, dass diese Problematik ihr nicht fremd war. »Ich wollte zuerst mit Ihnen sprechen, nicht mit der Staatsanwaltschaft, weil ich hoffe, dass Sie Zoran Petrovic dazu überreden können, Nadja nicht zu allem Überfluss auch noch wegen falscher Anklage anzuzeigen.«

Ulrika dachte an Zorans Verbitterung. Es würde nicht leicht sein. Aber warum nicht? Was würde es bringen, Nadja noch schlimmer zu bestrafen? Die Wunde noch einmal aufzureißen, ehe sie verheilt war? Einen Versuch konnte sie doch immerhin machen.

»Ich werde sehen, was ich tun kann«, sagte sie und verabschiedete sich. Jetzt wollte sie so schnell wie möglich zurück ins Büro.

Dort schaute sie dann sofort nach, ob Peter Höök einen Moment frei hatte. Wenn überhaupt, dann würde er ihr einen guten Rat geben können. Er kannte Zoran doch, seit der in Schweden eingetroffen war und Asyl beantragt hatte.

»Hallo.« Sie lächelte ihren Kollegen strahlend an, der sich gerade in eine Autozeitschrift vertieft hatte. »Möchtest du eine Tasse Kaffee?«

»Ja, danke, gern, das ist genau das, was ich jetzt brauchen kann. Schön, dass du wieder da bist, übrigens. Wie war's denn in Brüssel?« Er griff zum Haustelefon und bat eine Sekretärin, ihnen zwei Tassen Kaffee und ein paar Pfefferkuchen zu bringen.

Während sie Kaffee tranken, erzählte Ulrika in groben Zügen, was inzwischen in Zorans Fall passiert war. Peter hörte aufmerksam zu und hielt es anschließend für wenig wahrscheinlich, dass Zoran sich mit der Einstellung des Verfahrens zufrieden geben würde. »Ihm ist wirklich ein schreckliches Unrecht geschehen. Es würde mich wundern, wenn er das so einfach hinnehmen würde.«

»Mich auch, aber die Kleine tut mir trotzdem Leid. Ich glaube auch nicht, dass die Staatsanwaltschaft unter diesen Umständen von sich aus Anklage gegen sie erheben würde. Ich habe mir das alles hin und her überlegt.« Sie nahm sich einen Pfefferkuchen und brach ihn in zwei Teile. »Du brauchst diese Frage natürlich nicht zu beantworten, aber ich möchte wissen, wie gut du Zorans früheres Leben kennst, ich meine, bevor er nach Schweden gekommen ist.«

Peter schaute sie nachdenklich an, dann antwortete er: »Ich weiß allerlei, aber das ist ein heikles Thema, wie du dir ja denken kannst. Ich weiß nicht, wie viel ich dir erzählen kann. Er hat entsetzliche Kriegserlebnisse hinter sich. Du weißt doch sicher, was da drüben gelaufen ist. Unschuldige Menschen wurden einfach so dahingemetzelt. Ethnische Säuberungen, Vergewaltigungen und Terror. Es ist kaum vorstellbar. Sie waren wie Bestien. Es ist klar, dass das seine Spuren hinterlässt. Du weißt doch sicher, dass er alt genug war, um Waffen zu tragen.«

»Musste er an solchen Dingen teilnehmen, wie du sie hier aufgezählt hast?«

Statt zu antworten, fragte er: »Wie willst du jetzt weiter vorgehen?«

»Wenn er an irgendeinem Kriegsverbrechen beteiligt war, dann wird er dafür wohl kaum zur Rechenschaft gezogen werden, wo er sich doch in Schweden aufhält. Vielleicht kann ich ihn dazu bringen, das hier als eine Art Buße zu betrachten.« Sie lachte verlegen. »Ist das sehr an den Haaren herbeigezogen, was meinst du?«

»Du denkst hier jedenfalls nicht als Anwältin. Aber du kannst es ja versuchen.« Mehr brauchte er nicht zu sagen. Ulrika wusste, dass ihre Vermutung zutraf.

Als Ulrika erst beschlossen hatte, wie sie vorgehen wollte, war die Sache fast schon geklärt. Eine Andeutung hatte gereicht. Zoran hatte offenbar mit einem überaus schlechten Gewissen zu kämpfen. Seine Stimme versagte. Sie merkte, wie seine Erinnerungen ihn quälten. Er würde die Sache auf sich beruhen lassen. Er sah ein, dass es so am besten wäre. Er würde Nadja in Ruhe lassen, wenn sie ihre Aussage erst zurückgezogen hätte. Durch das, was hier passiert war, hatte sie ihre Familie verloren. Das war Strafe genug.

Ulrika kam sich vor wie eine Verräterin, sagte sich aber, es sei auch besser für ihn, das Vergangene ruhen zu lassen und zu versuchen, sein Leben wieder aufzunehmen.

Sie selbst wollte sich mit den Brüdern Amiri unterhalten.

Sie wollte dafür sorgen, dass Zoran Schmerzensgeld für die erlittenen Verletzungen und die unberechtigte Festnahme erhielt. Sie machte sich einige Notizen im entsprechenden Ordner und legte den Fall dann beiseite.

Ehe sie sich an einen neuen Fall setzte, warf sie einen Blick auf die Uhr. Noch eine halbe Stunde. Dann würde sie einen letzten Versuch unternehmen, um Patrik zu erreichen.

Weit weg, in einer schäbigen Gefängniszelle in Brüssel, erwachte Patrik Strömberg nach einer Nacht voller unruhiger

Träume. Wieder ein neuer Tag. Montag. Sie hatten ihm versprochen, dass er heute einen Anwalt sehen dürfte. Seit vier Tagen war er in diesem Rattenloch eingesperrt und konnte nur mit den Gefängniswärtern sprechen, die er bereits irgendwo zwischen Sadisten und gehirnamputierten Pavianen einsortiert hatte.

Sie hatten ihm auch nichts gegeben, womit er sich die Zeit hätte vertreiben können. Nicht einmal eine Bibel gab es in der Zelle. Er hatte nicht duschen oder sich rasieren dürfen. Sein Magen brannte vor Unruhe und Hunger. Die Mahlzeiten wurden unregelmäßig serviert, meist bestanden sie nur aus Broten und Kaffee. Nur ein einziges Mal hatte es etwas Warmes gegeben. Er hatte sich Toilettenpapier erbetteln können. Das Allerschlimmste aber war, dass er nicht wusste, warum er festgenommen worden war. Alles, was er erfahren hatte, war, dass während des Wochenendes nichts unternommen werden konnte.

Die Freilassung kam ebenso unerwartet wie die Festnahme. Ohne Vorwarnung wurde die Tür geöffnet. Der Gefängniswärter, der bisher nur Flämisch gesprochen hatte, erklärte ihm jetzt in perfektem Französisch, er sei frei und könne gehen.

»Und was ist die Ursache für diese Kehrtwendung, wenn ich fragen darf? Bin ich nicht mehr der Staatsfeind Nr. 1, der ohne Erklärung auf offener Straße entführt und ohne Zugang zu Anwalt oder Zahnbürste in eine verdreckte Zelle eingesperrt werden darf? Wie zum Teufel könnt ihr es wagen, Menschen so zu behandeln!«, schrie Patrik hemmungslos. Angst und Unsicherheit der vergangenen Tage kulminierten plötzlich in einem heftigen Wutausbruch.

Der Wärter wich zurück und wollte schon die Tür wieder schließen, als Patrik einsah, dass er sich hier die Aussicht auf Freiheit ruinierte. Er warf sich im Sprung vor und konnte sich an dem Wärter vorbeidrängen, der nun wieder einsprachig geworden war und ihn auf Flämisch zusammenstauchte.

Ohne ein Wort der Erklärung wurden Patrik dann seine

Habseligkeiten ausgehändigt. Gürtel, Schnürsenkel, Brieftasche und Mobiltelefon.

»Wo ist meine Aktentasche?«

Der Polizist zuckte mit den Schultern. Er hatte keine Aktentasche gesehen. Wem er die übergeben habe?

Patrik musste sich gewaltig zusammenreißen, um nicht wieder zu explodieren. Seine Muskeln zitterten vor Anstrengung. So ruhig wie möglich antwortete er, der Betreffende habe sich nicht vorgestellt. Er habe nicht die Absicht, das Haus ohne eine akzeptable Erklärung für seine Festnahme und ohne seine Aktentasche zu verlassen. So würdevoll er das nur konnte, und ohne sich darum zu scheren, dass er sicher wie ein Penner aussah und roch, bestand er darauf, mit einem Vorgesetzten zu sprechen.

Vermutlich waren dieses Begehren und überhaupt sein gesamtes Auftreten so ungewöhnlich, dass der Polizist ihm aus purer Überraschung den Willen tat. Ein frisch Entlassener, der nicht so schnell wie möglich das Gefängnis verlassen wollte?

Patrik musste über eine Stunde warten, dann wurde er zum wachhabenden Beamten vorgelassen. Er hatte also Zeit genug, um nachzudenken. Wann hatte er die Aktentasche zuletzt gesehen? Sie musste im Wagen liegen geblieben sein, als die Polizisten ihn verschleppt hatten. Er konnte sich nicht daran erinnern, dass einer der Polizisten sie getragen hatte, und er selbst war doch mit Handschellen gefesselt gewesen.

Der Kommissar hörte sich Patriks Darlegung höflich an, konnte aber nicht viel dazu sagen. Er wusste nicht, warum Patrik verhaftet worden war. Er rutschte verlegen auf seinem Sessel hin und her. Es liege eine Anzeige vor. Nein, er könne noch nichts dazu sagen, da ihm das Protokoll noch nicht zugänglich gemacht worden sei. Im Moment könne er deshalb keine weiteren Maßnahmen ergreifen. Was die Zukunft anging, so könne er auch nichts sagen. Wenn er das richtig verstanden habe, so gebe es keinen Grund zur Besorgnis. Er bedauerte, dass Patrik das Wochenende in der Zelle habe verbringen müssen, aber das liege daran, dass er so kurz vor dem Wochenende festgenommen worden sei.

»Ich bin am Donnerstagmorgen festgenommen worden«, sagte Patrik verbissen. »Es hätte also Zeit genug geben müssen, um eventuelle Missverständnisse zu klären, ehe die Polizei für das Wochenende ihre Tätigkeit einstellte.«

»Natürlich. Da kann ich Ihnen nur zustimmen. Aber irgendetwas muss da schief gegangen sein. Ich bitte um Verzeihung für Ihre Unannehmlichkeiten, Monsieur. Ich wünschte, ich könnte noch mehr für Sie tun.«

»Ja, wenn Sie dafür sorgen könnten, dass ich meine Aktentasche zurückerhalte.«

»Natürlich. Ich werde der Sache persönlich nachgehen.« Und damit war das Gespräch beendet.

Patrik musste ein ganzes Stück zu Fuß gehen, ehe ein Taxi hielt und ihn mitnahm. Erschöpft ließ er sich auf den Rücksitz sinken. Jetzt sehnte er sich nur noch danach, sich in die Badewanne zu legen und sich gründlich zu schrubben. In seinem ganzen Leben war er sich noch nicht so schmutzig vorgekommen.

Als er sich seiner Etage näherte, spürte er, dass etwas nicht stimmte. Vorsichtig schlich er sich zu seiner Wohnungstür und horchte. Alles war still, wie immer an einem Werktag. Alle Mieter in seinem Aufgang arbeiteten. Vermutlich war er ganz allein im ganzen Haus, wenn der Alte in der Wohnung unter seiner nicht mit einem Kater herumlag, was ab und zu vorkam. Das Gefühl des Unbehagens wollte nicht nachlassen. Trotz der Stille stimmte hier etwas nicht. Er blieb angespannt stehen, die Hand auf der Klinke, den Schlüssel im Schloss. Seine Nerven lagen blank, wahrscheinlich bildete er sich das alles nur ein.

Die Tür war nicht verschlossen. Der Schlüssel ließ sich nicht umdrehen. Er zögerte, ehe er öffnete, er hatte Angst vor dem, was ihn nun erwartete.

Bei ihm war eingebrochen, die Wohnung war durchsucht worden. Sämtliche Schubladen waren herausgezogen worden, der Inhalt lag auf dem Boden. Die Balkontür stand offen. Seltsamerweise waren Fernseher und Stereoanlage noch vorhanden. Es hatte sich wohl nicht gelohnt, die zu stehlen, die Qualität war nicht hoch genug für dieses Diebsgesindel. Gegen seinen Willen war er beleidigt. Er brachte es nicht über sich zu überprüfen, was entwendet worden war. Er war so todmüde, dass er es nicht einmal schaffte, das ersehnte Bad zu nehmen. Erschöpft ließ er sich aufs Bett sinken und schlief sofort ein.

Irgendwo im Hintergrund klingelte das Telefon. Fünf Signale, dann schaltete der Anrufbeantworter sich ein. Patrik schlief so tief, dass er die eingehende Nachricht nicht hörte.

»Hallo, hier ist noch mal Ulrika. Es ist gleich eins, Montagmittag. Wenn ich bis fünf Uhr heute Nachmittag nichts von dir höre, dann melde ich dich als vermisst.«

19

Das Wasser strömte warm über seinen Körper. Immer wieder seifte er sich ein und ließ den Schaum dann wegspülen, bis er sich endlich sauber vorkam. Langsam änderte er die Temperatur und ließ das Wasser immer kühler werden. Als es dann so kalt war, wie er es eben noch ertragen konnte, steigerte er den Druck und ließ sich für einen Moment von den eiskalten Strahlen peitschen, ehe er dann prustend die Duschkabine verließ und sich in ein Badehandtuch wickelte. Was für ein Luxus! Jetzt musste er nur noch etwas essen, dann konnte er sich in der Wohnung ans Aufräumen machen.

Patrik hatte sich noch nicht einmal angezogen, als das Telefon wieder klingelte. Mit dem Handtuch um die Hüften bahnte er sich einen Weg durch das Chaos. Als er dann den Hörer abnahm, warf er einen Blick auf den Anrufbeantworter und sah, dass dort neunzehn Anrufe eingegangen waren.

»Wo zum Henker hast du denn so lange gesteckt? Ich habe doch mindestens hundertmal angerufen.«

»Neunzehnmal.«

»Wieso neunzehnmal?«

»Mein Anrufbeantworter hat neunzehn Anrufe registriert.«

»Ist es dann zu viel verlangt, wenigstens einen zu beantworten? Begreifst du nicht, dass ich mir Sorgen um dich gemacht habe?«

»Ich habe noch gar nicht feststellen können, wer hier angerufen hat. Ich komme gerade aus der Dusche. Wenn du einen

Moment warten könntest, ich muss mir etwas überziehen, es wird kalt.«

Als Patrik dann wieder da war, hatte Ulrika sich ein wenig beruhigt und hörte ohne Unterbrechung zu, während ihr Liebhaber berichtete. Als er seine Horrorerlebnisse geschildert hatte und mitteilen musste, dass die Aktentasche mit allen Unterlagen und seinen persönlichen Dokumenten verschwunden war, dachte und reagierte sie rein professionell. Während des Gesprächs hatte sie sich wie immer Notizen gemacht, auf die sie jetzt zurückkam. Sie stellte einige relevante Fragen.

Patrik antwortete, so gut er konnte, aber er konnte auch keine klare Antwort auf die Frage geben, was zu seiner Festnahme geführt haben mochte.

»Du Armer, was muss das für ein schreckliches Erlebnis gewesen sein!«

»Ja, das Schlimmste, was mir je passiert ist. Ich bin total fertig. Ulrika, du hattest die Unterlagen doch hoffentlich kopiert?«

»Nein, daran hatte ich nicht gedacht, wo sie doch weder mir noch zu Olofs Nachlass gehörten.« Es war entsetzlich, das zugeben zu müssen.

»Dann war also alle Arbeit umsonst«, stellte Patrik traurig fest.

»Es tut mir so Leid für dich. Aber vielleicht tauchen sie wieder auf. Falls du nicht meinst, deine Verhaftung könnte etwas mit deinen und Olofs Untersuchungen zu tun haben.«

»Ich wüsste nicht, wie das möglich sein könnte. Außer dir wusste doch niemand, dass ich sie hatte.«

»Die Unterlagen, ja, aber ich dachte an eure Untersuchungen ganz allgemein. Du hast doch auch schon angenommen, dass Olof deswegen ermordet worden ist.« Ulrika zögerte, ehe sie weitersprach. »Hast du übrigens Philippe La Torre gekannt, er hat mit Olof zusammengearbeitet?«

»Der Name sagt mir was. Wieso fragst du, ob ich ihn gekannt habe?«

»Er ist tot.«

Sie erzählte, was sie wusste. Patrik schien erschüttert zu sein. Er sagte, er werde versuchen, so viel wie möglich herauszubekommen. Sie hatten ja trotz allem denselben Arbeitsplatz. Es musste dort irgendwen geben, der mehr wusste.

»Wann kommst du zurück?«

»Am Sonntag, Aber dann zusammen mit meiner Familie.«

»Bedeutet das, dass wir uns nicht mehr sehen können?«

»Natürlich werden wir uns sehen, aber nicht mehr so oft wie bisher«, antwortete sie mit weicher Stimme.

»Ich finde nicht, dass wir uns so oft gesehen haben. Wie kannst du das behaupten, wir kennen uns doch kaum!«

»In der einen Woche haben wir uns viermal gesehen. Hast du das vergessen?« Ulrika wollte plötzlich unbedingt das Thema wechseln. »Du musst den Einbruch in deine Wohnung anzeigen, auch wenn nichts gestohlen worden ist. Du musst alles, was passiert ist, dokumentieren. Es kann doch nie schaden, sich vorzusehen.«

»Ehrlich gesagt, ich glaube, ich kann keine Polizisten mehr sehen. Ich habe das Vertrauen in die Exekutive und das Rechtswesen in diesem Land total verloren. Kannst du begreifen, warum diese Schweine mir nicht einmal sagen wollten, warum sie mich festgenommen und dann vier Tage wie einen besoffenen Penner ins Loch gesteckt haben! Das kann doch unmöglich erlaubt sein.«

»Ja, das klingt ziemlich merkwürdig. Leider kann ich von hier aus nichts unternehmen. Sprich mit Markus Westerlund in meinem Büro in Brüssel, der besorgt dir dann einen belgischen Anwalt. Du brauchst einfach jemanden, der dir behilflich ist. Was den Einbruch angeht, musst du natürlich selber wissen, was du willst. Ich finde jedenfalls, dass du sicherheitshalber mit den Nachbarn reden und feststellen solltest, ob die etwas gesehen oder gehört haben. Danach kannst du ein paar Fotos von dem Elend machen, ehe du Ordnung schaffst. Hast du eine Kamera?«

»Ja, wenn die nicht gestohlen worden ist.«
»Ja, das wäre blöd. Pass auf dich auf.«

Ulrika beendete dieses Gespräch mit gemischten Gefühlen. Sie war extrem erleichtert darüber, dass Patrik nichts passiert war, sie war aber auch zutiefst beunruhigt, weil das alles passiert war. Sein ganzer Bericht kam ihr dermaßen unwahrscheinlich vor, dass sie befürchtete, das sei nicht die ganze Wahrheit. Und wenn er ihr irgendwelche Details verheimlichte? War ihm die Aktentasche wirklich abgenommen worden, wie er behauptete? Sie überlegte, sich wieder an Vandergoten zu wenden, um festzustellen, ob er ihr etwas über die Verhaftungsmethoden in Belgien erzählen könnte.

Doch bald verdrängte sie diese Überlegungen. Sie ertrank schließlich in Arbeit. Jede Unterbrechung riss sie aus ihrer Konzentration und ließ sie kostbare Arbeitszeit verlieren. Und das konnte sie sich im Moment nicht leisten. In dieser Woche war jede Minute kostbar. Am Mittwoch stand eine Verhandlung an, die nicht so einfach werden würde, wie sie geglaubt hatte, als ihr das Mandat angeboten worden war. Seufzend schlug sie Maud Granbergs Ordner auf. Hier hatte sie es jedenfalls mit einer zu tun, die gern die Wahrheit unterschlug.

Die erste Lüge, bei der sie ihre Mandantin ertappt hatte, war die Geschichte vom getreuen Anwalt, der laut Maud Granbergs Aussage auf Grund seines Alters und seines schlechten Gesundheitszustandes alle Mandate niederlegen musste. Ulrika hatte bald herausgefunden, dass ihre Mandantin ihre Anwälte ungefähr so oft wechselte wie spanische Schnulzensänger ihre Freundinnen. Sicher konnte sie deshalb an ihrem Wohnort keinen mehr finden. Den letzten hatte sie an dem Tag gefeuert, an dem sie sich bei Ulrika gemeldet hatte. Und deshalb hatte der Richter die Verhandlung nicht aussetzen wollen. Maud Grandberg war im Gericht von Uppsala ansonsten ein bekanntes Gesicht. Ihr wurde nicht zum ersten Mal der Verkauf nicht einwandfreier Pferde zur Last gelegt.

Ulrika hatte sich die früheren Urteile kommen lassen, um sich möglicherweise einen Eindruck von den Unternehmungen ihrer Mandantin zu verschaffen, was direkt an der Quelle unmöglich zu sein schien, da Maud Granbergs eigene Version sich in wirklich mythomanische Höhen aufschwang.

Zwischen den Zeilen konnte Ulrika aber immerhin lesen, dass Maud Granberg systematisch unerfahrene Pferdeliebhaber dazu überredete, ihrem Gestüt für teures Geld unbrauchbare Pferde abzunehmen. Sie gab in allen skandinavischen Pferdezeitschriften Anzeigen auf und konnte den Unterschied zwischen Amateuren und professionellen Händlern sofort erkennen.

Ihre Geschäfte funktionierten so, dass sie für einen Spottpreis aus russischen Dörfern Baschkirpferde importierte, die dort in großen Mengen gezüchtet wurden. Wie Käfighühner. Die Rasse an sich besaß viele gute Eigenschaften. Unter anderem ein besonderes Fell, das es auch Menschen mit Pferdehaarallergie erlaubte, sie problemlos zu reiten. Und das hatte Maud Granberg bei der Vermarktung ihrer Tiere eifrig ausgenützt. Was sie dagegen nicht mitteilte, war, dass die von ihr importierten Pferde oft zum absoluten Bodensatz ihrer Rasse gehörten. Deshalb waren sie im Einkauf billig. Die Züchter behielten die besten Exemplare offenbar selbst, zur Weiterzucht und zum Verkauf innerhalb Russlands.

In Zusammenarbeit mit einem gelinde gesagt unseriösen Transportunternehmen holte sie die Pferde in großen Viehtransportern nach Schweden. Dabei wurden die Preise dadurch niedrig gehalten, dass die Pferde viel zu dicht zusammengepfercht wurden und deshalb in traurigem Zustand ihr Ziel erreichten. Das Transportunternehmen war bereits einmal wegen Tierquälerei verurteilt worden. Das hatte es jedoch nicht daran hindern können, seine Tätigkeit unter anderem Namen wieder aufzunehmen.

Maud Granberg arbeitete auch mit einigen Tierärzten zusammen, die das alles nicht so genau nahmen und die Pferde für gesund erklärten, obwohl sie unter allen möglichen Krankheiten litten, von Krätze über Lungenentzündung und Lahmen bis zu allerlei Charakterfehlern. Ebenso gewissenlos veranschlagten diese Tierärzte das Alter von zwölfjährigen Pferden auf sechs, oder, was noch schlimmer war, das von einjährigen auf drei, also das Alter, in dem sie als ausgewachsen galten und zugeritten werden konnten. Wenn ein zu junges Pferd zugeritten wurde, dann riskierte man Dauerschäden, nicht nur im Rücken, sondern auch in der Psyche, wie in dem Fall, der am Mittwoch zur Verhandlung kommen sollte und in dem sämtliche Pferde als absolut gemeingefährlich bezeichnet wurden.

Als Ulrika Maud Granberg mit diesen Tatsachen konfrontierte, stritt sie alles ab. Ja, sie war wirklich wütend gewesen, weil Ulrika in ihren Privatangelegenheiten herumgeschnüffelt hatte, wie sie das ausdrückte.

Ulrika verkniff sich die Bemerkung, dass sie zufällig sogar wusste, dass Maud Granberg eine dreijährige Gefängnisstrafe wegen ausgedehnter Hehlereigeschäfte abgesessen hatte, ehe sie auf Pferdehandel umgesattelt hatte.

Ulrika verabscheute Mandantinnen und Mandanten, die logen. Das machte alles so schwer und sorgte für eine Menge zusätzlicher Arbeit. Außerdem konnte sie nicht ihr Bestes geben, wenn sie nicht richtig vorbereitet war. Sie konnte sich nichts Schlimmeres vorstellen, als mitten in einer Verhandlung mit einer Überraschung konfrontiert zu werden. Das konnte tödlich sein.

Der Kläger verlangte, den Kauf rückgängig zu machen, er wollte den Kaufpreis zurückerstattet haben und verlangte darüber hinaus noch einen beträchtlichen Schadensersatz.

Den Schadensersatz würde Ulrika Maud Granberg sicher ersparen können, aber die Frage war, ob es ihr gelingen würde, den Kauf aufrechtzuerhalten. Sie hoffte das wirklich, denn Maud Granberg hatte ihr erklärt, dass sie die Pferde um keinen Preis zurückhaben wolle. »Er hat sie selbst kaputtgemacht«, hatte sie in einem dermaßen selbstsicheren und hochmütigen Tonfall erklärt, dass Ulrika wieder an Queen Elizabeth hatte denken müssen.

Die Gegenseite hatte zwei unabhängige tierärztliche Gutachten und eine ärztliche Bescheinigung vorgelegt, der zufolge der Käufer wegen eines ernsthaften Pferdebisses in den Oberarm in Behandlung gewesen war. Die Wunde war mit siebzehn Stichen genäht worden, inzwischen war er aber wiederhergestellt.

Um der Sache noch zusätzliche Würze zu geben, behauptete Maud Granberg jetzt, der Käufer habe eines der Pferde schlachten lassen. Vermutlich das, was ihn gebissen hatte, aber für diese Behauptung hatte Ulrika keinen Beweis beibringen können.

Ulrika hatte für die Verteidigung ein eigenes Gutachten erstellen lassen, das den absolut tadellosen Zustand der Tiere belegte. Auf jeden Fall fehlte ihnen nichts, was für den Käufer wirklich von Bedeutung hätte sein können, und falls doch, dann hatte auch die Verkäuferin nichts davon gewusst. Viel mehr konnte sie jetzt nicht unternehmen. Eines aber stand fest: Sollten ihre Kinder jemals ein Pferd haben wollen, dann würde sie es definitiv nicht bei Maud Granberg kaufen.

»Telefon für dich. Sylvia.«

»Danke, stell es durch. – Hallo, du. Wie schön, von dir zu hören. Wir geht's dir denn so?«

»Viel besser, danke. Es war gut, wegzukommen und ein bisschen Abstand zu allem zu gewinnen.«

»Das kann ich verstehen. Das hättest du schon viel früher tun sollen. Ich habe übrigens einige Akten zusammengestellt, nach denen du gefragt hattest, und die haben wir per Express geschickt. Sind sie schon angekommen?«

»Schon vor einer ganzen Weile, aber ich bin noch nicht dazu gekommen, sie mir anzusehen. Danke für die Hilfe. Ich hoffe, das hat dir keine Probleme gemacht?«

»Nein, nicht direkt. Denkst du an etwas Bestimmtes?«

»Hattest du persönlich mit meinen Mandanten zu tun?«

»Nein, darum hat Markus sich gekümmert. Die waren ziemlich laut.«

»Hat Markus etwas gesagt, nachdem sie gegangen waren?«

»Nicht, dass ich wüsste. Wieso fragst du?«

»Einfach so.« Sylvia schien nachzudenken. Als wolle sie den Fall gern weiter diskutieren, wisse aber nicht, wie. »Glaubst du, du kannst mich besuchen, ehe du wieder fährst? Es wäre so schön, dich wieder zu sehen.«

»Ich werde es versuchen. Aber vor Mittwoch schaff ich das nicht.«

»Hast du viel zu tun?«

»Mehr als genug. Alle freuen sich, wenn du so bald wie möglich wiederhergestellt bist. Jede Verbesserung deines Gesundheitszustandes wird bei uns in der Firma mit Jubel begrüßt. Den Tag deiner Rückkehr werden wir mit Champagner feiern und so wahnsinnig viel in uns hineinschütten, dass wir für den Rest der Woche mit Eisbeuteln auf dem Kopf da liegen werden, damit du dich allein um den ganzen Kram kümmern kannst. Nein, Spaß beiseite. Es ist wirklich schön, dass es dir besser geht. Lass dir alle Zeit zum Gesundwerden, die du brauchst. Wenn du nur bis zum 17. Mai wieder hier bist, denn dann fahre ich zu einem Seminar nach Norwegen und lerne, wie man die vorhandene Zeit durch kluge Organisation verdreifachen kann.«

»Du machst dich über mich lustig!« Sylvia lachte laut. Ulrika war gerührt. Sie hörte ihre Kollegin zum ersten Mal seit Olofs Tod lachen.

Die Depression hatte schon am ersten Abend in der Klinik nachgelassen, und zwar in dem Moment, als Sylvia Josef gesehen hatte. Sie hatte auf dem Bett gelegen, hoffnungslos erschöpft nach einer albtraumhaften Mahlzeit im gemeinsamen Speisesaal, und auf ihre erste Unterredung mit dem Therapeuten gewartet. Als er dann ihr Zimmer betreten und sich in den

Sessel gesetzt hatte, hatte sie zuerst nicht begriffen, dass er das war. Er hatte Olof so ähnlich gesehen, dass es wehgetan hatte.

Zuerst hatte sie geweint. Dann hatte sich die Erleichterung eingestellt und sie mit einer klaren Entschlossenheit erfüllt. Sie wollte gesund werden. Diesmal würde sie nicht nachgeben, wenn Schwierigkeiten auftraten. Sie wollte kämpfen.

Mühsam hatte sie dann den Kampf aufgenommen. Ein kleines Stück nach dem anderen. Fest entschlossen, nicht auf dem Weg zurück ins Leben ins Stocken zu geraten, hatte sie die Nägel in die brüchigen Kanten geknallt, um nicht ein weiteres Mal in den Abgrund zu stürzen. Denn dann könnte sie auch gleich sterben, da sie wusste, dass sie kein weiteres Mal ganz unten überleben würde.

Gelassen hatte er auf sie gewartet. Hatte ohne Vorurteile zugehört. Er erteilte ihr keine Ratschläge, sondern ließ sie die Lösungen selber finden. Sylvia stellte fest, dass sie sich nach diesen Gesprächen sehnte. Sie glaubte, jemanden gefunden zu haben, auf den Verlass war. Auch wenn sie nicht ihre ganze Geschichte mit ihm teilen konnte.

Ihr Gehirn funktionierte jetzt endlich wieder normal. Sie konnte einen Gedanken zu Ende denken, ohne von schmerzhaften Abschweifungen verwirrt zu werden. Sie freute sich über ihre wieder gefundene Fähigkeit, Probleme zu analysieren und Risiken zu kalkulieren.

Wenn sie sich nicht mit Josef unterhielt, unternahm sie lange Spaziergänge in den Wäldern, die die Klinik umgaben. Sie war dankbar dafür, dass jemand vernünftige Kleider für sie eingepackt hatte. Sicher war das Ulrika gewesen. Auf ihren Wanderungen zwischen Buschwindröschen und gelben Blumen, deren Namen sie nicht kannte, hatte sie Zeit zum Nachdenken. Meistens folgte sie den ausgetretenen Wegen, aber ab und zu, wenn die Erinnerungen sich wieder einstellten, lief sie auch ins Unterholz. Dort musste sie sich darauf konzentrieren, wohin sie ihre Füße setzte. Es knackte und raschelte, wenn Zweige unter ihrem Gewicht zerbrachen. Feuchtes Moos und fauliges Laub gaben unter ihren Stiefeln nach. Sie blieb zwischen Steinen stecken und musste aufpassen, dass sie sich nicht in einem verborgenen Loch den Fuß verknackste. Die Angst vor Schlangen war hier durchaus berechtigt. Zielstrebig kletterte sie immer wieder zwischen tückischen Baumstämmen hindurch und über glatte Steinkuppen. Sie ging weiter, bis ihre Angst verschwunden war. Erst dann griff sie zu einem kräftigen Stock und schlug damit bei jedem Schritt auf die Erde, um Kriechtiere und anderes lauernde Ungeziefer zu verjagen. Mit Hilfe ihres guten Orientierungssinnes fand sie jedes Mal zurück zur Klinik, wo sie wegen ihres langen Ausbleibens mit sanften Ermahnungen rechnen konnte.

Nach einigen Tagen spürte sie, dass sie langsam auch körperlich wieder zu Kräften kam. Erst dann rief sie in der Kanzlei in Brüssel an und sprach mit Markus Westerlund. Ihr war schmerzlich bewusst, dass sie damit zu lange gewartet hatte.

Sie ahnte schon, dass er bis zu einem gewissen Grad wusste, was sie getan hatte, auch wenn sie nie über den Fall gesprochen hatten. Etwas musste sie ja auch gesagt haben, vor Olofs Tod und nachher, aber er hatte es nie richtig verstehen wollen. Auch diesmal wollte er nicht zuhören. Sowie sie sich dem Thema näherte, wich er aus. Er wollte es nicht wissen. Im Laufe des Gesprächs ging ihr auf, dass sie selber handeln musste. Sie konnte sich nicht auf Dauer verstecken. Sie musste sich zu erkennen geben. Erst danach würde sie frei sein.

Sie würde sich wohl ihr Leben lang an Olofs Tod schuldig fühlen, auch wenn sie die Waffe nicht selbst gehalten hatte. Aber sie und nur sie hätte den Mord verhindern können. Doch sie hatte nichts unternommen. Hätte sie es getan, dann hätte er sie verlassen. So gut kannte sie ihn. Olof war ihre Zwillingsseele gewesen, die sie, Sylvia, im Stich gelassen hatte.

Wäre es wirklich so schrecklich gewesen, wenn er sie verlassen hätte? Dann wäre er doch immerhin noch am Leben.

Nicht die Angst vor der Einsamkeit hatte damals ihre Schritte gelenkt. Es hatte andere Gründe gegeben, Stolz, Ethos, Prinzipien. Sie war ein Risiko eingegangen und hatte verloren. Jetzt musste sie die Konsequenzen ziehen. Es gab keinen Ausweg. Sie war dazu gezwungen, das zu vollenden, was sie begonnen hatte, ehe noch weitere Unschuldige ihr Leben verloren.

Sylvia ging davon aus, dass sie alles schaffen würde, ohne ihre Kollegen um Hilfe bitten zu müssen. Markus war durch das wenige, was er wusste, bereits in die Sache verwickelt, aber er würde niemals einen Finger rühren. Er wollte einfach nicht einsehen, dass die Lage ernst war. Als sie ihn um Hilfe gebeten hatte, hatte er ihr keinen Rat geben können. Auf jeden Fall keinen brauchbaren. Ab und zu hatte sie sogar den Eindruck, dass er ihr nicht glaubte. Er war so verdammt korrekt. Und es fehlte ihm an Fantasie.

Ulrika war da ganz anders. Sie wagte es wirklich, Risiken einzugehen, wenn sie glaubte, es sei der Mühe wert. Sie schien sich keine Sorgen darüber zu machen, ob ihr Vorgehen umstritten war, wenn sie nur wusste, dass sie Recht hatte und dass es ihr Erfolg bringen könnte, den Kampf aufzunehmen.

Sicher gab es Kollegen, nach deren Meinung Ulrika sich verhalten hatte wie eine Dampfwalze, als sie innerhalb kurzer Zeit zur Partnerin in der Kanzlei aufgestiegen war. Aber sie hatte recht bald bewiesen, dass das der ihr gebührende Platz war, und jetzt schien ihr niemand diese Position mehr zu missgönnen.

Sylvia hatte beschlossen, sich ihr anzuvertrauen, wenn sie zu Besuch kam. Jemand in der Kanzlei musste wissen, was vor sich gegangen war, falls die Sache Folgen zeitigen sollte. Außerdem musste Ulrika doch wissen, was nicht nur ihr, sondern auch ihrer Familie passieren könnte, wenn sie sich in dieser Sache engagierte. Sylvia wollte verhindern, dass Ulrika sich einmischte und nach eigenem Gutdünken die Initiative ergriff.

20

Endlich war der Wagen wieder da, umgespritzt und sauber. Er sah aus wie neu. Stefan hatte ihn am Vortag zusammen mit Ulla-Karin, der neuen Hilfe, aus der Werkstatt geholt. Es war einfach unglaublich, wo sie sich überall nützlich machte. Schon nach einer Woche konnten sie nicht begreifen, wie sie jemals ohne sie zurechtgekommen waren. Stefan hatte jede Menge Zeit für seine wissenschaftliche Arbeit und freute sich offenbar sehr darüber, auch diesen Teil seines Gehirns mal wieder einschalten zu können. Er strahlte geradezu vor Arbeitslust. Er hatte stapelweise Bücher ins Haus geschleppt und war fest entschlossen, während ihres Aufenthaltes in Brüssel noch einen Artikel zu vollenden. »Endlich habe ich Ruhe zum Arbeiten«, hatte er eines Abends gesagt. Das hatte Ulrika überrascht, denn sie hatte immer geglaubt, er sei damit zufrieden, vor allem bei den Kindern zu Hause zu sein.

Ulla-Karin buk und kochte und fror alles ein, was nicht nur Geld sparte, sondern auch für köstliche Mahlzeiten sorgte. Jetzt gab es keinen Grund mehr, nur Kinderkost zu sich zu nehmen. Sie konnten einfach für Elin eine kleine Packung aus der Tiefkühltruhe holen und sie auftauen. Simsalabim, schon stand das Essen auf dem Tisch und alle waren glücklich und zufrieden. Das Beste aber war, dass Ulla-Karin lieber bei sich zu Hause übernachtete, weshalb sie abends allein waren. In Belgien würde das natürlich anders sein. Da würden sie Tisch und Fernsehsofa mit ihr teilen müssen.

Eigentlich hatte sie nur einen einzigen Fehler. Sie redete ununterbrochen und das wurde auf die Dauer etwas anstrengend. Aber wie Stefan ganz richtig sagte, kann man eben nicht alles haben.

Die Fahrt hinaus nach Bromma verlief glatt. Ulrika war in Jakobsberg gewesen und hatte sich im Auftrag eines Mandanten zusammen mit einem Gutachter ein Mietobjekt angesehen. Das Haus wies im Keller jedoch arge Feuchtigkeitsschäden auf und war deshalb als Investitionsobjekt uninteressant. Weshalb Ulrika die Sache abgekürzt und die Begehung nach weniger als einer Viertelstunde beendet hatte.

Statt nun auf geradem Weg zurück ins Büro zu fahren, hatte sie am Flugplatz angerufen und eine Cessna 172 gebucht, um endlich wie versprochen Sylvia in Kolmården zu besuchen. Sie hatte Glück. Unmittelbar vor ihrem Anruf war eine Stornierung eingegangen, deshalb war eine Maschine frei. Ulrika kannte diese Mühle, sie hatte sie schon früher geflogen. Jetzt sehnte sie sich hinauf in die Luft. In diesem Jahr hatte sie erst vier der zehn Flugstunden absolviert, die sie vorweisen musste, wenn sie ihren Flugschein behalten wollte.

Die Flugschule lag ein Stück vom eigentlichen Hauptgebäude entfernt. Ulrika hielt so dicht am Zaun, wie das nur möglich war, um nicht so weit laufen zu müssen. Der Weg über die Plattenwege zum Klubhaus musste reichen. Sie trug neue Schuhe und die drückten.

Sie wollte gerade aus dem Wagen steigen, als ihr Telefon klingelte. Zuerst begriff sie nicht, wer da anrief, obwohl er sich vorstellte. Der Anruf kam so überraschend.

»Madame Stål, hier spricht Bernard Vandergoten von der Brüsseler Polizei. Guten Tag«, sagte er noch einmal, diesmal viel lauter. Ulrika musste das Telefon ein Stück von ihrem Ohr weghalten.

»Monsieur Vandergoten, was für eine Überraschung. Ist etwas passiert, oder warum rufen Sie an?«

»Ja, es ist etwas passiert.« Er sprach noch immer laut und ein wenig hektisch. »Bei unserer letzten Begegnung haben Sie einen möglichen Zusammenhang zwischen den Morden an Olof Kramer und Philippe La Torre angedeutet.« Jetzt beruhigte er sich ein wenig. »Ich muss wirklich um Entschuldigung dafür bitten, dass ich zuerst nicht so auf Ihre Mitteilung geachtet habe. Aber jetzt sind neue Umstände ans Licht gekommen, und deshalb würde ich gern mit Ihnen über alles reden.«

Ulrika wartete darauf, dass er weitersprach. Ein Flugzeug näherte sich, und sie zog die Beine ein und schloss die Tür, um nicht vom Lärm des Landens gestört zu werden. Sie wollte wissen, was passiert war, und beschloss, abzuwarten und ihn reden zu lassen. Sie ahnte schon, dass es wichtig sein würde, und ihre Neugier wuchs.

»Ich weiß nicht, ob ich viel mehr zu sagen habe«, sagte sie. »Ich habe Ihnen schon bei unserer ersten Begegnung alles erzählt.« Sie wusste, dass er nun versuchte, sich an ihr erstes Gespräch zu erinnern. Offenbar hatte er sich dabei Notizen gemacht. »Sie können mir nicht erzählen, was es Neues gibt? Ich meine, dann wüsste ich doch immerhin, wonach Sie suchen. Mein Akku ist fast leer und ich habe gerade keinen Festnetzanschluss zur Hand«, log sie.

»Ja, das kann ich natürlich erzählen. Es wird sowieso noch heute an die Presse gegeben. Nachdem Sie mich auf einen möglichen Zusammenhang zwischen beiden Morden aufmerksam gemacht hatten, habe ich eine vergleichende Analyse der Kugeln vornehmen lassen, denen Kramer und La Torre zum Opfer gefallen sind. Und dabei hat es sich herausgestellt, dass beide aus derselben Waffe stammen. Wir haben also Grund zu der Annahme, dass es sich auch um denselben Mörder handelt.«

In ihrem Kopf drehte sich alles. Philippe hatte also mit der Sache etwas zu tun gehabt. Auch wenn sie ihn bereits in Verdacht gehabt hatte, so war es ihr doch unangenehm, dass der Verdacht bestätigt war. Jetzt wollte sie sich von Sylvia aber wirklich alles erzählen lassen. Sie musste doch etwas wissen, ob ihr das nun selbst klar war oder nicht.

Ulrika überlegte kurz, ob es sinnvoll sei, die Existenz der Unterlagen geheim zu halten, und kam zu dem Schluss, dass niemand dabei viel gewinnen könnte. Jetzt war es wichtiger, den Mörder zu finden. Ohne zu zögern teilte sie deshalb ihr Wissen mit Vandergoten und erwähnte auch Patriks Festnahme und den Verlust seiner Aktentasche.

Ehe sie auflegte, fragte sie noch, ob das, was Patrik passiert war, zur täglichen Routine seiner Behörde gehöre. Vandergoten murmelte etwas schwer Verständliches darüber, dass Personalmangel am Wochenende schuld sein könne, aber das alles durchaus nicht normal sei. Er hatte keine Ahnung, weshalb Patrik festgenommen worden war, aber damit hatte Ulrika auch nicht gerechnet.

Jetzt würde Patrik zur Vernehmung einbestellt werden. Sie hatte das Gefühl, dass er davon nicht gerade begeistert sein würde, aber damit musste er leben. Diesmal würde es jedenfalls unter zivilisierteren Umständen ablaufen. Vandergoten hatte versprochen, ihn persönlich anzurufen und um seine Aussage zu bitten.

Als sie am Wachhäuschen vorübergegangen war und sich der Flugschule näherte, rief sie Patrik an, um ihn auf diese Vernehmung vorzubereiten. Dieses eine Mal traf sie ihn in seinem Büro an. Als sie ihm Vandergotens Anruf ankündigte, wurde das zu ihrer Überraschung mit eiskaltem Schweigen aufgenommen.

»Du meinst also, ich sollte der Polizei wichtige Hinweise für eine Mordermittlung vorenthalten? Spinnst du eigentlich«, fauchte sie. Es kam noch immer keine Antwort, aber immerhin konnte sie seinen Atem hören. »Du fändest es also richtig, die Polizei weiter einen Raubmörder jagen zu lassen, den es gar nicht gibt, statt sich auf die Suche nach dem wirklich Schuldigen zu machen? Nur, weil du deinen privaten Kreuzzug gegen Machtmissbrauch und Korruption führen willst?

Wir wissen doch beide, dass der Mörder aller Wahrscheinlichkeit nach bei der Kommission zu finden ist.« Sie hörte, dass er einen Einwand vorbringen wollte, ließ ihn aber nicht zu Wort kommen. Lieber wollte sie angreifen, statt sich selber angreifen zu lassen.

»Du hast nicht zufällig Angst um deine eigene Haut? Das fände ich wirklich jämmerlich.«

»Findest du es so seltsam, dass es mir unangenehm ist, wieder auf diese Wache gehen zu müssen? Es ist ja nicht gerade das Hilton, das musst du doch verstehen.«

Der arme Patrik, er schien noch immer völlig fertig zu sein. Sie hatte eigentlich nicht so heftig werden wollen.

»Ich glaube, es wäre sinnvoll, deinen Anwalt mitzunehmen. Dann würdest du dich sicherer fühlen«, sagte sie freundlich. »Sag mal, warum rufst du Vandergoten nicht selbst an? Ich glaube, das wäre taktisch richtig.«

Sie konnte ihn seufzen hören. Ulrika litt mit ihm, aber er musste sich eben zusammenreißen.

»Okay, du hast Recht. Ich rufe ihn an. Wo steckst du eigentlich? Im Hintergrund ist ja ein Höllenlärm. Ich kann dich nur mit Mühe verstehen.«

»Ich bin draußen in Bromma. Ich will zu Sylvia fliegen.«

»Ist die nicht in Kolmården?«

»Ja, aber ich brauche Flugstunden.«

»Ich wusste gar nicht, dass du fliegen kannst.«

»Du weißt noch sehr viel mehr nicht, aber wenn wir uns sehen, erzähle ich dir alle Geheimnisse, das verspreche ich. Pass so lange auf dich auf. Du bist mir wichtig.«

Ulrika fühlte sich nach diesen beiden Gesprächen erschöpft und ihr Mund war wie ausgedörrt. Sie trank in der Cafeteria eine Cola, dann holte sie Flugzeugschlüssel und Logbuch ab.

»Die fliegende Anwältin ist also wieder im Einsatz.« Der Mann hinter dem Tresen lächelte breit und vertraulich.

»Hallo, Kalle. Ich hab dich gar nicht erkannt. Was hast du mit deinen Haaren angestellt?«

»Die wurden ein bisschen dünn, und da hab ich sie lieber gleich ganz abrasiert. Dann fällt es weniger auf, dass man eine Glatze kriegt.«

»Pass nur auf, dass du nicht für einen Skinhead gehalten wirst.«

»In meinem Alter kommt das nicht mehr vor. Ich werde demnächst vierzig. Das hättest du nicht gedacht, was?«

»Nein, auf diese Idee wäre ich wirklich nie gekommen«, erwiderte Ulrika wahrheitsgemäß. Sie kannte Kalle seit mindestens fünfzehn Jahren. Er war der Prototyp des kleinen Jungen, der einfach nicht erwachsen werden will. Sein ganzes Dasein kreiste um Flugzeuge. Sie hatte ihn kennen gelernt, als sie Fallschirmspringen gelernt hatte. Sie hatten sich einen Sommer lang oben in Gryttjom, wo die Fallschirmspringer trainierten, wunderbar amüsiert. Kalle hatte die Cessna geflogen, aus der sie abgesprungen waren.

»Wie bezahlst du?«

»Mit Karte.«

»Du hast schönes Flugwetter. Die Mühle steht ziemlich weit hinten auf dem Parkplatz.«

»Kein Problem, die finde ich schon.«

Routiniert machte Ulrika sich an den Außencheck des Flugzeugs. Sie überprüfte den Ölstand, überzeugte sich davon, dass keine Insekten auf den Fensterscheiben klebten. Sie schraubte den Tankverschluss ab und überprüfte den Benzinstand. Schließlich nahm sie noch die Bremsklötze weg und legte sie zusammen mit ihren Schuhen hinter den Vordersitz des Flugzeugs. Sie hatte bereits mit dem Meteorologen die Wetteraussichten besprochen, hatte den Kompasskurs festgelegt und den Tower angerufen, um ihren Abflug zu melden. Bis zur mitgeteilten Startzeit blieb ihr noch eine Viertelstunde. Ulrika saß barfuß zwischen den Starthebeln, hielt die Checkliste in der Hand und hakte ab, ehe sie den Motor anließ: Außeninspektion durchgeführt, Flugzeugpapiere an Bord, Bremsen vorgelegt, Gasregler eingestellt. Punkt für Punkt ging sie die Liste durch: Hauptstrom eingeschaltet, Treibstoffmenge überprüft, Propellerfeld frei. Sie ließ den Motor an und checkte weiter: Öldruck, Höhenmesser, Motorumdrehungen, Kursgyro.

Der Motor war jetzt warm gelaufen und die Funkverbindung knackte.

»Sigurd-Erik-Gustav-Yngve-Zäta bittet um Anweisungen«, sagte Ulrika mit klarer Stimme ins Mikrofon.

»Sigurd-Erik-Gustav-Yngve-Zäta, alles klar, begeben Sie sich auf Warteplatz Bahn zweiunddreißig«, antwortete der Tower.

Mit geübter Hand lenkte Ulrika die Maschine vom Parkplatz. Auf dem Weg zum Flugstreifen kam sie am Hubschrauberfeld vorbei. Ein Hubschrauber lief im Warten auf die Starterlaubnis warm. Ulrika erkannte den Piloten, es war ein Mandant von Karl-Henrik Ljung. Ein eleganter, leicht abenteuerlustiger Geschäftsmann von Mitte fünfzig. Karl-Henrik saß im Aufsichtsrat einer seiner Firmen. Der Mann hatte offenbar mit Mietwagenfirmen und Wohnungen ein Vermögen verdient. Ulrika ließ das Landelicht als Gruß aufblinken, er blinkte zurück und lächelte. Sie wusste, dass er jeden Tag mit seinem Hubschrauber zwischen der Arbeit und seinem Landsitz im Stockholmer Schärengürtel pendelte. Freitags macht er also früh Feierabend, dachte sie neidisch. Sie würde frühestens um acht zu Hause sein.

Sie wechselte die Funkfrequenz auf 118,10 und bat um Starterlaubnis.

Zweihundert, dreihundert, fünfhundert Fuß, das Flugzeug gewann rasch und sicher an Höhe. Ulrika bog nach links ab und ging dann auf fünfzehnhundert Fuß Höhe, wo sie die Flugschneise nach Svartsjö einschlagen sollte, ihrem Bezugsflughafen.

Es war wunderbar, wieder zu fliegen. Schade, dass es nur dreißig Minuten dauern würde. Sie wäre gerne noch länger in der Luft geblieben.

Der Södertälje-Kanal glitzerte wie eine Silberschlange. Ulrika folgte ihm ein Stück, dann flog sie über die Höfe und das Kulturhaus der Anthroposophen in Järna. Danach steuerte sie Trosa an und schließlich den Flugplatz Skavsta, wo bereits ein Mietwagen auf sie wartete. Eigentlich hatte sie ein Taxi nehmen wollen, das wäre das Bequemste, aber das hätte dreimal so viel gekostet wie der Mietwagen. Wenn sie sich jetzt nicht verfuhr, könnte sie die Klinik in einer Stunde erreichen.

Bei jeder Papierkugel knisterte das Feuer. Die Flamme brannte einige Sekunden lang klarer, dann sank sie in sich zusammen und umzüngelte wieder die glühend roten Holzscheite in dem offenen Kamin. Der Mann vor dem Kamin saß zurückgelehnt in einem verschlissenen Ohrensessel und hielt ein halb leeres Cognacglas in der Hand. Auf dem Tisch neben ihm lag ein Stapel Papiere, mit denen er das Feuer fütterte. Er zerknüllte immer wieder zwei Blätter zu einem harten Ball, den er mit sportlicher Präzision in die Flammen warf. Auf dem Sofa neben ihm lag ein jüngerer Mann und schlief mit halb offenem Mund. Ein dünner Speichelfaden ließ sein Kinn im Licht des Feuers glänzen. Er schlief den tiefen Schlummer der Betrunkenen und wusste nicht, dass es sein letzter sein würde. Als der Mann im Sessel zugesehen hatte, wie der letzte Ball sich in dünne Asche verwandelte, sprang er auf und warf sein Glas ins Feuer. Der Cognac spritzte auf die verfilzten Bärenfelle auf dem Boden. Er warf einen letzten Blick auf den Schläfer, dann stieß er die Petroleumlampe um und überließ das Jagdhäuschen und den brennenden Mann ihrem Schicksal.

Die Allee war einen halben Kilometer lang. Mitten in dieser fast endlosen Weite der Nadelwälder war vor hundert Jahren ein Weg zu einem Hof geschlagen und mit Linden bepflanzt worden. Der inzwischen asphaltierte Kiesweg führte zur Klinik Kolmården. Ulrika hatte den Weg gefunden, ohne sich mehr als einmal zu verfahren. Sie war dadurch nicht sonderlich aufgehalten worden, es reichte aber, um Kaffeedurst zu entwickeln.

Sylvia trug Jeans und Pullover. Sie hatte ein wenig Farbe im Gesicht, und ihr Pony war jetzt so kurz, dass er nicht mehr in ihre Augen hing. Der Unterschied war deutlich zu sehen. Sie war zwar noch immer erschreckend mager, sah aber trotzdem gut aus. Die Hände ragten knochig aus den weiten Pulloverärmeln. Ulrika war gerührt und umarmte sie herzlich, ehe sie fragte, ob es hier eine Möglichkeit gab, einen Kaffee zu trinken.

»Ich sterbe, wenn ich nicht bald eine Tasse Kaffee kriege!«

»Der Kaffee hier ist ziemlich schrecklich, aber es gibt Zimtbrötchen und Haferkekse. Möchtest du danach einen Spaziergang machen?«

»Lieber nicht. Ich mache heute keinen überflüssigen Schritt. Neue Schuhe, die drücken«, erklärte Ulrika zu ihrer Entschuldigung.

»Die sind aber immerhin elegant. Ich hol dir ein Pflaster.«

»Danke.«

Die Cafeteria war voll besetzt. Sylvia hielt Ausschau nach einem freien Tisch, dann schlug sie vor, alles auf ein Tablett zu packen und auf ihr Zimmer zu gehen. »Da können wir ungestört reden. Es gibt nämlich etwas, worüber ich mit dir sprechen möchte.«

Neugierig ging Ulrika hinter ihr her.

Sie tranken ihren Kaffee und verzehrten die Zimtbrötchen, dann teilte Sylvia ihr ohne Vorwarnung mit, dass sie in Zukunft nicht mehr als Anwältin arbeiten wolle.

»Ich muss nur noch die letzten Fälle abschließen, dann werde ich um meine Entlassung aus der Anwaltskammer bitten.«

Ulrika war viel zu erstaunt, um antworten zu können.

»Sowie es mir besser ging, habe ich erkannt, dass das der einzige Ausweg ist.«

»Ausweg woraus denn?«

»Olof wurde nicht von Autodieben ermordet, wie die Polizei glaubt.«

»Nein, das weiß ich auch.«

»Das ist dir also aufgegangen, als du die Akten durchgesehen hast. Gute Leistung. Ich hatte die Sache für hieb- und stichfest gehalten.« Sylvia zuckte mit den Schultern und lachte kurz, wie um sich zu entschuldigen.

»Jetzt komm ich nicht mehr mit. Ich habe keine Ahnung, wovon du hier redest.«

Sylvia erhob sich und holte die Unterlagen, die Ulrika ihr geschickt hatte. »Dir ist also an diesen Geschäften nichts Seltsames aufgefallen?«

»Doch. Ich war wirklich nervös. Da gab es mehrere Transaktionen, die meiner Ansicht nach die Grenzen des Zulässigen überschreiten. Ich habe auch Markus gefragt, aber der hat mir versichert, dass alles seine Ordnung hätte. Irrt er sich da, meinst du?«

»Ja und nein. So einfach ist das nicht.« Sylvia sah plötzlich todernst aus. »Du weißt ja, dass ich etliche russische Mandanten habe, weil ich Russisch spreche. Vor ungefähr einem Jahr kam ein Mann zu mir, der mit der russischen Mafia zu tun hat, wie sich dann später herausstellte. Natürlich wusste ich das damals noch nicht. Ich habe ihm geholfen, Bankkonten einzurichten, einige Firmen zu gründen und eine Stiftung aufzubauen. Das ist juristisch nicht weiter Aufsehen erregend, wenn man weiß, was man zu tun hat, aber es sind doch allerlei Spezialkenntnisse vonnöten.

Du weißt sicher auch, dass es im Laufe der Zeit für russische Staatsbürger immer schwieriger geworden ist, in Luxemburg und anderen Steuerparadiesen Bankkonten zu eröffnen. Es wird heute viel strenger kontrolliert, woher das Geld stammt. Vor allem dann, wenn es um hohe Summen geht.

Dieser Mandant hat mich dann seinen russischen Geschäftspartnern empfohlen. Diese ganzen Geschäftskontakte waren wie ein Rastazopf, es war unmöglich, sie glatt zu kämmen. Mir kam dann auch der Verdacht, dass das Geld aus illegalen Unternehmungen stammte, aber ich konnte es nicht beweisen.

Also habe ich es meinen Mandanten ganz offen gesagt. Das war alles entsetzlich unangenehm. Aber egal, sie haben mich dann dazu überredet weiterzumachen. Natürlich mit allen Garantien, dass niemand mich hinters Licht führen und zu Dingen veranlassen würde, die nicht korrekt wären. Natürlich habe ich mit Markus über alles gesprochen, und er fand, ich solle weitermachen, so lange ich sicher sei, dass alles mit rechten Dingen zuging. Aber wie zum Teufel sollte ich da sicher sein! Ich kam mir an der Nase herumgeführt und bedroht vor.«

»Von Markus?«

»Nein, von meinen Mandanten. Markus ist so fantasielos. Er kann sich keine andere Wirklichkeit vorstellen als seine eigene. Ich hatte das Gefühl, dass er meine Besorgnis nicht ernst nahm. Ihm ging es nur darum, dass die Kanzlei an meinen Mandanten sehr gut verdiente.«

»Konntest du nicht mit Olof sprechen?«

»Nein, den wollte ich nicht beunruhigen. Er hatte ja schließlich seine eigenen Sorgen.«

»Und mit denen wollte er dich nicht beunruhigen. Vermutlich dachte er auch, du hättest deine eigenen«, vermutete Ulrika.

»Auf jeden Fall habe ich diese Leute dann weiter vertreten, auch wenn ich sie lieber los gewesen wäre. Ich war unterwegs nach Luxemburg, um dort für einen von ihnen eine Firma zu gründen, als ich in den Unterlagen absolut inakzeptable Lücken fand. Ich teilte meinem Mandanten also mit, dass ich es nicht erledigen könne, solange nicht alles Material vollständig vorläge.«

Sylvias Augen füllten sich mit Tränen. Sie kniff die Augen fest zusammen und wischte sich fast wütend mit der Handfläche die Wangen ab.

»Er versicherte, dass alles in Ordnung sein würde, wenn ich in Luxemburg ankäme, aber das war natürlich nicht der Fall. Den ganzen Nachmittag ging es hin und her. Faxe und Telefonate, die ganze Zeit über. Am Ende hatte ich es satt und wollte gehen. In der Tiefgarage holte er mich ein und zwang mich mit vorgehaltener Pistole, mich ins Auto zu setzen. Eiskalt machte er mir dann klar, es sei nur zu meinem Besten, wenn ich diese Aktion durchführte. Ansonsten gebe es andere Methoden.

Und da beging ich den größten Fehler meines Lebens. Statt ihm gut zuzureden, habe ich gesagt, er solle sich zum Teufel scheren. Ich habe ihm gesagt, er solle sich andere Helfershelfer besorgen. Verstehst du, ich hatte solche Angst, dass ich wütend wurde. Außerdem habe ich ihn noch als mieses Schwein bezeichnet, dann konnte ich aus dem Auto springen und weglaufen. Ich rechnete schon mit einer Kugel im Rücken. Aber damals hat er nicht geschossen. Wie gesagt, er hatte andere Methoden.«

»Wie lange wusstest du schon von seinen Mafia-Verbindungen?«

»Ziemlich lange.«

Sylvia stand auf und ging ans Fenster. Sie kehrte Ulrika den Rücken zu, während sie weitersprach. Sie schien sich zu schämen.

»Was ist dann passiert?«

»Ich habe mich in eine Hotelbar gesetzt, die zwischen der Garage und der Bank lag, und erst mal einen doppelten Whisky bestellt, um mich zu beruhigen. Da saß ich dann einige Stunden und überlegte, was ich jetzt machen sollte. Ich war mir ganz sicher, dass seine Drohungen ernst gemeint gewesen waren. Aber ich habe andere Mandanten, die mächtiger sind. Ich überlegte, ob ich mich an einen von denen um Hilfe wenden könnte. Dieser Typ ist im Vergleich zu einigen anderen wirklich nur ein kleiner Fisch.

Es gab aber noch so viel anderes, was ebenfalls wichtig war. Die moralischen Aspekte, die Gefahr, die darin liegt, Erpressern nachzugeben, und nicht zuletzt Olof. Er hätte es niemals akzeptiert, wenn ich mit der Mafia gemeinsame Sache gemacht hätte. Dann hätte er mich sofort verlassen.«

»Es wäre ja nicht das erste Mal gewesen, dass du mit ihnen gemeinsame Sache gemacht hättest«, stellte Ulrika leicht spöttisch fest.

»Es ist aber doch ein himmelweiter Unterschied, ob man etwas nur ahnt oder ob man sich sicher ist. Das müsstest du doch wissen, mit deiner Erfahrung in Strafsachen.«

»Natürlich, das war blöd dahingesagt. Verzeihung.«

»Am Ende habe ich mich dann entschieden. Ich war nicht stark genug, um zu widerstehen. Und ich wusste ja auch, dass meine frühere Arbeit es der Mafia erleichtert hatte, gewaltige Summen auf sichere Konten zu überbringen. Der einzige Unterschied war, dass wir diesmal mit offenen Karten spielten.

Es war zu spät, um noch in die Bank zu gehen, und deshalb rief ich Olof an und sagte, dass ich über Nacht bleiben würde. Auch er musste an diesem Abend noch Überstunden machen.

Aber sie müssen geglaubt haben, ich wollte aussteigen. Dass sie mir nicht genug Angst eingejagt hätten. Also haben sie Olof erschossen. Wie einen tollwütigen Hund haben sie ihn abgeknallt. Ulrika, das hätte ich verhindern können, wenn ich mich nicht erst so spät entschieden hätte.«

Ulrika wusste nicht, was sie sagen sollte. Es war vollständig absurd, aber offenbar nahm Sylvia die Schuld an dem Mord auf sich.

»Wann hast du von seinem Tod erfahren?«

»Am nächsten Morgen, ehe die Bank öffnete.«

»Du hast in der Sache also nichts mehr unternommen?«

»Nein, damals nicht, das habe ich nicht mehr geschafft. Jetzt hat dieser Mann das Geld zwei anderen Mandanten von mir überwiesen, mit denen er zusammenarbeitet, und auf diese Weise ist das Geld jetzt weiß gewaschen. Das sind die Fälle, die du für mich in Ordnung gebracht hast. Und sowie ich damit fertig bin, trete ich aus der Anwaltskammer aus.«

»Das ist doch Wahnsinn. Du darfst nicht nachgeben. Es muss eine andere Lösung geben.«

»Ich habe keine Wahl. Vor kurzem war dieser Mann bei Markus und wollte mir ausrichten lassen, es sei wohl an der Zeit, dass ich die Arbeit wieder aufnehme. Meine Schwester hat zwei kleine Töchter …«

»Aber bist du dir wirklich sicher, dass dieser Mann hinter dem Mord steckt? Es gibt allerlei Hinweise, die in eine andere Richtung führen.«

»Ja. Ich bin mir ganz sicher.«

»Dann möchte ich doch wissen, was Philippe La Torre damit zu tun hatte.«

»Gar nichts. Wie kommst du denn auf die Idee?« Sylvia war sichtlich erstaunt.

»Philippe ist ebenfalls ermordet worden. Mit derselben Waffe wie Olof.«

21

Für einen Moment kämpfte Sylvia mit einer Ohnmacht. Ihre Ohren rauschten und vor ihren Augen drehte sich alles. Ulrikas Worte hallten in ihren Ohren wider. Philippe ermordet. Mit derselben Waffe. Sie packte die Rückenlehne des Sessels und umklammerte sie so fest, dass ihre Finger weiß wurden. Sie lockerte ihren Griff, als sich ein Arm um ihre Taille legte.

»Setz dich und steck den Kopf zwischen die Knie.«

Langsam kehrte das Blut in ihren Kopf zurück und der Schwindel legte sich.

»Wann ist das passiert?«, fragte Sylvia, als sie sich gefasst und ihre Sprache wiedergefunden hatte.

»Irgendwann Anfang vergangener Woche.«

Ulrika erzählte, was sie wusste. Sie berichtete von ihrem Kontakt zu Patrik, ohne jedoch zu erwähnen, dass Patrik ihr Liebhaber geworden war. Sie erzählte, wie sie Olofs Unterlagen gefunden und wie Patrik sie wieder verloren hatte. Und dass die Polizei jetzt offenbar einsah, dass es noch weitere Spuren zu verfolgen gab als nur die der mutmaßlichen Raubmörder.

Sylvia hörte wortlos zu. Die ganze Zeit über machte sie sich nervös mit den Fingern an ihren nicht vorhandenen Bügelfalten zu schaffen. Erst, als Ulrika alles erzählt hatte, sagte sie: »Was ich nicht begreife, ist, warum Olof sich mir nicht anvertraut hat.«

»Er wollte dich sicher nicht beunruhigen.«

»Vielleicht. Er war sehr rücksichtsvoll. Ich weiß, dass er

sich schrecklich über die vielen Schiebereien geärgert hat. Einmal hat er sogar eine Beschwerde eingereicht, aber dabei ist nichts herausgekommen. Er war stocksauer über diese Nachlässigkeit und wollte die Sache verfolgen, aber davon habe ich ihm abgeraten. Und ich hätte nie gedacht, dass er etwas unternehmen würde, ohne vorher mit mir zu sprechen.«

»Das hat er aber getan.«

»Wenn er es nur gelassen hätte!«

»Was machst du jetzt mit deinen Russen?«

»Das muss ich mir noch überlegen.«

»Tu bitte nichts Voreiliges.«

»Nein, das verspreche ich. Lass von dir hören, wenn du wieder im Lande bist, und pass gut auf mein Haus auf. Es ist ein gutes Gefühl zu wissen, dass jemand dort wohnt, während ich hier bin.« Sylvia wollte aus dem Sessel aufstehen, als Ulrika sich verabschiedete, aber dann sank sie mit einem verlegenen Lächeln wieder zurück. »Du findest ja selbst hinaus.«

Die Lampe über der Tür brannte, als Ulrika endlich nach Hause kam. Es war schon halb neun, und sie war müde und restlos ausgehungert. Jemand hatte einen Schal um den Elchskopf in der Diele gewunden. Verärgert stellte sie fest, dass es sich um ihren besten Paschminaschal handelte. Um den cremefarbenen mit der Perlstickerei.

»Wer hat denn die Elchkuh dermaßen aufgetakelt?«

»Hallo, und willkommen zu Hause. Ich wollte den Schal rechtzeitig wegnehmen, aber das habe ich dann vergessen. Die Kinder waren heute ein wenig kränklich, und da hat Ulla-Karin sie damit aufgemuntert, dass auch die Elchkuh krank sei. Sie sind gerade erst eingeschlafen. Elin hat auch ein bisschen Fieber. Ich hoffe wirklich, dass es nichts Ernstes ist, jetzt, wo wir nach Brüssel wollen und überhaupt.«

»Nein, das glaube ich nicht. Das ist eben so mit Kindern. Erhöhte Temperatur hat nichts zu bedeuten. Gibt es etwas zu essen, ehe ich verhungere?«

»Grillhähnchen und Reis. Ich kann einen Teller für dich warm machen, wenn du dir so lange die Nachrichten ansehen willst.«

»Ich komme lieber mit dir in die Küche. Ich glaube, ich brauche ein Glas Wein. Haben wir noch eine offene Flasche?«

Ulrika nippte an dem Wein und aß einige Scheiben Käse, während das Essen warm wurde. Sie erzählte von ihrem Flug und berichtete, dass es Sylvia schon besser ging.

»Wenn ich gewusst hätte, dass du nach Kolmården wolltest, dann wären wir mitgekommen. Ich hätte den Kindern gern den Zoo gezeigt.«

»Das war ein ziemlich plötzlicher Entschluss. Ich bin gar nicht auf die Idee gekommen, euch anzurufen.«

»Macht ja vielleicht nichts, wo es ihnen nicht so richtig gut geht. Ich habe jedenfalls fertig gepackt. Deine Sachen allerdings noch nicht. Ich dachte, die solltest du vorher selbst noch durchsehen.«

»Du bist so wahnsinnig gut organisiert.« Ulrika verpasste ihrem Mann einen lobenden Klaps auf den Hintern.

»He! Machst du das bei allen Männern?«

»Nur bei den hübschen.« Sie zog ihn an sich und küsste ihn auf den Mund. »Das wird so schön in Brüssel. Es wird uns fast vorkommen wie ein Urlaub, auch wenn ich arbeiten muss.«

»Nicht die ganze Zeit, hoffe ich.« Stefan knöpfte die obersten Knöpfe ihrer Bluse auf.

»Nein, nicht die ganze Zeit«, flüsterte sie gegen seine Wange. Der Schatten der eintägigen Bartstoppeln schrappte über ihre Lippen. Sie tippte sie mit der Zungenspitze an und ließ sich kitzeln, dann zog sie sich zurück. Um Entschuldigung bittend fuhr sie ihm durch die Haare. »Ich muss noch einen Bericht schreiben, dann komme ich rauf, und wir machen weiter.«

Stefan lag schon im Bett, als Ulrika endlich fertig war. Er hatte seinen gestreiften Schlafanzug an und las. Das Fenster stand einen Spaltbreit offen und kühle Nachtluft strömte herein. Der Radiowecker spielte im Hintergrund leise klassische Musik. Als Ulrika ins Bett geschlüpft war, fing Elin an zu weinen. Sie warteten sehnsüchtig auf die Stille, die nicht eintrat. Sie hofften, dass Elin nur böse geträumt habe und bald wieder einschlafen werde. Aber nein. Das Weinen steigerte sich zu wütendem Gebrüll.

Seufzend stand Stefan auf und ging nach oben. Nach einer Weile kam er mit Elin auf dem Arm zurück. Sie hatte noch immer Tränen in den Augen. Ihr Haarflaum war schweißnass und auf der Stirn hatte sie einen roten Ausschlag.

»Ich glaube, sie hat Windpocken, die gehen gerade um. Sieh doch nur.« Er setzte sie neben Ulrika aufs Bett, und sofort inspizierte die den Ausschlag.

»Können das keine Mückenstiche sein, was meinst du? Sie sehen ziemlich groß aus.«

»Es gibt noch keine Mücken. Wir müssen mal nachsehen, ob sie überall Ausschlag hat.« Ulrika knöpfte die Strampelhose auf und betrachtete den kleinen rundlichen Körper.

»Vorn jedenfalls nicht«, sagte sie und küsste ihre Tochter auf den Bauch, ehe sie sie umdrehte. »Hinten zwei. Was machen wir jetzt?«

»Darauf warten, dass Axel sich ansteckt.«

»Können sie trotzdem fliegen, was meinst du?« Langsam ging ihr auf, dass die Kinder vielleicht nicht reisefähig sein würden.

»Das geht sicher nicht so einfach. Wenn das Windpocken sind, dann ist das doch schrecklich ansteckend.«

»Also warten wir ab. Vielleicht gehen sie ja schnell vorbei. Bestimmt geht es ihr morgen wieder gut. Geht es dir morgen wieder gut?«, fragte sie ihre Tochter, und die antwortete mit einem Gähnen.

Am nächsten Morgen waren Elin und Axel von roten Flecken übersät, und auch Stefan zeigte kleinlaut auf einige Pocken auf seinem Bauch. »Kinderkrankheiten können bei Erwachsenen besonders schlimm ausfallen«, sagte er jämmerlich.

»Du kannst dankbar sein, dass es kein Mumps ist.«

Stefan schauderte es bei dieser Vorstellung. »Ich hatte gedacht, ich hätte alle Kinderkrankheiten durch. Wie sieht's bei dir aus?«

»Keine Ahnung. Aber Windpocken habe ich jedenfalls gehabt. Du musst dafür sorgen, dass Elin sich nicht kratzt, sonst bekommt sie Narben im Gesicht, so wie ich.« Ulrika zeigte auf eine winzig kleine Narbe unter ihrem Auge und auf eine auf der Stirn. »Du musst beiden Kindern die Nägel schneiden, ehe du dich selbst ins Bett legst. Wir müssen Ulla-Karin bitten, so lange hier zu wohnen und sich um euch zu kümmern.«

»Du fährst also auf jeden Fall?«

»Ja, das muss ich einfach. Ihr kommt nach, sobald es geht. Das kommt jetzt wirklich ungelegen.« Sie schaute ihren Mann an, als sei er daran schuld, dass die Familie krank geworden war. Und schon fühlte er sich ein wenig schuldig.

Im Laufe des Nachmittags stieg bei Stefan das Fieber auf neununddreißig zwei und es ging ihm so schlecht, dass er praktisch schon mit seinem baldigen Tod rechnete.

Ulla-Karin war nicht schwer zu überreden. Sie zog sofort in das neue Mansardenzimmer ein, packte ihre geblümte Kulturtasche und einige Kleider zum Wechseln aus, verpasste Stefan ein fiebersenkendes Mittel und versicherte ihm, er werde überleben. Die Kinder schliefen die ganze Nacht ruhig und hatten frisch geschnittene Nägel. Am Morgen war Stefan der Einzige, der an seinen Pocken gekratzt hatte.

Die Sonne stand tief am Himmel. Das Abendlicht sickerte durch die Zweige des hohen Blutahorns, dessen Blätter noch nicht ihre dunkle Färbung angenommen hatten. Ulrika war von den Strahlen geblendet, als sie die Auffahrt zum Haus hochfuhr. Die Zeit verging schnell und sie war jetzt schon seit einer Woche in Brüssel. Sie hielt sich die Hand über die Augen und musterte den Garten, ehe sie den Motor abstellte und ihre Aktentasche vom Beifahrersitz nahm. Alles war so viel angenehmer, wenn es nicht regnete. Der Geruch von Schimmel und mit Wasser vollgesogener Erde war verschwunden. Jetzt duftete alles nach sonnenwarmen Pflanzen. Der Rasen müsste gemäht werden. In der Garage stand ein großer Rasenmäher, aber wie wurde der in Gang gesetzt? Sie hatte noch nie Rasen gemäht und wollte es gern probieren. Das Haus in Täby lag auf einem Waldgrundstück.

Diesmal machte es ihr nichts aus, allein zu wohnen. Die Angst schien mit dem Regen und mit Olofs Unterlagen verschwunden zu sein. Sie goss sich ein Glas Weißwein ein und setzte sich in einen Korbsessel auf die Veranda hinter dem Haus, um Zeitung zu lesen und die Abendsonne zu genießen. Die Kühe auf einer nicht weit entfernt gelegenen Weide muhten und verstärkten das Gefühl von Frieden und ländlicher Idylle.

Sie hörte ihn erst, als er schon hinter ihr stand. Das Gefühl, dass jemand sich unbemerkt angeschlichen hatte, ließ sie hochfahren. Der Wein schwappte über den Glasrand und hinterließ Flecken auf dem Sessel. Vandergoten zog sein Taschentuch hervor und wischte daran herum. Sein Körpergeruch verursachte bei ihr die übliche Übelkeit.

»Sie müssen entschuldigen. Ich wollte Sie nicht erschrecken. Ich sah Ihren Wagen vor der Tür stehen, und als ich geklingelt habe, hat niemand aufgemacht. Deshalb bin ich um das Haus herumgegangen. Ich hätte natürlich rufen müssen. Es war unbedacht von mir, mich anzuschleichen und Ihnen Angst einzujagen.« Kommissar Vandergoten plapperte verlegen weiter, hochrot im Gesicht. »Ich glaube nicht, dass Weißwein Flecken hinterlässt. Bei Rotwein ist das anders, die sind bisweilen fast nicht wegzukriegen.« Er spuckte in sein Taschentuch und schien das Polster noch einmal abreiben zu wollen. Ulrika konnte ihn in letzter Minute davon abhalten.

»Darf ich Sie zu einem Glas Wein einladen?«

»Ein Bier wäre mir lieber, wenn das keine zu große Mühe macht.« Er sank schwer in den Sessel neben ihrem und ließ seinen zufriedenen Blick über den Garten schweifen. »Bald wird der Rhododendron blühen«, rief er ihr hinterher. »Das wird sicher prachtvoll, die Hecke muss doch an die vier Meter hoch sein. Wissen Sie, welche Farben das hier sind?«

Ulrika brachte das Bier und musterte ihn verblüfft. »Ich habe keine Ahnung, wieso fragen Sie?«

»Rosa und rot sind schöner als lila. Diese Sträucher sind veredelt, wissen Sie.«

»Ach«, sagte Ulrika gleichgültig und hätte gern gewusst, warum er nun eigentlich gekommen war. Sie glaubte nicht eine Sekunde lang, dass er über Sträucher diskutieren wollte.

»Als ich verheiratet war, hatte ich einen Garten mit Rhododendren und Azaleen, aber die erfrieren leicht, wenn der Winter kalt wird. Die Azaleen, meine ich.«

»Ach, das wusste ich nicht.« Ulrika wünschte sich, dass er sein Anliegen vorbrachte und dann wieder verschwand, damit sie in Ruhe ihre Zeitung lesen könnte. Sie fand ihn aufdringlich mit seinem Gerede über Blumen und Büsche. Als sollte sie sich entspannen, ehe er zum Angriff ansetzte. Wie dieser Fernsehdetektiv Colombo.

»Doch, so ist das. Sie sind empfindlich. Waren Sie schon bei den Tulpen im Keukenhof?«

»Ich warte, bis mein Mann kommt.«

»Sie sind also verheiratet? Das wusste ich nicht.« Er sah enttäuscht aus. Ulrika hatte das Gefühl, dass er gekommen war, weil er sich für sie interessierte. »Haben Sie auch Kinder?«

»Zwei. Möchten Sie noch ein Bier, ehe Sie aufbrechen müssen?«

Plötzlich fiel ihm der Grund seines Kommens wieder ein. Er lehnte das Bier ab und machte ein Gesicht, das er wohl für eine charakterfeste und tatkräftige Miene hielt. »Es geht um Patrik Strömberg. Ich wüsste gern, wie gut Sie ihn kennen.«

»Ziemlich gut, aber noch nicht sehr lange. Warum fragen Sie?«

»Ich habe nicht feststellen können, ob er bei seiner Festnahme wirklich eine Aktentasche bei sich hatte. Ich habe mit zwei Kollegen gesprochen, die in dieser Nacht Dienst hatten, aber sie können sich nicht daran erinnern, und wir wissen, dass die Tasche auf der Wache nicht aufgetaucht ist. Das ist sehr verwunderlich. Existiert diese Tasche überhaupt?« Er sah sie fragend an, als könne allein sie die Lösung eines unbegreiflichen Mysteriums liefern.

»Er hatte sie bei sich, als er mein Hotelzimmer verlassen hat«, erklärte sie energisch. »Wir haben an diesem Abend die Unterlagen gemeinsam durchgesehen. Etliche davon waren ungeheuer kompromittierend. Ich übertreibe nicht, wenn ich sage, dass vielleicht die ganze Kommission zum Rücktritt gezwungen sein könnte, wenn sie veröffentlicht werden.«

Kaum hatte sie das gesagt, da ging ihr auf, dass es durchaus die Wahrheit sein konnte. Das, was Olof bei seiner Ermordung ans Licht hatte bringen wollen, hätte wirklich die gesamte Kommission zu Fall bringen können. Diese Erkenntnis traf sie wie ein Schlag auf den Solarplexus. Es war so einfach und doch so unfassbar, eben, weil es so gigantisch war. Kein Wunder, dass sie den Zusammenhang bisher nicht erkannt hatte. Der Mörder hatte ganz andere Interessen als den guten Ruf der einzelnen Kommissionsmitglieder. Er schützte die gesamte Organisation. Wer aber hatte so viel Macht und Einfluss, dass er ein dermaßen diabolisches Szenario in die Wege leiten konnte?

Ulrika wurde klar, dass sie das herausbekommen musste. Aber wie sollte sie dabei vorgehen? Wo sollte sie anfangen? Zu wem könnte sie Vertrauen haben?

Jetzt waren die Unterlagen an sich nicht mehr wichtig. Wichtiger war festzustellen, wer sie bei Patriks Verhaftung an sich gebracht hatte.

Ulrika legte ihre Hand auf Vandergotens und zog sämtliche Register ihrer Weiblichkeit. »Sie müssen dafür sorgen, dass die Unterlagen gefunden werden. Es könnte schreckliche Folgen haben, wenn sie in die falschen Hände gerieten. Sie würden eine wahre Goldgrube für Erpresser darstellen. Sie müssen herausfinden, wer die Aktentasche an sich gebracht hat. Patrik ist sicher, dass er sie bei sich hatte, als er vor seiner Verhaftung sein Auto verließ. Sprechen Sie noch einmal mit den Kollegen, die ihn festgenommen haben, und stellen Sie fest, ob jemand sie in der Garage aus dem Streifenwagen gestohlen haben kann. Haben Sie dort Überwachungskameras?«

Vandergoten merkte, wie sein Blutdruck stieg. Ob das an ihrer Hand lag, die verführerisch auf seiner lag, oder daran, dass sie ihm hier erzählen wollte, wie er seine Arbeit zu tun hatte, wusste er nicht so recht. Ulrika Stål war einwandfrei keine Frau zum Heiraten, das wusste er jetzt, sie war zu herrschsüchtig. Manche Frauen taugten eben nur als Geliebte. Bei der Vorstellung, sie zwischen sich und einer Matratze zu haben, wurde ihm heiß. Er wollte sich die Stirn wischen, aber dann fiel ihm ein, dass sein Taschentuch vom Wein nass war, und deshalb ließ er es. Die Möglichkeit, dass Schlamperei auf Seiten der Polizei für das Verschwinden dieser verflixten Aktentasche verantwortlich sein könnte, empörte ihn. Der bloße Gedanke, dass die Aktentasche Kriminellen in die Hände fallen konnte, bescherte ihm Sodbrennen. Er ärgerte sich schon genug über die vorschriftswidrige Festnahme dieses Patrik Strömberg. Die Frau, die ihn wegen Hausfriedensbruch angezeigt hatte, war nicht zu erreichen. Sie war wie vom Erdboden verschluckt. Ihre Papiere waren gefälscht gewesen und sie hatte nie unter der angegebenen Adresse gewohnt. Das alles war überaus unangenehm, nicht zuletzt, weil Strömberg am Wochenende in der Zelle mehr oder weniger vergessen worden war. Sein Anwalt, ein unsympathischer und als skrupellos bekannter Kerl, hatte mit weiteren Schritten gedroht. Nicht, dass Bernard Vandergoten direkt davon betroffen gewesen wäre. Er hatte mit diesem Fall ja nichts zu tun. Er war nicht einmal im Dienst gewesen, als das alles passiert war.

Beschützend legte er seine andere Hand auf Ulrikas und nahm mit Behagen ein leichtes Zittern wahr, ehe sie ihre zurückzog.

»Ich werde alles tun, was in meiner Macht steht, Madame.« Er blieb noch eine Weile in Gedanken verloren sitzen, dann nickte er zu seinem leeren Glas hinüber. »Bei genauerem Nachdenken glaube ich doch, dass mir noch ein Bier vor dem Aufbruch gut tun würde.«

Als Ulrika endlich wieder allein war, hatte sie ihr Vorhaben, in Ruhe die Zeitung zu lesen, aufgegeben. Am liebsten hätte sie sich sofort an ihre Nachforschungen gemacht, aber sie war für diesen Abend mit Jenny und Gunnela fürs Kino verabredet. Gunnela hatte außerdem versprochen, ihr endlich eine Privatführung durch das Parlament zu organisieren.

Am nächsten Morgen wollte sie, ehe sie zur Arbeit fuhr, bei der Wohnung von Philippe La Torre vorbeischauen und versuchen, mit den Nachbarn zu sprechen. Wenn sie Glück hatte, gab es dort eine Concierge, die vielleicht weiterhelfen konnte.

Stefan und die Kinder bekamen jeden Tag neue Pocken, wie sie hörte. Sie waren übersät von allen denkbaren Pockenformen in allen Stadien, von kleinen roten Punkten bis zu nässenden Blasen und schon geheilten Stellen, mit und ohne Narben. So bald würden sie nicht reisefähig sein. Ulrika schämte sich, als sie dachte, dass es vielleicht gar nicht so schlecht wäre, wenn die anderen noch eine Weile in Schweden blieben – denn dann könnte sie ihre Nachforschungen in Ruhe in die Wege leiten. Familienleben war zwar etwas Wunderbares, aber auch zeitraubend.

Beim Duschen gab sie sich alle Mühe, unangenehme Gedanken zu verdrängen. Das fiel ihr schwer. Aber sie hatte gelernt, dass es sich empfahl, jeder Angelegenheit ihre Zeit zu lassen, und an diesem Abend wollte sie ausspannen. Nach dem Kino wollten sie noch eine Kleinigkeit essen. In der Nähe der Place Stéphanie gab es eine neue, sehr elegante Pianobar, wo kleine Gerichte serviert wurden. Dort sollten immer viele sympathische Leute sein, hatte sie gehört. Sie freute sich darauf, neue spannende Menschen zu treffen. Die Abende draußen in Waterloo konnten doch lang und einsam sein. Ulrika fand, sie habe jedes Recht, auszugehen und sich zu amüsieren, so hart, wie sie arbeitete.

Patrik zu treffen kam ihr nicht mehr so verlockend vor. Sein Problem schien gewachsen zu sein und ihm die Freude am Spiel genommen zu haben. Er war jetzt schwermütig und ernst. Eigentlich war er sogar ziemlich langweilig geworden. Sie sahen sich zwar, aber dann sprachen sie vor allem über das, was passiert war, ohne irgendwie weiterzukommen. Sie wusste noch immer nicht, warum er festgenommen worden war. Er sagte nur, es habe sich um ein Missverständnis gehandelt. Eine unbekannte krankhafte Person habe ihn wegen etwas angezeigt, das er nicht getan hatte. Ulrika bereute jetzt, Vandergoten nicht gefragt zu haben. Bei ihrem nächsten Gespräch würde sie die Wahrheit schon aus ihm herauskitzeln. Es war nicht richtig, dass ihr die vorenthalten wurde, sie war ja schließlich auch in den Fall verwickelt.

22

Die Rue du Cornet zu finden war nicht so leicht, wie Ulrika gedacht hatte. Diese Straße lag mitten im EU-Viertel und war ziemlich lang. Sie hatte durch die Nebenstraßen fahren und damit dem morgendlichen Verkehr ausweichen wollen. Aber dann landete sie in einem Labyrinth aus Einbahnstraßen und Straßen, die im Kreis zu führen schienen, um dann in einer Sackgasse oder einer riesigen Baustelle zu enden. Die ganze Gegend schien gleichzeitig und systematisch zerstört zu werden: Alle alten Häuser mussten offenbar um jeden Preis dem Erdboden gleich gemacht werden, um Platz für hypermoderne Bürobauten, kühne Fassadenverkleidung und überambitionierte Winkel zu schaffen. Es war wie eine Spielwiese für Architekten. Ulrika hatte gehört, dass sich irgendwann in den sechziger Jahren am Brunkebergsåsen in Stockholm Ähnliches abgespielt hatte, mit schrecklichen Folgen. Sie war zu jung, um sich daran zu erinnern, wie die Stadt vor der Errichtung der modernen Bauten ausgesehen hatte.

Sie machte noch einen Versuch, verirrte sich aber diesmal in dem heftigen Verkehr am Cinquantenairepark und fluchte laut und wütend, ehe sie dann endlich eine gesuchte Querstraße entdeckte und einen neuen Anfang machen konnte. Als sie schließlich ihr Ziel erreicht hatte, war sie außer sich vor Wut. Nur ein Parkplatz hätte ihre Laune jetzt noch heben können. Zum Glück fand sie einen, auf dem sie nur ein wenig vom Zebrastreifen verdeckte, was aber, so viel sie wusste, die wenigen

Brüsseler Politessen nicht sonderlich störte. Schlimmer war es laut Markus, wenn man sich an eine Straßenecke stellte. Dann wurden sie sauer und konnten schlimmstenfalls Bußgelder von mehreren hundert Franc verhängen.

Die Namensleiste an der Haustür sagte, dass Philippe La Torre im dritten Stock in der Wohnung 3 A gewohnt hatte. Sicherheitshalber drückte Ulrika mit dem Daumen auf die Klingel und hielt sie eine Weile fest. Wie sie erwartet hatte, wurde nicht geöffnet. Sie ließ den Daumen zur Klingel ganz links weiterwandern. Concierge. Eine Frauenstimme fragte »oui?«, um dann in einem Hustenanfall zu ersticken. Ulrika wartete geduldig, bis der Husten sich gelegt hatte, dann brachte sie ihr Anliegen vor. »Ich dachte, Sie könnten mir vielleicht helfen, ich bin mit Monsieur La Torre in 3 A verabredet, aber er macht nicht auf. Ich glaube, die Klingel funktioniert nicht richtig. Würden Sie mich wohl hereinlassen?«

Am anderen Ende war es still, und Ulrika wartete gespannt. Wie sie erwartet hatte, hatte die Concierge, nachdem sie sich von ihrer Überraschung erholt hatte, einen ernsten und angemessenen Tonfall angenommen.

»Einen Moment, Madame, dann komme ich raus.«

»Ach, das ist nett von Ihnen«, sagte Ulrika und lächelte strahlend, als sie das Haus betrat. »Was für ein Glück, dass wenigstens Ihre Klingel funktioniert.«

»Auch die von Monsieur La Torre ist völlig in Ordnung«, sagte die Frau vorsichtig und musterte Ulrika. »Er ist nicht mehr hier, wenn man das so sagen kann.«

»Aber das muss er, wir sind doch jetzt gleich verabredet. Das haben wir schon vor Wochen so abgemacht. Ich soll seine Wohnung neu gestalten«, fügte sie wichtigtuerisch hinzu. Ulrika imitierte ihre Nachbarin und Freundin Petra Ankarkrona, die in Danderyd einen Einrichtungsladen betrieb. Einige Male hatte Ulrika sie zur Arbeit begleitet, und deshalb wusste sie so ungefähr, welches Auftreten in der Branche üblich war und beeindruckend und glaubwürdig wirkte.

»Monsieur La Torre ist tot. Er wurde vor fast drei Wochen hier im Haus ermordet.« Die Concierge wirkte ein wenig erleichtert darüber, dass sie die Todesnachricht einer Innenarchitektin mitteilen konnte, und keiner persönlichen Freundin. Sie fischte ein zerknülltes Päckchen Zigaretten aus ihrer Tasche. Das Päckchen wurde zurückgesteckt, ohne dass sie Ulrika eine angeboten hätte. Sie gab sich Feuer und sog den ersten Zug in sich hinein, als sei es ihr letzter.

»Wie entsetzlich!« Ulrika griff sich affektiert ans Herz. »Wie ist das passiert?«

»Er wurde erschossen. Angeblich hat er den Mörder selbst in die Wohnung gelassen. Madame Debecker in 2 C ist mit einem Polizisten verlobt, deshalb hat sie die besten Informationen. Es war ein Nackenschuss.« Sie nickte nachdenklich.

»Und niemand im Haus hat etwas gehört?«

»Rein gar nichts. Ich habe mit allen Mietern gesprochen.«

Ulrika sah ein, dass die Concierge eine großartige Informationsquelle hätte sein können, wenn sie nur mehr gewusst hätte. Aber offenbar hatte sie auch nicht mehr Ahnung als Ulrika selbst. Sie beschloss deshalb, gleich zur nächsten Attacke zu schreiten. Vielleicht würde die mehr Erfolg zeitigen.

Sie verzog ihr Gesicht zu einer besorgten Miene und sagte mit verzweifelter Stimme: »Du meine Güte! Was soll ich denn jetzt machen? Jetzt habe ich wirklich ein Problem. Ich habe ihm zur Ansicht Muster dagelassen. Ich habe sie selbst bei einer Firma geliehen, mit der ich zusammenarbeite, und ich habe versprochen, sie bis spätestens heute Vormittag zurückzubringen. Sie haben gestern sogar angerufen, so wichtig ist es, dass ich das nicht vergesse. Es ist wirklich nicht leicht, Stoffmuster so lange behalten zu dürfen. Es sind drei dicke Stoffkataloge. Die sind schrecklich teuer, wissen Sie. Wenn ich die heute nicht zurückbringe, kann ich bei dieser Firma nie wieder etwas ausleihen. Und das wäre wirklich eine Katastrophe!«

Ulrika sah aus, als werde sie für den Rest ihres Lebens zur

Arbeitslosigkeit verdammt sein, und das konnte die Concierge nicht verantworten.

»Ich kann sie holen, wenn Sie wollen. Die Polizei ist mit ihrer Arbeit fertig und ich habe den Schlüssel.« Sie öffnete die Tür, warf ihre Kippe auf die Straße und ging in ihre Wohnung, um den Schlüsselbund zu holen. Ulrika folgte ihr unaufgefordert in Philippes Wohnung, obwohl sie dazu den Fahrstuhl nehmen musste. Die Fahrt dauerte ewig und Ulrika rechnete die ganze Zeit damit, dass die enge Kabine zwischen den Stockwerken stecken blieb und sie Stunden lang darin ausharren müssten. Ihr Unbehagen hatte sich offenbar auf ihrem Gesicht niedergeschlagen, denn die Concierge streichelte tröstend ihren Arm und meinte, sie solle ganz ruhig bleiben. Zusammen würden sie die Kataloge sicher finden.

Die Wohnung war groß und ziemlich finster. Die Möbel schienen geerbt oder im Schlussverkauf erstanden worden zu sein.

»Vor ein paar Tagen hat eine Firma hier sauber gemacht. Blut weggewischt und so«, teilte die Concierge mit. »Die Wohnung muss bis Monatsende geräumt sein. Dann ziehen die neuen Mieter ein. Wie sehen diese Kataloge aus?« Sie zog wieder ihr Zigarettenpäckchen hervor. Schüttelte es zweimal und schob zweifelnd die Finger hinein, dann musste sie es enttäuscht zusammenknüllen und wieder in ihre Tasche gleiten lassen.

Ulrika gab eine vage Antwort und ließ zugleich ihre Blicke durch das Wohnzimmer wandern.

»Sie können vielleicht selbst weitersuchen. Ich muss nach unten. Schlagen Sie einfach die Tür zu, wenn Sie gehen.« Das Verlangen nach Nikotin war stärker als ihr Verantwortungsbewusstsein.

Unglaublich! Die Concierge ließ sie in der Wohnung allein! Das war mehr, als sie erhofft hatte. Wenn sie nur wüsste, wo sie anfangen sollte. Und vor allem, wonach sie eigentlich suchte. Systematisch ging sie Schreibtischschubladen und Bücherregale durch. Danach nahm sie sich Kleiderschränke und Nachttische im Schlafzimmer vor. Aber nichts konnte einen Verdacht erwecken oder einen Hinweis darauf geben, warum Philippe ermordet worden war. Ulrika wusste ja, dass die Polizei persönliche Aufzeichnungen und Notizbücher bereits beschlagnahmt hatte. Bestimmt war dabei nichts Wichtiges übersehen worden, aber dennoch setzte sie ihre Suche fort. Erst, als sie Küchenschränke und Schubladen durchging, fiel ihr Blick auf die Pinnwand, die neben dem Fenster angebracht war.

Dort hatte Philippe allerlei Einladungen hingehängt. Die Menge wies daraufhin, dass er ein beliebter Gast gewesen war. Einige Karikaturen, die er aus irgendeiner Zeitung ausgeschnitten hatte, eine Einkaufsliste und ein buntes Urlaubsfoto, das Philippe mit einer Frau in einer Pferdekutsche zeigte. Sie saßen dicht nebeneinander und hatten eine karierte Decke über ihre Beine gebreitet, im Hintergrund war das winterliche Brügge zu sehen. Ulrika nahm das Bild von der Wand und betrachtete es im Licht vor dem Fenster.

Es gab keinen Zweifel. Auch wenn die Haare länger und heller waren als jetzt, hatte Ulrika die Frau erkannt. Die Lachfältchen um ihre Augen ließen keinen Irrtum zu. Die Frau, die so glücklich lachte, während Philippes Arm beschützend um ihre Schultern lag, war Jenny Stjärnlöv. Ulrika schaute sich ein letztes Mal um, dann steckte sie mit einem zufriedenen Lächeln das Foto in ihre Tasche und verließ die Wohnung. Vorsichtig wie eine Diebin, glücklich über ihre Beute. Sie wollte um keinen Preis noch einmal der Concierge begegnen.

Sylvia fürchtete für einen Moment, dass die Depressionen sich wieder einstellen könnten. Sie wartete, merkte aber zu ihrer Überraschung, dass nichts passierte. Sie war einfach leer. Innerlich hohl. Ganz und gar ohne Gefühle. Seit einer Ewigkeit hatte sie die Verantwortung für Olofs Tod auf sich genommen. Für einen Augenblick hatte Ulrika eingegriffen und ihr ganzes

Leben verändert. Sie musste nachdenken, bekam aber keinen Gedanken zu fassen.

Bewegungslos saß sie im Sessel und hoffte, dass etwas passierte. Egal, was. Ein Gedanke. Ein Gefühl. Trauer oder Freude. Es spielte keine Rolle, was, wenn sie nur nicht wieder in der Finsternis verschwand. Sie blieb so lange sitzen, bis ihre Beine einschliefen. Taub wie Baumstämme, schienen sie nicht mehr ihr zu gehören. Betäubt und leblos, wie die Lippen nach einer Wurzelbehandlung. Olof hatte sie einmal geküsst, als sie vom Zahnarzt gekommen war. Ihr fiel ein, wie er seine Lippen auf ihre gepresst hatte. Obwohl sie seinen Kuss nicht hatte erwidern können, war es der, den sie am klarsten in Erinnerung hatte.

Ein Vogel schlug gegen das Fenster. Immer wieder nahm er Anlauf und knallte gegen die Scheibe. Wie ein Ringer vor dem Angriff auf einen Gegner, den er bezwingen zu können glaubt, zog er den Kopf ein und schlug so heftig mit dem Schädel zu, dass sie glaubte, der dünne Nacken müsse brechen. Mit ausgebreiteten Flügeln fiel er zu Boden, um dann wieder zu Kräften zu kommen und den nächsten Versuch zu machen. Peng. Peng. Peng. Er gab nicht auf. Wie viele Zusammenstöße konnte ein kleiner grauer Vogel eigentlich überleben?

Wenn sie sich hätte rühren können, dann hätte sie das Fenster geöffnet und ihn hereingelassen, aber ihre Beine wollten ihr nicht gehorchen. Verzweifelt massierte sie ihre Kniekehlen und wackelte mit den Zehen, um ihren Kreislauf wieder in Gang zu bringen. Langsam presste sich dann das Blut durch die Adern, pochte und presste. Wie eine Betrunkene taumelte sie zum Fenster und jagte den Vogel in die Flucht. Erleichterung und Freude erfüllten sie, die Gefühle waren zurückgekehrt. Sie blieb stehen und schaute hinaus in die Dämmerung, die wie ein Zauber den Wald einhüllte, dann wurde an die Tür geklopft.

Sie wusste, wer da kam, und sie freute sich auf diesen Besuch. Er wartete nicht auf Antwort, ehe er ihr Zimmer betrat. Sylvia drehte sich nicht um, sie wollte seine Nähe und die Geborgenheit spüren, die er ausstrahlte, ohne sein Gesicht sehen zu müssen. Olofs Gesicht.

»Soll ich Licht machen?«

»Nein, lass es noch eine Weile dunkel sein. Das ist so beruhigend. Ein Vogel ist gegen die Fensterscheibe geflogen. Immer wieder. Ich dachte, er würde sich damit umbringen. Warum hat er das wohl gemacht, was glaubst du?«

Josef trat neben sie und schaute über den Park hinweg auf den Wald, der nicht mehr zu sehen war. Sie wünschte, dass er noch näher käme. Wenn er ihr nur ein einziges Mal den Arm um die Schultern legen könnte! Sie berühren! Zeigen, dass sie ihm wirklich wichtig war. Dass sie nicht nur eine Patientin war, sondern auch ein Mensch, so einsam, dass es wehtat.

»Im vorigen Jahr standen hier noch einige Espen, die für den Anbau geopfert worden sind. Ich glaube, er wollte wieder in seinem alten Baum wohnen. Mach dir keine Sorgen, er findet schon einen neuen. Du hattest heute Besuch, willst du darüber reden?«

»Noch nicht sofort.«

Er musterte sie schweigend. Wartete auf ihren Bericht. Sylvia war wie der Vogel. Sie wollte zurück zu dem, was einst gewesen war. Er musste sie dazu bringen, ihren Kurs zu ändern, sich eine neue Wohnstätte und neue Lebensfreude zu suchen. Er hätte sie so gern in den Arm genommen und sie getröstet und an sich gedrückt, bis sie sich wieder sicher fühlte, aber das war natürlich ausgeschlossen. Vielleicht, wenn die Therapie beendet wäre. Wenn sie wieder stark war. Wenn sie ihre Trauer, ihren Verlust und ihre Schuldgefühle verwunden hatte.

Sie strich sich die Haare aus dem Gesicht. Ein dünnes Band aus Sommersprossen zog sich über ihre Nase. Ihre Haut war hell und empfindlich, mit ihren vielen kleinen Runzeln, die sich mit den Jahren sicher vertiefen und eine Lebenskarte aus spannenden Furchen in ihr Gesicht zeichnen würde. Er merkte, dass er sich danach sehnte, sie altern zu sehen und lachen zu hören.

Sylvia verschränkte abwehrend die Arme vor ihrer Brust. Ihre Fingerspitzen verschwanden in den groben Maschen ihres Pullovers. »Glaubst du, ich bin jetzt gesund genug, um den Tod meines Mannes aus einer anderen Perspektive heraus verarbeiten zu können?«

»Aus was für einer Perspektive denn?«

»Dass ich nicht daran schuld war.«

»Dazu wollte ich dich doch die ganze Zeit schon bringen. Seit unserer ersten Begegnung.«

»Aber da wusstest du doch noch nicht alles.«

»Man muss nicht immer alles wissen.«

»Möglicherweise ist Olof aus ganz anderen Gründen ermordet worden, als ich gedacht habe.«

»Weißt du das alles von deinem Besuch?«

»Teilweise.«

»Was empfindest du, wenn du an diese Möglichkeit denkst?«

Sylvia lachte. Verblüfft. »Zuerst war ich ganz leer, dann hatte ich Angst und jetzt bin ich so wütend, dass ich schreien könnte.«

»Das ist gut. Du hast wirklich jedes Recht der Welt, wütend zu sein.«

Josef blieb noch eine halbe Stunde. Sie machten Licht und redeten, bis sich die Dunkelheit draußen zur Undurchdringlichkeit verdichtete. Zum ersten Mal erzählte er von sich, von seinen Träumen und der Liebe zu seiner Arbeit. Als er ging, war sie nicht mehr wütend. Sie spürte jetzt, wie etwas Neues in ihr wuchs. Hass und Rachsucht nämlich. Jetzt war die Zeit gekommen. Sie schaltete ihren Computer ein und machte sich an die Arbeit.

Es war noch immer unmöglich, die Ereignisse der Nacht zu rekonstruieren, in der dieser verflixte EU-Mann aus unklaren

Gründen festgenommen worden war. Bernard Vandergoten kam sich vor wie in einer Sackgasse. Die Anzeige war eine Falle gewesen, daran gab es keine Zweifel. Aber wie es daraufhin zu einer Festnahme hatte kommen können, das begriff er einfach nicht. Und warum war Strömberg mitten in der Nacht vor seinem Haus verhaftet worden, und nicht wie sonst früh morgens in seiner Wohnung? War er überwacht worden? Und wenn ja, auf wessen Anordnung? Warum gab es kein Protokoll?

Einer der an der Verhaftung beteiligten Polizisten machte übrigens blau und war nicht zu erreichen. Den Kollegen zufolge griff er manchmal zu energisch zur Flasche. Sicher schlief er also gerade irgendwo seinen Rausch aus. Bernard Vandergoten hatte den Eindruck, dass es sich um einen reichlich gewissenlosen Schurken handelte, der eigentlich in der Truppe nichts zu suchen hatte, der es aber auf irgendeine unbegreifliche Weise doch schaffte, nicht gefeuert, sondern sogar befördert zu werden. Trotz des Verdachts, dass er bestechlich war und zur Brutalität neigte. Vandergoten fand, er brauche nie wieder zurückzukehren, wenn er sich nur noch für eine halbe Stunde sehen ließ und etwas über Strömberg und diese verdammte Aktentasche sagte.

Er hatte sich das Video angesehen, das die Überwachungskamera zu dem Zeitpunkt aufgezeichnet hatte, als der Wagen Patrik Strömberg gebracht hatte. Doch darauf hatte er nichts Besonderes finden können. Niemand hatte etwas in den Händen gehalten, schon gar nicht Strömberg, denn dem waren Handschellen angelegt worden. Der Wagen hatte fünfundvierzig Minuten unberührt da gestanden, dann war er zu einem neuen Einsatz gefahren. Diesmal mit zwei Polizisten an Bord: Bei dem einen handelte es sich um den verschwundenen Ronny Kyndt. Vandergoten hatte schon mit dem anderen gesprochen, Hans De Vlier, einem alten, erfahrenen Beamten, doch der hatte ihm auch nicht weiterhelfen können. De Vlier und Kyndt waren zu einem Nachbarschaftsstreit gerufen worden, der sich bei ihrem Eintreffen aber schon gelegt hatte. Natürlich hätte jemand die Aktentasche stehlen können, wenn sie wirklich im Wagen gelegen hatte, aber es war doch unwahrscheinlich, dass sie sie in einem unverschlossenen Fahrzeug vergessen hätten. De Vlier konnte nicht mit Sicherheit sagen, ob sie die ganze Zeit zusammen gewesen waren, nahm es aber an. Jetzt konnte er nur noch versuchen, Kyndt zu erreichen. Vandergoten beschloss, persönlich zu dessen Wohnung draußen in Etterbeeck zu fahren.

Ein Stück vor der Kirche an der Place Saint Antoine drosselte Vandergoten sein Tempo, um einer Straßenbahn die Vorfahrt zu lassen. Hektische Fahrgäste rannten los, um die Haltestelle rechtzeitig zu erreichen. Eine Frau, die mit ihren Einkaufstaschen vor dem Gemüseladen stand und dort in ein Gespräch verwickelt war, beschloss in letzter Sekunde, auch diesen Versuch zu machen. Vandergoten sah, wie sie ihre Taschen aufhob und sich in Bewegung setzte. Ohne sich umzuschauen stürzte sie auf die Straße und starrte dabei die Straßenbahn an, die nur noch ein paar Meter von der Haltestelle entfernt war. Ein wütendes Hupen eines Autofahrers, der ihr nur um Haaresbreite hatte ausweichen können, erschreckte sie dermaßen, dass sie eine Tasche losließ. Eine Tüte Kartoffeln kullerte heraus und riss auf. Die Kartoffeln rollten um die Füße der Frau, die nicht mehr rechtzeitig stehen bleiben konnte. Sie stürzte hilflos vor die Straßenbahn, die mit einem schrillen Klingeln und kreischenden Bremsen versuchte, das Unglück noch zu verhindern.

Vandergoten sah das Gesicht des Fahrers vor Entsetzen erstarren, als diesem aufging, was passiert war. Gleich darauf füllte sich die Straße mit aus allen Richtungen herbeieilenden Menschen. Vandergoten bestellte Verstärkung und einen Krankenwagen, dann schaltete er die Sirene ein und fuhr das kurze Stück zur Unfallstelle.

Der Fahrer saß noch immer leichenblass und mit geschlossenen Augen hinter dem Steuer. Neugierige Gesichter starrten aus jedem Fenster. Vandergoten drängte sich durch die Menschenmenge und befahl energisch, Platz zu machen. Widerwillig traten einige beiseite, um ihn durchzulassen, nahmen dann aber sofort ihre alten Plätze wieder ein.

Die Frau war noch bei Bewusstsein. Bernard bückte sich, um ihren Puls zu fühlen. Der war kaum wahrnehmbar. Er zog seine Jacke aus und deckte sie damit zu, damit sie nicht auskühlte. Sie bewegte dankbar die Lippen. Aus der Ferne waren Sirenen zu hören. Bald würden Krankenwagen, Feuerwehr und Polizei zur Stelle sein.

Die Menschen drängten sich immer weiter vor. Alle wollten hinschauen und sich gegenseitig erzählen, was sie gesehen oder nicht gesehen hatten. Neueingetroffene mussten informiert werden. Schon kamen Gerüchte in Umlauf.

Endlich bewegte der Fahrer sich. Er öffnete die vordere Tür und stieg aus wie ein Schuldiger, der bereit ist, geopfert zu werden. Seine Augen waren starr vor Schock. Er schien jeden Moment in Tränen auszubrechen. Die Menschenmenge ließ ihn durch und alle versicherten eifrig, es sei doch nicht seine Schuld gewesen. Jemand klopfte ihm auf die Schulter. Vandergoten wünschte sich nur noch, dass die Hyänen endlich verschwanden.

Die Unfallstätte wurde abgesperrt, sowie der Krankenwagen und weitere Polizisten eingetroffen waren. Neugierige wurden verscheucht und einige Feuerwehrmänner hielten ihr Sprungtuch hoch, um die Verletzte vor den Gaffern zu schützen. Der Arzt stellte eine erste Diagnose und brachte einen Tropf an. Die Frau wurde in eine dicke Decke gehüllt und Bernard Vandergoten bekam seine Jacke zurück. Er informierte einen Kollegen darüber, was er beobachtet hatte, dann ging er zu seinem Wagen zurück. Im Wegfahren sah er, dass einige der Umstehenden die Einkaufstaschen der Verletzten an sich gerissen hatten. Er brachte es aber nicht über sich, hier einzugreifen. Irgendwo endete auch sein Pflichtbewusstsein. Er begnügte sich mit dem Wunsch, die gestohlenen Lebensmittel sollten verdorben sein und den Leuten grässliche Magenschmerzen bescheren.

In der Rue Peter Benoit stellte er den Wagen unmittelbar vor Ronny Kyndts Haustür ab. Kyndt wohnte in einem kleineren Zweifamilienhaus aus rotem Klinker mit blauer Tür und dichten Vorhängen, die den Einblick verhinderten. Das Haus war, anders als mehrere andere in der Straße, gut erhalten. Vandergoten fragte sich, ob Kyndt ein geschickter Mann war, oder ob ihm jemand dabei half, sein Haus in Schuss zu halten. Er wusste, dass Kyndt es zwei Jahre zuvor recht billig erstanden hatte, und das ließ vermuten, dass größere Renovierungsmaßnahmen nötig gewesen waren. Wenn er nach der frischen Farbe ging, dann war sogar die Fassade gereinigt worden. Vandergoten betätigte den Türklopfer einige Male und wartete. Wie erwartet kam keine Antwort. Also klopfte er beim Nachbarn an, der nichts wusste, der ihm jedoch riet, in der Kneipe um die Ecke nachzufragen, da wisse man meistens Bescheid.

Ein Bier konnte auch ihm nicht schaden, deshalb ging Vandergoten sofort weiter, ohne noch bei anderen Nachbarn anzuklopfen. Und siehe da, der Wirt wusste Bescheid. Während Vandergoten sein Bier trank und sich den Schaum von der Oberlippe wischte, erfuhr er, dass Ronny Kyndt in der vergangenen Woche zur Hasenjagd in die Ardennen gefahren und seither nicht wieder aufgetaucht war.

23

Sylvia arbeitete, bis ihre Augen vor Anstrengung brannten. Mit jeder Stunde wuchs dabei ihre Entschlossenheit. Sie wusste, dass sie sich richtig verhielt. Die Lust an der Arbeit, auch wenn es sich hier nicht gerade um herkömmliche Juristerei handelte, erfüllte sie mit Befriedigung und sie spürte, wie jede neue Transaktion ihr auch neue Kräfte gab. Bald war alles so weit fertig und vorbereitet, wie das überhaupt nur möglich war. Ihre Mandanten, deren schmutzige Wäsche ihr die Kanzlei in Brüssel zugeschickt hatte, würden die Überraschung ihres Lebens erleben, wenn sie ihre Unterlagen zurückerhielten. Die Wäsche war eingelaufen, und daran würde sich nichts mehr ändern lassen. Zufrieden mit sich schaltete sie den Computer aus und machte sich für die Nacht fertig. Ehe sie sich ins Bett legte, warf sie einen unschlüssigen Blick auf die Schlaftablette im Plastikbecher, den die Nachtschwester gebracht hatte. Sie zögerte einen Moment, schlug dann die Bettdecke zurück und ließ die Tablette unberührt liegen. Am nächsten Morgen würde sie mit Josef sprechen. Sie musste nach Genf reisen, um ihre Mission zu vollenden. Danach würde sie ihr Leben in den Griff bekommen.

Der Wirt war redselig. Vandergoten lud ihn zu einem Bier ein. Das reichte, um ihm einen neuen Freund zu bescheren. Doch, ja, Ronny Kyndt kam fast jeden Tag, je nach Dienstzeit. Kyndt trank nach Feierabend gern ein paar Gläser. Ab und zu brachte er einige Kollegen mit, dann setzten sie sich ein Stück weit fort von den übrigen Gästen, hinten im Lokal, vertieft in Gespräche, die verstummten, sowie sich jemand näherte. Polizeiangelegenheiten, Ermittlungsgeheimnisse und solche Dinge, sagte er dann mit geheimnisvollem Zwinkern. Der Wirt hatte dafür Verständnis und verhielt sich entsprechend. Er ließ diese Gäste immer in Ruhe und versuchte, die umstehenden Tische freizuhalten. An jenem letzten Abend wurde weniger getrunken, das war ihm aufgefallen. Ansonsten war Kyndt nicht unbedingt von der nüchternen Sorte.

»Kennen Sie vielleicht auch die anderen«, fragte Vandergoten. Jetzt wollte er sofort ein Ergebnis. Die Zeit der Langsamkeit war für ihn zu Ende. Bei seiner Rückkehr auf die Wache wollte er einen richtigen Bissen vorlegen können. Das hier dauerte wirklich schon lange genug. Himmel, wie viele Stunden hatte er jetzt schon mit der Suche nach einem verlorenen Gegenstand vergeudet. Das war doch wohl eher eine Aufgabe für das Personal des Fundbüros.

O verdammt! Hatte er dort nachgefragt? Jetzt konnte er kaum noch auf die Antwort des Wirts warten. Vandergoten wollte sich sofort davon überzeugen, dass kein ehrlicher Finder die Aktentasche abgeliefert hatte.

»Doch, sicher, zwei von denen kenne ich ziemlich gut«, sagte der Wirt. »Einer war Stadtteilpolizist, als ich in Schaerbeek gewohnt habe. Ein anderer war mit Ronny Kyndts Schwester verheiratet. Sie sind schon lange geschieden, aber Ronny und er waren auch früher schon befreundet, habe ich gehört. Ein ziemlich brutaler Typ. Angeblich hat er sie bisweilen geschlagen, oft hatte sie blaue Flecken«, er seufzte. »Komisch, eigentlich, dass ein Polizist seine Frau misshandelt, man sollte doch glauben, so einer wäre darüber erhaben.«

Der Wirt hatte noch immer nicht begriffen, dass auch Vandergoten von der Polizei war. Er war offenbar einfach froh über diesen Gesprächspartner, denn um diese Tageszeit war in der Kneipe nicht viel los.

Vandergoten notierte den Namen des Stadtteilpolizisten, den des Schwagers konnte er selbst feststellen. Er hoffte, dass einer von beiden ihm bei der Suche nach Kyndt helfen könnte, wenn die Aktentasche nicht auf dem Fundbüro war.

Was sie nicht war. Es gab jedoch allerlei andere. Vandergoten verlangte in dem vergeblichen Versuch, die Unterlagen doch noch zu finden, dass alle Aktentaschen geöffnet werden sollten, um jeglichen Irrtum auszuschließen. Aber natürlich hatte Patrik Strömberg eine korrekte Beschreibung seiner Aktentasche hinterlassen, außerdem wies die Tasche seine Initialen auf. Außerdem war er auch schon auf dem Fundbüro gewesen, wie Vandergoten nun erfuhr. Und er rief immer noch jeden Tag an. Was war eigentlich so schrecklich wichtig an dieser Tasche? Enthielt die Drogen oder was ...

»Rufen Sie mich sofort an, wenn sie auftaucht«, sagte Vandergoten, statt die Frage zu beantworten.

Enttäuscht kehrte er dann in sein Büro zurück und bat einen Kollegen, Kyndts Schwager und den ehemaligen Stadtteilpolizisten zu suchen. Irgendeinen Nutzen musste sein höherer Rang ihm ja auch einbringen. Die Kärrnerdienste konnten andere übernehmen. Bald würde er mit den übrigen Fahndungsleitern die Fundstücke aus La Torres Wohnung durchgehen. Wenn sie Glück hatten, dann würden sie weitere Gemeinsamkeiten zwischen den Morden feststellen. Dinge, die ihnen bei der Aufklärung der Verbrechen helfen könnten.

Die Entdeckung, dass beide Kugeln aus derselben Waffe stammten, vermutlich einer SigSauer Kaliber P228, war schon ein Erfolg gewesen. Noch besser wäre es natürlich, wenn es sich um eine weniger gebräuchliche Pistole gehandelt hätte, aber auf jeden Fall war sofort ein Mann mit der Suche nach dieser Waffe beauftragt worden. Was sie am meisten interessierte, war, ob diese möglicherweise noch bei anderen Verbrechen verwendet worden war, denn das würde ihre Chancen, den Täter einzukreisen, auf jeden Fall vergrößern.

Der Konferenztisch war groß wie eine Tanzfläche. Die Tischplatte war zerkratzt von Kugelschreibern, die auf der polierten Fläche ein- und ausgeklickt wurden. Es gab Abdrücke von Notizen, Anmerkungen und Mustern, die im Laufe der Jahre bei den stundenlangen Besprechungen gekritzelt und geschmiert worden waren. Ringe von Kaffeetassen und Wassergläsern und auch einige von stärkeren Getränken, die zusammen mit der Glut unbeachteter Zigaretten ein vages Muster auf der Tischplatte hinterlassen hatten, das mit ein wenig Fantasie an das Sonnensystem erinnerte. Ringe und Flecken waren ertrunkene Planeten.

An diesem Tag saßen hier sechs Mann, um die letzten Entwicklungen in den Mordermittlungen zu besprechen, die inzwischen parallel zueinander durchgeführt wurden.

»Ich bin mir jedenfalls sicher, dass der Mörder vor seinem Verschwinden die Wohnung durchsucht hat. Bisher haben wir nichts Brauchbares gefunden, kein Notizbuch, kein Tagebuch. Unsere Experten haben seinen Computer untersucht und festgestellt, dass alle Dateien gelöscht sind, was darauf hinweist, dass er über Informationen verfügte, die für den Täter wichtig oder gefährlich sein konnten. Als wir das mit den Ermittlungen im Fall Olof Kramer verglichen haben, haben wir festgestellt, dass er vermutlich keinen eigenen Computer besaß, sondern nur den im Büro benutzte. Leider haben wir den nicht an uns bringen können. In der Kommission wird angenommen, dass das Teil in den Abfall gewandert ist, als Kramers Stelle neu besetzt wurde. Es handelte sich offenbar um ein älteres Modell. Zum Zeitpunkt des Mordes an Kramer sahen wir keinen Grund für eine Durchsuchung seines Arbeitsplatzes, da wir keinen Zusammenhang zwischen dem Mord und Kramers Tätigkeit erkennen konnten.«

Der Beamte, der das alles vorbrachte, war Wallone. Er war einer der Ältesten in dieser Arbeitsgruppe, zu der eben auch der Flame Vandergoten gehörte. Die Gegensätze zwischen diesen Bevölkerungsgruppen hatten für die beiden nie ein

Problem bedeutet. Sie brachten einander Respekt entgegen und arbeiteten gut zusammen, was mehr war, als sich über die meisten anderen in ihrer Situation sagen ließ. Obwohl es keine offenen Feindseligkeiten zwischen beiden Volksgruppen gab, blieb man doch am liebsten unter sich. Vor allem die Wallonen weigerten sich, die andere Sprache zu lernen, obwohl die an staatlichen Schulen jetzt Pflichtfach war. Das hatte zur Folge, dass viele Flamen auch kein Französisch sprechen wollten, obwohl sie diese Sprache perfekt beherrschten. Die Besprechung dieses Tages, die eine Dreiviertelstunde in Anspruch nahm, wurde auf Französisch abgehalten.

Als Vandergoten in sein Büro zurückkehrte, waren die erbetenen Auskünfte eingetroffen. Der Stadtteilpolizist war nicht mehr bei der Truppe, deshalb musste er sich mit dessen Privatnummer begnügen. Er versuchte es bei dem ehemaligen Schwager. Vermutlich hatte der ohnehin einen besseren Einblick in Kyndts Privatleben.

Doch, er wusste Bescheid. Ronny mietete manchmal eine Jagdhütte in den französischen Ardennen. Auch der Schwager hatte ihn einige Male dorthin begleitet, zuletzt zur Wildschweinjagd. Nach einigem Suchen konnte er dann auch eine Wegbeschreibung liefern.

Nach diesem Gespräch nahm Vandergoten Kontakt zu den Kollegen auf der anderen Seite der Grenze auf und erkundigte sich, ob die einen Wagen schicken könnten. Normalerweise waren die »Frösche« nicht gerade kooperativ, aber an diesem Tag hatte er Glück. Sie hatten wohl nichts Besseres zu tun, stellte er sich vor. Die Touristensaison hatte noch nicht angefangen, deshalb brauchten sie keine Verkehrskontrollen durchzuführen. Von herzlichen Gefühlen zwischen Franzosen und Belgiern konnte keine Rede sein. Die gab es seit Menschengedenken nicht mehr. Deshalb staunte er, als die Kollegen in Frankreich schon nach wenigen Stunden zurückriefen und mitteilten, die Jagdhütte sei ausgebrannt. Das Feuer sei erloschen, ehe die Wände eingestürzt waren, und das werde natürlich die brandtechnischen Untersuchungen erleichtern. Es habe in der Gegend zuletzt stark geregnet. In der Ruine sei der Leichnam einer Person gefunden worden, die vermutlich bei dem Brand ums Leben gekommen war. Ein Wagen mit belgischem Nummernschild, das sich als das des verschwundenen Ronny Kyndt entpuppt hatte, stand außerdem in der Nähe der Hütte.

Ulrika ärgerte sich schrecklich darüber, dass sie Jenny nicht sofort nach Philippe fragen konnte. Sie wusste, dass Jenny Stjärnlöv den ganzen Tag dienstlich in Luxemburg verbringen würde. Jenny hatte den Kinobesuch am Vorabend abgesagt, weil sie sich auf diese kurze Reise vorbereiten musste. Gunnela und Ulrika waren trotzdem gegangen und hatten einen überaus öden Film über sich ergehen lassen, der aus unerfindlichen Gründen für den Oscar nominiert worden war. Gähnend hatten sie noch vor Ende des Films das Kino verlassen, mit ausgedörrten Kehlen nach einer großen Portion von extrasalzigem Popcorn. Sie hatten einfach um die Ecke noch ein Glas getrunken. Die Pianobar musste bis zu einem anderen Abend mit größerer Unternehmungslust warten, und für diesen Entschluss war Ulrika morgens beim Aufstehen dankbar gewesen.

In Gedanken versunken war sie dem Verkehrsstrom gefolgt und war plötzlich nur einen Block von der Avenue d'Auderghem entfernt, wo der Breydelkomplex lag. Aus einem Impuls heraus bog sie ab in die Rue Demot, hielt dort an und zog ihr Telefon heraus. Die Nummer war einprogrammiert.

»Hallo, hier ist Ulrika. Hast du gerade zu tun?«

»Keine Sorge. Für dich habe ich immer Zeit, wie du weißt. Wie geht's dir denn?«

»Gut. Ich stehe hier genau unterhalb deines Büros. Ich wollte fragen, ob ich raufkommen und mit dir reden kann. Dürft ihr Gäste reinlassen?«

»Es kommt nicht häufig vor, aber es ist sicher möglich. Ich

rufe die Sicherheitswache an und melde dich an. Notfalls hole ich dich unten ab.« Patriks Stimme hatte etwas von ihrem alten Tonfall und ihrer Wärme zurückbekommen. Ulrika spürte, wie sich ihr Unterleib unwillkürlich zusammenzog. Er zog sie noch immer ungeheuer an. Sie warf einen raschen Blick in den Rückspiegel und stieg zufrieden aus, ohne auch nur ihren Lippenstift zu erneuern.

Das große Kommissionsgebäude, in dem Patrik arbeitete und in dem auch Olof sein Büro gehabt hatte, war ein riesiger Komplex im Stil der siebziger Jahre, aus viel Glas, Metall und Beton. Zur Straße hin, vor dem riesigen Eingang, standen Fahnenstangen, an denen die Flaggen der Mitgliedsstaaten gehisst waren. Diese leuchtenden Farbtupfer bildeten einen grellen Kontrast zum übrigen öden Erscheinungsbild des Gebäudes.

Ulrika ging durch die großen Glastüren in ein Foyer, das sie an einen kleineren Flughafen erinnerte. Mit einer gewissen Andacht nahm sie die Atmosphäre in sich auf, ehe sie mit selbstsicheren Schritten zur Rezeption ging. Hinter dem riesigen Tresen standen mehrere uniformierte Wachen und kontrollierten, wer hier ging und kam. Ulrika nannte ihren Namen und ihr Vorhaben, musste sich ins Besucherbuch eintragen und ihren Ausweis vorlegen. Als sie dann endlich eingelassen wurde, gab es noch eine Sicherheitskontrolle, die vermutlich feststellen sollte, ob sie Waffen bei sich trug. Das ganze Verfahren beeindruckte sie. Sie wollte nun auch wissen, wie effektiv die Kontrolle jetzt, wo sie schon im Haus war, weitergehen würde. Um ihre Neugier zu befriedigen, stieg sie in der falschen Etage aus und stellte zu ihrer Überraschung fest, dass sie ungehindert durch die Gänge wandern konnte, ohne dass irgendwer ihr größere Aufmerksamkeit entgegenbrachte.

Als sie genug von diesem Ausflug hatte, ging sie zum Fahrstuhl zurück und fuhr in Patriks Etage. Auf dieser kurzen Fahrt hörte sie Finnisch, Italienisch und Französisch. Die anderen Leute im Fahrstuhl waren alle jünger als vierzig.

Patriks Tür stand halb offen. Sie konnte im Gegenlicht sein Profil sehen. Seine lockigen Haare waren im Nacken füllig und fielen ein Stück über seinen Kragen. Er saß leicht zurückgelehnt in seinem Sessel und las etwas auf seinem Bildschirm. Mit Daumen und Zeigefinger spielte er zerstreut an der sanften Rundung der Maus herum, eine Bewegung, die auch eine Liebkosung von Ulrikas Brust hätte sein können. Er wartete, besorgt, dass sie vielleicht doch nicht käme. In der kurzen Zeit ihrer Bekanntschaft war sie ihm schon so wichtig geworden, dass er sich ein Leben ohne sie nur schwer vorstellen konnte. Sie schloss hinter sich die Tür, setzte sich auf sein Knie und küsste ihn auf den Mund.

»Das hat aber gedauert. Wollten sie dich nicht reinlassen?«

»Das war kein Problem. Ich hab mich nur noch umgesehen, ehe ich hergekommen bin. Wenn man erst mal im Haus ist, kann man offenbar ziemlich frei herumlaufen.«

»So sollte das aber nicht sein. Was hättest du gemacht, wenn jemand dich aufgehalten hätte?« Er musterte sie, um festzustellen, ob sie Witze machte. Sie war so eigensinnig, dass er sich Sorgen machte.

»Gesagt, ich hätte mich verlaufen, natürlich. Das kann uns doch wohl allen passieren.« Ulrika fand an ihrem kleinen Umweg nichts Aufsehenerregendes. Wenn sie etwas tun wollte, dann tat sie das, schon seit ihrer Kindheit hatte sie sich diese Gewohnheit zugelegt. Wer sollte sie daran hindern? Mit den Jahren hatte sie gelernt, dass man ein Ziel auf vielerlei Wegen erreichen kann. Es galt einfach, der eigenen Fantasie freien Lauf zu lassen.

»Hast du etwas Besonderes auf dem Herzen oder hattest du einfach nur Sehnsucht nach mir?« Patrik schob sie von seinem Knie, damit ihr Besuch geschäftlicher aussähe, falls jemand ins Zimmer käme.

»Hast du in Bezug auf Philippe La Torre irgendetwas rauskriegen können? Du wolltest dich doch ein wenig umhören.«

Patriks Lächeln verschwand. »Das ist nicht so leicht. Die

Leute haben Angst vor offenen Worten, das habe ich doch schon gesagt. Aber ich habe immerhin herausbekommen, dass er als ziemlich neugierig galt. Manche behaupten sogar, er habe in den Angelegenheiten der anderen herumgeschnüffelt. Er war offenbar überall. – Außerdem ist es seltsam, dass er nicht auf dem normalen Weg über den Concours eingestellt worden ist. Das sind allerlei Aufnahmeprüfungen, die man bestehen muss, um hier einen Job zu bekommen«, erklärte er, als er Ulrikas fragende Miene sah. »Er hat auch eine Art Beratertätigkeit ausgeübt, was an sich nicht ungewöhnlich ist. Seltsam ist in seinem Fall, dass offenbar niemand so recht weiß, was er eigentlich gemacht hat. Ich meine, niemand bezweifelt, dass er sich wirklich mit Entwicklungsfragen befasst hat, aber was war sein Fachgebiet? Was konnte er so gut, dass es ihm den Posten hier verschafft hat?«

»Ich werde Sylvia fragen. Sie scheint ihn ziemlich gut gekannt zu haben. Wusstest du übrigens, dass er mit Jenny Stjärnlöv befreundet war?«

»Nein, davon hatte ich keine Ahnung. Wann hat sie dir das erzählt?«

»Noch gar nicht, aber ich werde sie danach fragen, sowie ich sie erreiche.«

»Und woher weißt du das?«

»Das erzähle ich dir heute Abend, wenn du mit mir essen magst.«

»Bei dir oder bei mir?«

»Kannst du kochen?«

»Try me!«

»Gut, dann gegen acht bei dir.«

Auf dem Rückweg in die Kanzlei spürte Ulrika das vertraute bohrende Gefühl, das sich in ihrem Zwerchfell ausbreitete. Ein nervöses Flattern, das in unerträglichen Stößen zur Brust hochstrebte, eine drohende Vorwarnung, dass etwas hier nicht stimmte. Sie hatte das schon oft erlebt, wenn Mandanten sie belogen. Wenn sie spürte, dass sie die Kontrolle verlor, dass sie Gefahr lief, einen Prozess zu verlieren, weil sie nicht richtig informiert war.

Dieses Gefühl wollte sich nicht legen und am Ende musste sie das Autoradio ausschalten, um zur Ruhe zu kommen. Natürlich wusste sie, dass ihre Unruhe vor allem daher rührte, dass sie sich mit Angelegenheiten befasste, in denen sie sich nicht auskannte. Der halbe Vormittag war schon vorbei, aber sie hatte noch nicht mit der Arbeit angefangen. Sie war nur in Brüssel, weil sie in der Kanzlei gebraucht wurde. Warum um Himmelswillen strampelte sie sich also dermaßen ab in einer Angelegenheit, die sie sehr gut der Polizei überlassen konnte? Vandergoten war ein guter Mann, wenn sie von gewissen hygienischen Aspekten absah. Er war hellhörig und sicher ein sehr erfahrener Polizist. Sie hatte kein Recht, ihm Vorwürfe zu machen und ihn für untauglich zu halten, nur, weil er anfangs ein wenig langsam gewesen war. Manche Menschen können eben nur schwer umdenken.

Von nun an wollte sie das auch selbst tun. Die Mordermittlungen würde sie der Polizei überlassen. Sie würde sich nur ihrer Arbeit in der Kanzlei widmen und die entsprechenden Rechnungen schreiben.

Das Flattern im Zwerchfell beruhigte sich immer mehr und nach einer Weile schaltete sie das Radio wieder ein. Jetzt war die Musik einer absolut uninteressanten Podiumsdiskussion gewichen. Nach einer Weile des Suchens gab sie auf. Auf allen störungsfreien Sendern, die sie finden konnte, wurde geredet. Unterhaltungsmusik war offenbar nicht die vormittägliche Stärke des belgischen Rundfunks. Ulrika beschloss, einige gute Kassetten ins Auto zu legen. Normalerweise fand sie Musik beim Fahren beruhigend.

Der Sandhügel war endlich verschwunden, das Loch zugeschüttet. Jetzt war jedoch ein weiterer Teil des Bürgersteigs aufgebrochen. Was für Idioten! Warum konnten sie nicht alles auf einmal machen, statt hier und da ein wenig herumzupusseln, überlegte Ulrika. Jetzt musste sie wieder über grobe Planken balancieren, um den Eingang zu erreichen. Sie hätte gern gewusst, ob an der Geschichte über die Fernsehkabel, die in den verschiedenen Brüsseler Stadtteilen verlegt werden sollten, etwas Wahres war. Damals hatten angeblich die Flamen einen Graben gebuddelt, die Wallonen gleich daneben ihren, und dann hatten sie jeder ihre Kabel gelegt, um nicht zusammenarbeiten zu müssen. So machten sie weiter, bis alle neunzehn Brüsseler Bezirke verkabelt waren.

Wie immer lief sie die Treppe hoch, und das war auch gut so, denn sie hörte, dass der Fahrstuhl besetzt war.

Als sie die Kanzlei betrat, sah Ulrika sofort, dass etwas nicht stimmte. Nathalie saß mit Tränen in den Augen und töricht aufgerissenem Mund an ihrem Platz am Empfang. Ulrika konnte nicht fragen, was passiert sei, denn schon rief Markus nach ihr. Ulrika lief in sein Zimmer und fand auch ihn in aufgelöstem Zustand.

Sein Schreibtisch war leer gefegt. Lampe, Akten, Telefon und eine Kaffeetasse, alles lag wild durcheinander auf dem Boden, als habe sich jemand in einem Wutausbruch über die Tischplatte hergemacht. Ein Besuchersessel war aufgeschlitzt und über das Chaos auf dem Boden gestürzt.

»Was um Himmels willen ist denn hier passiert? Sieht aus, als hätte es hier eine Schlägerei gegeben!«

Markus schüttelte verzweifelt den Kopf, ehe er antworten konnte. »Sind sie dir unterwegs nicht begegnet? Es kann höchstens eine halbe Minute her sein, dass die halbe russische Mafia hier hinausgestürzt ist.« Sein Blutdruck schien jetzt wieder zu steigen. Sein Gesicht bekam Farbe und die Augen zogen sich hinter den dicken Brillengläsern wütend zusammen. »Hast du eine Ahnung, was zum Teufel Sylvia da eigentlich treibt?«, brüllte er und schlug mit aller Kraft mit der Faust auf den Tisch.

24

Der Schmerz traf ihn überraschend. Wie ein Speer bohrte er sich durch seine Hand und weiter bis zum Ellbogen hoch. Es tat so weh, dass er nach Atem rang. Der harte Schlag auf die Tischplatte hatte offenbar einen Knochen beschädigt. Verblüfft starrte Markus Westerlund seine rechte Hand an, als schwelle die vor seinen Augen an.

»O verdammt. Ich glaube, ich habe mir was gebrochen!«, sagte er mit kläglicher Stimme.

»Lass mal sehen«, Ulrika trat einen Schritt auf ihn zu. Markus wich erschrocken zurück, er hatte schreckliche Angst, dass sie seine Hand berühren könnte.

»Setz dich, dann hole ich Eis.« Ulrika lief los und stieß in der Tür mit Nathalie zusammen, die den Schlag gehört hatte und nun ihrerseits angerannt kam. »Markus hat sich die Hand verletzt. Kannst du ein wenig Eis in eine Plastiktüte oder ein Handtuch oder so packen? Er braucht einen kalten Umschlag.«

»Ich fahre zur Ambulanz, wenn das Eis nicht hilft«, stöhnte Markus verzweifelt und setzte sich so vorsichtig, als sei viel mehr als nur seine Hand verletzt worden.

»Schlägst du immer so wild um dich, wenn du wütend wirst?« Ulrika schaute sich mit hochgezogenen Augenbrauen in diesem chaotischen Zimmer um.

»Du glaubst doch wohl nicht, dass ich das hier war?«

»Nein, das fände ich wirklich seltsam, aber was soll ich

denn nach so einem Ausbruch glauben«, fragte sie und schaute unwillig seine Hand an.

Markus wandte sich an Nathalie, die gerade den improvisierten Eisbeutel brachte. Er wollte sich von ihr gegen diese Anwürfe verteidigen lassen, aber sie blieb stumm und machte einen verängstigten Eindruck. Mit einem Stöhnen legte er den Eisbeutel auf seine Hand, um ihn dann fast sofort wieder wegzunehmen und nachzusehen, ob schon eine Besserung eingetreten sei.

»Du musst das Eis länger auf der Hand lassen, sonst wird sie dick«, sagte Nathalie.

»Die ist schon dick«, schimpfte Markus, legte die Hand dann aber immerhin brav auf den Tisch und fing an, mit den Fingern zu wackeln. Nach einer Weile lächelte er zufrieden. »Ich glaube, es ist doch nichts gebrochen. Schaut mal, ich kann alle Finger bewegen und sogar die Faust ballen, obwohl das wehtut. Schrecklich weh.« Mit verzerrter Miene führte er seine Kunststücke vor. Nathalie schien beeindruckt zu sein. Ulrika bat sie, Kaffee zu kochen und dann beim Aufräumen zu helfen.

»Den können wir bei mir trinken, wenn du willst. Ich habe das Gefühl, dass wir miteinander reden müssen«, sagte sie, so freundlich sie konnte. Sie war von seinem Verhalten enttäuscht, sah aber keinen Grund, das noch deutlicher zum Ausdruck zu bringen.

Er saß im Besuchersessel zusammengesunken vor ihr. Noch immer ruhte die verletzte Hand in der unversehrten, behutsam, als sei sie aus Glas. Er tat Ulrika jetzt wirklich Leid. Er sah restlos vernichtet aus. Als er ihr erzählte, was passiert war, klang seine Stimme nicht ganz wie sonst.

»Sie kamen heute Morgen hier hereingestürmt und wollten unbedingt mit Sylvia sprechen«, fing er an. »Sie waren sich ganz sicher, dass sie wieder hier sei.« Als er so weit gekommen war, schüttelte er skeptisch den Kopf. »Stell dir das vor, sie hielten es für eine Lüge, als ich gesagt habe, dass sie seit anderthalb Monaten nicht mehr hier gewesen ist. Ich habe wahrheitsgemäß gesagt, dass sie sich in einer Klinik in Schweden aufhält. Und da wurde dieser Karenski, Iwan Karenski, einfach wahnsinnig und machte sich über meinen Schreibtisch her.« Markus verstummte.

»Karenski, den Namen kenne ich. Wer ist das noch gleich?«

»Dieser Russe, der neulich schon mal hier rumgeschrien hat, der mit dem bewaffneten Leibwächter. Ich glaube, du hast für Sylvia seine Unterlagen durchgesehen, als du zum ersten Mal hier warst. Ein richtig unangenehmer Typ. Ich begreife nicht, dass sie ihn als Mandanten behält. Weißt du, sie hat sogar behauptet, er habe etwas mit dem Mord an Olof zu tun. Das ist natürlich der pure Unsinn, sie hat in der Zeit so viel dummes Zeug gesagt. Alkohol und Tabletten und alles, klar, aber es war unangenehm. Mir war danach richtig schlecht, muss ich sagen.

Jedenfalls hat er mich dazu gezwungen, Sylvia anzurufen. Er wollte unbedingt selber mit ihr sprechen. Zuerst habe ich mich natürlich geweigert, aber er hat mir so schrecklich gedroht, dass mir nichts anderes übrig blieb, als in der Klinik anzurufen. Als ich die Nummer gewählt hatte, riss er mir den Hörer aus der Hand.« Wieder verstummte Markus und rieb sich die Hand.

»Was ist dann passiert?«

»Offenbar ist sie nicht mehr in Kolmården.«

»Hat er sich mit dieser Auskunft zufrieden gegeben?«

»Nicht ganz. Einer von seinen Kerlen hat auch meinen Stuhl zertreten.«

»Sei froh, dass sie es nicht mit dir versucht haben«, sagte Ulrika trocken. »Ich begreife ja nicht, wie du es hinnehmen konntest, dass sie überhaupt so lange für die Mafia gearbeitet hat. Ich muss schon sagen, das finde ich wirklich seltsam. Warum hast du ihr nicht davon abgeraten, sich auf diese Art von Geschäften einzulassen, als ihr zum ersten Mal über diese Angelegenheit gesprochen habt? Und jetzt, sogar noch nach Olofs Tod, trägst du dazu bei, dass sie weitermacht, obwohl du weißt, welchen Verdacht sie hat. Ich finde, du hast dich unkollegial verhalten. Du hättest diese Fälle abschließen und ihr das alles ersparen können.«

»Ja, vermutlich hast du Recht«, sagte er, schien sich aber nicht richtig zu schämen. »Was hat sie dir erzählt?«

»Dass er sie bedroht hat, und dass sie viel zu lange geglaubt hat, dass er hinter diesem Mord steckt. Sie hat mir auch gesagt, dass du ihr nicht geglaubt hast. Wir haben neulich in Schweden darüber gesprochen. Jetzt hat sie offenbar Distanz zu allem gewonnen. Wenn ich das richtig verstanden habe, dann hat er versucht, ihr Angst zu machen. Und es ist ja wohl kein Wunder, dass ihm das gelungen ist, du hast ihn ja selbst in Aktion erlebt. Aber ganz unter uns, ich halte es für überaus unwahrscheinlich, dass die Russenmafia etwas mit Olofs Tod zu tun haben soll.«

»Und wie bist du zu dieser Erkenntnis gelangt, wenn man fragen darf? Es kann doch auch die russische oder die marokkanische Mafia oder weiß Gott wer sein, der hinter dem Car-Jacking steckt.«

Schwang in seiner Stimme nicht ein Hauch von Arroganz mit? Sie lächelte ihn freundlich an, dann sagte sie: »Die Polizei verfolgt diese Spur nicht mehr. Insiderinformation!«

Sie schaute zu dem Poststapel hinüber. Alle waren von Nathalie geöffnet, sortiert und mit dem Eingangsstempel des Tages versehen worden – nur ein dicker Umschlag mit Schweizer Briefmarken nicht, auf dem »privat« stand und den Nathalie nicht angerührt hatte. Ulrika hob ihn auf und betrachtete ihn, aber er wies keinen Absender auf.

»Meinst du, das hier lohnt eine Anzeige, oder sollen wir uns an die Arbeit machen?« Sie beendete das Gespräch in einem Tonfall, der Markus deutlich machte, dass sie die zweite Lösung vorzog.

Der Sand rieselte durch ihre Zehen, als sie aufstand und zum Wasser ging. Das Wasser war hell türkis. Kühlend, salzig und kristallklar. Sylvia legte Schnorchel und Schwimmbrille an und schwamm mit kräftigen Zügen zum Korallenriff hinaus. Sie kam sich vor wie in einem Aquarium. Das Farbenspiel. Die Harmonie. Das Treiben der Fische. Sie schwamm, bis die Sonne ihre Schultern verbrannte und sie zwang, an Land zurückzukehren, zur Hängematte im Schatten.

Im Hotel wohnten nicht viele Gäste. Die Stille gefiel ihr. Statt nach neuen Bekanntschaften zu suchen, horchte sie auf Wind und Vogelstimmen. Genoss es, unter den Palmen zu liegen und zu lesen. Sonnengereifte Ananas zu verzehren und frische Kokosmilch mit dunklem Rum direkt aus der Nussschale zu trinken.

Endlich ging es ihr wieder gut. Keine Sekunde lang bereute sie, was sie getan hatte. Er hatte es nicht anders verdient. Jetzt war sie mit leben an der Reihe. Und sie würden sie niemals finden. Sie hatte ihre Spuren sorgfältig verwischt.

Als sie sich entschieden hatte, hatte sie sich von einer schweren Last befreit gefühlt. Die Arbeit hatte ihr Spaß gemacht. Sie hatte die Rache genossen. Kein Mensch hatte ihr so viel angetan wie Iwan Karenski. Nicht einmal Olofs Tod hatte ihr so wehgetan wie die Vorstellung, sie sei an allem schuld. Ihre Schuldgefühle hatten sie krank gemacht, sie fast um den Verstand gebracht. Um Himmels willen, wer wollte sie hier an der Nase herumführen? Sanatorium, Klinik. Zum Teufel! Eher wohl Irrenhaus.

Was für ein Schwein. Und wie gelegen Olofs Tod ihm gekommen war. Er hatte keine Hemmungen gehabt, sie glauben zu machen, dass er hinter dem Mord steckte, um sie zum Gehorsam zu zwingen. Um sie dazu zu zwingen, diese widerliche Arbeit für ihn zu verrichten. Was für eine Enttäuschung es gewesen sein musste, als sie nicht zur Verfügung stand. Sie hatte sich nicht einmal um sich selbst kümmern können, geschweige denn um die »Geschäfte« der Russenmafia.

Kaum hatte Sylvia sich nach Ulrikas Besuch gefasst, da hatte sie sich an die Arbeit gesetzt und so weit wie möglich einen Überblick über Karenskis Geschäfte erstellt. Es war nicht allzu schwer gewesen. Sie hatte ihm ja bei vielen davon geholfen.

Wenn die Finanzbehörden diesen Teil des Materials in die Hände bekämen, würden sie rasch merken, dass es sich um schwer wiegende Wirtschaftsverbrechen handelte. Diese Aufstellung war ihre Versicherung. Sie wollte sie ihm als Warnung zukommen lassen. Sie würde nicht drohen müssen. Iwan Karenski würde auch so verstehen.

Die Arbeit tat ihr gut. Die Energie strömte nur so. Erst als die Aufstellung vollendet war, öffnete sie aus einem Impuls heraus Olofs E-Mail, was sie noch nie getan hatte. Neben seiner offiziellen Adresse hatte er auch eine private gehabt, die nur wenigen bekannt gewesen war. Sie hatte sein Passwort eingegeben, »olofaussmedjebakken«, und ungeduldig darauf gewartet, dass der Korb sich füllte. Aber es gab nur eine Mitteilung. Eine lange, die ihre Zeit brauchte, um heruntergeladen zu werden. Als sie sie öffnete, sah sie, dass sie am Abend seines Todes aus seinem Büro abgeschickt worden war.

Sie hatte den Brief mit einem Kloß im Hals gelesen. Olofs letzte Gedanken. Ihr Herz hatte so hart geschlagen, dass sie fast keine Luft mehr bekommen hatte. Jetzt besaß sie endlich den Beweis dafür, dass Iwan Karenski geblufft hatte. Er hatte sie wirklich hinters Licht geführt. Dieser Teufel. Das würde er bereuen.

Auf der Bank waren sie daran gewöhnt, dass sie hohe Summen abhob. Solange sie einen Tag vorher Bescheid sagte, war das nie ein großes Problem. Das Bargeld mit eigenen Händen zu verschieben war die einzige Möglichkeit, wenn man ganz sicher gehen wollte, dass das Geld unauffindbar sein würde.

Da sie gute Kontakte hatte, sorgte die Bank immer dafür, dass sie die Summe bei einer anderen Bank einzahlen konnte, was unter normalen Umständen unmöglich wäre. Der Kampf gegen Drogenhandel und andere schwere Verbrechen hatte dazu geführt, dass Banken in aller Welt keine Bareinzahlungen mehr akzeptierten, schon gar nicht, wenn es sich um größere Beträge handelte, was diesmal der Fall gewesen war.

Sylvia hatte die ganze Summe abgehoben, mit der sie an Olofs Todestag in Luxemburg nichts hatte zu tun haben wollen.

In der Bank war sie wie immer überaus freundlich empfangen worden. Sie war dort seit Jahren bekannt und wurde ab und zu zum Mittag- oder Abendessen eingeladen, wenn sie sich in Genf aufhielt. Diesmal würde sie nicht lange genug bleiben, um eine Mahlzeit zu sich zu nehmen. Die im Flugzeug musste reichen. Sie hatte noch viele von der Sorte vor sich.

Der Bankbeamte hatte sie mit der Würde eines mittelalterlichen Adligen in ein Privatzimmer im anderen Stock des Bankpalastes geführt. Kühl, helle Farben, echte Bilder an den Wänden. Dort wurden Kaffee und Kekse serviert, während sie darauf wartete, dass das Geld aus der Kasse geholt wurde. Zwölf Millionen Schweizer Franken. Sie hoffte, dass in ihrer Reisetasche genug Platz wäre.

Seltsamerweise fühlte sie sich während des Wartens nicht nervös. Sie hatte sogar verlangt, die Scheine vor ihren Augen zu zählen.

Der Bankbeamte schob einen mit Geld beladenen Wagen herein. Mit geübtem Griff entfernte er die Umhüllung aus Papier. Neue knisternde Tausendfrankenscheine wurden in die Zählmaschine eingespeist. Als alles gezählt war, packte sie das Vermögen in die Tasche und ließ sich durch den Hinterausgang zu einem wartenden Taxi bringen. Obwohl ihre Tasche schwer war, lehnte sie die Hilfe des Taxifahrers freundlich ab, als der den Kofferraum öffnen wollte. Sie stellte die Tasche neben sich auf den Sitz und verriegelte beide Türen von innen, ehe sie die Adresse nannte.

Dort angekommen folgte sie dem Plan, den sie ursprünglich für Karenski ausgearbeitet hatte, mit dem einzigen Unterschied, dass sie die Summe nicht auf ein neu eingerichtetes Konto einzahlte, das einer seiner Firmen gehörte, sondern auf das einer Firma mit ähnlichem Namen. Einer, die sie selbst kontrollierte. Auf diese Weise legte sie einen Rauchteppich und verließ Genf.

Markus wischte sich die Hand an der Hose ab. Das Eis schmolz und tropfte jetzt. Die Hand tat nicht mehr weh. Er schämte sich ein wenig für sein Verhalten. Ulrika hatte jedes Recht dazu, verärgert zu sein. Er erhob sich und ließ das verbliebene Eis in den Topf des halb toten Ficus fallen.

»Du musst entschuldigen. Ich gehe sonst nicht so hoch, aber diese Russen haben mich einfach aus dem Gleichgewicht gebracht. Ich halte es für das Beste, wenn wir diesen unangenehmen Zwischenfall vergessen. Sylvia muss dafür sorgen, dass ihre Mandanten sich benehmen, wenn sie wieder hier ist.«

»Das ist schon vergessen. Ich habe wohl auch ein wenig übertrieben. Ich wollte dich wirklich nicht kritisieren. Ich hoffe, dass du mir das nicht übel nimmst.«

Als er gegangen war, griff Ulrika zum Brieföffner und schlitzte den Umschlag auf, der die ganze Zeit auf sie gewartet hatte. Er enthielt einen handgeschriebenen Brief, eine Diskette und einen Überblick über ein Konsortium.

Ulrika erkannte sogleich Sylvias Handschrift und hatte sofort das Gefühl, dass etwas Entsetzliches passiert war. Erfüllt von bösen Ahnungen fing sie an zu lesen.

Liebe Ulrika,

Tausend Dank für deine Hilfe in meiner schweren Zeit. Ich weiß wirklich nicht, ob ich ohne deine Unterstützung überlebt hätte. Dass du dir die Zeit für einen Besuch in Kolmården genommen hast, war so wichtig für mich. Was du erzählt hast, hat mich aus meinem jämmerlichen Zustand des Selbstmitleids und der Unentschlossenheit herausgerissen.

Ich habe viel über das nachgedacht, worüber wir gesprochen haben, und ich bin zu der Erkenntnis gekommen, dass ich in meinem Leben eine radikale Änderung vornehmen muss, wenn ich weiterleben will. Deshalb habe ich beschlossen, meine Tätigkeit als Anwältin aufzugeben. Ich habe meine Kündigung schon eingereicht und gehe davon aus, dass sie mit unmittelbarer Wirkung angenommen wird, da ich zugleich aus der Anwaltskammer austrete. Das alles habe ich ja schon erwähnt. Leider habe ich keine andere Wahl. Ich habe eine so große Persönlichkeitsveränderung durchgemacht, dass ich unmöglich so weitermachen kann.

Olofs ideologischer Gerechtigkeitseifer hat ihn das Leben gekostet. Und du weißt schon, dass meine pseudo-moralischen Prinzipien mich fast um meins gebracht hätten. Wären wir etwas flexibler gewesen, dann hätten wir einander vielleicht nicht verloren. Das alles sind Umstände, die mich zu dieser Kursänderung bewogen haben. Was den letzten Ausschlag gegeben hat, findest du auf der beigelegten Diskette. Die habe ich in Olofs E-Mail gefunden. Ich wäre dankbar, wenn du ihr die Öffentlichkeit besorgen könntest, die sie verdient, denn dann hätte ich den Trost, dass nicht alles umsonst war.

Ulrika, das ist allein mein Entschluss, und ich bin damit zufrieden.

Iwan Karenskis Angelegenheit ist abgeschlossen, aber ich bin davon überzeugt, dass er sich im Büro melden wird, um mich zu fassen zu bekommen. Sag ihm die Wahrheit, dass du nicht weißt, wo ich stecke. Wenn er kommt, dann gib ihm bitte diesen Überblick über seine Geschäfte. Danach wird er euch nicht mehr belästigen.

Ich wäre außerdem dankbar, wenn du oder Markus dafür sorgen könntet, dass mein Haus verkauft und meine persönlichen Besitztümer nach Schweden geschickt werden. Die Mö-

bel kannst du mit dem Haus verkaufen. Du wirst auch feststellen, dass ich in letzter Zeit das Haus so hoch beliehen habe wie nur möglich. Sicherheitshalber habe ich eine Summe bei meinem Notar deponiert, die eure Kosten und euer Honorar decken wird.

Deine dankbare Sylvia.

Ulrika las den Brief mehrere Male. Sie wusste nicht, was er eigentlich bedeutete. Er war zu klar durchdacht für einen Selbstmordbrief, klang aber doch so endgültig, dass sie sich nicht sicher sein konnte.

Nachdenklich studierte sie die Aufstellung über Karenskis Geschäfte. Sicher würde ihn das zum Schweigen bringen. Es tat ihr Leid, dass Sylvia ihr Können an ihn und seinesgleichen vergeudet hatte, aber sie war doch sehr beeindruckt von allem.

Die Diskette war nicht beschriftet. Neugierig legte sie sie ein und horchte auf das Surren der Festplatte. Fast sofort ging ihr auf, was auf der Diskette war. Ein wachsendes Glücksgefühl perlte durch ihren Körper und ließ sie mitten in ihrem Kummer laut auflachen. Olof hatte als letzte Sicherheitsmaßnahme alle Unterlagen an sich selbst geschickt, zusammen mit einer genauen Aufstellung darüber, wer sie am nächsten Tag mit der Post bekommen sollte. Sechzehn Disketten waren am Tag nach seiner Ermordung von der Hauspost der EU zugestellt worden.

Das war schon so lange her und nichts war passiert. Von sechzehn Adressaten hatte keiner ein Wort gesagt. Unmöglich!

Diesmal würde sie kein Risiko eingehen. Ihr wurde schlecht, wenn sie daran dachte, wie nachlässig sie beim ersten Mal mit diesen Informationen umgegangen war. Sie hatte sie ganz einfach verschusselt. Obwohl Patrik die Aktentasche verloren hatte, fühlte sie sich doch ebenso verantwortlich. Jetzt würde sie alles anders machen. Entschlossen griff sie zum Telefon und wählte Anette Goldmans Nummer.

»Hallo, hier ist Ulrika. Ich wollte nur feststellen, ob du im Lande bist. Weißt du noch, dass ich etwas von Material gesagt habe, das dir möglicherweise den Scoop deines Lebens bescheren kann?«

»Wie hätte ich das vergessen können? Seither habe ich nachts vor Aufregung fast keinen Schlaf finden können«, scherzte Anette am anderen Ende der Leitung, dann erwachte die Journalistin in ihr. »Also, erzähl, was anliegt.«

»Du hast hoffentlich Zeit, denn es ist eine lange Geschichte mit vielen Verzweigungen.«

Nach dem Gespräch mailte Ulrika die Datei, damit Anette sich an ihren Artikel machen konnte. Ihre Arme überzogen sich mit Gänsehaut, als der Pfeil mitteilte, dass das Dokument unterwegs war.

25

Bernard Vandergoten missfiel die Entwicklung. Er fühlte sich angesichts der vielen losen Enden gar nicht wohl in seiner Haut. Am liebsten hätte er alles hingeschmissen, um mit seinem Hund für einige Tage an die Küste zu fahren. Um am Strand zu wandern und die Töle im Wasser spielen zu lassen, ehe die Gegend sich mit Badegästen füllte. Das Wetter hatte sich gehalten und der Wetterbericht verhieß für das Wochenende Sonne. Also musste man rechtzeitig losfahren, wenn man nicht im Stau stecken bleiben wollte. Aber der Ausflug musste warten, bis er mit der Ermittlung ein wenig weiter gekommen war.

Ein Zufall, der Vandergoten Sorgen machte, war, dass Kyndt offenbar einen Nebenjob in der Sicherheitsabteilung der Kommission bekleidet hatte. An sich besorgten sich ja viele Polizisten solche Nebenjobs. In der Truppe wurde eben elend schlecht bezahlt. Das Seltsame aber war, dass die Kommission Kyndts Lohn schwarz ausbezahlt zu haben schien. Vandergoten hätte nicht gedacht, dass so etwas möglich war. Aber andererseits war er inzwischen dermaßen von Erfahrungen gegerbt, dass ihn gar nichts mehr überraschte. Er verdankte diese Auskunft über Kyndt dem ehemaligen Kollegen, der jetzt ganz offiziell bei der Kommission angestellt war. Unter anderem arbeitete er als Leibwächter für den britischen Kommissar. Der Job gefiel ihm, war gut bezahlt und spannend.

Seufzend zog Vandergoten wieder den Obduktionsbericht über Ronny Kyndt hervor. Daraus ergab sich, dass der Tote Schlafmittel und sehr viel Alkohol konsumiert hatte, als das Feuer ausgebrochen war.

Die brandtechnische Untersuchung erwies, dass das Feuer vermutlich von einer umgekippten Petroleumlampe verursacht worden war. Kyndt hatte in seinem Suff die Lampe umgestoßen. So musste es gewesen sein. Aber warum hatte er dann noch Schlaftabletten genommen? Eins Komma fünfundsiebzig Promille, hätte das nicht für ungestörten Schlaf reichen müssen? Vandergoten kam das alles sehr suspekt vor.

Die Kollegen auf der anderen Seite der Grenze hatten den Todesfall als tragisches Unglück abgeheftet. Vandergoten selbst brachte den Franzmännern jedoch kein Vertrauen entgegen. Er fand es richtiger, seine eigenen Schlüsse zu ziehen. Im Moment zeigte einfach viel zu viel in dieselbe Richtung. Auf eine Organisation mit über vierundzwanzigtausend Angestellten. Nein, den Ausflug an die Küste würde er auf jeden Fall noch aufschieben müssen.

»Du hast ein Fax und einen von einem Boten gebrachten Brief. Hier!« Nathalie, die sich von den Ereignissen des Vormittags erholt hatte, hatte ihre übliche irritierende Geschäftigkeit zurückgewonnen.

Ulrika nahm das Fax entgegen, sah, dass es sich um das Urteil handelte, das das Gericht in Uppsala im Hinblick auf Maud Granbergs Pferde gefällt hatte, und las zufrieden: »Die Klage wird uneingeschränkt abgewiesen.« Sie hatte in allen Punkten gewonnen. Wie schön, darauf hatte sie wirklich nicht zu hoffen gewagt. »Ich dachte, das würdest du sofort wissen wollen«, hatte Gudrun als Gruß dazu geschrieben.

Ulrika spürte plötzlich, wie sehr ihr ihre gewohnte Sekretärin fehlte. Ja, nicht nur sie, sondern alles. Die ganze Kanzlei in Stockholm. Und außerdem hatte sie Sehnsucht nach Stefan und den Kindern und dem Sturebad und der Östermalmshalle und Pierre, ihrem Friseur. In ihrer ganzen Zeit in Brüssel hatte sie noch keine elegante Frisur gehabt.

Der Brief enthielt eine elegante Einladung zu einem musikalischen Abend mit anschließendem Büfett. Der Absender war Edward Milton. Ulrika lächelte vor sich hin. Natürlich würde sie hingehen. Das könnte überaus interessant werden, wobei sie nicht unbedingt an das Konzert dachte. Sie hoffte nämlich auf ein Plauderstündchen mit dem Gastgeber. Edward Milton war ja schließlich Mr. Big. Von allen, mit denen sie in Brüssel in Kontakt gekommen war, hatte er zweifellos den größten Einfluss auf die Kommission.

»Ich bin jetzt eine Stunde unterwegs. Ich nehme mein Handy mit, für den Fall, dass etwas sein sollte«, teilte sie Nathalie mit, dann zog sie die Tür hinter sich zu. Wenn sie Glück hatte, dann gab es im Salon Roger, Brüssels angesagtestem Friseur, zu dessen Kundinnen Königin Paola und Kronprinzessin Mathilde zählten, noch einen freien Termin. Der Salon lag ein Stück die Avenue Louise hinunter und verlangte keine Terminvorbestellungen.

Im Salon brummte es von Haartrocknern und Stimmengewirr wie ein kleiner Bienenstock. Ein Kellner im Smoking glitt umher und versorgte die Kundinnen mit Salattellerchen, Wein und Cappuccino. Was für ein Schauspiel! Es waren sicher dreißig Friseure, Maniküren und Stylistinnen am Werk, allesamt in makelloses Weiß gekleidet. In der Mitte stand der Inhaber selbst, ganz in Schwarz, und modellierte die Haare einer überaus eleganten Dame, bei der es sich um die Gattin des US-Botschafters handelte, wie Ulrika später erfuhr. Wie ein Dirigent hatte er seinen Stab fest unter Kontrolle. Erteilte den Nächststehenden gute Ratschläge und küsste frisch eingetroffene Stammkundinnen im Vorübergehen auf die Wangen. Ein Stück von ihm entfernt arbeitete eine Bildhauerin an einer Tonbüste, die ihn in Lebensgröße zeigte.

Mehrere Kundinnen hatten ihre ebenso wohlfrisierten Schoßhunde bei sich, die souverän und ein wenig blasiert auf sauberen Frotteehandtüchern auf den Knien ihrer Frauchen ruhten. Nur ein wütender cognacfarbener Pudel mit Triefaugen und Strasshalsband fletschte knurrend die Zähne, als Ulrika vorüberging.

»Er ist offenbar mit dem falschen Fuß zuerst aufgestanden«, sagte sie zur Besitzerin, die den Hund sofort zur Ruhe mahnte und ihn gleichzeitig hinter dem Ohr kraulte, damit er sich über diese Zurechtweisung nicht grämte.

Das Telefon klingelte, sowie Ulrika sich zur Haarwäsche niedergelassen hatte. Sie wischte sich den Schaum aus den Ohren und nannte ihren Namen.

»Ulrika, das hier ist ja Dynamit. Ich komme heute Abend mit der letzten Maschine. Ich muss jetzt einfach vor Ort weiterarbeiten. Ein paar Interviews machen und Untersuchungen anstellen, ehe ich den Artikel fertig schreibe. Kann ich ein paar Tage bei dir wohnen?« Anette hörte sich so enthusiastisch an, dass es schwer war, sich davon nicht anstecken zu lassen.

»Natürlich. Du bist mir sehr willkommen. Wann landest du?«

»Samt Passkontrolle und Gepäckabholung müsste ich um halb zwölf durch sein, wenn wir keine Verspätung haben. Wie lange brauche ich mit dem Auto zu dir hinaus?«

»Gib mir die Flugnummer, dann hole ich dich ab. Ich esse heute Abend ohnehin in der Stadt, dann komm ich gleich zum Flughafen. Das dauert nur eine Viertelstunde.«

»Soll ich eine Haarkur machen? Die Spitzen kommen mir ein wenig trocken vor.«

»Eine Minikur. Ich muss bald zurück zur Arbeit.«

Während sie darauf wartete, dass ihre Haare getrocknet wurden, bestellte Ulrika einen Kaffee. Der war heiß und stark, und auf der Untertasse lagen zwei Pralinen. Anettes Besuch erschien ihr wichtig. Als ginge es jetzt richtig los. Sie musste immer wieder an die Morde denken. Kaum war sie nicht in die Arbeit vertieft, meldeten diese Gedanken sich zu Wort. Es belastete sie, dass sie nichts unternehmen, den Lauf der Dinge nicht beschleunigen konnte. Früher an diesem Tag hatte sie auf Jennys Anrufbeantworter eine Mitteilung hinterlassen und sie um Rückruf gebeten, sowie sie aus Straßburg zurück wäre.

»Noch fünf Minuten, dann ist Ihr Friseur frei, Madame. Möchten Sie noch einen Kaffee?«

Ulrika schüttelte ablehnend den Kopf und beschloss, Vandergoten anzurufen. Dazu reichte die Zeit gerade noch.

Wie immer schien er sich über ihren Anruf ungeheuer zu freuen.

Nein, leider habe er im Moment keine Neuigkeiten, abgesehen von einem wirklich traurigen Unfall. Einer der Polizisten, die bei der Festnahme ihres Freundes zugegen gewesen waren, sei unglücklicherweise bei einem Brand ums Leben gekommen.

»War das wirklich ein Unfall?«

»Bis auf weiteres gehen wir davon aus.«

Ulrika hatte plötzlich Lust, von dem Brief zu berichten, den sie in Olofs Unterlagen gefunden hatte. Einem Brief, auf den sie zuerst nicht wirklich geachtet hatte, da ihr der Name des Absenders unbekannt gewesen war. Dann aber hatte Patrik sie darauf hingewiesen, dass dieser Brief wichtig sein könne. Der Brief, der vom Assistenten des Leiters der Sicherheitsabteilung der EU unterschrieben war, forderte Olof Kramer offen auf, alle Untersuchungen innerhalb der Kommission einzustellen, die nicht direkt mit seinem Aufgabengebiet zusammenhingen.

Patrik hatte erklärt, dass das alles überhaupt nicht ins Ressort der Sicherheitsabteilung fiel. Die sollte sich um die Sicherheit in den unterschiedlichen Gebäuden kümmern und für die physische Unversehrtheit der Kommissare und der übrigen Angestellten Sorge tragen. Viele der Angestellten waren ehemalige Polizisten. Ulrika wusste inzwischen von Patrik, dass diese Abteilung umstritten war. Es kam vor, dass sie ihre Befugnisse überschritt. Manche hielten die Sicherheitsabteilung inzwischen für einen Staat im Staate.

Ulrika hatte sich zusammen mit Anette dafür entschieden, der Polizei erst eine Kopie der Unterlagen zukommen zu lassen, wenn der Artikel erschienen war. Das war eine reine Vorsichtsmaßnahme und möglicherweise übertrieben. Aber da bisher so viele unglückliche Zufälle mit den Unterlagen verbunden gewesen waren, wollten sie nicht das Risiko eingehen, dass ein aufmerksamer und vielleicht sogar korrupter Staatsanwalt beschloss, die Dokumente aus Rücksicht auf die Ermittlungen für die Öffentlichkeit zu sperren. Denn dann bestünde die Gefahr, dass manche für immer verschwanden.

Jahrelange Mammutuntersuchungen kamen im belgischen Rechtssystem nicht selten vor. In einer berüchtigten Pädophilieaffäre war gute fünf Jahre, nachdem der Schuldige festgenommen worden war und gestanden hatte, noch immer keine Anklage erhoben worden.

Vandergoten klang erregt, nachdem sie von dem Brief berichtet hatte. Er verlangte alle Einzelheiten. Wieso hatte sie nicht schon früher davon erzählt? Konnte sie sich noch an anderes erinnern? Konnte sie vielleicht auf der Wache vorbeikommen, um in Ruhe darüber zu reden?

Sie entschuldigte sich damit, dass sie den ganzen Nachmittag arbeiten müsse und sich unmöglich freimachen könne. Aber wenn er sich in die Kanzlei bemühen wollte, dann konnte sie eine Viertelstunde oder zwanzig Minuten für ihn abzweigen, wenn auch nicht mehr.

Vielleicht nach der Arbeit? Er ließ nicht locker.

»Leider nein. Ich muss eine gute Freundin aus Schweden vom Flughafen abholen.« Ihrer Meinung nach ging es ihn nichts an, dass sie zuerst bei Patrik essen wollte, aber beim Gedanken an ihn fragte sie nach, warum er eigentlich festgenommen worden war.

»Es lag eine Anzeige wegen Hausfriedensbruch vor.« Vandergoten klang peinlich berührt, als er das sagte.

»Und Sie wollen mir erzählen, dass er deshalb vier Tage eingesperrt worden ist?«

»Ja, das war ein unglückliches Versehen. Wir gehen der Sache immer noch nach«, sagte er und beendete das Gespräch.

Diese Frau hatte eine seltsame Wirkung auf ihn. Er fühlte sich von ihr angezogen und zugleich war ihm unwohl dabei. Er verspürte die nervöse Sehnsucht danach, sie in ihre Schranken zu weisen.

Plötzlich überkam ihn eine unfassbare Lust, alle Schreibtischarbeiten hinzuschmeißen. Er musste weg von hier. Hinaus an die frische Luft. War es zu spät, um in die Ardennen zu fahren und einen Blick auf das ausgebrannte Jagdhäuschen zu werfen? Vielleicht konnte er sogar noch zu Hause vorbeischauen und den Hund holen, damit auch der Arme ein wenig Bewegung bekam.

»Wie ist die Hauspost in der Kommission organisiert?«, fragte Ulrika. Sie hatten bei Patrik sehr gut gegessen. Er hatte kleine gegrillte Kalbsfilets mit einer wunderbaren Soße aus grünem Pfeffer und frischem Spargel zubereitet. Jetzt saßen sie mit dem Kaffee auf dem Sofa und unterhielten sich. Patrik hatte seine Enttäuschung darüber, dass sie nicht bleiben konnte, hinuntergeschluckt. Er hatte gehofft, sie würde über Nacht bleiben.

»Entweder legt man die Post in ein Fach im Büro, und dann wird sie abends von einem Hausmeister abgeholt, oder man gibt sie unten in der Poststelle ab. Warum willst du das wissen?«

»Olof hat am Abend vor seiner Ermordung sechzehn Disketten mit sämtlichen Unterlagen an die sechzehn Kommissare geschickt, zu denen er uneingeschränktes Vertrauen hatte. Ich glaube, jemand hat sie an sich gerissen, ehe sie zugestellt werden konnten. Ich kann mir nicht vorstellen, dass sie alle geschwiegen hätten, wenn die Disketten bei ihnen angekommen wären.«

»Die Poststelle ist abends nicht besetzt. Natürlich kann dann jemand, der sich ohnehin schon im Gebäude aufhält, hingehen und irgendeine Sendung an sich nehmen. Aber andererseits gilt für alle Angestellten der Kommission absolute Schweigepflicht, es wäre also nicht unmöglich, dass so etwas totgeschwiegen wird. Aber trotzdem. Wie du sagst, seltsam ist das schon.« Plötzlich durchfuhr ihn ein Gedanke: Wie zum Teufel konnte sie plötzlich wissen, was Olof am Abend vor seinem Tod unternommen hatte? Verblüfft fragte er, woher sie diese Information habe.

Ulrika lachte geheimnisvoll, um ihn aufzuziehen, überlegte sich die Sache aber anders, als sie sah, wie hart er um Beherrschung ringen musste.

»Ehe Sylvia sich abgesetzt hat, hat sie Olofs Aufstellung in seinem privaten E-Mail-Postfach gefunden. Ich glaube, das war für sie der Tropfen, der das Fass zum Überlaufen brachte. Sie hat mir eine Kopie geschickt und mich gebeten, für die Veröffentlichung zu sorgen. Olof zuliebe.«

Ulrika öffnete ihre Handtasche und reichte ihm die Diskette.

»Hier hast du sie«, sagte sie und küsste ihn auf den Mund. »Ich wollte unser Essen nicht mit dieser Auskunft ruinieren.«

»Ab und zu verstehe ich dich einfach nicht, Ulrika. Wie kannst du den ganzen Abend lang den Mund darüber halten, wo du doch mein Engagement in dieser Sache kennst? Ganz zu schweigen von all dem, was ich wegen dieser verdammten Unterlagen ertragen musste. Was, wenn dir auf dem Weg hierher etwas passiert wäre? Was hättest du gemacht, wenn jemand dir die Tasche entrissen hätte? Hast du überhaupt eine Ahnung, wie viele Handtaschendiebstähle jeden Tag in Brüssel vorkommen? Ich kann dir sagen, dass kürzlich erst in der Zeitung stand, dass allein auf dem Gare du Midi jeden Tag neunzehn gemeldet werden. Und wenn es auf einem Bahnhof neunzehn sind, was glaubst du dann, wie viele es sonstwo in der Stadt sind? Was hättest du gemacht, wenn auch diese Diskette verschwunden wäre?«

»Jetzt reg dich doch nicht so auf. Natürlich habe ich eine Kopie. Außerdem habe ich alles einer Journalistin geschickt, Anette Goldman. Sie kommt mit der Abendmaschine aus Stockholm und wird bei mir wohnen, während sie den Artikel schreibt.«

»Ist das klug?« Patrik schaute sie skeptisch an.

»Ja, wenn wir bedenken, was alles passiert ist, dann halte ich das für die beste Lösung«, sagte Ulrika mürrisch, es ärgerte sie, dass er ihre Entscheidungen anzweifelte.

»Jetzt hörst du dich an wie eine grantige alte Anwältin.«

»Sei nicht so blöd. Du bist nur sauer, weil ich es dir nicht sofort erzählt habe.«

Statt zu antworten nahm Patrik die Diskette und ging damit zum Computer. Es war erst zehn und Ulrika hatte keine Lust, neben ihm zu sitzen, während er sich in die Unterlagen vertiefte, die sie inzwischen auswendig zu kennen glaubte. Sie ging auf den Balkon und zog ihr Telefon heraus.

»Hallo, hier ist Ulrika. Bist du total fertig oder kann ich kurz bei dir vorbeischauen?«

Ehe sie ging, zupfte sie Patrik am Ohrläppchen. Er gab zwei Küsse in die Luft, ohne den Blick vom Bildschirm abzuwenden.

Jenny Stjärnlöv öffnete ihr im Morgenrock. Ihr Gesicht war glatt und ungeschminkt. Sie schien eben erst aus der Badewanne gestiegen zu sein.

»Möchtest du einen Tee? Ich habe mir eben erst einen gekocht.«

Sie setzten sich in die Küche. Jenny klappte ein großes Käsebrot zusammen und stippte es in den Tee, ehe sie es in großen Bissen verzehrte. Wie ein Kind, das sein Butterbrot in heißen Kakao tunkt. Sie habe mittags nichts gegessen, erklärte sie. Im Zug habe es keinen Speisewagen gegeben. Sie habe sich mit einer Tafel Schokolade über Wasser gehalten und sei deshalb erst jetzt hungrig geworden. Ulrika kam das alles bekannt vor.

»Ist irgendwas passiert, oder warum wolltest du mich unbedingt sprechen?« Jenny lachte so herzlich, dass der Fächer aus

Runzeln um ihre Augen sich weit öffnete. Es sah überaus attraktiv aus, fand Ulrika, hübscher noch als Lachgrübchen.

»Ich habe heute durch einen Zufall dieses Bild gefunden. Ich dachte, du wolltest es vielleicht haben.«

Ulrika reichte ihr das Foto, das sie aus Philippes Küche mitgenommen hatte. Jennys Lächeln erlosch wie eine Fackel im Sturm. Ihre Augen wurden groß vor Staunen. Zögernd nahm sie das Bild von sich und Philippe entgegen und betrachtete es mit hart zusammengekniffenem Mund, dann fragte sie mit beherrschter Stimme:

»Durch einen Zufall, hast du gesagt?«

»Ich habe es heute Morgen aus seiner Wohnung mitgenommen. Es hing an der Wand. Ich hatte gehofft, du könntest mir mehr sagen.«

Jenny legte das Bild mit der Rückseite nach oben auf den Tisch, so, als könne sie dessen Anblick nicht ertragen. Sie musterte Ulrika misstrauisch.

»Was soll ich dir denn sagen?«

»Etwas über Philippe. Was eigentlich seine Aufgaben bei der Kommission waren. Ob du eine Ahnung hast, warum er ermordet worden ist. Welche Gemeinsamkeiten er und Olof hatten. Ich will eigentlich alles wissen.«

»Und warum interessiert dich das? Welches Interesse hast du an der Sache?«

Ja, welches Interesse hatte sie eigentlich? Abgesehen von dem Wunsch, ihre Neugier zu befriedigen? Ulrika entschied sich zur Aufrichtigkeit.

»Ich möchte einfach wissen, was eigentlich um uns herum passiert. Vielleicht, wenn ich richtig ehrlich sein soll, habe ich auch die heimliche Hoffnung, zu der Aufklärung an den Morden an Olof Kramer und an Philippe beitragen zu können.«

»Ich glaube nicht, dass irgendwer rauskriegen kann, wer dahinter steckt«, sagte Jenny mit ernster Miene.

»Du glaubst also auch an einen Zusammenhang zwischen beiden Morden?«

»Ja, davon bin ich überzeugt, auch wenn ich das nicht begründen kann. Aber ich glaube, ich habe immerhin eine Ahnung.«

Ulrika spürte, wie sich die Härchen auf ihren Armen sträubten. Was für eine Vorstellung, dass Jenny sie vielleicht der Lösung näher bringen könnte! Ungeduldig wartete sie darauf, dass die andere erzählte, während sie zugleich befürchtete, diese Unterhaltung könne viel Zeit in Anspruch nehmen. Sie wollte nicht zu spät zum Flughafen kommen.

»Philippe hat vor langer Zeit einmal behauptet, dass Olof seines Wissens nach an einem Bericht arbeitete, der den guten Ruf und die internationale Glaubwürdigkeit der gesamten Kommission ruinieren könnte. Er wollte ihn unbedingt vor den Folgen warnen. Er hat mich damals um Rat gefragt. Ich hatte keine Ahnung, was da zu tun wäre, aber wir haben mit einigen Ideen jongliert, ohne zu irgendeiner Lösung zu kommen. Am Ende habe ich ihm gesagt, er müsse das selber entscheiden.

Als Olof dann kurz darauf ermordet wurde, war Philippe einfach fertig. Immer wieder sagte er, er habe sich in seiner Einschätzung getäuscht. Er habe sich an den Falschen gewandt.«

»Weißt du, wer das war?«

»Nein, das wollte er nicht verraten. Er hielt es für besser für mich, wenn ich nichts wusste. Als ich meinte, er solle doch zur Polizei gehen, hat er gelacht und mich als naiv bezeichnet.«

»Warst du deshalb so sauer auf ihn?« Ulrika nickte zu dem umgedrehten Foto hinüber.

»Nein, das hatte andere Gründe, persönlichere. Er war mir zu Anfang unserer Beziehung sehr wichtig, aber nach der Sache mit Olof sind meine Gefühle dann abgekühlt. Er hatte sich so verändert. Und zugleich musste ich feststellen, dass er mich ausgenutzt hatte, um sich Informationen zu verschaffen, die außerhalb seines Zuständigkeitsbereichs lagen. Das konnte ich natürlich nicht akzeptieren, deshalb habe ich Schluss gemacht. Danach wollte er mich nicht in Ruhe lassen. Das war eine ziemliche Belastung. Manchmal hat er zehnmal pro Tag angerufen.«

»Bei unserer ersten Begegnung hat er bei Olof und Sylvia durchs Fenster geschaut. Er behauptete, im Vorbeifahren zufällig Licht im Fenster gesehen zu haben. Und dann wollte er angeblich nachsehen, ob Sylvia noch wach war«, erzählte Ulrika.

»Das überrascht mich nicht im Geringsten. Er hat viele ausspioniert. Philippe war offiziell als Entwicklungsexperte bei der EU, aber ich glaube, das sollte ein Deckmantel für etwas ganz anderes sein. Soviel ich weiß, hatte er vorher für die französische Regierung gearbeitet und wurde auch von dort bezahlt. Was natürlich nicht heißen muss, dass er auch im Regierungsauftrag gehandelt hat. Philippe war ungeheuer politisch interessiert und außerdem ein glühender Sozialist.«

»Seltsam, das war Olof auch.«

»Was ist daran so seltsam?«

»Eigentlich gar nichts, es war nur eine Assoziation«, sagte Ulrika rasch, als ihr einfiel, dass Jenny bei einem früheren Treffen Mona Sahlins politische Fähigkeiten gelobt hatte.

»Du hast dir nicht überlegt, ob du mit der Polizei sprechen solltest? Es könnte für die Ermittlungen doch von gewisser Bedeutung sein.«

»Schon geschehen. Sofort nach Philippes Ermordung. Sie haben sich freundlich für diese Auskünfte bedankt. Und seither habe ich nichts mehr gehört.«

»Ich muss jetzt los, wenn ich nicht zu spät zum Flughafen kommen will. Danke für alles, was du mir erzählt hast.«

»Hat dich das ein wenig klüger gemacht?« Jenny lächelte verlegen und strich sich die Haare aus dem Gesicht.

»Ein bisschen.«

Ulrika fuhr mit hundertfünfzig Sachen zum Flughafen, nur um feststellen zu müssen, dass die Maschine aus Stockholm eine halbe Stunde Verspätung hatte.

26

Die Umgebung der ausgebrannten Jagdhütte war zertrampelt und verwüstet. Der Waldboden war zerfetzt und durchzogen von langen tiefen Wunden, die von im weichen empfindlichen Moos erstarrten Reifenspuren stammten. Die Vielfalt der Abdrücke von Fahrzeugen, die respektlos neben dem Kiesweg gefahren waren, verriet, dass die Unglücksstätte viel Besuch gehabt hatte. Vandergoten registrierte die Verwüstung mit einer gewissen Zufriedenheit. Da waren die »Frösche« also doch nicht ganz unfähig. Es war ersichtlich, dass sie trotz allem eine sorgfältige Untersuchung vorgenommen hatten.

Die Luft war noch immer von einem säuerlichen Rauchgeruch gesättigt, der den Hund nervös machte. Er zog und zerrte an seiner Leine. Mit hocherhobener Nase suchte er verzweifelt nach einer angenehmeren Witterung.

»Wenn du wegläufst, lass ich dich hier allein zurück«, sagte Vandergoten, als er das Tier von der Leine ließ, aber diese Warnung schien den Hund nicht weiter zu interessieren. Wie ein Speer flog er unter lautem Bellen davon, er wollte unbedingt den Wald erforschen und das größtmögliche Revier markieren, ehe er wieder an die Leine musste.

Die Hütte hatte trotz des Regens sehr gut Feuer gefangen. Das Dach war teilweise eingestürzt und eine Wand fast vollständig verschwunden. Vandergoten drehte eine Runde um die Ruine, ehe er den Raum betrat, der einst das Wohnzimmer gewesen und in dem Kyndt verbrannt war. Das Zimmer war fast vollständig zerstört worden. An der Längswand befand sich ein riesiger offener Kamin aus Stein. Vandergoten stieg vorsichtig über den Abfall und stocherte zwischen den Resten herum, auf der Suche nach etwas, das eine Erklärung für den Lauf der Ereignisse geben könnte. Er versuchte sich vorzustellen, wo das Feuer ausgebrochen war und wie es sich ausgebreitet hatte. Sein Blick fiel auf ein Eisenskelett, das vermutlich das Untergestell eines Couchtisches gewesen war. Daneben ahnte er die verkohlten Reste eines Sofas. Dort hatte Kyndt gesessen, als er im Suff die Petroleumlampe umgestoßen hatte. Eine rußgeschwärzte Kaffeekanne aus Aluminium lag zwischen Glas- und Porzellanscherben und anderem undefinierbarem Müll auf dem Boden. Vandergoten stocherte mit einem Stock in der Asche. Was für ein schrecklicher Tod! Er hoffte, dass es schnell gegangen und dass Kyndt zu benebelt gewesen war, um zu begreifen, was hier passierte.

Ein Haufen Asche und die Reste zweier verkohlter Holzscheite zeigten, dass zur Unglückszeit im Kamin ein Feuer gebrannt hatte. Vandergoten stieg über die Kaffeekanne, um die Asche zu untersuchen. Er wusste, dass das nichts bringen würde. Die Brandtechniker hatten sicher nichts Wichtiges übersehen. Er versetzte der alten Kaffeekanne einen Tritt, worauf sie quer durch das Zimmer flog. Der Ruß wirbelte hoch und verdreckte sein Hosenbein. Ärgerlich über sich selber bückte er sich, um die schlimmsten Flecken wegzuwischen. Dann drehte er den Fuß, um die Rückseite seiner Hose zu betrachten. Auch dort war alles schmutzig. Er musste das Bein energisch abklopfen, um es sauber zu bekommen. Erst danach entdeckte er es. Ein krummes Metallteil neben seinem Absatz. Es sah aus wie ein Bügel. Er hob es mit einem Stock hoch, nur um es gleich darauf in die Asche zurückfallen zu sehen. Er bückte sich, um das Teil genauer zu untersuchen. Es gab keine Zweifel. Es waren die Reste des Handgriffs von einer Tasche. Einer Aktentasche. Vandergoten schnaufte vor Aufregung. Er ging in die Hocke und wühlte eifrig in der Asche herum, diesmal ohne einen Gedanken daran, dass er wieder schmutzig wurde. Er wischte eine Schicht nach der anderen beiseite und untersuchte sie dabei sorgfältig. Lederfetzen. Einige große Druckknöpfe. Ein silberner Kugelschreiber. Eine Messingschnalle mit einem Ziffernschloss. Unter den kleinen Ziffernrädern konnte er die eingravierten Buchstaben P. S. erkennen. Vandergoten glaubte nicht eine Sekunde, dass es sich dabei um das Markenzeichen handeln könne. Endlich hatte er die vermisste Aktentasche gefunden. Jetzt zog das Netz sich zusammen. Seltsamerweise fühlte er sich gar nicht wohl in seiner Haut. Er fragte sich, wer alles im Netz zappeln würde, wenn es nun bald eingeholt würde. Übellaunig zog er eine Plastiktüte aus der Jackentasche und steckte seine Fundstücke hinein. Dann ging er hinaus und pfiff nach dem Hund.

Anette Goldman war ununterbrochen an der Arbeit gewesen, seit Ulrika die Unterlagen geschickt hatte. Was für ein Scoop. Das war der beste Artikel, den sie jemals geschrieben hatte. Danach würde sie in Angeboten geradezu ertrinken, das wusste sie. Diese Möglichkeit lockte sie mehr, als sie zugeben mochte. Aber sie brauchte jemanden, der ihr half, alle Informationen zu überprüfen. Jemanden, der sich mit den Arbeitsabläufen und Hierarchien innerhalb der Kommission auskannte. Ein Artikel von dieser Güteklasse durfte nicht durch Unsachlichkeit und unbeweisbare Behauptungen beeinträchtigt werden. Alles musste doppelt und dreifach überprüft sein. Außerdem drängte die Zeit. Sie fühlte sich gestresst und hatte wieder mit dem Nägelkauen angefangen. Ulrika hatte von Anfang an klargestellt, dass sie das Material so bald wie möglich der Polizei überlassen wollte. Aus allen diesen Gründen hielt Anette sich mit Kaffee und Zigaretten wach.

Ihr Blick streifte das Foto von Olof, das an die Lampe auf dem Schreibtisch gelehnt war, an dem sie hier arbeitete. Die Stütze hinter dem verschlissenen Holzrahmen hatte sich gelockert. Olof hatte dunkle Haare gehabt, die an der Stirn ein wenig zerzaust wirkten. Das Bild war im Freien aufgenommen worden, vielleicht an einem windigen Tag. Sein intensiver Blick unter den kräftigen Augenbrauen folgte ihr durch das ganze Zimmer. Die dünnen Lippen lächelten sorglos und glücklich in die Kamera. Schmal, fast ein wenig mager stand er da, mit einem lehmverschmierten Fußball unter dem Arm. Ein einsames Landei aus Dalarna, in einem gigantischen Kampf für das, woran er glaubte. Eine europäische Union ohne Korruption und Machtvollkommenheit.

Es wäre interessant gewesen, ihn kennen zu lernen. Sie wusste, dass er ein ganz besonderer Mensch gewesen war. Aber nicht einmal Ulrika war ihm begegnet, obwohl sie und Sylvia so viele Jahre zusammengearbeitet hatten.

Sylvias Verschwinden war ebenfalls merkwürdig, aber in diesem Zusammenhang schwieg Ulrika wie ein Grab. Anette fragte sich, ob sie mehr wusste, als sie zugab.

Olof Kramer hatte seine Unterlagen an sechzehn der zwanzig Kommissionsmitglieder schicken wollen, ehe er am Abend seiner Ermordung sein Büro verlassen hatte. Wenn Anette das richtig verstanden hatte, waren das die Mitglieder, zu denen er volles Vertrauen gehabt hatte. Er hatte gehofft, dass sie sich gemeinsam ans Parlament wenden und unerschrocken dafür sorgen würden, dass die Arbeitsweisen geändert würden, auch wenn das zum Rücktritt der gesamten Kommission hätte führen können. Anette bewunderte seinen Mut zutiefst und staunte über das Vertrauen, das er trotz allem in Gerechtigkeit und Anstand gesetzt hatte.

Sie schüttelte eine Zigarette aus der Packung und gab sich Feuer, machte einen tiefen Zug und stieß zufrieden den Rauch aus. Als sie die Zigarette in den Aschenbecher legte, um weiterzuschreiben, stellte sie fest, dass dort bereits eine andere vor sich hinglühte. Ich bin offenbar noch gestresster, als ich dachte, sinnierte sie und drückte beide aus. Wenn ich diese Arbeitsbelastung doch nur mit irgendwem teilen könnte.

Wenn wir Gedanken austauschen, neue Herangehensweisen entwickeln könnten.

Anette steckte sich mit einer Büroklammer die Haare fest, die ihr immer wieder ins Gesicht fielen, dann machte sie sich wieder über die Tastatur her. Ihre Finger bewegten sich in wildem Tempo auf und ab. Stunde um Stunde, in tiefer Konzentration.

Als das Telefon schellte, fuhr sie hoch.

»Hallo, hier ist Patrik Strömberg. Ist Ulrika zu Hause?«

»Nein, die ist zu einem Empfang gegangen, damit ich in Ruhe arbeiten kann. Soll sie zurückrufen?«

»Bitte. Bleibt sie lange aus, was meinst du?«

»Nein, das will ich wirklich nicht hoffen. Sie hat versprochen, mit mir danach noch meinen Artikel durchzugehen.« Anette machte einen tiefen Zug an ihrer Zigarette.

»Wie geht es denn? Ulrika hat erzählt, was du da machst.«

»Ja, ich weiß. Im Moment finde ich es anstrengend. Ein Volontär würde sich jetzt gut machen.«

»Soll ich rüberkommen und dir helfen? Nicht, dass ich ein besonders guter Sekretär wäre, aber ich kenne die Unterlagen inzwischen von vorne bis hinten.« Patrik hoffte, dass sie ja sagen würde. Er wollte so gerne da sein, wenn Ulrika nach Hause kam. Er hatte noch immer Sehnsucht nach ihr.

»Du bist ein Engel. Ich bin so gestresst, dass ich eben festgestellt habe, dass ich zwei Zigaretten auf einmal rauche.«

Anette hatte eben erst neuen Kaffee aufgesetzt, als Patrik klingelte. Er war wirklich attraktiv. Dicke Locken, fast schon zu lang. Maskuline Züge, die mit den Jahren nur noch besser aussehen würden. Anette zog etwas ältere Männer vor. Und dieser hier würde in Schönheit reifen, das sah sie sofort. Sie war sich sicher, dass Ulrika etwas mit ihm hatte, obwohl sie das nicht explizit gesagt hatte.

»Das ging aber schnell.«

»Ich wohne nicht so weit von hier.« Er musterte sie neugierig, als habe er sich schon ein Bild von ihr gemacht und wolle sich jetzt von dessen Richtigkeit überzeugen. Sie spürte seinen Blick und dachte an die Büroklammer in ihren Haaren. Sie zog sie heraus und fuhr sich mit den Fingern durch den Schopf.

Ein kurzer Blick in den Spiegel in der Diele, im Vorübergehen. So ging es.

»Komm rein. Ich habe gerade Kaffee gemacht. Du hast doch nichts dagegen, dass wir den im Wohnzimmer trinken, hoffe ich?«

Kaum hatten sie sich gesetzt, als Patrik aufsprang und die Verandatür öffnete.

»Frierst du, wenn ich ein bisschen frische Luft hereinlasse?«

»Nein, lass sie nur offen.« Anette nahm sich wieder eine Zigarette, überlegte sich die Sache aber anders und stopfte sie zurück in die Packung. Dann reichte sie ihm einen Ausdruck ihres Artikels.

»Hier, und dann sag, was du davon hältst.«

Anette setzt sich an den Computer und schrieb, während Patrik las. Nach einer Weile drehte sie sich um.

»Ich war heute oben im Budgetkontrollausschuss und habe die Vorsitzende interviewt, Ragna Kujala.«

»Wie hast du denn das geschafft?«

»Bestechung«, sagte sie und lachte schallend. »Nein, Spaß beiseite. Überredungskunst für Fortgeschrittene. Sie hatte mir fünfzehn Minuten zugesagt, es wurde aber eine ganze Stunde. Es war wirklich eine interessante Begegnung. Zuerst wollte sie den Bericht überhaupt nicht kennen.«

»Typisch. Wir können beweisen, dass sie ihn vor über einem Jahr erhalten hat.«

»Das habe ich auch getan. Weißt du, sie sah fast ängstlich aus, als ich sie damit konfrontiert habe. Danach hat sie nachgegeben und gestanden, dass sie sich damals dafür entschieden hat, ihn mehr oder weniger zu sperren. Sie behauptete, das sei notwendig gewesen, da sie zuerst feststellen mussten, ob denn alles der Wahrheit entsprach.«

»Blödsinn.«

»Das habe ich auch gesagt, wenn auch nicht so offen. Ich habe außerdem darauf hingewiesen, dass Olof Kramer seine Anklagen mit aller Deutlichkeit bewiesen hatte. Danach habe ich sie gefragt, ob nicht alle negativen Informationen, die dem Ansehen der EU schaden können, regelmäßig unter den Teppich gekehrt werden.« Anette lachte triumphierend.

»Und?«

»Darauf sagte sie, dass sie diese Vorwürfe mit dem Chef der Sicherheitsabteilung besprochen und ihn gebeten hätte, sie auf den Wahrheitsgehalt hin zu überprüfen und geeignete Maßnahmen vorzuschlagen. Das Ganze führte dann dazu, dass zwei Beamte versetzt wurden. Sie behauptete sogar, die belgische Polizei sei damals eingeschaltet worden.«

»Glaubst du das?«

»Keine Ahnung. In mindestens einem Fall geht es um klaren Diebstahl, es wäre also nicht ganz unmöglich. Aber das Interessanteste war doch, dass sie ein Verzeichnis der Leute hervorholte, die von Olofs Bericht erfahren hatten. Sie hatten ihn nicht mitnehmen dürfen, sondern bei ihr im Büro lesen müssen.«

»Hat sie dir eine Kopie gegeben?«

»Nein, ich durfte mir nicht einmal Notizen machen. Aber ich habe ein gutes Gedächtnis. Ich habe gleich nach diesem Gespräch alle überprüft. So viele waren das nun auch wieder nicht.«

»Waren es nur Parlamentsmitglieder oder auch Mitglieder der Kommission?«

»Es waren nur Parlamentsmitglieder, abgesehen von dem britischen Kommissar, Edward Milton, der offenbar auch für die Sicherheitsabteilung zuständig ist. Wie immer er die an sich gebracht haben mag. Ulrika hat versprochen, ein wenig für mich zu schnüffeln, sie ist heute zu einem musikalischen Abend dort.«

»Bei Ragna Kujala?«

»Nein, bei Edward Milton.«

Anette sah, wie Patrik sich veränderte. Ein rascher, fast unmerklicher Schatten huschte blitzschnell über sein sonst so offenes Gesicht. Eifersucht. Hab ich's mir doch gedacht, dachte sie triumphierend.

»Was will sie denn aus ihm herausholen?«

»Sie will feststellen, ob er die Diskette erhalten hat, die Olof vor seinem Tod noch an ihn abschicken wollte. Schade nur, dass ich ihr nicht mehr erzählen konnte, was ich heute Nachmittag erfahren habe. Sie würde an die Sache sicher ganz anders herangehen, wenn sie wüsste, dass er den Bericht schon vor einem Jahr gelesen hat.«

»Ich finde es den puren Wahnsinn, dass sie sich einer solchen Gefahr aussetzt! Woher wollen wir wissen, dass Milton nicht in die Sache verwickelt ist? Ich fahre jetzt sofort dahin und hole sie ab.«

»Mach dich nicht lächerlich. Ulrika kann auf sich selbst aufpassen. Natürlich wird sie das Thema nur zur Sprache bringen, wenn es sich gerade ergibt. Nach all den Jahren mit Strafsachen kann sie mit Menschen doch umgehen.«

»So lange ist sie ja wohl noch nicht dabei.«

»Aber lange genug. Und ich finde, wir arbeiten jetzt besser weiter, statt uns über Dinge den Kopf zu zerbrechen, an denen wir doch nichts ändern können.«

»Trinkst du danach noch ein Glas Sekt mit mir? Ich würde gern noch ein wenig mit dir reden, ohne von so vielen Menschen umgeben zu sein.« Zum ersten Mal ließ Edward Milton seine kühle und perfekte Maske sinken und zeigte eine menschlichere Seite. Er sprach mit leiser Stimme. Diskret, um von den Umstehenden nicht gehört zu werden. Seine Blicke streichelten Ulrikas Gesicht, dann glitten sie zu ihrem Dekolleté hinunter. Seine

Mundwinkel hoben sich zur Andeutung eines Lächelns. Verlegen oder sinnlich, das war schwer zu entscheiden.

Sie standen nebeneinander vor dem reichhaltigen Büfett und bedienten sich an den Köstlichkeiten. Die musikalische Unterhaltung war nicht gerade ein Erlebnis gewesen. Eine schottische Sopranistin, die bei einem alljährlich in Brüssel stattfindenden Amateurfestival das Finale erreicht hatte, hatte sie mit einer Auswahl von Arien unterhalten, für die ihre Stimme einfach noch nicht reif genug war. Offenbar war Ulrika nicht die Einzige, die bezweifelte, dass die Frau am Ende oben auf dem Siegertreppchen stehen würde. Sie hatte festgestellt, dass einige während der Darbietung eingenickt waren. Es hatte höflichen Applaus gegeben, der jedoch nicht zu einer Zugabe aufgefordert hatte. Stattdessen hatten alle sich auf das Büfett gestürzt. Ulrika hatte gewartet, bis die Ellbogen sich beruhigt hatten und der Gastgeber selbst sich genähert hatte. Erst dann war sie vorgetreten. Offenbar eine Taktik, die sich bezahlt machte.

Innerhalb von fünfzehn Minuten waren alle aufgebrochen, der letzte Gast ging um zehn nach elf. Als hätten die Festlichkeiten eine zeitliche Grenze. Ulrika war dankbar dafür, dass der Empfang sich nicht endlos hingezogen hatte. Anette hatte versprochen, auf sie zu warten, wenn es nicht zu spät würde. Sie war neugierig, ob Edward Milton Auskünfte geben konnte, die für ihren Artikel nützlich waren. Und Anette würde nach den Interviews, die sie an diesem Tag gemacht hatte, sicher auch allerlei zu erzählen haben. Sie hatten seit dem Morgen nicht mehr miteinander gesprochen.

Es war wunderbar, jemanden im Haus zu haben. So angenehm, die Nähe eines anderen Menschen zu spüren, selbst, wenn sie beide einen unterschiedlichen Tagesablauf und andere Gewohnheiten hatten. Wenn Anette nach Schweden zurückkehrte, würde Ulrika Stefan und die Kinder dazu zwingen, zu ihr zu kommen. Windpocken hin oder her, sie wollte ihre Familie bei sich haben. Schlimmstenfalls müssten sie ihren Ausschlag mit Schminke kaschieren, um den übrigen Fluggästen keine Angst einzujagen.

»Komm, wir gehen in die Bibliothek.« Edward Milton fasste ihren Ellbogen mit leichtem Griff und führte sie in ein angrenzendes Zimmer, wo im offenen Kamin ein Feuer brannte.

Der Holz knisterte und verbreitete einen angenehmen Duft. Auf einem runden Tisch standen ein Kühler mit einer Flasche Champagner und eine weiße Orchidee. Alles mit Bedacht arrangiert, um den Spaziergang ins Schlafzimmer zu erleichtern. Ulrika hoffte, dass sie mit ihm ein vernünftiges Gespräch führen könnte, jedenfalls für eine Weile, ehe er zu romantisch würde. Sie sah dem Arrangement an, dass er über ziemliche Routine in der Rolle des Verführers verfügte. Sie hätte kichern mögen bei dem Gedanken, dass er glaubte, so viele Requisiten zu benötigen. Aber natürlich, so steif und korrekt, wie er normalerweise war, konnte ihm das alles ja beim Anlauf helfen.

Ulrika aber musste dafür sorgen, dass er sich seiner Sache sicher genug fühlte, um sich zu entspannen und ihre Neugier auf ihn und seine Arbeit für einen Teil des Vorspiels zu halten. Ein anderes Vorspiel wollte sie nämlich nicht anbieten, und darüber hinaus schon gar nichts. Englische Politiker von Mitte fünfzig standen nicht sehr weit oben auf ihrer Wunschliste, wenn es um sexuelle Ausschweifungen ging.

Er öffnete die Champagnerflasche mit geübtem Griff, der Korken knallte nicht einmal. Ohne einen Tropfen zu vergießen füllte er die Gläser und prostete ihr feierlich zu.

»Es ist nett, dass du mich zu dem Sekt eingeladen hast. Ich wollte dich schon seit unserer ersten Begegnung besser kennen lernen. Setz dich und erzähl mehr von dir.« Ulrika rutschte zur Seite und klopfte neben sich auf den Sitz.

»Moment mal, ich drehe nur schnell das Licht ein wenig herunter.«

»Nein, tu das nicht. Ich möchte dich gern ansehen. Du hast ein interessantes Gesicht«, schmeichelte Ulrika.

Das Letzte, was sie wollte, war, bei Schummerlicht mit einem Möchtergernverführer plaudern zu müssen. Schon das Kaminfeuer war ziemlich heftig. Es war viel einfacher, eine unwillkommene Annäherung abzuweisen, wenn es hell im Zimmer war.

Er fiel auf dieses Kompliment herein und ließ sich lächelnd neben ihr nieder. »Was möchtest du wissen? Ich erzähle alles, nur nicht meine Kindheitserinnerungen. Die sollten wir uns doch für später aufheben.«

»Wieso bist du eigentlich Politiker geworden?«

Sie hätte ebenso gut »Sesam, öffne dich« sagen können. Er ließ sich auf dem Sofa zurücksinken und fing an zu erzählen. Zu ihrer Überraschung fand Ulrika seinen Bericht faszinierend. Hingerissen lauschte sie der Darstellung einer strahlenden politischen Karriere, die gegen Ende seiner Schilderung auf Grund eines kleinen Skandals erotischer Natur hatte auf Eis gelegt werden müssen. »Meine Landsleute sind überaus konservativ«, erklärte Milton nun. »Aber meine Quarantäne neigt sich ihrem Ende entgegen. In meiner ganzen Zeit in Brüssel habe ich Skandale nicht einmal gestreift. Meine Arbeit als Kommissar hat mein Ansehen in England wieder hergestellt. Endlich haben meine Landsleute wieder Vertrauen zu mir«, scherzte er und füllte ihre Gläser wieder. Dann fügte er hinzu: »Das ist zwar noch nicht offiziell, aber ich verlasse mich darauf, dass du als Anwältin so etwas für dich behalten kannst. Ich habe mich bereit erklärt, ab dem nächsten Monat den Parteivorsitz zu übernehmen. Auf diese Weise haben die Wählerinnen und Wähler Zeit genug, um sich vor den nächsten Wahlen an diesen Wechsel in der Parteispitze zu gewöhnen, und dann werden wir gewinnen.

Als Premierminister werde ich unerhört viel erreichen können. Nicht nur für mein eigenes Land, sondern für ganz Europa.«

Ulrika brauchte sich nicht zu verstellen. Sie war wirklich beeindruckt. Doch zugleich war ihr Misstrauen geweckt und ihr Herz schlug einen Salto. Unbewusst presste sie sich die Hand auf die Brust. Es kam ihr an den Haaren herbeigezogen vor, aber sie konnte sich doch nicht bremsen.

»Aber was wird aus deinen Zukunftsplänen, wenn es in der Kommission wirklich zu einer Krise kommt? Ich meine, wenn irgendetwas das Parlament dazu bringt, der Kommission sein Misstrauen auszusprechen?«

»Wie meinst du das?«, fragte er und strich ihr eine Haarsträhne aus der Stirn.

Ulrika fühlte sich bedrängt, da er nun einen Arm um ihre Schultern gelegt hatte, aber sie wollte die Intimität nicht dadurch stören, dass sie ihn wegschob.

»Ja, wenn sich zum Beispiel herausstellen sollte, dass es während deiner Zeit als Kommissar zu Betrug und Bestechungen und anderen unschönen Dingen gekommen ist. Als Kommissar ist man doch ziemlich weitgehend dafür verantwortlich, wenn so etwas passiert, oder?« Ulrika ließ ihre Stimme jetzt heller klingen, um sich naiv anzuhören. Ihr Herz dröhnte wie ein Vorschlaghammer.

Er betrachtete sie durch halb geschlossene Lider, weshalb sie seinen Blick nicht deuten konnte. Er lachte, ehe er antwortete: »Natürlich tragen wir große Verantwortung. Und das mit Recht. Nein, so eine Krise wäre uns wirklich nicht willkommen. Gott sei Dank hat es zu meiner Zeit in der Kommission keine größeren Skandale gegeben.« Er fing, an ihren Nacken zu massieren. Seine Stimme hatte so gelassen und überzeugend geklungen, dass sie ihm fast geglaubt hätte, auch wenn die Arbeit als Anwältin sie zu chronischem Misstrauen verleitete.

Die Wärme seines Armes pulsierte unangenehm intim durch ihren dünnen Kleiderstoff. Es war jetzt wirklich Zeit zum Aufbruch, nur war sie noch nicht ganz dazu bereit, den Abend abzuschließen. Sie wollte erst noch fragen, was er und die fünfzehn anderen Kommissionsmitglieder mit der von Olof geschickten Diskette angestellt hatten. Und wenn jetzt nicht die beste Gelegenheit war, um dieses Thema zur Sprache zu bringen, dann mochten die Götter wissen, ob es jemals eine bessere geben würde. Sie nippte noch mal am Champagner, dann sagte sie: »Ich habe das Haus einer Kollegin gemietet, Sylvia Becklander. Sie war mit einem Beamten bei der Kommission verheiratet, der Olof Kramer hieß. Er hat in einer Abteilung gearbeitet, die sich mit Entwicklungsfragen beschäftigte. Vor zwei Monaten wurde er im Zusammenhang mit einem Autodiebstahl ermordet. Ich weiß nicht, ob du davon gehört hast?« Edward Milton schüttelte den Kopf und Ulrika sagte: »Indirekt hat mich der Mord an Olof Kramer nach Brüssel geführt. Sylvia hat einen Zusammenbruch erlitten und musste krankgeschrieben werden. Deshalb wurde ich gebeten, ihre Stelle einzunehmen, bis es ihr wieder besser geht.

Durch einen Zufall bin ich an Unterlagen gekommen, die Olof vor seinem Tod zusammengestellt hat. Sie beweisen klar und deutlich, dass in der Kommission der Machtmissbrauch nur so blüht. Ehrlich gesagt finde ich es überraschend, wenn du sagst, dass du davon nichts weißt, denn ich weiß, dass Olof Kramer Kopien seines Berichts an die Kommissionsmitglieder geschickt hat, denen er vertraute. Und zu denen hast auch du gehört.«

Ulrika musterte ihn schweigend. Sie wusste, dass sie ein großes Risiko einging, wenn sie ihr Wissen preisgab. Noch immer vertraute sie ihm nicht ganz.

Zuerst blieb sein Gesicht vollständig ausdruckslos, dann riss er die Augen mit einem Ausdruck auf, der nur als ehrliche Verblüffung gedeutet werden konnte. Er drückte so hart auf ihre Schulter, dass es wehtat.

»Aber, meine Liebe, was sagst du da? Von einem solchen Bericht habe ich noch nie gehört oder ihn gar gelesen. Das musst du mir genauer erklären. Schließlich bringst du hier entsetzliche Anklagen vor.«

Um sich seinem Griff zu entziehen, erhob sie sich unter dem Vorwand, Champagner nachzuschenken. Edward Miltons Glas war fast leer.

»Nun?« Sein Tonfall war gebieterisch, obwohl er dabei lächelte. Die Luft vibrierte vor Spannung. Ulrika konnte nicht leugnen, dass sie sein Interesse genoss, obwohl sie zugleich eine Ahnung hatte, dass sie in ihrem Wunsch nach Informationen vielleicht zu weit gegangen war. Sie schüttelte ihr Unbehagen ab und redete sich ein, sie sei Herrin der Lage.

Sachlich berichtete sie, erwähnte aber nicht, dass Patrik und Anette auch schon mit der Sache zu tun hatten. Sie verschwieg auch, dass die Polizei bereits über die Existenz dieser Unterlagen informiert war.

»Und wo befinden diese Unterlagen sich jetzt? Natürlich muss ich sie durchsehen, das wirst du doch verstehen.«

Ulrika wusste nicht, was sie sagen sollte. Natürlich wollte er die Unterlagen lesen. Warum sollte er sich mit Andeutungen begnügen? Das hätte sie sich von Anfang an denken können. Sie wollte nicht lügen, aber sie fand, hier sei doch eine gewisse Vorsicht angesagt. Sie zuckte mit den Schultern, wie um sich zu entschuldigen.

»Sie sind verschwunden. Verstehst du, ich wusste nicht, was ich damit machen sollte, deshalb habe ich sie einem Freund gegeben, der bei der Kommission arbeitet. Aber er hatte auf der Heimfahrt einen Unfall und hat sie dabei verloren.«

»Aber du hast doch sicher Kopien gemacht?«

»Nein, leider nicht.« Wieder schämte sie sich für diese Nachlässigkeit.

»Das ist aber ein Pech. Dann können wir nur hoffen, dass die Aktentasche nicht in die falschen Hände gerät.«

Er machte ein dermaßen besorgtes Gesicht, dass er Ulrika richtig Leid tat. Sie konnte nicht verhindern, dass ihr schlechtes Gewissen ihr einen leichten Stich versetzte. Schließlich hatte sie, als sie Anette das Material für ihren Artikel lieferte, zugleich wohl dazu beigetragen, dass aus Miltons Aufstieg zum Premierminister nichts werden würde.

»Es tut mir Leid, wenn du dir jetzt Sorgen machst. Das war

nicht meine Absicht. Es ist schon spät, ich sollte jetzt wohl nach Hause fahren. Ich danke dir für diesen sehr netten Abend.«

Sie hatte sich schon halb erhoben, als er sie wieder nach unten zog.

»Geh nicht. Ich will, dass du noch bleibst.«

Ohne Vorwarnung fiel er über sie her. Packte ihren Kopf mit beiden Händen und küsste sie sanft auf den Mund. Sie konnte ihre Lippen nicht mehr zusammenkneifen und spürte angeekelt, wie er seine Zunge hindurchschob und sie wie eine schleimige Schlange durch ihren Mund kriechen ließ, was bei ihr Brechreiz verursachte. Ihre Nase wurde gegen seine Wange gedrückt und sie bekam kaum noch Luft. Geschockt merkte sie, wie er sein Bein zwischen ihre presste, so dass ihr Rock nach oben rutschte und ihre Unterhose freigab. Instinktiv versuchte sie, ihn wegzuschieben, aber er hatte Arme wie ein Tintenfisch.

Ulrika wehrte sich so energisch, dass ihr Tränen in die Augen traten. Die Gedanken jagten durch ihren Kopf. Er darf mich nicht vergewaltigen. Das könnte ich nicht ertragen. Ich würde ihn niemals anzeigen können. Das ist doch der glatte Wahnsinn. Wie konnte ich nur so dumm sein und mich in eine solche Situation begeben? Niemand wird mir glauben.

Erst als sie seine Hand an ihrer Unterhose spürte, konnte sie ihren Kopf zur Seite drehen und schreien.

Er fuhr zurück, wie angestochen. Wortlos erhob er sich vom Sofa und zog seinen Schlips gerade.

»Du musst entschuldigen. Offenbar habe ich deine Signale falsch verstanden. Ich werde dir sofort ein Taxi bestellen.«

»Das ist nicht nötig. Mein Wagen steht unten.«

Ulrika strich ihre Kleider gerade und lief in die Diele. Auf halbem Weg fiel ihr ihre Handtasche ein und sie musste kehrtmachen. Er stand vor dem offenen Kamin, starrte ins Feuer und drehte ihr den Rücken zu. Er schien sie nicht bemerkt zu haben.

Ihre Knie zitterten, als sie sich bückte, um ihre Tasche aufzuheben. Würdelos, zerzaust und gedemütigt.

Plötzlich fuhr er herum. Ulrika zuckte heftig zusammen. »Sei dankbar dafür, dass ich mich beherrschen kann. Aber ich warne dich, wenn du das nächste Mal einen Mann reizt, ohne das so zu meinen, könnte es böse enden.«

Ein bodenloser Hass überkam sie. Nicht nur auf Edward Milton, sondern auf alle Männer, die glaubten zu Gewalt greifen zu dürfen, wenn sie ihrer Sexualität freien Lauf lassen wollten. In ihrem ganzen Leben würde sie nie wieder einen mutmaßlichen Vergewaltiger verteidigen. Miltons kühle Arroganz ließ sie rot sehen. Sie hätte ihn gern geschlagen. Dafür gesorgt, dass er sich ebenso elend fühlte wie sie. Sie wollte seine Arroganz für alle Zeiten wegwischen.

»Und wenn ich du wäre, würde ich nicht unbedingt eine Zukunft als Premierminister planen. Wundere dich nicht, wenn eine Kopie von Olof Kramers Bericht auftaucht«, fauchte sie, dann knallte sie die Tür hinter sich ins Schloss.

27

Milton fuhr zusammen, als die Tür zufiel. Ulrikas letzte Bemerkung hatte ihn getroffen wie ein Schlangenbiss. Das Gift breitete sich aus und durchtränkte ihn mit Entschlossenheit. Natürlich hatte sie Kopien gemacht. Er hatte sie unterschätzt. Als Erstes musste er diese Kopien ausfindig machen und ein für alle Mal verschwinden lassen. Danach war es dann an der Zeit, der schönen Anwältin eine Sonderbehandlung zu verpassen. Diese Vorstellung tat ihm gut. Gelassen ging er zum Telefon und tippte eine Codenummer ein. Ohne seinen Namen zu nennen, kam er sofort zur Sache.

»Wir haben eine Krise. Bist du noch an Ort und Stelle?«

»Nein, ich bin losgefahren, als du dich mit der Anwältin in die Bibliothek zurückgezogen hast. Ich dachte, du brauchst mich nicht mehr.«

»Ich werde nachher noch deine Hilfe brauchen. Ich melde mich.« Ohne weitere Erklärungen beendete Edward Milton das Gespräch und schloss eine Schreibtischschublade auf.

Der Wagen war ein gutes Stück entfernt. In der Avenue Franklin Roosevelt lagen die Botschaften dicht an dicht, die meisten Parkplätze waren für Autos mit CD-Nummernschildern reserviert, und Ulrika hatte weit entfernt von Miltons Tor parken müssen. Jetzt lief sie durch den Nieselregen. Sie wollte so schnell wie möglich nach Hause. Duschen und sich die Zähne putzen. Ihr Mund füllte sich mit Speichel, wenn sie an

Miltons Zunge dachte, und sie konnte nicht schlucken. Angewidert blieb sie stehen und spuckte aus, aber sein Geschmack war noch immer vorhanden. Und das Gefühl seiner Hand zwischen ihren Beinen.

Was für ein Schwein!

Nachdem sie sich davon überzeugt hatte, dass alle Wagentüren verriegelt waren, betrachtete sie im Rückspiegel ihr Gesicht. Als könnte der Übergriff dort Spuren hinterlassen haben. Im Handschuhfach lag das Mundspray. Ulrika sprühte, bis ihre Mundhöhle brannte. Der scharfe Mentholgeschmack reizte ihre Nase und ließ sie nach Luft schnappen. Ehe sie den Motor anließ, kurbelte sie das Fenster ein paar Zentimeter hinunter.

Im Wald war es stockfinster. Trotz des hellen Scheinwerferlichts konnte sie kaum etwas sehen. Viele Bäume wiesen die Spuren zahlloser Autounfälle auf. Bei Tageslicht konnte man Metallteile sehen, die sich in die Rinde gebohrt hatten. Die Straße war in so schlechtem Zustand, dass der Wagen hin und her gerüttelt wurde. Der Nieselregen war jetzt viel stärker geworden und Ulrika fuhr in totaler Anspannung. Sie bereute, nicht den Weg durch die Stadt genommen zu haben. Es hätte zwar länger gedauert, aber dort war es doch immerhin hell und es herrschte lebhafterer Verkehr. Doch Gewohnheit und Heimweh hatten sie in die Finsternis geführt.

Etwas, das Milton gesagt hatte, rumorte in ihrem Hinterkopf. Wie ein Traum, an den man sich nach dem Aufwachen nicht erinnern kann. Die Bemerkung war vorhanden, steckte irgendwo im Unterbewusstsein, wollte sich aber nicht hervorlocken lassen.

Ein Stück weiter vorn gab es auf einer Kreuzung mit schlechter Sicht eine scharfe Kurve. Immer lagen dort Glasscherben herum. Ulrika schauderte es bei der Vorstellung einer Panne, ihr Herz raste. Wütend auf sich selbst, weil sie der Angst nachgab, biss sie die Zähne zusammen und schärfte ihren Blick. Einen Kilometer noch, dann würde die Straße wieder beleuchtet sein.

Auf der Hauptstraße ließ ihre Anspannung nach. Sie griff aufs Geratewohl nach einer Kassette und schob ABBAs »Golden Hits« ein. Munter und glatt, genau das, was sie jetzt brauchte. Sie drehte lauter und stimmte ein. »Money money money can be funny in a rich man's world.« Sie gehörte zu der Generation, die alle Stücke auswendig gekonnt hatte, ehe sie Englisch lernten und die Texte verstanden. Jetzt erinnerten die Worte sie wieder an Edward Milton. Wütendes Sodbrennen flammte in ihrem Hals auf.

Vor der Einfahrt stand Patriks Wagen. Als hätte er gewusst, dass sie sich über diesen Anblick freuen würde. Sie fuhr bis vor die Tür, da sie keinen Schirm hatte. Als sie das Haus betrat, musste sie sich zusammenreißen, um sich nicht in seine warme Umarmung zu stürzen.

»Hallo, wir haben schon so auf dich gewartet.« Er lief ihr entgegen und küsste sie nach belgischer Sitte dreimal auf die Wange. Über seine Schulter sah Ulrika Anette viel sagend grinsen.

»Wie war's? Hast du ungestört mit ihm reden können?«

»Das ist noch gelinde ausgedrückt. Ich wäre fast nicht mehr weggekommen.«

»Typisch Politiker. Die reden dir bei der kleinsten Gelegenheit ein Loch in den Bauch. Aber hast du ihn nach den Disketten fragen können?«, wollte Patrik wissen, da er den Unterton in ihrer Stimme nicht bemerkt hatte.

»Ja, das schon, und ich bin mir jetzt sicher, dass sie niemals angekommen sind. Jemand hat sie offenbar verschwinden lassen, ehe sie von der Hauspost ausgeliefert werden konnten, genauso, wie wir uns das gedacht haben. Er wusste absolut nicht, wovon die Rede war. Mein kleiner Infiltrationsauftrag hat also nichts gebracht.« Ulrika merkte, dass Patrik und Anette Blicke tauschten.

»Was ist los? Hab ich irgendwas verpasst?«

»Soll das heißen, dass Edward Milton behauptet, rein gar nichts von Olofs Untersuchungen zu wissen?«, fragte Anette skeptisch.

»Genau.«

»Was für ein verdammter Lügner!« Anette teilte mit, was sie bei ihrer Unterredung mit Ragna Kujala erfahren hatte. »Was mag er wohl zu verbergen haben?«

Das wusste Ulrika. Und sie hatte außerdem das unangenehme Gefühl, dass es sich um noch mehr handeln könnte. Aber um was?

Sie konnte ihnen nicht von Miltons großartigen Zukunftsplänen erzählen. Die Angewohnheit, vertrauliche Mitteilungen für sich zu behalten, saß zu tief. Ihre persönliche Meinung über den, der ihr etwas anvertraut hatte, spielte da keine Rolle. Also fragte sie Anette nach dem Stand des Artikels.

»Der ist fertig. Ich habe ihn vorhin an die Redaktion gemailt. Kurz bevor du aufgetaucht bist. Ich bin sicher, dass ich große Schlagzeilen bekommen werde. Und dank Patriks Hilfe brauche ich morgen nicht mehr eine Menge Details zu checken, wie ich das eigentlich vorhatte. Das hat mir sehr viel Zeit gespart. Sowie die Zeitung in Druck ist, kannst du diesen Kram hier der Polizei vermachen.« Mit eleganter Geste wies sie auf die Unterlagen auf dem Schreibtisch. »Und jetzt bin ich einfach fertig. Ich weiß schon gar nicht mehr, wann ich zuletzt geschlafen habe.« Sie gähnte ausgiebig. »Seid ihr mir böse, wenn ich ins Bett gehe?«

»Ich sollte vielleicht auch aufbrechen«, sagte Patrik zögernd.

»Bleib noch ein bisschen«, bat Ulrika, die allein bei der Vorstellung, allein gelassen zu werden, schon fast in Tränen ausbrach. »Wir gehen ins Wohnzimmer und setzen uns aufs Sofa. Mich hat das alles so aufgewühlt, dass ich jetzt einfach noch nicht schlafen kann. Ist dir das recht?«

Ohne zu antworten nahm er ihre Hand und zog sie mit sich.

Edward Milton fuhr nicht durch den Wald. Als er Waterloo erreicht hatte, fand er die richtige Straße nicht, und das ärgerte ihn über alle Maßen. Er erreichte ein Villenviertel, das nur aus

Sackgassen zu bestehen schien. Als er zum dritten Mal ein Rondell passierte, fuhr er an den Straßenrand und sah sich das Schild mit dem Straßennamen an. Las es und prägte sich die französische Version ein, dann schlug er aus Versehen das flämische Register des Stadtplans auf. Er brauchte eine ganze Weile, um sich zurechtzufinden, wollte das aber nicht als böses Omen betrachten. Er war angespannt wie eine Stahlfeder und wild entschlossen, sein Vorhaben zu Ende zu bringen. Nichts durfte ihn aufhalten. Nicht jetzt, wo er schon so weit gekommen war. Er war keiner, der eine Niederlage akzeptierte, er wurde davon nur angestachelt und ging größere Risiken ein. Je größer das Risiko, um so süßer der Sieg. Er war das Siegen gewohnt, und jetzt war der höchste Preis in Reichweite gerückt. Diesmal würde er sich die vollständige Kontrolle sichern. Niemand sollte ihn daran hindern.

Die Straße war verlassen. Die Hunde hatten ihre Abendrunde schon hinter sich. Milton näherte sich Ulrikas Haus. Er schaltete die Scheinwerfer aus, ehe er sich langsam der Auffahrt näherte. Er wollte sie nicht auf sein Kommen aufmerksam machen. Hinter einigen Fenstern im Erdgeschoss brannte Licht. Sie war also noch wach ... Vorsichtig zog er die Wagentür hinter sich ins Schloss und schlug den Kragen seines Regenmantels hoch, dann schlich er auf das Haus zu. Die Haustür war verschlossen. Aber es war möglich, durch das Fenster ins Haus zu schauen. Die Schweden waren schon seltsam, dass sie ihr Privatleben nicht vor neugierigen Blicken schützten. Nicht einmal Gardinen sperrten fremde Blicke aus. Das verursachte ihm Unbehagen. Hatten die denn nichts zu verbergen? Diese Überlegungen hatte er viele Jahre zuvor schon in Stockholm angestellt. Als er von seinem Hotelzimmer aus in die Wohnungen im Haus gegenüber hatte blicken können. Die Hausbewohner hatten sorglos ihren Alltag mit den Hotelgästen geteilt. Hatten gekocht, Zeitung gelesen, in der Nase gebohrt und mit den Kindern Hausaufgaben gemacht. Überrascht hatte er einen schwedischen Parteigenossen nach der

Ursache dieses Exhibitionismus gefragt und zur Antwort erhalten, dass die Rollos nur heruntergelassen wurden, wenn man schlafen ging

Jetzt sah er Ulrika eng umschlungen mit einem Mann auf dem Sofa sitzen. Sie hatte sich nicht einmal umgezogen. Milton glaubte, den Stoff ihres Kleides unter seinen Fingerspitzen zu fühlen. Das Blut hämmerte in seinen Schläfen. Da war sie also aus seinen Armen direkt in die eines anderen übergewechselt. Hatte sich von ihm anheizen lassen, um dann einen anderen den Akt vollenden zu lassen. Wie dekadent! Dafür sollte sie büßen.

Vandergoten hatte die Füße auf den Tisch gelegt und hielt ein kaltes Bier in der Hand. Das zweite, seit er nach Hause gekommen war. Der Hund schlief und schnarchte, sein Kopf lag schlaff auf seinen Pfoten, die Jagd nach Kaninchen und anderem Kleinwild in den Ardennen hatte ihn erschöpft. Weder Herr noch Hund waren verwöhnt, was Bewegung anging.

Es war ein langer und ereignisreicher Tag gewesen. Vandergoten war zufrieden, auch wenn sein zweiter, verspäteter Antrag auf eine Hausdurchsuchung abgewiesen worden war. Dem wichtigeren, dem für Ronny Kyndts Haus, war stattgegeben worden. Es hatte keinerlei Probleme gegeben und gereicht, bei der Staatsanwaltschaft anzudeuten, dass die Franzosen sich irren könnten, wenn sie annahmen, dass der Brand und damit Kyndts Tod einem traurigen Unglücksfall zuzuschreiben gewesen waren. Jede Möglichkeit, den Kollegen aus dem Nachbarland eine lange Nase zu drehen, wurde dankbar genutzt.

Er hatte vier Kollegen mitgenommen. Keiner von ihnen hatte je mit Kyndt zusammengearbeitet. Er hatte es nicht gewagt, irgendein Risiko einzugehen. Es war wirklich zu dumm, dass nicht einmal mehr auf die eigenen Leute Verlass war. Die Burschen hier hatte er sich von der Verkehrspolizei geholt und ihnen aufgetragen, nach Kontoauszügen und anderen Dingen zu suchen, die mit Kyndts Finanzen zu tun hatten. Außerdem war alles wichtig, was die Kommission betraf. Vor allem sollten sie auf Berührungspunkte mit Kramer und La Torre achten.

Sie hatten keinen Schlosser mitgenommen. Vandergoten hatte das nötige Werkzeug an seinem Schlüsselbund. Der Posthaufen hinter der Tür zeigte, dass Kyndt allein gelebt und nach seinem Verschwinden niemand mehr die Wohnung betreten hatte. Die Einrichtung verriet, dass er zu einer militanten rechtsextremen Gruppe von Polizisten gehört hatte, um die es mehr als einmal Wirbel gegeben hatte. Fahnen und Embleme der Organisation schmückten die Wände des Wohnzimmers. Ein Polizist hatte angesichts dieser Schweinerei zum Scherz salutiert. Vandergoten hätte ihn am liebsten sofort wieder in den Verkehr hinausgeschickt. Am besten auf eine von allen Seiten verstopfte Kreuzung. Aber er hatte sich damit begnügt, alle an die Regeln zu erinnern, die bei Hausdurchsuchungen zu beachten waren.

Nach einem kurzen Rundblick hatte er den Waffenschrank gefunden. Er hatte eine Weile gebraucht, um den zu öffnen. Als die Tür dann endlich aufgegangen war, hatte sich ihm ein beeindruckender Anblick geboten. Kyndts Waffensammlung war wirklich vom Feinsten.

Sie bestand aus dreißig teuren Jagdgewehren und dem, was er für Kyndts Dienstpistole hielt. Vandergoten wusste nicht, ob es ihn enttäuschte oder nicht, dass keine SigSauer vorhanden war. Dagegen fanden sie ein englisches doppelläufiges Schrotgewehr der Marke Holland & Holland, den Rolls Royce unter den Jagdgewehren. So ein Ding kostete ein Vermögen. Zuerst hatte er es nicht für möglich gehalten. Zweifelnd hatte er das Gewehr aus dem Schrank genommen und es sich genauer angesehen. Doch, es stammte aus der Londoner Bruton Street. Wie zum Teufel hatte Kyndt sich solche Extravaganzen leisten können? Dieses Gewehr kostete das Jahresgehalt eines Polizisten. Vandergoten war tief in solche Überlegungen versunken gewesen, als einer der anderen ihn gerufen hatte.

»Können Sie sich das hier mal kurz ansehen. Ich glaube, ich habe etwas Interessantes gefunden.«

Er hatte sich das Notizbuch geben lassen und aufs Geratewohl und, ohne zu begreifen, was er da sah, eine Seite aufgeschlagen. Eine Menge Ziffern und Buchstaben, die auf den ersten Blick ungeheuer kompliziert aussahen.

»Was kann das denn sein?«

»Ein Kassenbuch. Hier sehen Sie Debit und Kredit. Das Datum der Transaktionen, von wem er Geld bekommen und was er damit gemacht hat. Er hatte seine Finanzen offenbar sehr gut im Griff. Und wie gut er verdient hat! Da fragt man sich doch, was er so nebenbei getrieben hat.«

Vandergoten wusste nicht so recht, ob diese Bemerkung ironisch gemeint war, und es war ihm peinlich, sich diesen grundlegenden Vortrag über simpelste Buchführung anhören zu müssen, von einem Verkehrspolizisten, der kaum trocken genug hinter den Ohren war, um die Bedeutung dieses Fundes zu begreifen.

Am Tag nach dem Mord an Olof Kramer hatte Kyndt von jemandem mit den Initialen E. M. eine hohe Summe erhalten. Mit wachsender Aufregung hatte Bernard Vandergoten zu dem Zeitpunkt von Philippe La Torres Tod weitergeblättert und dort eine ähnliche Eintragung gefunden.

Das Gefühl, auf einer wichtigen Spur zu sein, hatte ihn veranlasst, den Waffenschrank zu verlassen und zusammen mit den anderen Schubladen und Schränke zu durchsuchen.

Er hatte sie ermahnt, nach allem zu suchen, was mit den Initialen E. M. zu tun haben könnte. Er mochte nicht riskieren, dass der Fund in einer Tüte landete und dann eine Ewigkeit auf der Wache liegen blieb. Das geschah nämlich leider viel zu oft.

Er setzte sich vor einen Stapel Papiere und Briefe aus einer Schreibtischschublade und fing an zu lesen. Nichts durfte unbesehen in der Tüte landen. Normalerweise wäre das mit der Postkarte aus London sicher passiert. Aber diesmal nicht. Ihn schauderte, wenn er daran dachte, wie leicht das möglich gewesen wäre. Die Karte war an Ronny Kyndt adressiert und vor ungefähr einem Jahr abgestempelt.

Willkommen im Club. Hier hast du einen, der sich über seinen Job nicht beklagt. Heute London, morgen Paris. Gratis Schnaps und ungeahnte Möglichkeiten. Ich rufe an, wenn ich wieder zu Hause bin. Gruß, Heinz.

Damit hatte er das fehlende Glied gefunden. Heinz Delwart, der Stadtteilpolizist, der jetzt in der Sicherheitsabteilung der Kommission als Edward Miltons Leibwächter arbeitete. Bernard Vandergoten wurde von einem unvergleichlichen Glücksgefühl durchströmt.

Die Gewissheit, dass der Sieg in Reichweite lag, hatte ihn dann zu früh zur Staatsanwaltschaft gehen lassen. Er hatte keinen triftigen Grund für eine Durchsuchung bei Delwart. Morgen scharre ich noch mehr zusammen, dachte er und rülpste so laut, dass der Hund aufwachte. »Wir müssen uns zuerst das Fußvolk vornehmen, ehe wir uns an die hohen Tiere machen können, die von diplomatischen Regeln und anderem Scheiß beschützt werden«, teilte er dem Hund ganz im Vertrauen mit und kraulte ihn hinter den Ohren. Dann trank er die letzten Tropfen aus der Flasche und ging ins Bett.

Sie hörten es beide. Erstarrten in ihrer Umarmung und horchten gespannt in Richtung Arbeitszimmer.

»Da ist jemand.«

»Das ist sicher nur die Verandatür. Wir haben vorhin vergessen, sie zu schließen. Die hat den ganzen Abend offen gestanden. Ich mach sie jetzt zu.« Patrik gab Ulrika einen beruhigenden Kuss auf die Wange. Ihm war zwar gar nicht wohl in seiner Haut, aber er wollte seine Angst nicht zeigen.

»Ich komme mit.«

»Bleib hier, ich bin doch gleich wieder da«, flüsterte er, ehe er aufstand. Ulrika zögerte nicht, sondern sprang im selben Moment auf wie er, wie durch ein unsichtbares Band mit ihm verbunden.

»Warte, ich hole die Schrotflinte.«

Etwas in ihrem Tonfall ließ ihn gehorchen. Gleich darauf war sie mit der Waffe in der Hand wieder da. Patrik nahm sie ihr weg und überzeugte sich davon, dass sie geladen war. Er entsicherte sie und ging so leise wie möglich zum Arbeitszimmer hinüber. Ulrika folgte ihm auf dem Fuße.

Der Mann stand am Schreibtisch. In der einen Hand hielt er die Kopien von Olofs Untersuchung. Er hatte beim Lesen den Kopf gesenkt. Sein Anblick kam so unerwartet, dass sie einfach nicht wussten, wie sie sich verhalten sollten. Patrik ließ das Gewehr sinken.

»Du hattest also doch Kopien gemacht, Ulrika. Kompliment. Du überlässt nichts dem Zufall.« Edward Milton blickte ihr tief in die Augen, auf Patrik achtete er nicht weiter. »Ich gehe davon aus, dass du verstehst, dass ich diese Unterlagen erst einmal an mich nehmen muss. Sie sind schließlich Eigentum der Kommission, und wir dürfen doch nicht riskieren, dass sie in falsche Hände geraten, oder?«

Seine Worte brachten ihr die Erinnerung. Die Aktentasche. Er hatte die Aktentasche erwähnt, als sie vom Verschwinden der Unterlagen erzählt hatte. Aber woher konnte er davon wissen, wenn er nicht selber hinter allem steckte? Plötzlich begriff sie. Die Erkenntnis erfolgte wie eine Explosion und das Entsetzen jagte wie ein Lauffeuer durch ihren Körper. Edward Milton war der Schuldige. Er durfte jetzt nicht merken, dass sie das begriffen hatte. Denn dann mochten die Götter wissen, wozu er im Stande wäre.

»Du hast Recht. Es war blöd von mir zu lügen. Natürlich kannst du sie mitnehmen. Wir haben eben noch darüber gesprochen, Patrik und ich. Ich wollte sie dir morgen früh bringen. Du hättest dich nicht herzubemühen brauchen.« Ulrika hörte selbst, wie falsch und fügsam sie sich anhörte. Mit Mühe wechselte sie in einen schärferen Tonfall und hatte Angst, die Wörter könnten ihr im Hals stecken bleiben. »Ich weiß es wirklich zu schätzen, dass du dich so um mich bemühst, Edward. Du kannst jetzt gehen. Nimm die Kopien und verschwinde.« Das Letzte fauchte sie fast.

»Du kommst mit.« Das war ein Befehl. Er trat einen Schritt auf sie zu.

»Sie bleibt hier.« Patrik hob die Schrotflinte.

Noch ehe sie reagieren konnten, hatte Milton eine Pistole in der Hand. Ohne zu zögern schoss er auf Patrik. Es gab keinen Knall. Der dumpfe Aufprall von Patriks Körper auf dem Terrakottaboden war lauter als der gedämpfte Schuss. Ulrika schrie vor Entsetzen auf.

Er schlug ihr hart ins Gesicht. »Still! Sonst erschieße ich dich auch.«

Ulrika verstummte, als habe er ihr die Stimmbänder gekappt. Sie wollte sich bücken und feststellen, ob es noch Leben in Patriks Körper gab oder ob es mit dem Blut hinausgeströmt war, das ihn nun umgab wie die Blütenblätter eines Klatschmohns.

»Wie gesagt, du kommst jetzt mit. Los!« Er bohrte ihr die Pistole in den Rücken. Und sie ging ein letztes Mal durch das weiche Gras, während Regen und Tränen über ihr Gesicht liefen. Sie gingen zur Garagenauffahrt, wo Olof ermordet worden war.

Dort stand ein großer BMW. Miltons Wagen. Es war dunkel. Konnte sie weglaufen? Ulrika dachte rasch. Er würde sie früher oder später doch umbringen. Sie wusste zu viel, um weiterleben zu dürfen, das war ihr klar. Jetzt hatte sie immerhin eine Chance. Ohne zu zögern sprang sie zur Seite und rannte los. Rannte um ihr Leben. Ihr Kleid war eng und behinderte ihre Bewegungen. Nach einigen Metern stolperte sie. Schon hatte er sie eingeholt.

»Aufstehen!«

Er trat ihr brutal in den Rücken, um den Befehl zu betonen. Mit einem Schrei, eher vor Überraschung als vor Schmerz, kam Ulrika auf die Knie und rang nach Atem. Milton packte ihre Haare und zog sie auf die Beine. Er schob sie vor sich her zum Wagen und befahl ihr, den Kofferraum zu öffnen und hineinzusteigen.

Nie im Leben würde sie das tun. Dann sollte er sie lieber hier und jetzt umbringen. Ein wahnsinniger Hass erfüllte sie. Ihre Kiefer schmerzten, sie hätte ihn gern gebissen. Ihn zermalmt. Wütend stürzte sie sich auf ihn und versuchte, ihm ihr Knie in den Schritt zu rammen, doch wieder wurde sie von ihrem Kleid daran gehindert.

Ulrika konnte noch sehen, wie er die Pistole hob. Sie hörte es wie ein Echo, als ihre Stirn getroffen wurde, dann verlor sie das Bewusstsein.

Ihr Schrei hatte Anette geweckt. Erschöpft war sie eingeschlafen, sowie ihr Kopf das Kissen berührt hatte. Umnebelt und noch nicht ganz klar bei Verstand horchte sie im Dunkeln auf die Geräusche. Patrik und Ulrika waren noch auf. Sie konnte Stimmen hören. Wer hatte geschrien? Sie war sich sicher, dass sie nicht geträumt hatte. Widerwillig setzte sie sich im Bett auf. Sie schlief im ersten Stock, im Schlafzimmer von Olof und Sylvia. Sie blieb eine Weile sitzen und versuchte sich zu sammeln. In ihrem Kopf drehte sich vor Müdigkeit alles. Sie wäre gern wieder in das weiche Bett gesunken und eingeschlafen. Aber das Bewusstsein, dass sie hellwach daliegen würde, wenn sie nicht vorher nachsah, was sie geweckt hatte, trieb sie weiter. Neugier ist eben das Kennzeichen jeder guten Journalistin.

Im Haus war jetzt alles still. Sie lauschte. Dann war von draußen etwas zu hören. Wollte Patrik nach Hause? Sie hatten sich vermutlich gestritten. Und davon war sie natürlich geweckt worden.

Obwohl es sie nichts anging, trat sie ans Fenster und schaute hinaus. Vor der Garage stand ein fremder Wagen mit offenem Kofferraum. Entsetzt sah Anette, wie ein Mann eine offenbar leblose Frau hineinstopfte, dann den Deckel zuschlug und losfuhr.

Ulrika kam zu sich und merkte, dass sie kaum Luft bekam. Ihr Körper war zusammengepresst und krumm. Ihr Kopf dröhnte und schmerzte. Die Luft war stickig und sauerstoffarm. Um sie herum herrschte tiefe Finsternis. Sie versuchte, ihre steifen Glieder zu recken, und merkte zu ihrem Entsetzen, dass sie sich kaum rühren konnte. Sie war in einem engen Raum eingesperrt. Plötzlich fiel ihr alles wieder ein. Die Angst packte sie dermaßen, dass sie glaubte, den Verstand zu verlieren.

Sie wusste, dass sie mit der Aussage gegenüber Milton, dass es doch Kopien gab, ihr Todesurteil unterschrieben hatte, denn dieser hatte wirklich alles versucht, um diese Unterlagen verschwinden zu lassen. Jetzt war sie unterwegs zu ihrer Hinrichtung. Trotz der erstickenden Hitze im Kofferraum klapperten ihre Zähne. Bald zitterte sie am ganzen Leib.

Er musste verrückt sein. Ein Psychopath. Edward Milton war ein Psychopath. So war das. So musste es einfach sein. Es half und beruhigte ein wenig, dem Wahnsinn eine Diagnose zu stellen. Ihn in eine Schublade einzuordnen. Die Erkenntnis, dass sie jetzt nur noch auf sich selbst hoffen konnte, ließ ihr Adrenalin sprudeln und half ihr, klar zu denken.

Zuerst brauchte sie Luft. Sie hatte Angst, sonst wieder das Bewusstsein zu verlieren. Es machte ihr keine Probleme, die Plastikmutter zu finden, die die Rücklichtanlage festhielt, und sie zu lockern. Bei ihrem eigenen Wagen war das auch so. Sie hatte selbst mehrere Male die Birne gewechselt, statt den Weg zur Werkstatt auf sich zu nehmen. Sie drehte die Befestigung so weit, dass sie sich in ihrem Gefängnis umschauen konnte. Vorsichtig, um keinen Lärm zu machen, drehte sie ihren Oberkörper in Rückenlage. Es war ja möglich, dass er in eine stille Seitenstraße fahren wollte, um sie da sofort zu erledigen. Also musste sie auf irgendeine Weise entkommen. Mit wütendem Lachen angesichts des ganzen Elends fiel ihr ein, dass sie im Kofferraum eines BMW lag. Unter der Klappe musste es also einen Werkzeugkasten geben. Wie in ihrem eigenen Wagen. Ja, da war er.

Mit ungeschickten Fingern öffnete sie ihn und sprach ein Stoßgebet, dass er nicht leer sein möge. Alles war vorhanden. Dankbar fischte sie das Werkzeug heraus und legte es neben sich, um sich die Arbeit zu erleichtern.

Plötzlich machte das Auto eine Vollbremsung. Ulrika knallte mit dem Kopf gegen die Scheinwerferbefestigung. Es tat weh. Hatte er bemerkt, was sie hier versuchte? Sie strengte ihr Gehör bis aufs Äußerste an. Konnte sie hören, wie die Wagentür geöffnet wurde und wie Schritte sich näherten? Nein, sie hörte nur das Verkehrsrauschen. Er hatte sicher vor einer Ampel halten müssen. Sie hörte ihn im Wagen reden, leise, aber verständlich. »In zwanzig Minuten bei der Mühle. Tief graben ...«

Jetzt brauchte sie Luft. Aber sie wagte nicht, mit dem Schraubenschlüssel den Kunststoffdeckel des Scheinwerfers zu zerschlagen. Sie machte sich wie wahnsinnig daran, die Muttern loszudrehen, mit denen ein Rücklicht befestigt war. Der Wagen fuhr jetzt wieder schneller. Miltons Stimme wurde vom Motorenlärm übertönt. Ulrika atmete kurz und keuchend, bekam aber nicht genügend Sauerstoff in die Lunge. Wenn sie nicht bald durchatmen könnte, würde sie ersticken. Verzweifelt presste sie den Schraubenschlüssel so hart gegen den Scheinwerfer, dass der Kunststoffdeckel nachgab und hinausgedrückt wurde. Sie reckte den Kopf und trank den Wind, der in ihr Gefängnis strömte, dann machte sie sich wieder an die Arbeit.

Endlich merkte sie, wie sich alles lockerte. Sie trat den Kofferraumdeckel auf. Der wurde durch Schnelligkeit und Wind zweimal auf und zu geklappt. Der Wagen drosselte sofort sein Tempo, aber Ulrika hatte nur noch einen Gedanken, nämlich Flucht.

Ehe der Wagen zum Halten gekommen war, sprang sie heraus und rannte um ihr Leben. Sie glaubte, einen Schuss zu hören, und schlug Haken, wie ein verängstigter Hase, und das mitten auf der Straße. Sie bemerkte das Auto nicht einmal.

Das Kreischen der Bremsen war das Letzte, was sie registrierte, dann wurde alles wieder schwarz.

Der Fahrer hatte sie zu spät gesehen. Sein Reaktionsvermögen war nicht mehr das, was es einmal gewesen war. Er nahm sie erst nur als Schatten wahr, während sie mitten auf der Straße mit ausgestreckten Armen auf ihn zugerannt kam. Die Räder blockierten, als er sich endlich gefasst hatte und wütend auf die Bremse trat. Der Körper schlug zuerst gegen die vordere Stoßstange und wurde dann auf die Motorhaube geschleudert. Er konnte gerade noch eine junge Frau mit blutverschmiertem Gesicht erkennen, ein Wirrwarr aus Armen und Beinen, dann brachte er den Wagen zum Stehen und sie fiel auf den Asphalt.

Zuerst brachte er es nicht über sich, aus dem Wagen zu steigen. Lange blieb er mit dem Kopf auf dem Lenkrad sitzen. Seine Hände umklammerten es krampfhaft, wie Krallen. Sein Puls hämmerte in seinen Schläfen, er fühlte sich wirr im Kopf, alt und ängstlich. Als er sich ein wenig gefasst hatte, bekreuzigte er sich und stieg mit zitternden Knien aus. Die Autotür weit offen, starrte er verloren die kaum befahrene Straße an. Er flehte alle ihm bekannten Heiligen an, die Frau möge den Zusammenstoß überlebt haben.

Mit steifen Knien bückte er sich über den leblosen Körper. Drückte vorsichtig die Fingerspitzen gegen ihren Hals, fand aber keinen Puls. Legte die Hand über ihren Mund und spürte zu seiner Erleichterung einen warmen Atemhauch. Sie bewegte sich nicht, als er mit ihr sprach. Wenn doch nur irgendwer halten und ihnen helfen könnte. Er erhob sich und winkte den vorüberfahrenden Fahrzeugen zu, aber niemand schien auf ihn zu achten. Sie hatten wohl Angst, ausgeraubt zu werden, wenn sie anhielten. Immer wieder wurde vor solchen Tricks gewarnt. Ein alter Mann mit einer verletzten Frau als Köder.

Plötzlich löste sich ein hoch gewachsener Mann aus den Schatten neben der Fahrbahn. Er wartete, bis die Straße frei war, dann kam er mit sicheren Schritten auf die Unglücksstätte zu.

»Lebt sie noch?«

»Ja, sie atmet. Es war nicht meine Schuld. Sie ist einfach von nirgendwoher auf mich zugestürzt.«

»Helfen Sie mir, sie hochzuheben, dann bringe ich sie ins Krankenhaus. Ich habe den größeren Wagen, da kann sie bequem auf der Rückbank liegen.«

Kaum hatten sie den leblosen Körper hochgehoben, da schien sich der nächtliche Verkehr aus ganz Brüssel um sie zu versammeln. Plötzlich fürchtete sich niemand mehr. Autos hielten, Fahrer und Beifahrer wollten wissen, was passiert sei. Alle brachten gute Ratschläge an und wollten helfen. Ulrika wurde zu Edward Miltons Wagen getragen und von hilfsbereiten Händen auf eine Decke auf der Rückbank gelegt. Milton wollte gerade losfahren, als endlich die Polizei den Schauplatz erreichte.

Die Zunge füllte ihren Mund, so trocken und starr, dass sie nicht schlucken konnte. Der Durst ließ ihre Kehle brennen und ihr ganzer Körper schmerzte. Licht drang durch ihre geschlossenen Augenlider und verwirrte sie. Ihre letzte Erinnerung war ihre Flucht aus dem Auto, und da war es dunkel gewesen. Jemand hatte auf sie geschossen. War sie getroffen worden? Hatte sie deshalb so schreckliche Schmerzen? Ulrika zwang sich dazu, die Augen zu öffnen, sie musste wissen, wo sie sich befand.

»Wie fühlst du dich?«

»Wasser, kann ich einen Schluck Wasser haben.«

»Ich weiß nicht, ob du etwas trinken darfst. Ich hole die Schwester.«

Ulrika glaubte zu träumen, als sie Stefans vertraute Stimme hörte. Erst nach einer Weile konnte sie ihn klar sehen, aber da saß er, ihr Mann. Sie sah ihn doppelt, wie alles in ihrer Umgebung, aber es war Stefan. Vor Erleichterung brach sie in Tränen aus. Und das trübte ihre Sicht noch mehr. Endlich war er da. Es war ohne ihn so langweilig gewesen. Und wenn er ihr jetzt noch ein wenig Wasser geben könnte, dann wäre alles perfekt.

»Bist du wieder gesund?«, fragte sie, als sie ihren Durst gelöscht hatte. Er hatte noch immer ein paar Flecken im Gesicht. »Sind die Kinder auch hier?«

»Nein, die sind zu Hause bei Ulla-Karin. Wie fühlst du dich?«

»Ich weiß nicht.« Plötzlich hatte sie Angst. Wenn sie jetzt gelähmt war. Ihr eines Bein fühlte sich seltsam an. Vorsichtig bewegte sie die Füße, erst einen, dann den anderen, und stellte voller Dankbarkeit fest, dass ihre Zehen sich auf dem steifen Laken bewegten.

»Du bist von einem Auto angefahren worden und warst vier Tage lang bewusstlos. Wir haben uns solche Sorgen gemacht.«

»Lebt Patrik noch?« Das musste sie einfach wissen.

»Nein, er war sofort tot.«

Ihre Kehle krampfte sich zusammen. Warum hatte sie diese Frage gestellt. Jetzt würde Stefan alles durchschauen. Ihre Nase brannte, als sie versuchte, ihren Kummer unter Kontrolle zu bringen. Ein eiserner Reifen drückte auf ihre Stirn und lockerte sich erst, als die Tränen hervorquollen wie nach einem Dammbruch. Sie rannen ihr über die Wangen und verschwanden dann kitzelnd in ihren Ohren.

Stefan trocknete ihr die Wangen ab. Tröstete sie und putzte ihr die Nase.

»Du Arme. Es war sicher entsetzlich. Anette hat erzählt, was er für ein feiner Mensch war und wie nahe sie einander in der kurzen Zeit schon gekommen waren. Sie ist völlig fertig. Immer hat sie solches Pech in der Liebe.«

Langsam begriff sie, was er da gesagt hatte. Anette hatte verstanden. Sie hatte Ulrika mit einer Lüge geschützt.

Eine Krankenschwester schaute herein und sagte, Ulrika brauche Ruhe. Bald werde der Arzt kommen. Ulrika bat um ein Schmerzmittel.

»Versuch jetzt zu schlafen. Ich komme nachher wieder.«

»Nein, du darfst nicht weggehen.« Sie griff nach seiner Hand, um ihn zurückzuhalten. Ihre eigene war wachsbleich. Eine Kanüle steckte im Handrücken und wurde von Pflastern und Mullbinden festgehalten.

»Ich sehe sicher schrecklich aus.«

»Nicht doch, du bist reizend.«

»Wohnt ihr im Haus?«

»Nein, das ist versiegelt. Ich habe die ganze Zeit im Hotel gewohnt. Ich wollte in der Nähe des Krankenhauses ein. Ich habe alle deine Sachen auf dem Zimmer, falls du etwas brauchst. Anette ist gestern nach London gefahren. Sie arbeitet rund um die Uhr. Ich glaube, auf diese Weise versucht sie, Patriks Verlust zu verarbeiten. Ihre Artikel sind in aller Welt nachgedruckt worden. Ich habe sie für dich aufbewahrt.«

»Ein neues Watergate, mit anderen Worten.«

»Viel fehlt da wirklich nicht.« Stefan lachte über diesen Vergleich.

»Schreiben sie auch etwas über mich?«

»Die Boulevardpresse zu Hause macht aus deiner Entführung eine größere Nummer als aus dem EU-Skandal. Du hast wirklich ein unglaubliches Glück gehabt. Milton hat dich nach dem Unfall noch einmal in sein Auto schaffen können. Wenn die Polizei nicht so schnell vor Ort gewesen wäre, wäre er vielleicht entkommen. – Der Mann, der dich angefahren hat, hat nie den Führerschein gemacht, wie ich später erfahren habe. Bis irgendwann in den sechziger Jahren war das in Belgien nicht nötig. Wer danach behauptete, fahren zu können und über achtzehn war, brauchte das dann auch nicht nachzuholen.«

»Ich gäbe alles darum, bei seiner Festnahme dabei gewesen zu sein.«

»Bei der dieses führerscheinlosen Alten?«

»Nein, bei der von Edward Milton.«

»Da warst du doch dabei.«

»Du weißt, was ich meine.«

Ulrika ärgerte sich darüber, diesen Showdown verpasst zu haben. Obwohl sie ihr Leben gerettet hatte, fühlte sie sich betrogen und hintergangen. Es war ungerecht, dass sie am Ende nicht dabei gewesen war, schließlich hatte sie doch die meiste Arbeit geleistet. Sie kam sich vor, als sei sie während eines Prozesses an Bronchitis erkrankt und hätte das Plädoyer einer Kollegin überlassen müssen. Oder als sei aus einem spannenden Roman das letzte Kapitel herausgerissen worden und sie müsse sich den Schluss erzählen lassen. Ihre Kopfschmerzen wurden schlimmer und als dann die Visite vorbei war, wollte sie nur noch von allen in Ruhe gelassen werden.

Als Ulrika das nächste Mal zu sich kam, saß Vandergoten neben ihrem Bett. Sie hatte das Gefühl, dass er sie geweckt hatte, wusste aber nicht so recht, auf welche Weise. Das Zimmer war ein Blumenmeer.

»Ich habe etwas Süßes mitgebracht.« Er legte eine schön eingepackte Pfundpackung Pralinen auf den Bettrand und ließ sich wieder auf den Stuhl sinken. Er kam ihr verlegen vor. »Ich hätte da einige Fragen. Können Sie sprechen, Madame?«

Ulrika war jetzt müder als vorhin, als Stefan bei ihr gewesen war, aber sie gab sich mit ihren Antworten doch alle Mühe. Sie legte mehrmals Pausen ein, um sich ein wenig auszuruhen und etwas Wasser zu trinken. Vandergoten öffnete die Pralinenschachtel und hielt sie ihr hin, aber der süße Duft konnte sie nicht verlocken. Normalerweise liebte sie belgische Schokolade. Am köstlichsten fand sie die weißen mit Mokkacreme gefüllten Pralinen. Sie fragte Vandergoten, ob er nicht selber kosten wolle, er nahm sich zwei Stück auf einmal und hörte dann wieder ihrem Bericht zu. Ab und zu warf er eine Frage ein, bis er über alles informiert war, was sie wusste.

»Wir hatten uns das ungefähr so vorgestellt«, sagte er und ließ seine traurigen hellen Augen auf ihr ruhen. Als die ihren Kopfverband streiften, senkte er den Blick und richtete ihn auf die Pralinenschachtel.

»Wir waren schon in der Nähe, als du aus dem Kofferraum entkommen konntest. Du hattest wirklich Glück. Eine Zeit lang sah die Lage kritisch aus.« Er rutschte hin und her, wie auf einem unbequemen Stuhl.

Ulrika registrierte, dass er sie zum ersten Mal geduzt hatte.

»Kannst du das Fenster ein wenig aufmachen. Die Luft ist hier so stickig«, bat sie, wie immer angeekelt von seiner mangelnden Hygiene.

Er schien froh darüber zu sein, dass er aufstehen durfte. Er blieb so lange am Fenster stehen, dass sie glaubte, er habe sie vergessen.

»Kannst du beweisen, dass Edward Milton hinter den Morden an Olof Kramer und Philippe La Torre steckt?«

»Ja, problemlos. Auch wenn er das nicht eigenhändig erledigt hat. Er hatte einen Leibwächter namens Heinz Delwart. Den haben wir am frühen Morgen festgenommen, nachdem wir schon Monsieur Milton verhaftet hatten. Ich hatte schon einen Tag zuvor eine Hausdurchsuchung bei ihm beantragt. Ich hatte Grund zu der Annahme, dass er in die Morde an Kramer und La Torre verwickelt sein könnte. Eine Annahme, die sich dann ja auch als richtig erwiesen hat. Ich war ihm schon seit einiger Zeit auf der Spur.« Diese Bemerkung konnte er sich einfach nicht verkneifen.

Ulrika fragte sich müde, warum er dann nicht früher schon etwas unternommen hatte. Dann wäre Patrik noch am Leben und sie läge nicht mit diesen schrecklichen Schmerzen hier.

»Delwart ist überaus kooperativ«, erzählte Bernard Vandergoten zufrieden und nahm sich unaufgefordert noch eine Praline. »Er hat zugegeben, dass er bei beiden Morden zugegen war, behauptet aber, ein anderer habe sie begangen. Ein verstorbener Polizist namens Kyndt, Ronny Kyndt. Er hatte die vermisste Aktentasche entwendet. Delwart glaubt, leichter davonzukommen, wenn er auspackt. Und das kann ja auch gut sein. In diesem Scheißsystem weiß man einfach nie«, sagte Vandergoten verärgert. »Da braucht man nur ein paar Beziehungen und einen guten Anwalt, der die Drecksarbeit übernimmt. Aber, nimm das nicht persönlich«, fügte er hinzu und errötete ein wenig. »Ich kann dir sagen, ich bin dir wirklich sehr dankbar. Ohne deine Hilfe hätten wir die Morde nicht so rasch aufklären können.«

Ulrika freute sich über dieses Lob, es belebte sie sogar ein wenig. Plötzlich wollte sie auch mehr hören.

»Wisst ihr, warum Philippe La Torre ermordet worden ist?«, fragte sie. Wo sie schon Informationen aus erster Hand haben konnte, wollte sie alles wissen. Die Zeitungen konnte sie ja immer noch lesen.

»Offenbar wusste er zu viel und fing an, Forderungen zu stellen. Delwart behauptet, dass Kyndt ihn auf Miltons Befehl hin erschossen hat.«

»Kyndt war der, der bei diesem Brand in den Ardennen umgekommen ist, nicht wahr?«

»Ja, und ich vermute, dass Edward Milton diesen Brand gelegt hat. Ich werde es auch beweisen, und wenn ich bis zu meiner Pensionierung dafür brauche. Eigentlich brauche ich Hilfe von außen. Jemanden, auf den ich mich verlassen kann. Eine Person, die richtig gut analysiert. Vielleicht solltest du mal darüber nachdenken, wenn es dir wieder besser geht.« Er lächelte einschmeichelnd und schaute lüstern zu den Pralinen hinüber. »Darf man noch eine nehmen?«

Ulrika lachte und reichte ihm die Schachtel. »Wenn du mir die Weißen übrig lässt, kannst du dir so viele nehmen, wie du willst.«

Dank der Autorin

Als Erstes möchte ich meinem Sohn David danken, der das erste Kapitel las und mir dann einen Zettel mit folgenden Worten schrieb: »Bitte, alle Seiten ausdrucken, die du schon geschrieben hast, Mama, das ist Spitze. Ich will alles lesen!« Das hat mich wirklich zum Weiterschreiben animiert.

Bei der Arbeit haben mir meine Kollegen, die Anwälte Lars Deckeman, Magnus Rumstedt und Folke Natt och Dag sowie die ehemalige Staatsanwältin Annikki Lilliemark sehr geholfen. Alle haben sich die Zeit genommen, mit Ideen zu jonglieren und ihre Kenntnisse auf ihren Spezialgebieten mit mir zu teilen.

Ich möchte außerdem Kenneth Brolin danken, der mir erklärt hat, wie man mit einem Privatflugzeug fliegt, Per Du Hane, der unermüdlich meine vielen Fragen beantwortet hat, und Adam Adamovic, der mir mit Namen und Lokalkenntnissen behilflich war.

Weiterer Dank gilt meinen Eltern Siv und Sture Lindblom, die Korrektur gelesen und mich mehrere Male aufs richtige Gleis zurückgesetzt haben, wenn ich mich zu verirren drohte.

Ein besonderer Dank geht noch an meine Freunde in der Kommission in Brüssel, die mir Einblick in ihre Arbeit verschafft, mich herumgeführt, mich mit Literatur versorgt und mir nicht gesperrte Berichte und andere interne Informationen zur Verfügung gestellt haben.